CORAZONES EN LA OSCURIDAD

y

AMOR A PLENA LUZ

Corazones en la oscuridad y *Amor a plena luz*

Títulos originales: *Hearts in Darkness* y *Love in the Light*

Copyright © 2013 by Laura Kaye, *Hearts in Darkness*
Copyright © 2016 by Laura Kaye, *Love in the Light*
Translation rights arranged by Taryn Fagerness Agency and Sandra Bruna Agencia Literaria, SL. All rights reserved

© de la traducción: Eva Pérez Muñoz, *Corazones en la oscuridad*
© de la traducción: Irene Prat Soto, *Amor a plena luz*

© de esta edición: Libros de Seda, S.L.
Paseo de Gracia 118, principal
08008 Barcelona
www.librosdeseda.com
www.facebook.com/librosdeseda
@librosdeseda
info@librosdeseda.com

Diseño de cubierta y maquetación: Rasgo Audaz, Sdad. Coop.
Imagen de la cubierta: © Jeff Thrower/Shutterstock

Primera edición: marzo de 2017

Depósito legal: B. 2.467-2017
ISBN: 978-84-16550-73-9

Impreso en España – Printed in Spain

LAURA KAYE

CORAZONES EN LA OSCURIDAD

y

AMOR A PLENA LUZ

Libros de
seda

LAURA KAYE

CORAZONES EN LA OSCURIDAD

Para Lea, mi hermana del alma.
Y para todos aquellos lectores que se
han enamorado de Caden y Makenna.

Capítulo 1

—¡Espere! ¡Por favor, que no se cierre!

Makenna James resopló frustrada por el espantoso día que estaba teniendo mientras corría hacia el ascensor. En el bolsillo de la americana sonó su teléfono móvil, así que se cambió los bolsos que llevaba sobre el hombro derecho para sacarlo. El agudo tono era tan molesto como el de un despertador, aunque probablemente se debiera a que el maldito aparato no había dejado de sonar en toda la tarde.

Alzó la vista lo suficiente para atisbar una enorme mano tatuada que impedía que se cerrara la puerta del ascensor antes de conseguir extraer del todo el pequeño teléfono negro. Después le dio la vuelta para responder pero se le cayó al suelo, deslizándose por el apagado mármol.

—¡Mierda! —masculló, soñando con la botella de vino que iba a beberse en cuanto llegara a casa. Por lo menos el teléfono había ido en dirección al ascensor, que todavía esperaba abierto. Que Dios bendijera la paciencia del buen samaritano que sujetaba las puertas.

Se agachó para recuperar el móvil y luego entró a trompicones en el ascensor. El largo cabello le caía sobre la cara, pero no pudo echárselo hacia atrás pues tenía ambas manos ocupadas.

—Gracias —murmuró al buen samaritano mientras la correa del ordenador portátil se le resbalaba por el hombro haciendo que el bolso se le cayera al suelo. El ascensor emitió un pitido impaciente cuando el hombre apartó la mano y las puertas se cerraron.

—No pasa nada —respondió una voz profunda detrás de ella—. ¿A qué piso?

—Oh... mmm... al vestíbulo, por favor.

Distraída por el bolso y por el día en general que estaba teniendo, se colocó la correa del ordenador sobre el hombro y se inclinó para alzar el bolso. A continuación, volvió a colgárselo del brazo y bajó la vista hacia el teléfono para ver quién le había llamado. Sin embargo, lo único que encontró fue una pantalla en negro.

—¿Pero qué...? —Dio la vuelta al aparato y vio un agujero rectangular donde se suponía que tenía que estar la batería—. ¡Estupendo!

Makenna no podía estar sin su teléfono. No con su jefe llamándola cada cinco minutos para comprobar cómo llevaba el trabajo. Cuando estaban en la fase final de un proyecto, que fuera un viernes por la noche y el comienzo del fin de semana no marcaba diferencia alguna. No respiraría tranquila hasta que terminara aquel contrato.

Soltó un suspiro y alzó su cansada mano hasta el panel para presionar el botón que la llevaría de regreso a la sexta planta. Desde el rabillo del ojo pudo vislumbrar lo alto que era el buen samaritano.

Entonces el ascensor se paró abruptamente y todo se volvió negro.

Caden Grayson intentó no reírse de la agotada pelirroja que se dirigía a toda velocidad hacia el ascensor. ¿Por qué iban siempre las mujeres cargadas con tantas cosas? Si a él no le cabía algo en los bolsillos de sus desgastados *jeans*, no lo llevaba y punto.

Mientras la mujer se agachaba para recoger el teléfono —otra cosa que Caden se negaba a llevar encima a menos que estuviera de guardia— se quedó fascinado por la forma en que el cabello le cayó por el hombro en una larga y suave cascada de ondas rojas.

Cuando por fin entró en el ascensor, murmuró distraída que también iba al vestíbulo. Él retrocedió hasta la pared trasera e inclinó la cabeza como siempre hacía. Le daba igual que la gente se fijara en sus *piercings* y tatuajes, pero tampoco estaba ansioso por ver sus miradas de desaprobación o, peor aún, miedo.

Movió la cabeza divertido al verla continuar haciendo malabares con sus pertenencias mientras soltaba una serie de improperios en voz baja. Había tenido un día asqueroso, así que estaba más que listo para unirse a ella, aunque normalmente prefería afrontar las cosas con sentido del humor. Y aquella pelirroja le estaba resultando muy divertida. Desde luego agradecía la distracción.

La pelirroja alzó la mano para presionar un botón y Caden estuvo a punto de reírse al observar que lo apretaba como unas cinco veces. Pero la risa se le quedó atascada en la garganta en cuanto captó el aroma de su champú. Una de las cosas que más le gustaba de las mujeres era que sus cabellos siempre olían a flores. Y ese aroma, combinado con el color de su pelo y la suavidad de sus rizos... Se metió las manos en los bolsillos para evitar deslizar los dedos por aquella espesa mata de pelo. ¡Dios!, cómo le hubiera gustado hacerlo, aunque solo fuera una vez.

Entonces la pelirroja desapareció, junto con todo lo demás, al tiempo que el ascensor se detenía y las luces se apagaban.

Soltó un jadeo y retrocedió hacia un rincón del ascensor. Apretó los ojos con fuerza, bajó la cabeza a sus manos y empezó a contar de diez a cero, intentando recordar las técnicas de respiración... intentando no dejarse llevar por el pánico.

Estar en un espacio tan confinado como el de un ascensor era una cosa (le había llevado años de terapia superarlo... casi). ¿Pero estar en un sitio tan pequeño sin luces? Imposible. El latir de su corazón y la opresión que sintió en el pecho le dijeron que no lo lograría.

Iba por cinco cuando se dio cuenta de que la pelirroja estaba emitiendo una especie de ruido. Se las arregló para luchar contra el terror lo suficiente como para oír que se estaba riendo. Y de forma histérica.

Abrió los ojos, aunque no le sirvió de nada. Pero por el lugar de donde procedía su risa supo que todavía estaba cerca del panel de botones.

Y, por asombroso que pareciera, cuanto más se centraba en ella, menos pánico sentía, o al menos no iba a peor.

Cómo le hubiera gustado poder verla. Casi podía imaginársela con los hombros temblando, los ojos llenos de lágrimas y apretándose el estómago por la fuerza de su ahora sofocante risa. Cuando la oyó exhalar por la nariz, soltando un resuello, esbozó una media sonrisa; ella por su parte volvió a estallar en carcajadas en cuanto oyó aquel sonido tan poco elegante.

Pero a él no le importó, porque se percató de que volvía a estar en posición vertical y respirando con normalidad. Había conseguido superar el ataque de pánico. Gracias a ella.

Makenna se habría pegado un tiro si hubiera podido, pero se estaba riendo con tanta fuerza que apenas podía respirar.

«¡Perfecto! ¡Simplemente perfecto!»

A cualquiera que le contara la enorme pila de mierda que había sido su día no se lo creería. Había empezado cuando se rompió un tacón de su par de sandalias de tiras favorito en las escaleras del metro. Tuvo que dar media vuelta y andar los veinte minutos de regreso a su apartamento para cambiarse de calzado, lo que consiguió que llegara tarde al trabajo y se ganara sendas ampollas en los dedos meñiques de ambos pies al elegir los únicos zapatos (un par de tacones nuevos) que iban a juego con el traje que llevaba. Desde ese momento todo había ido de mal en peor. Y ahora aquello. Era como si estuviera en una de esas estúpidas comedias, con risas enlatadas incluidas. Aquella idea hizo que churritara como un cerdito. Lo ridículo del sonido, junto con la situación tan absurda en la que se encontraba y el desastre de día que había tenido, hicieron que volviera a echarse a reír con tanta fuerza que terminó con las mejillas ardiendo y un costado dolorido.

Al final, dejó sus pertenencias en el suelo y extendió una mano hasta que tocó una pared de frío metal. Trató de calmarse y usó la mano que tenía libre para enjugarse las lágrimas y abanicarse del calor que empezó a sentir en el rostro al recordar que el Buen Sam seguía allí con ella.

«Oh, Dios mío. Seguro que piensa que estoy como una cabra.»

—Lo siento... Lo siento —logró decir cuando consiguió controlar el ataque de risa, transformándolo en risitas ocasionales. Ahora se reía más de sí misma.

Buen Sam no respondió.

—¿Hola? —continuó—. ¿Sigues aquí conmigo?

—Sí, estoy aquí. ¿Te encuentras bien? —Resonó una voz en el confinado espacio, rodeándola por completo.

—Mmm... Sí... No lo sé. —Se apartó el pelo de la cara y negó con la cabeza.

Lo bajito que se rio hizo que se sintiera menos ridícula.

—Qué mal, ¿eh?

—Peor —repuso Makenna antes de soltar un suspiro— ¿Cuánto crees que estaremos aquí encerrados?

—¿Quién sabe? Espero que no mucho. —Lo dijo con un tono que Makenna no terminó de entender.

—Ojalá. ¿No suelen llevar estos cacharros luces de emergencia? —Recorrió con la mano el panel de botones y pulsó varios al azar para ver si encontraba el de la alarma, pero ninguno pareció hacer nada en concreto. Además, por los dos años que llevaba trabajando allí sabía que al teléfono de emergencias le faltaba el receptor. Por lo visto esos eran los riesgos de trabajar en un edificio de oficinas de la década de 1960.

—Sí, los más nuevos las tienen.

Tras un rato desistió de encontrar ayuda en los botones y se volvió hacia la puerta para golpear tres veces con los nudillos contra el metal.

—¡Eh! ¿Hay alguien ahí? ¿Alguien puede oírme? Nos hemos quedado encerrados en el ascensor. —Presionó la oreja contra la fría superficie de las puertas, aunque después de estar varios minutos en esa posición le quedó claro que no había nadie cerca. Seguro que se habían parado entre la tercera y la cuarta planta, donde se encontraba una delegación de la Seguridad Social que cerraba a las cinco, por lo que un cuarto de hora después allí no había ni un alma. Sí, eso explicaría perfectamente la falta de respuesta.

Suspiró y alzó la mano, pero fue incapaz de verla, y eso que tenía la palma lo suficientemente cerca como para tocarse la nariz.

—Maldita sea, esto sí que es la definición misma de «negro como el carbón». No puedo verme ni la mano que tengo delante de la cara. —Al oír cómo Buen Sam se quejaba bajó la mano—. ¿Qué pasa?

—Nada. —Sonaba cortante, tenso.

«De acueeerdo.»

Él resopló y se movió. Entonces Makenna notó cómo algo duro le golpeaba el tobillo y soltó un grito de sorpresa.

—Mierda, lo siento. ¿Estás bien?

Bajó la mano y se frotó la zona donde por lo visto el calzado de él le había golpeado.

—Sí. ¿Te has sentado?

—Sí. He pensado que ponía ponerme cómodo. Aunque no quería hacerte daño. No me he dado cuenta de que...

—¿De qué? ¿No podías ver que estaba aquí? —Se rio, tratando de restar importancia al asunto y romper un poco el hielo, aunque que él no respondiera cayó como una pesada losa en el reducido espacio que estaban compartiendo.

Soltó un suspiro y usó la mano como guía para volver a «su lado» del ascensor, pero se tropezó cuando el pie izquierdo se le enredó con la correa de uno de sus bolsos, haciendo que se le resbalara el zapato. Frustrada, se quitó el otro de una patada que fue a parar a... a algún sitio en la oscuridad.

—Bueno, supongo que yo también puedo ponerme cómoda —dijo con la doble intención de romper el silencio y comenzar una pequeña charla con él. Encontró el rincón trasero del ascensor y se sentó. Después extendió con cuidado las piernas, las cruzó sobre los tobillos y se alisó la falda a la altura de los muslos. Cuando se dio cuenta de lo que estaba haciendo puso los ojos en blanco. Ni que él fuera a verla.

Aquella oscuridad la tenía completamente desorientada. No se filtraba ni el más mínimo halo de luz. Su primer impulso fue el de encender la pantalla del teléfono móvil para poder ver algo, pero entonces se acordó de que la batería estaba tirada en alguna parte del vestíbulo de la planta en la que trabajaba. Y, dado que el día estaba siendo lo que era, también había agotado la batería del portátil, así que tampoco podía usarlo.

Le hubiera gustado ver qué aspecto tenía Buen Sam. Su loción para después del afeitado olía a limpio. Reprimió una sonrisa al imaginarse recorriendo su garganta con la nariz hasta llegar a la cabeza.

No sabía exactamente cuánto tiempo llevaban allí dentro. Giró los pulgares unas cien veces al tiempo que estiraba los tobillos.

«¿Por qué no dice nada? Tal vez es un poco tímido. O puede que lo hayas dejado anonadado con tu grácil entrada, tu ataque de nervios tan elegante y tu sensual risa estilo cerdito. Sí, seguro que se trata de eso.»

Caden deseó con todas sus fuerzas que la pelirroja volviera a reírse, o al menos hablara. Que le hubiera recordado lo oscuro que estaba aquel sofocante ascensor del tamaño de una caja despertó al instante la ansiedad que sentía. Y cuando la opresión se apoderó de su pecho, tuvo que sentarse para no avergonzarse a sí mismo desmayándose o haciendo alguna otra mierda similar, pero al estirar las piernas la había golpeado y desde entonces ella apenas había pronunciado un par de frases más.

«Bien hecho, sí señor.»

La oyó removerse inquieta, suspirando y cambiando de posición. Empezó a concentrarse en el sonido que hacían sus piernas cada vez que se deslizaban contra la moqueta del ascensor; una distracción que le ayudó a ralentizar la respiración. La inhalación profunda que finalmente consiguió insuflar en los pulmones le alivió y sorprendió a la vez.

Caden era un tipo solitario. Tenía pocos amigos —personas que le conocían de toda la vida y que sabían lo que le pasó a los catorce años— pero tampoco dedicaba mucho tiempo a hablar con personas que no conocía. Así era él. Los tatuajes, los *piercings* y el pelo rapado conseguían que desprendiera un cierto halo antisocial, aunque eso era más fachada que realidad. De modo que le resultaba tremendamente extraño que otra persona le transmitiera la calma que estaba obteniendo de aquella pelirroja. ¡Por el amor de Dios, pero si ni quiera sabía qué aspecto tenía o cómo se llamaba!

Solo había una forma de resolver ese último aspecto.

—¿Eh, pelirroja? —Después del largo período de silencio, su voz resonó con fuerza en el reducido espacio—. ¿Cómo te llamas? —preguntó en voz más baja.

Ella se aclaró la garganta.

—Todo el mundo me llama M.J. ¿Y tú?

—Caden. ¿Te llamas M.J. de verdad o es solo un apodo?

Ella se rio por lo bajo.

—Bueno, «Caden»... —El énfasis con el que pronunció su nombre le arrancó una sonrisa inesperada—. Me llamo Makenna, pero por lo visto M.J. me pega más.

—¿De dónde viene la J?

—Porque me apellido James.

—Makenna James —susurró él. Le gustaba su nombre. Encajaba con esa espesa mata de exquisito pelo rojo—. Deberías quedarte con Makenna. Te va mejor. —Hizo una mueca mientras esperaba la reacción ante aquella opinión que nadie le había pedido. Su boca había sido más rápida que su cerebro.

—Mmm... —replicó ella de forma evasiva. Creía que le había ofendido hasta que continuó—: Bueno, una de las ventajas de M.J. es que no me hace destacar en la firma en la que trabajo.

—¿A qué te refieres?

—A que soy la única mujer.

—¿A qué te dedicas?

—¿Es que ahora estamos jugando al juego de las Veinte Preguntas?

Caden esbozó una sonrisa de oreja a oreja. Le gustaba que una mujer supiera plantarle cara. Durante un instante, casi se alegró de la oscuridad que les rodeaba ya que ella no podría juzgarle por su apariencia. Y él estaba disfrutando con su franqueza.

—¿Por qué no?

Ella se rio con suavidad.

—Bueno, en ese caso ya he respondido a más preguntas que tú. ¿Cómo te apellidas?

—Grayson. Caden Grayson.

—¿Y a qué te dedicas, señor Grayson?

Al oírla pronunciar su apellido de esa forma tragó saliva. Hacía que sintiera... cosas.

—Mmm... —Se aclaró la garganta—. Soy enfermero del cuerpo de bomberos. —Había tenido claro lo que quería ser desde adolescente. No era nada fácil ver a otras personas, a otras familias, en situaciones similares a la que cambió su vida, pero sintió que esa era su vocación.

—Vaya. Eso está muy bien. Es admirable.

—Sí, bueno, paga las facturas —comentó él, avergonzado por el cumplido. No estaba acostumbrado a recibirlos. Mientras pensaba en ello se pasó una mano por el pelo cortado al ras. Sus dedos se deslizaron por la cicatriz más grande que tenía—. ¿Y tú? ¿En qué trabajas? —La oyó reír por lo bajo y se preguntó qué le divertía tanto.

—Soy contable, y antes de que te mueras de aburrimiento, te aclararé que trabajo en el ámbito forense, soy contadora forense, así que no es tan malo como parece.

Caden se encontró riendo, aunque no supo muy bien por qué. Esa mujer tenía algo que le hacía sentirse bien.

—Bueno, eso es algo muy... interesante.

—Cállate —dijo ella antes de volver a reírse.

Él esbozó una sonrisa todavía mayor.

—Bien dicho.

Ella resopló y dijo con voz divertida:

—Si pudiera verte te daría una torta.

Aquella súbita referencia a la oscuridad en la que se encontraban borró de un plumazo la sonrisa de su cara. Tomó una profunda bocanada de aire a través de la opresión que ahora sentía en la garganta.

—Eh, ¿qué te pasa?

—Nada. —No pudo evitar lo cortante que sonó su voz, aunque estaba más frustrado consigo mismo que con ella. No le gustaba perder los papeles y mucho menos delante de otras personas.

—Lo siento. Esto... sabes que no te daría un tortazo de verdad, ¿no?

Y con esa simple frase consiguió que volviera a centrarse.

—Ah, bueno, ya me siento mucho mejor —dijo. El humor volvía a impregnar su voz. Y era cierto. Giró la cabeza de un lado a otro para liberar algo de la tensión que sentía en el cuello. Al percatarse de que llevaba callada un rato se preguntó si realmente pensaba que le había molestado su comentario. No le gustaba la idea de que se sintiera mal—. Mmm... Tengo un poco de claustrofobia, eso es todo. Así que... si puedes dejar de mencionar que estamos a oscuras, a pesar de que... Mierda.

—¿Qué?

—Bueno, está claro que estamos a oscuras, pero no puedo dejar de pensar en lo estrecho y... cerrado que es este ascensor cuando aludes a... Solo habla de otras cosas. —Volvió a pasarse la mano por la cabeza rapada sabiendo que estaba sonando como un auténtico imbécil; por eso casi nunca conocía a nadie más allá de su reducido círculo de amigos.

Pero ella le respondió completamente seria.

—Oh, bien. De acuerdo, entonces, ¿de qué quieres que hable?

Capítulo 2

—Pues no lo sé. ¿Qué te parece del juego de las Veinte Preguntas?

Makenna sonrió por su brusquedad, pero no podía culparle. Si ella fuera claustrofóbica se hubiera vuelto loca; que él estuviera allí sentado, tan tranquilo, solo demostraba lo fuerte que era. Se preguntó si esa era la razón por la que había estado tan callado antes y decidió hacer todo lo posible para ayudarle durante su confinamiento temporal.

—Está bien. Tú primero.

—De acuerdo. —Se quedó en silencio unos segundos antes de decir—. ¿Qué es un contable forense?

—Un contable que analiza la contabilidad y prácticas empresariales como parte de una investigación, como por ejemplo en un litigio.

—Vaya, eso sí que suena interesante. Así que tu trabajo es parecido al de un detective.

Makenna agradeció el intento, pero estaba tan acostumbrada a que a la gente le entrara narcolepsia en cuanto les decía que era contable que no sabía si hablaba en serio.

—¿Me estás tomando el pelo?

—En absoluto —señaló él. La rapidez con la que lo dijo le confirmó que estaba siendo sincero.

—Bien. Entonces, ¿me toca?

—Dispara.

Makenna sonrió.

—¿Puede ser que haya visto que tienes un tatuaje en la mano?

No respondió de inmediato.

—Sí. Es la cabeza de un dragón.

Ella no tenía ningún tatuaje, le daba miedo que le doliera si se hacía uno, pero siempre le habían fascinado un poco.

—¿Es solo una cabeza?

—Oye, ahora me tocaba a mí.

—No era una nueva pregunta —arguyó ella—, sino una aclaración a la pregunta anterior.

—Pensaba que eras contable, no abogado. —Se rio—. Está bien. El dragón completo lo tengo en el antebrazo y la cabeza en el dorso de la mano. ¿Me toca ahora, señora letrada?

Makenna no pudo evitar sonreír ante el sarcasmo. Haberse criado con tres hermanos le había enseñado el sutil arte de la ironía.

—Sí, puede proceder.

Él se echó a reír y a ella le gustó el timbre de su risa.

—¡Qué magnánima que eres!

—Vaya, ¿así que ahora nos hemos puesto en plan culto?

—¿Qué pasa? ¿Es que un hombre con tatuajes no puede usar una palabra con cuatro sílabas?

Makenna soltó un jadeo y después suspiró.

—Me gustaría poder verte la cara para saber si estás hablando en serio o no. —Al darse cuenta de que su alusión indirecta a la oscuridad podría inquietarle, se apresuró a añadir—: Sabes que no quería decir eso. Solo te estaba provocando. Venga, te toca.

Al oír su risa grave sonrió aliviada.

—Sí, sí. Muy bien. ¿Qué lleva a una chica como tú a convertirse en contable?

«¿Una chica como yo?»

—¿Una chica como yo? —Frunció el ceño y esperó a que se explicara, ya que no lograba entender a qué se refería.

—Sí, ya sabes... —Caden soltó un suspiró y murmuró algo que Makenna no consiguió entender—. Eres guapa.

Pasó de sentirse halagada a perturbada y de nuevo a lo anterior. Al final fue incapaz de decidir qué emoción predominaba. Crecer en una casa llena de varones había hecho que se convirtiera en un marimacho desde que tenía memoria. Y aunque sus compañeras de cuarto de la universidad la habían introducido en el mundo femenino, mostrándole cosas como vestidos, faldas, ropa interior y maquillaje, seguía pensando en sí misma como un «chico más». No era nada del otro mundo, desde luego no una de esas mujeres por las que sus hermanos babearían.

—Mierda, esto tampoco ha ido bien. Me refería a que eres guapa, pero claro que las chicas guapas pueden ser inteligentes. Lo que quiero decir es que... Creo que voy a cerrar la boca ya mismo.

Al final decidió que todo aquello le divertía y se echó a reír.

—Sí, creo que es un buen momento para salir del lío en el que te estás metiendo. —Después se puso más seria y añadió—: Y esto que te voy a decir seguro que me hará parecer todavía más rara, pero siempre se me han dado bien las matemáticas y los números nunca me han resultado difíciles. Tampoco quería irme por el lado teórico y ponerme a enseñar. Entonces mi hermano mayor se hizo policía y me habló de la contabilidad forense.

Como Caden no respondió estuvo casi segura de que le había matado de aburrimiento, hasta que él murmuró:

—Me gusta mucho el sonido de tu voz.

El rubor se deslizó por debajo del cuello de su blusa de seda. Que le dijera que era guapa no la había conmovido, pero que señalara que le gustaba su voz liberó mariposas en su estómago.

—Y a mí también... Quiero decir que a mí también me gusta... Tu voz, por supuesto. —Tuvo que morderse el labio para acabar con el torrente de tonterías que estaba saliendo por su boca. Después fingió darse un manotazo en la frente. En aquel momento sí que agradeció estar a oscuras.

※ ※ ※

Caden agradeció que Makenna fuera una persona de trato tan fácil, porque estaba convencido de que, como volviera a meter la pata, ella cumpliría su amenaza de pegarle. Primero había sacado conclusiones precipitadas, dando por sentado que ella le estaba juzgando cuando se enteró de lo del tatuaje. En realidad solo estaba decepcionado porque pudiera rechazarle sin ni siquiera verle. Luego le falló el filtro verbal a lo grande y le dijo que era guapa. En ese momento había vuelto a pensar en aquel pelo rojo que sin lugar a dudas era bonito, incluso precioso, y salió de sus labios de sopetón, sin pararse a pensar en lo cavernícola que había sonado su pregunta. Y por último, había admitido que le gustaba su voz. Lo que era cierto, pero tampoco hacía falta expresar ese tipo de chorradas en voz alta.

Pero entonces ella también reconoció que le gustaba la suya y las tornas se habían vuelto a su favor. Makenna casi había tartamudeado el cumplido y él creyó que tal vez, solo tal vez, se había sentido halagada porque le dijera que le gustaba su voz.

Pensó en otra pregunta, una con la que no corriese tanto peligro de que su mano se encontrara con su cara y al final consiguió dar con una.

—¿Cuántos hermanos tienes? —Debería haber pensado en algo más, pero las palabras salieron de su boca sin más.

—Tres. —Por el tono en que le respondió supo que estaba sonriendo—. Patrick es el mayor. Es el que se hizo policía. Ian va después. Y Collin es un año más pequeño que yo. ¿Y tú? ¿Tienes hermanos?

—Se llamaba Sean. Era dos años menor que yo. —Se quedó esperando, figurándose que Makenna se percataría de por qué había usado el pasado.

Finalmente llegó su réplica.

—Lo siento. No puedo ni imaginarme lo que sería perder a uno de mis hermanos. Tuvo que ser muy duro. ¿Puedo preguntarte cuánto tiempo hace que... se fue?

Que estuvieran a oscuras hizo que le fuera más fácil compartir parte de aquella historia. Así ella no podría ver la mueca de dolor que puso, o la forma como apretó la mandíbula. No podría preguntarse por qué flexionaba el hombro derecho para poder sentir la parte de piel del omoplato en la que se había tatuado el nombre de su hermano. Ni tampoco podría contemplar la cicatriz en forma de media luna que tenía en el lado derecho de la cabeza y que siempre se tocaba cuando se acordaba de Sean.

—Lo siento, no tienes por qué hablar de ello si no quieres...

—No te disculpes. No suelo hablar de él, aunque quizá debería hacerlo. Murió cuando yo tenía catorce años. Él tenía doce. De eso hace ya catorce años. —Mientras pronunciaba las palabras, apenas podía creerse que hubiera vivido más tiempo sin su hermano que con él. Sean había sido el mejor amigo que había tenido jamás.

Makenna se moría por llegar hasta él, así que metió las palmas de las manos por debajo de los muslos para evitar extender alguna de ellas y tocarle o darle un apretón en el hombro. No conocía a ese hombre de nada, pero sentía su dolor. Dos años antes, cuando dispararon a Patrick estando de servicio, experimentó un tipo de miedo que no quería volver a sentir en toda su vida. No podía ni imaginarse lo que esa sensación se habría amplificado si su hermano no hubiera salido de aquella, aunque podía percibirlo en la voz de Caden.

Al final no pudo evitar tener un pequeño gesto con él y dijo:

—Gracias por contármelo, Caden. Era demasiado joven. Lo siento en el alma.

—Gracias —repuso él en un susurro—. Y bueno... —Oyó cómo se aclaraba la garganta—. ¿Cuántos años tienes?

Makenna supuso que él agradecería que la conversación fuera mucho más animada de modo que respondió con su tono más altanero:

—¿Por qué, señor Grayson? ¿Qué clase de pregunta es esa para hacerle a una dama?

—Te chiflan los números, así que pensé que te encantaría responderme a esa.

Sonrió al notar que su voz recobraba el buen humor.

—Está bien. —Soltó un exagerado suspiro—. Tengo veinticinco.

—Pero si eres una cría.

—Cierra el pico, abuelo.

Caden profirió una carcajada que le hizo sonreír de oreja a oreja.

De pronto se quedaron sumidos en un agradable silencio. Aunque ahora que no había una conversación de por medio que la distrajera, Makenna se percató de que tenía calor. Puede que estuvieran a finales de septiembre, pero todavía tenían una temperatura diurna similar a la de mediados del verano. La falta de aire acondicionado empezaba a hacer mella en el interior del ascensor y la blusa de seda se le pegaba al cuerpo de forma incómoda.

Se puso de rodillas y se quitó la americana del traje. La dobló tan cuidadosamente como pudo y la arrojó con suavidad en dirección a los bolsos.

—¿Qué haces? —preguntó Caden.

—Quitarme la americana. Tengo un poco de calor. Me pregunto cuánto tiempo llevamos aquí. Se aflojó la blusa y usó el dobladillo para darse algo de aire en el abdomen.

—No lo sé. Puede que una hora, hora y media...

—Sí —acordó ella. Debían de ser las ocho de la tarde. Tarde o temprano alguien se daría cuenta de que estaban allí encerrados, ¿verdad? Suspiró y volvió a sentarse en el rincón, aunque girando levemente la cadera. A pesar de la moqueta, la superficie del suelo era muy dura y se le estaba empezando a dormir el trasero—. ¿A quién le toca? —preguntó.

Caden se rió por lo bajo.

—Ni idea. Aunque puedes continuar tú.

—¿Qué grandes planes tenías para esta noche?

—En realidad ninguno de mucha importancia. Solo había quedado con unos amigos para jugar al billar. Hago muchos turnos de noche, así que no tengo tanto tiempo para salir con ellos como me apetecería.

Le gustó cómo sonaba aquello. Quitando sus compañeras de la universidad (solo una de ellas vivía en Washington), no tenía muchas amigas con las que pasar el rato. Por alguna razón siempre se le había dado mucho mejor entablar amistad con el sexo contrario; algo que achacaba al hecho de haberse criado rodeada de sus hermanos y los amigos de estos.

—¿Y tú qué?

—Oh, tenía una cita súper importante con mi sofá y una botella de vino.

—Estoy seguro de que ambos pueden volver a hacerte un hueco en su agenda.

—Sí, claro —río Makenna antes de suspirar—. Casi siempre están disponibles. Muy bien, ¿por qué no dejamos de lado este asunto tan deprimente...?

—¿Estás saliendo con alguien? —preguntó Caden sin ánimo de pasar del asunto deprimente.

—Obviamente no. ¿Tú?

—Tampoco.

Aquella respuesta la complació más de lo que debería. Tal vez solo estaba feliz por saber que no era la única persona soltera que andaba por ahí fuera. Todos sus amigos parecían estar casados o con pareja. Era como si una fila de fichas de dominó fuera cayendo poco a poco, solo que ella no estaba en dicha fila.

—De acuerdo —dijo Caden con un aplauso que resonó en el pequeño espacio—. Color preferido.

—¿En serio?

—Vayamos a lo básico, pelirroja.

Esbozó una amplia sonrisa ante el apodo que tantos otros habían usado antes pero que nunca le había gustado hasta ahora.

—Azul. ¿El tuyo?

—Negro.

Sonrió.

—Muy de chico.

Él se rio y a continuación se vieron inmersos en por lo menos otras veinte preguntas sobre minucias de las que uno se entera después de estar un par de meses saliendo con la otra persona: grupo musical preferido, película preferida, comida preferida, lugar preferido y otros tantos «preferidos» que a Caden se le fueron ocurriendo, momento vivido más embarazoso, mejor día de tu vida, aunque evitó preguntar por el peor; algo que ella agradeció porque si él volvía a hablar de su hermano no creyó que pudiera resistirse a no tocarlo.

Lo cierto era que estaba disfrutando de aquella conversación. En algún momento de la charla sobre los «preferidos» se estiró sobre el suelo y se apoyó sobre un codo. Por extraño que pareciera, y a pesar de llevar encerrada un par de horas a oscuras en un ascensor con un completo extraño, se sentía bastante relajada. Tanto que por su mente cruzó la insignificante idea de que no estaba nada ansiosa porque regresara la luz y tuvieran que separarse.

Y no solo eso, ambos compartían una asombrosa cantidad de cosas en común. Adoraban la comida italiana y tailandesa. Incluso podía pasar por alto que a Caden le gustara el *sushi* ya que era un gran seguidor de Kings of Leon, su grupo favorito. Ambos disfrutaban yendo a partidos de béisbol, sentándose bajo el sol y bebiendo cerveza con los amigos y ninguno de los dos veía sentido al golf. También compartían el gusto por las comedias de humor delirante, aunque no se pusieron de acuerdo a la hora de puntuarlas.

Fue de lejos la conversación más entretenida que había tenido en mucho tiempo. Caden parecía francamente interesado en sus respuestas y debatía y discutía cada pequeño punto con una intensidad que hacía que le entraran unas ganas enormes de besarle para que se callara. Le gustaba cómo se sentía en compañía de aquel hombre, a pesar de que nunca le había visto de verdad.

Caden no podía recordar la última vez que había mantenido una conversación tan distendida o la última ocasión en que se había reído o incluso sonreído tanto. Se sentía... estupendamente, lo que era digno de mención. La mayoría de los días solía moverse en un radio entre el «bien» y el «bastante bien». Hacía tiempo que se había reconciliado con ese hecho. Había mundos mucho mejores que el abismo en el que había pasado la mayor parte de su adolescencia.

—Voy a ponerme de pie y estirarme un poco —informó.

—Sí, te entiendo. Este suelo deja un poco que desear.

—Por lo menos tiene moqueta, no mármol o baldosas. Tendrías mucho más frío en las piernas si así fuera. —Alzó los brazos sobre la cabeza y giró el torso mientras se acordaba de lo bien que se ajustaba la falda gris a su perfectamente formado trasero. Cuando giró hacia la izquierda oyó cómo le crujía la espina dorsal.

—Pues ahora mismo no me vendría mal un poco de frío.

Makenna tenía razón. Habían pasado de la potencia excesiva del aire acondicionado que tienen la mayoría de edificios de oficinas en verano a una cómoda calidez. Todavía no hacía mucho calor, pero estaba claro que se encaminaban en esa dirección.

Mientras Caden se sentaba de nuevo en el suelo y trataba de encontrar una posición que no agravara el hormigueo que sentía en el trasero y las caderas, Makenna volvió con las preguntas.

—Bueno, yo trabajo aquí, ¿pero qué es lo que te ha traído hoy hasta este elegante ascensor?

—Resolver un asunto de la herencia de mi padre. El despacho de su socio está en la séptima planta.

—Vaya, lo sient...

—No lo hagas. Mi padre llevaba mucho tiempo sin ser feliz. Y no nos llevábamos bien. Seguro que ahora está en un lugar mejor. De todos modos, solo tenía que firmar unos papeles.

Apenas oyó el suave «oh» que emitió ella.

—De acuerdo —continuó él, intentando alejarse de otro tema de conversación deprimente—. Ahora toca hablar de la primera vez. Con quién, cuándo, dónde y si estuvo bien o no.

—¿Qué? —Makenna casi se atraganta con la carcajada de incredulidad que soltó—. Mmm, creo que no.

—¿Por qué no? Pero si ya hemos hablado de casi todo lo demás. Venga, yo seré el primero.

Ella se quedó callada durante un minuto hasta que empezó a moverse. Por el ruido que hacía le dio la sensación de que estaba más cerca de él que antes.

—¿Qué haces?

—Ni siquiera pienso plantearme la idea de hablar de eso contigo hasta que por lo menos no hayamos comido algo juntos. Y ahora mismo me muero de hambre.

Caden también había estado haciendo caso omiso de las demandas de su estómago durante... Joder, ni siquiera sabía cuánto tiempo. Pero la mera mención de la comida le había puesto a salivar.

Oyó a Makenna mascullar algo.

—Venga, vamos, ¿dónde estás? No, en este bolso no. —Casi se sobresaltó con su grito triunfal—. ¡Bingo! Muy bien, señor Grayson, ¿prefiere una barrita de cereales o un paquete pequeño de una mezcla de frutos secos?

Esbozó una amplia sonrisa ya que no esperaba que fuera a compartirlo con él y desde luego no tenía intención de pedírselo.

—No, no. Todo tuyo.

—¡Oh, vamos, tienes que comer algo! Tengo dos cosas, de modo que hay una para cada uno. Y ya que este es mi edificio, eres algo así como un invitado. Así que elige entre la barrita o los frutos secos. —Podía oírla moviendo las bolsas mientras continuaba canturreando—. Barrita o frutos secos, barrita o frutos secos...

Volvió a sonreír.

—Está bien, me quedo con los frutos secos.

—Hecho. Mmm, ¿por aquí?

El paquete crujió contra la moqueta cuando Makenna empezó a deslizarlo en su dirección. Él alargó la mano en su busca y cuando por fin se encontraron en mitad de ese camino a oscuras, rozó la de ella. Era suave y pequeña. Se sorprendió a sí mismo pensado que le apetecía mucho más seguir sujetándole la mano que la comida que le ofrecía y tampoco pasó por alto que ella no se había apartado. Ambos rieron nerviosos.

—Aunque tendremos que compartir el agua. Solo tengo una botella.

—¿Cuántas cosas llevas ahí dentro?

—Oye, no te metas con mis bolsos. De no ser por ellos no estaríamos a punto de comernos este menú de alta cocina

—Tienes razón. Lo siento —dijo antes de llevarse a la boca el primer puñado de nueces y pasas.

Comieron en silencio. Enseguida, la sal de los frutos secos hizo que le entrara mucha sed. Se sentía un poco incómodo por tener que pedírselo, pero la idea de obtener un poco de agua le estaba torturando.

—¿Puedo beber un trago?

—Por supuesto. Deja que me asegure de que el tapón está bien cerrado para que no se derrame.

Sus manos volvieron a encontrarse a mitad de camino y cuando los dedos de ambos se detuvieron de nuevo durante un instante antes de volver a separarse esbozó una sonrisa.

Desenroscó el tapón y se llevó la botella a los labios.

—¡Oh, Dios! Qué sed que tenía.

—Lo sé. No me había dado cuenta de lo sedienta que estaba hasta que di el primer sorbo.

—Gracias por compartir tus cosas conmigo.

—Pues claro. ¿Qué iba a hacer si no? ¿Quedarme sentada y comer enfrente de ti? Vamos, sabes que sería incapaz. O tal vez no lo sepas.

Caden creía conocerla... o al menos estaba empezando a hacerlo. Cada historia que le había contado había revelado una parte de su personalidad y todo apuntaba a que era una persona amable, compasiva y generosa.

—No, tenías razón con la primera —dijo finalmente—. Lo sé.

Los frutos secos se terminaron demasiado pronto, aunque por lo menos logró aplacar un poco el hambre. Se estuvieron pasando el agua de uno a otro hasta que casi se terminó y Caden insistió en que fuera ella la que diera el último sorbo.

Después se quedaron sentados unos minutos en silencio en aquel caluroso ascensor a oscuras hasta que Caden decidió mirar en su dirección.

—No creas que con este pequeño truco de los tentempiés vas a librarte de la pregunta que dejamos pendiente —dijo.

—Ni mucho menos, pero dijiste que tú irías primero.

Capítulo 3

Makenna se recostó sobre la espalda y miró hacia el invisible techo. Tenía una enorme y bobalicona sonrisa en los labios porque Caden estaba a punto de hablarle de su primera vez, mientras que ella no tenía ninguna intención de compartir la suya.

—Muy bien. Entonces empezaré yo. Al fin y al cabo soy un hombre de palabra. Mi primera vez fue con Mandy Marsden...

—¿Mandy? —Makenna arrugó la nariz y sonrió con suficiencia.

—Eh, estoy contándote una historia. Intenta no interrumpirme.

—Oh, sí, lo siento. Continúa por favor. —Su sonrisa se hizo aún más grande.

—Como iba diciendo, mi primera vez fue con Mandy Marsden, en el sofá del salón de la casa de sus padres, mientras estos dormían en la planta de arriba. Tenía dieciséis años y no tenía ni idea de qué coño estaba haciendo. Lo recuerdo como algo agradable, aunque puede que Mandy terminara un poco... decepcionada.

Encontró muy tierno el tono de humor con el que acabó la frase. Le gustaban los hombres que sabían reírse de sí mismos. «Debe de estar muy seguro en la cama como para contarme algo así.» Aquel pensamiento hizo que su temperatura corporal subiera aún más.

—Suena bastante romántico —consiguió decir.

—¿Qué sabe uno de romanticismo con dieciséis años?

—Sí, supongo que tienes razón. Por lo menos la invitarías a cenar antes, ¿no?

—¿La *pizza* cuenta?

No pudo evitar reírse. Caden era adorable.

—Para un chico de dieciséis, sí. Te lo pasaré por alto.

—Qué considerada. Muy bien, te toca, pelirroja.

Ella no respondió.

—¿Pelirroja?

—Siguiente pregunta.

Le oyó moverse.

—Ni de broma. —Ahora su voz sonaba más cerca—. Hicimos un trato.

—Por favor, ¿podría el taquígrafo judicial leer la transcripción para confirmar que la señorita James nunca estuvo de acuerdo en contarle su historia?

Caden soltó un bufido.

—Está bien, soy consciente de que ya llevamos un buen rato aquí dentro, pero por favor dime que no has perdido la cabeza.

—Para nada, solo estoy constatando los hechos.

—Venga, ¿por qué no quieres?

Casi se alegró de no poder verle. Si sus ojos eran tan persuasivos como su voz hubiera estado perdida.

—Porque... no —dijo, riendo por su insistencia.

—No puede ser peor que la mía.

—No.

—Pelirroja.

—No.

—M.J.

—Para usted, Makenna, caballero. Y la respuesta sigue siendo no. —Aunque nunca le había molestado que se dirigieran a ella por sus iniciales le gustaba cómo sonaba su nombre cuando lo pronunciaba él. No quería que la tratara como lo hacía todo el mundo, como si fuera un «chico más».

—Tiene que tratarse de una pedazo de historia. ¿Te das cuenta de que así lo único que consigues es crear más expectativas?

Ella emitió un quejido.

—No, no, no, no.

—Cuéntamela y te llevaré a comer *pizza*. Incluso te dejaré elegir los ingredientes. —Puede que estuvieran de broma, pero Caden se sorprendió a sí mismo deseando que ella aceptara la invitación, aunque no le contara la historia. Se moría de ganas de salir de ese ascensor pero no quería alejarse de Makenna. O que ella se alejara de él. Al no oírla responder de inmediato deseó poder ver la expresión de su cara y sus ojos—. ¿De qué color tienes los ojos? —susurró. Otra vez volvió a fallarle el filtro entre el cerebro y la boca.

—Azules —murmuró ella—. Y sí.

—Sí, ¿qué? —preguntó, distraído por el anhelo de alargar la mano y tocarle el rostro. Los susurros habían transformado la conversación en algo más intenso e íntimo. De pronto todo su cuerpo cobró vida, pero esta vez el pulso acelerado y el martilleo de su corazón fueron producto de la excitación y no por un ataque de pánico.

—Que tomaré una *pizza* contigo. Solo si también vamos a ver una película juntos.

En su mente se imaginó aquellas palabras deslizándose por su cuerpo, aunque le hubiera gustado más que fueran sus suaves manos. Pero estaba encantado de que hubiera aceptado salir con él y que, además, hubiera sido ella la que lo convirtiera en una cita en toda regla.

—Estupendo. Entonces *pizza* y película. —Se pasó la mano por el pelo mientras la oscuridad le ayudaba a ocultar la sonrisa que dibujaron sus labios.

—Mi primera vez fue con Shane Cafferty —comenzó Makenna, todavía en un susurro—. Tenía dieciocho años. Fue dos semanas después del baile de graduación. Estuvimos saliendo más o menos todo el verano antes de marcharnos a universidades distintas. Pero esa noche nos llevamos una manta y la tendimos sobre el montículo del lanzador del campo de béisbol del instituto. Oh, Dios, qué vergüenza... —gimió.

—No, para nada. Continúa. —Le había sorprendido que al final cediera, pero que confiara en él también le dio esperanza.

—Él había jugado en el equipo del instituto. Era bueno... me refiero al béisbol. ¡Dios! El caso es que eso de la manta en plena noche nos pareció buena idea. La primera vez fue dulce. Corto —se rio—, pero dulce. Luego fue mejor.

—Es una buena historia. Mejor que la mía. Gracias por contármela. ¿Ves?, no ha sido tan duro.

Makenna soltó un suspiro.

—No, supongo que no. —Se quedó callada un momento y después añadió—: ¿Sabes?, me llevas una gran ventaja. Lo que no es nada justo. Cuando entré en el ascensor pudiste verme, pero yo estaba demasiado ocupada para verte a ti.

—Cierto —sonrió en la oscuridad—. Lo recuerdo. Pero tampoco te vi la cara porque se interpuso tu pelo.

—¿De qué color tienes el pelo y los ojos? —La oyó cambiar de posición. Ahora su voz sonaba un poco más cerca.

Ansiaba con todas sus fuerzas alargar la mano para comprobar la distancia a la que la tenía, aunque su instinto le dijo que estaba a su alcance. Aquello hizo que le doliera el brazo por las ganas que tenía de tocarla.

—Ambos marrones, aunque no es que tenga mucho pelo que digamos.

—¿Po...Por qué?

Caden soltó una carcajada que quebró la quietud con la que habían estado hablando, aunque no la intensidad.

—Porque me lo rapo.

—¿Por qué?

—Porque me gusta llevarlo así. —Todavía no estaba listo para revelar todas sus rarezas ya que no quería asustarla. Si hasta había contemplado la idea de quitarse los *piercings* que llevaba en la cara antes de que se los viera, pero luego decidió que eso no sería muy honesto por su parte.

—¿Pero lo llevas rapado en plan muy corto o afeitado como el culito de un bebe?

—Dame la mano —se ofreció él—. Así podrás comprobarlo por ti misma.

✳ ✳ ✳

Makenna reprimió la emoción que la embargaba por poder hacer por fin lo que llevaba ansiando toda la noche. Al ser incapaz de usar la vista, había deseado con todas sus fuerzas dar con otra forma de entablar una conexión más tangible con Caden. Y entre la charla de sexo que habían tenido —una charla apta para todos los públicos, a pesar de lo que podía haber sido— los planes para una cita, los susurros y la impresión de que cada vez lo tenía más cerca, su cuerpo había empezado a vibrar con una sensación de anticipación que le produjo un revoloteo en el estómago y que su respiración fuera un poco más rápida de lo normal.

Todavía recostada sobre la espalda, extendió las manos con cautela.

—¿Dónde estás?

—Justo aquí. —Caden le agarró la mano derecha y ella soltó un jadeo de sorpresa. La manaza de él envolvió por completo la de ella y la llevó hasta su cabeza.

En cuanto comenzó a acariciarle el cráneo se le aceleró el pulso. Llevaba el pelo tan corto que podía sentir lo suave que era bajo sus dedos, aunque también le hacía cosquillas. Un buen rato después (más de lo necesario) seguía tocándole el pelo. No quería perder el contacto con él. Y cuando Caden se acercó un poco más para que no tuviera que alzar tanto la mano, sonrió para sus adentros, pensando que a él también le estaba gustando aquello.

—Cuéntame algo más —dijo en voz baja. Había dejado atrás los susurros, pero estaba hablando con la suficiente suavidad como para no romper la magia que parecía haberse instalado sobre ellos.

—¿Sobre qué?

—Pues por ejemplo... ¿Por qué un dragón?

—Mmm... —Inclinó la cabeza sobre su mano. Makenna sonrió. Cuando finalmente decidió hablar, las palabras salieron como un torrente ininterrumpido por su boca—. El dragón simboliza mi miedo. Me lo puse en el brazo para recordarme que conseguí domarlo. Volvíamos.... Volvíamos a casa de unas vacaciones en la playa. Íbamos por una carretera rural de doble sentido y era bastante tarde porque Sean y yo habíamos dado la tabarra a nuestros padres para que nos dejaran quedarnos todo el domingo en la playa.

Makenna contuvo el aliento ante la gravedad de lo que estaba compartiendo con ella. Dejó de acariciarle la cabeza y se preguntó si debería decir algo o simplemente dejarle continuar, pero se sorprendió al notar cómo su enorme palma le empujaba la mano de nuevo hacia su cabeza y lo tomó como una señal de que quería que siguiera con las caricias. Así que eso fue lo que hizo.

—Mi padre era un purista en lo que a los límites de velocidad se refiere. Nunca se preocupó porque veinte vehículos se pusieran en fila detrás de él, pitándole y dándole las luces. En ese tipo de carreteras se puede adelantar cuando vas en línea recta. Todo el mundo lo hace. Cuando más o menos llevábamos una hora de viaje, ya era noche cerrada. No vi lo que pasó, aunque después me enteré de que un camión nos adelantó, pero volvió a su carril demasiado pronto. Mi padre tuvo que dar un volantazo para evitar que nos embistiera.

A Makenna se le llenaron los ojos de lágrimas pues se imaginaba cómo terminaría aquella historia.

—Lo siguiente que supe es que habíamos volcado y que estábamos con el vehículo bocabajo, dentro de una gran acequia al lado del campo. El lado del copiloto, donde iban sentados mi madre y Sean, fue el que salió peor parado. Yo fui el único que no perdí la consciencia después del accidente, pero no podía moverme porque un montón de las cosas que llevábamos en el maletero, era uno de esos automóviles estilo ranchera, se habían traslado a mi zona, enterrándome bajo ellas. Como tenía el hombro dislocado no pude quitarme de encima ninguna de ellas. Estuve gritando sus nombres, aunque ninguno de ellos se despertó. Me desmayé en varias ocasiones. Cada vez que recuperaba el conocimiento seguía a oscuras y atrapado allí dentro. Estuvimos así unas cuatro horas antes de que otro camión por fin viera nuestro vehículo accidentado y llamara para pedir ayuda. Cuando pudieron rescatarnos, mi madre y Sean ya habían fallecido.

—Dios mío, Caden. —Makenna quiso hacerle sentir el consuelo y la paz que tanto anhelaba que tuviera. Por lo que le había contado anteriormente, no se había percatado de que también había perdido a su madre. Cómo le hubiera gustado que esa no fuera otra de las cosas que tenían en común—. Lo siento. No me extraña que...

Él le agarró la mano con suavidad y la llevó hasta su mejilla. Cuando Makenna le sintió presionar el rostro contra su palma se estremeció por dentro. Aquel gesto le pareció de lo más valiente y admiró su capacidad de pedir lo que necesitaba. Bajo sus dedos notó el prominente pómulo y una incipiente barba que le pinchó ligeramente. Le acarició con el pulgar de atrás hacia delante.

—Cuando logré superar lo peores síntomas de la claustrofobia me tatué el dragón. Quería ser fuerte por Sean. Y también quería que él supiera que no viviría mi vida con miedo cuando él ya no podía vivir la suya.

Makenna estaba sumida en una profunda emoción. La pena que sentía por aquel hombre era palpable; le recorría las sienes a lo largo de la línea del cabello hasta constreñirle la garganta. Su deseo de protegerle —de asegurarse que nada más le haría daño, le asustaría o le volvería a privar de algo— surgió de la nada, pero experimentó la misma sensación de unión hacia Caden que siempre había tenido con sus hermanos. Daba igual que todavía pudiera expresar en minutos el tiempo que hacía que le conocía.

Y, Dios, cómo le deseaba. Quería que se pusiera encima de ella. Sentir su cuerpo acomodándose en el suyo, sus labios contra los de ella, sus manos enredándose en su cabello y sobre su piel. Habían pasado once meses desde que había estado con alguien y nunca había percibido ese tipo de conexión con nadie más. También quería tocarle. Y ahora que lo estaba haciendo, le preocupó no ser capaz de detenerse.

—No dejes de hablarme, Makenna. Necesito tus palabras. Oír tu voz.

—Ahora mismo no sé qué decirte. Solo quiero quitarte todo el dolor.

Notó cómo él esbozaba una sonrisa bajo la palma de su mano.

—Te lo agradezco, pero a veces creo que necesito ese dolor. Me recuerda que sigo vivo. Y hace que los buenos momentos sean mucho mejores. Como estar ahora aquí, contigo.

Capítulo 4

Entre la ausencia de cualquier referencia visual, la suave mano de Makenna acariciándole el pelo una y otra vez y el haber sido capaz de compartir la historia de la muerte de su madre y Sean sin sufrir un ataque de pánico, Caden estaba casi pletórico por la sensación de triunfo que lo embargó. Y todo era gracias a Makenna, a lo que ella estaba haciendo. Así que la adoró por eso. Nadie había llegado hasta su corazón como lo estaba haciendo aquella mujer, y desde luego nunca tan rápido.

La voz de ella interrumpió sus pensamientos.

—Caden Grayson, dices las cosas más dulces que jamás he oído. Te lo juro.

Caden sonrió contra su mano, que todavía le sostenía la mejilla, y al final terminó riéndose.

—¿Qué te hace tanta gracia?

Se encogió de hombros, pero después recordó que la falta de luz hacía muy difícil que el lenguaje corporal resultara inteligible.

—«Dulce» no es una palabra con la que la gente suela definirme.

—Entonces es que no te conocen lo suficiente.

Hizo un gesto de asentimiento.

—Puede.

Sí, seguro que era por eso. Era el primero en reconocer que siempre mantenía a las personas alejadas de él. No le gustaba la sensación de cargar a otros con sus problemas. A veces, guardar las distancias era mucho más fácil que fingir o tener que dar explicaciones.

—Sin duda —replicó ella.

Le gustaba que tuviera ese punto pendenciero. Era alegre, enérgica y había conseguido que hablara y riera más en el par de horas que la conocía de lo que probablemente había hecho en todo el último mes. Con ella, nunca había reconsiderado eso de mantener las distancias.

Casi gimió cuando Makenna deslizó la mano hasta su rostro y empezó a acariciarle la sien, para después recorrer la oreja hasta llegar al cuello. Entreabrió la boca al tiempo que se le aceleraba la respiración. No pudo evitar inclinarse hacia aquel contacto tan increíblemente sensual.

Durante un momento cerró los ojos y se permitió disfrutar de aquella sensación. Podía oír la respiración de ella y supo que no se estaba imaginando que también iba más deprisa. Que ella pudiera desearle con la misma ansia que la deseaba él le puso duro al instante. Antes de que pudiera detenerse soltó un gruñido gutural.

—Makenna.

—Caden.

¿Estaba su voz cargada de anhelo o solo era una ilusión por su parte? Lo más seguro sería que estuviera proyectando su propio deseo sobre ella, ¿verdad? Tragó saliva y movió las caderas. No llevaba muy apretados los *jeans*, pero ahora no tenía espacio suficiente en la zona de la bragueta para contener su erección con comodidad.

Entonces notó cómo los dedos de ella le presionaban por detrás del cuello. Pero si todavía le estaba acariciando... No, debía de habérselo imaginado. No estaba seguro. Centró toda su atención en el movimiento de la mano femenina y... «Ahora sí que no me lo he imaginado, ¿verdad?» Ahí estaba, sus dedos tiraban de él hacia ella.

«Por favor, que no sea producto de mi imaginación.»

Se lamió los labios y movió la cabeza en dirección a Makenna unos cinco o seis centímetros. Dios, quería besarla. Se moría por enredar los dedos en todo ese pelo rojo. Abrió los labios ante la expectativa de reclamar su boca. Quería saborearla. Deseaba sentirla debajo de él.

—Makenna —suplicó con voz áspera, como si de una oración se tratara.

—Sí, Caden, sí.

Aquella fue toda la confirmación que necesitó.

Se deslizó sobre la moqueta hasta que su pecho encontró el costado de ella. Después inclinó la cabeza lentamente para no hacerle daño con su ciega impaciencia. Lo primero que encontró su boca fue una mejilla. Presionó los labios contra la sedosa piel y obtuvo como respuesta un gemido y que ella le envolviera los anchos hombros con los brazos. Su mano derecha cayó sobre un montón de tersos rizos y tuvo que tragar saliva por la satisfacción que lo embargó al poder tocar por fin su cabello.

—Qué suave —murmuró. No solo se refería a su pelo, sino también a su piel y al montículo de su pecho presionando contra el suyo en el punto donde estaba encima de ella.

Se le escapó su propio gemido cuando notó los labios de ella sobre la oreja. Makenna soltó una sonora exhalación y la calidez de su aliento hizo que se estremeciera por dentro.

Después trazó un sendero de dulces besos sobre la mejilla de ella hasta dar con sus labios.

Y ya no pudo tomarse las cosas con calma.

Ni tampoco Makenna.

Cuando con ese primer beso tomó posesión de su labio inferior soltó un gruñido. Llevó ambas manos hasta su rostro y se lo acunó para poder guiar sus movimientos. Makenna jadeó y le agarró de la parte posterior de la cabeza y el cuello.

Notó que abría la boca y aceptó la invitación como lo haría un hombre hambriento ante un suculento banquete. Deslizó la lengua en aquella dulce boca y disfrutó de la seductora danza de lenguas que ambos iniciaron. Makenna le acarició la cabeza, le masajeó la nuca y se aferró a sus hombros. Se acercó a ella todo lo que pudo, aunque no fue suficiente.

Necesitaba estar todavía más cerca. Necesitaba mucho más de ella.

Makenna estaba sumergida en el placer que las caricias de Caden le estaban proporcionando. La oscuridad, combinada con la intensidad de la conexión que habían entablado, hacía que se sintiera como si no existiera nada más en el mundo. Jamás había experimentado una pasión como aquella; al menos no con un solo beso.

Desde el momento en que él murmuró que consideraba uno de sus mejores momentos el estar allí con ella supo que tenía que besarle. Necesitaba probar la boca de aquel hombre que había sobrevivido a una tragedia como la que le había contado y que, aun así, se las había arreglado para conservar tanta ternura. Estaba convencida de que había compartido con él la conversación más honesta y amena de su vida, pero deseaba más... quería grabarlo a fuego en su memoria, conservar aquel recuerdo para siempre.

Su mente no dejaba de pedirle a gritos: «Bésame, bésame, bésame», pero carecía de la seguridad en sí misma que Caden parecía tener para pedir lo que quería. Así que le acarició la cabeza y le tiró suavemente del cuello. Y la anticipación a que él se percatara de lo que le estaba sugiriendo hizo que cerrara los muslos ante la apreciable humedad que notó en su ropa interior. Lo más asombroso de todo es que nunca lo había visto de verdad, al menos no con los ojos.

Cuando el musculoso pecho de él se apoyó sobre sus senos se quedó sin aliento. Entonces Caden enredó la mano en su pelo mientras presionaba los labios contra su mejilla. Ahí fue incapaz de contener el jadeo de gozo que sintió por poder tenerlo por fin como quería. Pero todavía necesitaba más de él. Le sujetó la cabeza, sosteniéndolo contra ella, y bajó las manos, disfrutando de sus esculpidos hombros y sólidos bíceps.

Luego Caden reclamó sus labios y aunque le encantó el reguero de suaves besos que trazó por su pómulo, la necesidad de él era tan grande que le fue imposible ir despacio. Después del primer beso abrió la boca y él no la defraudó en absoluto. Todo lo contrario, apoyó un poco más el torso sobre su pecho y exploró su anhelante boca con la lengua. A veces era él el que empujaba, otras veces ella le frenaba. Cada movimiento hizo que el corazón le latiera desaforado y que un cosquilleo de expectación se apoderara de todo su cuerpo.

Cuando Caden se separó un poco y depositó una tanda de ligeros besos en sus labios, aprovechó la oportunidad y decidió ser ella la que llevara la iniciativa en esa ocasión. Le agarró de la nuca y alzó la cabeza para encontrarse con su boca y morderle el labio inferior. Cuando notó algo metálico cerca de su comisura contuvo la respiración; le había pillado tan de sorpresa que al final soltó un jadeo y lo lamió. La respuesta de él fue un gruñido que reverberó en la parte baja de su estómago. Después, notó que él esbozaba una rápida sonrisa y por fin se dio cuenta de que se trataba de algún tipo de *piercing*.

Y así juntó unas pocas piezas más del rompecabezas que para ella era Caden Grayson. Tatuajes. *Piercings*. Pelo rapado. Por fuera tenía que parecer un tipo duro, pero por dentro era un hombre tierno, considerado y en ocasiones un poco vulnerable. Y quería conocer ambas facetas de él mucho mejor.

Le resultó imposible saber cuánto tiempo estuvieron besándose en la oscuridad ya que el tiempo pareció dejar de importar. Pero Makenna estaba sin aliento, dispuesta y húmeda cuando él le besó y mordisqueó la mandíbula hasta llegar a su oreja y de ahí bajó al cuello. Su incipiente barba dejó un rastro de llamaradas sobre su piel. Le rodeó con las piernas, necesitando sentir todavía más su presión contra ella. El jadeo que Caden soltó cuando decidió subir la rodilla por la parte trasera de su muslo la hizo gemir y elevar las caderas contra él.

Caden se acercó todavía más y deslizó una rodilla entre sus piernas, evitando que retorciera la espalda como lo había estado haciendo; algo que en realidad Makenna no había notado. A continuación se metió entre los dientes el pequeño diamante que llevaba como pendiente mientras bajaba la mano por su cuerpo y la depositaba en la cadera que tenía apretada contra él.

—Oh, Dios, Caden.

Percibió su sonrisa en la mejilla que presionaba contra la suya, pero en ese momento le daba igual que se riera o no mientras siguiera besándole y lamiéndole el cuello como estaba haciendo. Ladeó la cabeza para permitirle mayor acceso y le recorrió la espalda con las manos, ascendiendo hasta su cuello y cabeza, con caricias alentadoras.

Entonces lo sintió. Sus dedos trazaron lo que solo podía ser una cicatriz en un lateral de su cabeza. Vaciló durante menos de un segundo, pero él debió de darse cuenta porque se echó hacia atrás un poco y susurró contra su cuello.

—Ya te hablaré de ella. Te lo prometo.

Se disponía a tomar aire para responder cuando el ascensor se sacudió y la luz explotó en el reducido espacio.

Makenna gritó y cerró los ojos con fuerza. Caden gruño y enterró el rostro en el hueco de su cuello. Después de tantas horas sumidos en la oscuridad, el fogonazo de luz les resultó doloroso, casi cegador.

Se sintió frustrada porque la electricidad hubiera decidido regresar en ese preciso instante, pero al mismo tiempo aliviada. Y también tuvo miedo por lo que sucedería con Caden de ahora en adelante.

Entonces el ascensor volvió a temblar y la oscuridad cayó sobre ellos por segunda vez.

Ambos volvieron a quejarse y se abrazaron, intentando ajustar el efecto estroboscópico que la luz había dejado detrás de sus párpados. Makenna pasó de estar ciega a ver un caleidoscopio arremolinarse en unos desconcertantes puntos rojos y amarillos.

—Mierda —espetó Caden con voz áspera.

Al instante dejó de preocuparse por su visión y volvió a centrarse en él, solo para darse cuenta de que se había quedado completamente rígido. «Oh, no.»

—¿Caden?

Su única respuesta fue un gemido gutural estrangulado y que su mano izquierda le apretó un poco más fuerte el hombro.

Comprendió lo que le pasaba. Puede que solo le hubiera tratado desde hacía pocas horas. Puede que nunca le hubiera visto. Pero le conocía. Y sabía que en ese momento la necesitaba.

—Eh, venga —le arrulló mientras le acariciaba el pelo—. No pasa nada.

Caden no se relajó del todo, pero sí que percibió que la estaba escuchando, o que al menos lo intentaba.

—Estoy aquí —continuó—. Estamos bien y vamos a seguir estándolo. No estás solo.

«Esta vez», agregó para sí misma. Maldijo mentalmente el regreso temporal de la electricidad, porque solo había traído el recordatorio más evidente de toda la noche de que Caden estaba atrapado en un pequeño habitáculo de metal negro como el hollín. Se puso furiosa en nombre de Caden. Mientras seguía acariciándole y murmurándole palabras de ánimo, maldijo en silencio al inventor del ascensor, a la compañía eléctrica, al revisor del contador y, ya que estaba, también le dedicó unos cuantos pensamientos nefastos a Thomas Edison, porque si el bueno de Tom no hubiera encontrado la forma de aplicar su teoría sobre la electricidad, Caden ahora no estaría encerrado en un diminuto medio de transporte eléctrico. Tampoco estaba contenta con Ben Franklin y su maldita cometa. Después de un rato notó cómo los hombros de Caden se erguían, así que se permitió exhalar el aire que ni siquiera se había dado cuenta estaba conteniendo.

—Te tengo, Buen Sam —dijo con una sonrisa de alivio. Él hizo un infinitesimal gesto de asentimiento, pero estaban tan cerca el uno del otro que fue capaz de percibirlo—. Ven aquí. —Tomó la cabeza de él, que todavía tenía enterrada en el hombro, y la guio hasta su otro omoplato para que pudiera tumbarse a su lado. Luego estiró los brazos para envolverlo por completo, aunque su envergadura le hizo imposible entrelazar los dedos mientras lo sostenía.

❋ ❋ ❋

La vuelta momentánea de la luz y el posterior apagón desencadenaron en su interior un ataque de pánico tan inesperado que a Caden le costó trabajo respirar con normalidad. Lo único que impidió que perdiera el control fue el olor relajante del cabello y del cuello de Makenna.

No necesitó preguntarse por qué el destello de luz activó un interruptor en su interior. De pronto se vio transportado catorce años atrás en el tiempo, colgando bocabajo con la cabeza encajada entre la consola central frontal y el asiento del acompañante y enterrado en una pila de equipaje y *souvenirs* de las vacaciones. Tenía algo afilado clavado en un costado que le producía un intenso dolor cada vez que intentaba respirar hondo. Le palpitaba la cabeza y algo húmedo se le pegaba al cabello. El hombro derecho lo tenía demasiado cerca de la mandíbula como para considerarse una posición natural. Durante lo que le pareció una eternidad, la oscuridad y el silencio fueron absolutos, hasta que la brutalidad de lo que le estaba ocurriendo se iluminó de repente con el destello de los faros de un vehículo que pasaba.

La primera vez que sucedió se sintió tan aliviado que utilizó gran parte de la energía que todavía le quedaba para gritar: «¡Aquí! ¡Estamos aquí!».

Pero la ayuda no llegó.

Como era tan tarde, no vio muchos más faros, pero con cada uno que pasaba resurgía y moría su esperanza y su maltratado cuerpo se golpeaba una y otra vez contra las rocas de la súplica y la aterradora decepción.

Navegó entre la consciencia y la inconsciencia; algo que le hizo todo aún más insoportable, pues le resultó muy difícil discernir la realidad de la pesadilla. Horas después, cuando por fin se detuvo un camión para ayudarles, estaba tan convencido de que no sobreviviría al accidente que no contestó cuando el conductor preguntó a gritos si alguien podía oírle.

—Por Dios, Caden, qué horror.

Frunció el ceño y, sin pensárselo, movió la cabeza para mirar al todavía oculto rostro de Makenna.

—¿Qué? —preguntó con voz ronca.

—Que qué horror lo que tuviste que pasar. Lo siento tanto.

Aquello le hizo volver a la realidad y se dio cuenta de que había expresado en voz alta sus recuerdos. Y aun así, ahí seguía Makenna, abrazándole, calmándole, aceptándole por completo a pesar de aquel exasperante miedo infantil.

Por el amor de Dios, tenía que ser él el que la estuviera tranquilizando por la situación que estaban viviendo.

Apoyó la cabeza en el hueco de su terso cuello y respiró hondo. Sin haber visto más que su exquisito pelo rojo y aquel pequeño y ceñido trasero, estaba seguro de que podría reconocerla en medio de una multitud solo por su seductor aroma.

A medida que iba relajándose, recordó algo de lo que ella le había dicho.

—¿Por qué me has llamado «Buen Sam»?

Ella le abrazó con más fuerza. Cuando le respondió percibió el humor en su voz.

—Antes de saber cómo te llamabas, me refería a ti mentalmente como mi buen samaritano. Ya sabes, por evitar que la puerta del ascensor se cerrara. —Rio por lo bajo—. No te imaginas lo mucho que necesitaba que hoy me pasara algo bueno y tú tuviste la suficiente paciencia como para esperar, así que te ganaste el apodo.

Caden sonrió. Que hubiera hecho algo para mejorar su día le produjo una cálida satisfacción que envolvió todo su cuerpo y alivió la tensión que sentía en los músculos.

—Lo que tú digas, pelirroja.

—¿Sabes? Ahora sí que estoy lo suficientemente cerca como para pegarte.

Soltó una carcajada que consiguió calmar todavía más su ansiedad.

—Adelante. Quizá me guste.

Poco a poco volvía a sentirse más como él mismo, tanto que su cuerpo empezó a responder ante el recuerdo del fabuloso beso que habían compartido no hacía mucho. Por no hablar de la forma en que le estaba abrazando. Cuando Makenna tosió entre risas, esbozó una sonrisa aún más amplia al darse cuenta de que no le había saltado con ninguna respuesta ingeniosa. Le gustaba que su comentario la hubiera puesto nerviosa.

Tragó saliva y deseó tener un poco más de agua. Hacía demasiado calor y estaba cubierto de una fina capa de sudor por el ataque de pánico, aunque ninguna molestia conseguiría que se apartara del cuerpo de aquella mujer, que estaba igual de caliente que el suyo.

Makenna apartó una mano de su hombro justo antes de que oyera el inconfundible sonido de un bostezo.

—¿Ya te has cansado de tu compañero de confinamiento? —preguntó. En realidad le preocupaba que pudiera ser cierto, sobre todo una vez que lo viera.

—Nunca —respondió ella con los últimos coletazos del bostezo—. Lo siento, antes de tener el placer de conocerte, he tenido un día muy largo. Además, con este calor me está entrando mucho sueño. Y eres tan cómodo —agregó en voz baja y vacilante.

—Tú también. —La apretó con el brazo que tenía descansando sobre su torso y le metió los dedos por debajo de la espalda para mantenerla firmemente agarrada—. Cierra los ojos, pelirroja.

Sabía que podría quedarse dormido sin ningún problema en los brazos de aquella mujer, pero detestaba la idea de perderse lo que estaba seguro serían unos pocos minutos más encerrado con ella.

—En realidad no quiero —protestó ella en un susurro.

—¿Por qué no?

No respondió al instante, aunque después de un rato contestó:

—Porque... me lo estoy pasando muy bien contigo.

Caden ocultó una sonrisa en su cuello y se inclinó para depositar una lluvia de besos sobre su suave piel. Después, ascendió con la nariz por su esbelta garganta hasta la oreja.

—Yo también —murmuró, disfrutando del jadeo que obtuvo como respuesta. Le besó el lóbulo y añadió—: Siento lo de antes.

Makenna llevó una mano hasta su rostro y acunó con ternura el fuerte ángulo de su mandíbula.

—Por favor, no lo hagas. Me alegra haber podido estar aquí para ayudarte.

Caden descansó la cabeza sobre su hombro.

—Pero yo también quería ayudarte.

—Y lo haces —se quejó ella. Le rodeó con un brazo—. Hagamos un trato. Yo te echo una mano con la claustrofobia y tú me ayudas con las arañas.

—¿Arañas? —rio él.

—Esos bichos tienen demasiadas patas para ser normales. No me hagas hablar de los ciempiés.

—Trato hecho. —Volvió a reírse aunque por dentro estaba pletórico, pues la propuesta que acababa de hacerle solamente tenía sentido si fueran a pasar más tiempo juntos lejos de ese maldito ascensor. Y le apetecía muchísimo que así fuera.

Lleno de optimismo, sacó la mano de debajo de su espalda y le acarició el largo cabello, enredando los dedos desde la raíz hasta las puntas de sus rizos. Cuando se demoraba un poco más en el cuero cabelludo y se lo masajeaba, Makenna emitía un sonido similar al de un gato ronroneando complacido, animándole a proseguir con aquel contacto.

Después de un rato, sintió cómo su cuerpo más pequeño se relajaba contra el suyo y se quedaba dormida. Ahora fue su turno de sentirse satisfecho; satisfecho porque esa mujer a la que apenas conocía y que nunca le había visto se sintiera lo suficientemente segura en sus brazos para entregarse a la vulnerabilidad del sueño. Era un voto de confianza que prometió no romper jamás.

Capítulo 5

Makenna se despertó poco a poco y, a regañadientes, fue dejando atrás el sueño que estaba teniendo. Había estado tumbada en la playa, bajo los rayos del sol estival, con los brazos y piernas enredados en el cuerpo de su amante. Casi podía sentir su peso sobre ella.

Y entonces se despejó lo suficiente como para darse cuenta de que una parte del sueño era real. La noche la envolvió precipitadamente. El ascensor. Caden. Los besos. Sonrió en la oscuridad.

No podía decir cuánto tiempo llevaba durmiendo, pero sí lo justo para que la espalda le doliera por la dureza del suelo.

—Hola. —La voz de Caden sonó ronca y espesa por el sueño.

—Hola. Lo siento si te he despertado.

—Qué va, he estado medio dormido medio despierto.

—Oh. —Makenna bostezó.

—¿Sabes que roncas? —señaló Caden un minuto después.

—¡No es verdad! —O al menos eso creía ella. Llevaba mucho tiempo sin dormir con nadie. Se tapó los ojos y soltó un gruñido. Cuando Caden se rio por lo bajo, dejó caer la mano y volvió la cara en dirección a él.

—No, no roncas. Solo quería provocarte un poco.

—Eres un cotilla muy curioso —espetó ella entre risas.

Caden se acercó a ella y le dio un beso en la garganta que terminó convirtiéndose en un ligero chupetón. Makenna jadeó. Tras unos segundos Caden añadió:

—Sí, puedo ser muy curioso —murmuró antes de volver a besarla.

«Oh, Dios mío.»

Estuvo tentada de darle alguna réplica ingeniosa pero solo fue capaz de gemir cuando él apartó los labios de su piel.

Después Caden cambió de posición y colocó a Makenna de costado para poder tenerla de frente. Ella volvió a gemir, pero esta vez no de placer, sino por el dolor de espalda.

—¿Te encuentras bien?

—Sí... Solo me duele un poco la espalda. ¿Te importa si nos sentamos?

—Por supuesto que no me importa.

Se arrepintió al instante por perder la sensación del cuerpo de Caden, pero su espalda lo agradeció.

—Ven aquí —dijo Caden. Su voz sonaba ahora un poco más lejos.

—¿Dónde estás?

—En el rincón... así puedes apoyarte en mí.

Makenna sonrió por la atención que siempre tenía con ella —y su constante deseo de tocarla— y gateó sobre las manos y rodillas hasta el lugar donde creyó que podía estar. Primero tocó un zapato y luego ascendió por los *jeans* mientras se arrastraba hasta sus rodillas dobladas.

Cuando le rozó el muslo con la mano él gimió. Makenna se mordió los labios y esbozó una sonrisa.

Con cuidado, se dio la vuelta y acomodó la espalda en su fuerte y cálido pecho. Vaciló un instante antes de permitirse apoyar la cabeza en su hombro. Caden, por su parte, le acarició el pelo con la nariz. Juraría que había sentido cómo la olisqueaba, lo que le trajo a la memoria la idea que había tenido antes sobre pasar la nariz por toda su garganta y olerle también. Complacida porque ahora sí que podía llevar a cabo su sueño, giró el rostro hacia él y disfrutó de aquella mezcla de masculinidad y aroma fresco y limpio de su loción para después del afeitado.

Cuando él le rodeó la cintura, suspiró y se aferró a sus brazos con los suyos.

—¿Mejor? —preguntó él.

—Mmm... sí, mucho mejor. Gracias.

Le sintió asentir y sonrió cuando le besó el cabello. Estar con Caden de esa manera —tan íntima, envuelta en sus brazos y con él besándola— era una auténtica locura. Lo sabía. Entonces, ¿por qué lo veía como si fuera lo más normal del mundo?

Estaba cansada, pero no creía que pudiera dormir más. El calor del ascensor ya era sofocante y sospechó que aquella era la razón de que estuviera tan exhausta, junto con lo tarde que era.

—¿Tienes alguna pregunta más? —inquirió después de un rato. Quería volver a oír su voz.

Caden rio entre dientes y ella pudo sentir el retumbar de su pecho contra la espalda.

—Veamos... ¿dónde vives?

—¿Conoces el centro comercial que hay en Clarendon, donde está el Barnes and Noble y el Crate and Barrel?

—Sí.

—Pues vivo justo en los apartamentos que hay encima.

—Son bastante nuevos, ¿verdad?

—Sí, llevo allí como un año. Es un sitio estupendo para ver a la gente. Suelo sentarme en la terraza y observo a los niños jugando en el parque o a las personas andando entre tienda y tienda. ¿Y dónde vives tú?

—En un adosado en Fairlington. Trabajo en el parque de bomberos que hay allí, así que me viene de fábula. ¿Tu familia vive también por aquí cerca?

—No, mi padre, Patrick e Ian siguen viviendo en las afueras de Filadelfia, donde me crie. Y Collin está en la Universidad de Boston. —Dudó durante un segundo, pero al final agregó—: Mi madre murió cuando yo tenía tres años de un cáncer de mama.

Caden la abrazó con más fuerza.

—Joder, lo siento, Makenna. Yo seguía y seguía con lo mío y...

—No sigas, en serio. Cuando me contaste lo de tu madre no quise decirte nada porque... Bueno... Esto te va a sonar un poco raro, pero no recuerdo a mi madre. Así que, mientras crecí, ella fue más una representación que alguien concreto a quien echara de menos. No se puede comparar con lo que te pasó a ti.

—Pues claro que sí —la interrumpió Caden al instante—. Me da igual que tuvieras tres o catorce años; un niño siempre necesita a su madre. Y a tu edad seguro que la necesitabas más que yo a la mía —Makenna le acarició el pecho con la nariz, encantada del tono protector que percibió en su voz.

—No lo sé. Tal vez sí. El caso es que, no sé cómo se las arregló, pero mi padre fue un hombre extraordinario que asumió los dos papeles a la perfección. Patrick es siete años mayor que yo y también me ayudó un montón, igual que Collin. Y la hermana de mi padre se mudó a Filadelfia poco después de que muriera mi madre. La tía Maggie siempre ha estado ahí cuando he tenido algún problema que no podían solucionar los hombres. De modo que, aunque me entristece pensar que no he tenido una madre, he tenido una buena infancia y he sido muy feliz.

—Bien —susurró él—. Eso está muy bien.

✳ ✳ ✳

Caden no podía creerse que también hubiera perdido a su madre. Aquello explicaba un montón de ella; entendía lo que suponía la falta de un ser querido, aunque sus experiencias fueran diferentes. Y no le cabía la menor duda de que la empatía y compasión que mostró cuando le contó su tragedia eran fruto también de esa pérdida. Puede que ahora por fin comprendiera a lo que le gente se refería cuando hablaban de sus almas gemelas.

Makenna bostezó y se estiró; un gesto que hizo que su espalda se arqueara y que presionara la parte inferior de esta contra su entrepierna. Jadeó ante el contacto. El roce fue fantástico, pero demasiado corto. Su imaginación salió disparada. En lo único que podía pensar era en empujar contra ese apretado trasero y sentir la sensual curva de sus caderas mientras sus manos la mantenían quieta en el sitio.

Todavía estaba asombrado por la intensidad de su fantasía cuando notó cómo Makenna se movía de nuevo, pero esta vez no se apoyó en su pecho, sino que se dio la vuelta para ponerse de cara a él. Supo que se había sentado sobre sus piernas porque notó las rodillas presionando la parte interna de sus muslos. Aquel contacto hizo que el miembro se le endureciera aún más. Cerró y abrió los puños e intentó con todas sus fuerzas dejar que fuera ella la que llevara la iniciativa. No quería compelerla a ir más allá de donde deseara, aunque que ella quisiera tomar las riendas le resultó tremendamente excitante. Cuando apoyó las manos sobre su pecho, el pene se le puso como una roca. Movió las caderas para encontrar una postura más cómoda. Makenna se inclinó y él gimió complacido cuando sus senos rozaron su pecho mientras le besaba en la barbilla.

—Hola —susurró ella.

—Hola. —La abrazó y la atrajo hacia sí.

Entonces sus labios se encontraron. Caden gruñó mientras ella se centraba en el doble *piercing* que tenía en el labio inferior. Había sentido un enorme alivio de que le gustara su «picadura de araña», como así lo llamaban, aunque sospechaba que se lo habría arrancado de cuajo de no ser así.

Su beso fue dulce, lento, un beso dedicado a explorar, y él disfrutó de cada tirón de labios, movimiento de lengua y todas y cada una de las formas en que se apretó contra él. Le acarició la espalda de arriba abajo, saboreando la manera en que la seda de su blusa se le pegaba al cuerpo. Cuando los besos empezaron a venir acompañados de pequeños jadeos y gemidos, un ramalazo de dolor atravesó su erección. Volvió a mover las caderas. Quería más de ella. Quería reclamarla, hacerla suya.

Pero también quería verla mientras la tomaba. Quería aprenderlo todo de su cuerpo. Observar sus reacciones y usar la boca y las manos para complacerla. Y desde luego que la quería más que para un polvo rápido en el suelo. Makenna se merecía mucho más. Algo mejor. De pronto se vio asaltado por la idea de que quizá quisiera dárselo todo.

Sí, tenía que admitirlo. Estaba empezando a sentir demasiado por esa mujer. Antes de esa noche, se hubiera jugado el cuello a que era imposible querer a alguien al que solo se conocía de un día. Menos mal que nunca llegó a hacer esa apuesta.

Las manos de ella le acunaron la mandíbula antes de apretarse aún más contra él, aplastando los pechos contra su torso. Caden enroscó la mano izquierda en la mata de rizos y asumió el control del beso. Inmediatamente después, le echó la cabeza hacia atrás para tener mejor acceso a su boca. Qué bien sabía. Un sabor que, combinado con el atrayente aroma de su sudor, intensificado por el calor del ascensor, lo estaban volviendo loco. Volvió a mover las caderas, aunque la tenía demasiado lejos como para proporcionarle la fricción que buscaba. Makenna succionó con fuerza su lengua mientras echaba la cabeza hacia atrás. Él gruñó y le tiró del pelo, por lo que ella terminó cediendo a su tácita demanda y ladeó la cabeza para que Caden pudiera lamerle la garganta, prestando especial atención en el punto que tenía justo debajo de la oreja y que hacía que se retorciera de placer cada vez que lo acariciaba.

—Quiero tocarte, Makenna. ¿Me dejas?

Notó cómo tragaba saliva bajo sus labios.

—Sí.

—Solo tienes que decir que pare.

—De acuerdo —susurró ella mientras le sostenía la nuca con una de sus pequeñas manos.

Con la mano izquierda todavía enredada en su pelo, deslizó la derecha por su cuerpo y le ahuecó la parte inferior de un pecho. Se quedó así unos instantes, dejando que ella se acostumbrara a la sensación, dándole tiempo para detenerle si no quería que siguiera, pero gimió feliz contra la suave piel de su cuello cuando ella se apretó contra él, dándole vía libre para que continuara.

Le apretó con ternura y frotó el pulgar de arriba abajo. Cuando le acarició un pezón, Makenna se alzó sobre las rodillas y reclamó su boca. Él acalló su voraz gemido y siguió provocándola, repitiendo el movimiento hasta que la tuvo jadeante.

Estar a oscuras intensificaba cada sensación, amplificaba los sonidos del placer compartido. Las texturas salían al encuentro del tacto.

Estaba completamente sumergido en la esencia de esa mujer. Estaba deseando verla de una vez por todas, pero tal y como estaba en ese instante, sentado y sosteniéndola entre sus brazos, tampoco se quejaba por no poder hacerlo.

Dejó de sujetarle el cabello y bajó la mano izquierda por aquel sensual cuerpo hacia el otro seno. Makenna apoyó la frente contra la suya y él gruñó al sentir la calidez y firmeza de sus pechos llenándole ambas manos mientras el pelo de ella envolvía sus rostros cayendo en cascada.

Entre jadeo y jadeo, ella le fue besando en la frente mientras él acariciaba, masajeaba y jugueteaba con sus pechos.

Entonces Makenna descendió con la lengua y los labios por su sien y Caden se preparó para la inminente reacción ante lo que encontraría en el extremo de la ceja. Tras unos instantes, sintió su lengua justo en ese lugar.

La oyó jadear.

—¡Oh, Dios mío, ¿más? —susurró ella.

Caden no supo si aquello era bueno o malo hasta que la oyó gemir antes de succionar levemente la pequeña bola del *piercing*.

Gruñó de alegría por su entusiasta aceptación y se lo agradeció centrando sus caricias en los pezones. Makenna gritó. Al notar su aliento en la oreja no pudo evitar volver a hacer un movimiento de embestida con las caderas. Estaba excitado y dolorido. Nunca creyó que pudiera ponerse tan cachondo con un solo beso.

—Por debajo —suplicó Makenna.

Su cerebro tardó un momento en salir de la neblina en la que estaba sumido y darse cuenta de lo que le estaba pidiendo. «Joder, sí.»

Entre los dos desabrocharon los pequeños botones de su blusa. Después, sin perder tiempo, introdujo los dedos en el satinado interior de su sujetador y encontró las cálidas puntas erectas; una prueba de lo excitada que estaba que le resultó increíble. Pero en lo único en que pudo pensar era en lo bien que sabría.

❀ ❀ ❀

Makenna supo que debería estar preocupada sobre lo lejos que estaba yendo todo aquello... y lo más lejos aún que podía llegar. Pero entonces Caden la agarraba del pelo, o le lamía el punto tan sensible que tenía debajo de la oreja, o le pedía permiso para ir un poco más allá... y perdía toda la compostura.

Una y otra vez, la boca y los dedos de Caden la tocaban de forma perfecta, como si la hubiera complacido antes miles de veces. Incluso ya lo veía como un amante perfecto mientras repetía cada caricia que le provocaba un gemido o jadeo o que conseguía que se retorciera de placer.

Estaba húmeda y excitada y necesitaba aquellas manos enormes por todo su cuerpo. No permitiría que aquello fuera mucho más allá, pero quería tener más. Y no recordaba la última vez que se había sentido tan sensual, tan apasionada. Tan viva.

Caden tenía las yemas de los dedos ásperas, pero las sentía increíblemente bien mientras le frotaban y tiraban de los pezones. Estaba segura de que el sujetador estaba restringiendo sus movimientos, así que dejó de acariciarle y bajó las manos para quitar las satinadas copas de su camino.

—Me encanta sentirte así, Makenna —murmuró él entre beso y beso.

Gimió cuando sintió el tacto de sus pulgares a través de la exagerada hendidura que ahora tenía por la precaria posición en que había quedado el sujetador, que empujaba sus pechos hacia arriba. Como también necesitaba sentirlo, bajó las manos hasta su estómago y tiró de la suave camiseta de algodón hasta que pudo meter los dedos por debajo de ella.

Caden gruñó y se contorsionó cuando tocó el sendero de rizos que bajaban por su cintura. Jugueteó con ellos lentamente, ascendiendo con los dedos hasta que por fin pudo pasar las manos sobre su duro vientre. Él contrajo el estómago y se estremeció bajo las caricias de sus manos. Makenna juntó los muslos. Antes de darse cuenta ya había llegado hasta sus pezones y se los arañó con suavidad con sus uñas cortas.

—Oh, joder, pelirroja —jadeó él.

—¿Así? —Enfatizó la pregunta volviendo a tocarle un pezón mientras tiraba ligeramente del otro. Cuando él soltó un ronco sonido de aprobación, sonrió contra sus labios.

Entonces Caden dejó de tocarle los pechos; algo que la sorprendió y decepcionó al mismo tiempo, pero inmediatamente después le agarró de los brazos y tiró de ella para que se sentara sobre sus rodillas.

—Oh, Dios, Caden —gimoteó cuando él empezó a trazar un círculo de besos sobre su pecho derecho, para después frotar su nariz contra el pezón.

Sentir su boca allí casi la llevó al límite.

Pero él no quería hacerla esperar mucho tiempo. Le rodeó la cintura con un brazo y con la mano que tenía libre se dedicó a torturar el pecho que había dejado desatendido. Después la atrajo hacia sí con tanta fuerza que Makenna tuvo que dejar de tocarle por debajo de la camiseta con una mano para poder apoyarse contra la pared que había detrás de ellos.

Su boca despertó en su interior un torbellino de sensaciones. Le lamía los pezones. Se los mordisqueaba. Sus labios succionaban, chupaban, le hacían cosquillas. El *piercing* se le clavaba de forma tentadora en la piel. Juguetó con ambos pechos por igual, dedicándoles tal atención que Makenna pensó que terminaría perdiendo su adorada cabeza.

Apretó los muslos, pero estaba tan ensimismada por la estimulación que estaban recibiendo sus senos que le dio igual si él se daba cuenta de que había empezado a moverse contra él.

—Me encanta tu sabor, Makenna. No sabes cómo me pones.

—Dios, me estás matando.

Hundió la lengua en su escote y le lamió el pecho con lentitud. Aquello era tremendamente erótico... y excitante... y lascivo. Jadeó al imaginarse lo que esa misma lengua podía llegar a hacerle en otro lugar.

Caden echó la cabeza hacia atrás y volvió a tirar y pellizcarle los pezones. Makenna apoyó las manos sobre sus anchos hombros y miró hacia abajo, sintiéndole alrededor de ella aunque no podía verlo. Luego se inclinó poco a poco hasta que sus bocas volvieron a encontrarse en la oscuridad.

Caden se retiró un poco y frotó su áspera mejilla contra la de ella.

—Quiero hacerte sentir bien.

—Ya me siento de fábula contigo.

—Mmm... ¿Me dejas mejorarlo?

La promesa que encerraban aquellas palabras la dejó mareada. No se creía que fuera a considerarlo siquiera, pero la mera posibilidad de rechazarlo hizo que su cuerpo se pusiera a gritar de frustración. Pegó la cara a la de él y asintió.

—No, pelirroja, dímelo. Tienes que decírmelo en voz alta. No puedo verte la cara o los ojos y no quiero cometer ningún error.

Si había estado un poco insegura hacía un momento, ahora ya no lo estaba.

—Sí. Por favor... haz que me corra.

—Oh, joder, ahora mismo no puedes decirme algo así.

Aquello dibujó una sonrisa en sus labios. Esperaba estar alterándole del mismo modo que él hacía con ella. Pero aquellas palabras también hicieron que se sintiera más audaz, así que decidió burlarse de él, solo un poco.

—No te puedes imaginar las ganas que tengo de correrme. Por favor. —Se mordió el labio inferior ante su descaro.

Caden soltó un gruñido.

—Mmm... sí. —Las manos de Caden volaron hasta sus caderas. Intentó ponerla sobre su regazo, pero la falda que llevaba era demasiado estrecha. No podía abrir los muslos lo suficiente como para ponerse a horcajadas sobre él—. ¿Puedo...?

No hacía falta que lo preguntara. Makenna ya tenía las manos a ambos lados de los muslos para subirse la prenda lo suficiente como para poner las piernas sobre las de él. Temblaba de deseo y anticipación. Él la ayudó y cuando la ardorosa unión de sus muslos cayó sobre la protuberancia de sus *jeans* ambos gimieron por la satisfacción contenida.

Entonces Caden la movió sobre él y ella lo adoró por eso. Después, regresó a su boca, explorándola con la lengua mientras jugueteaba con sus pezones con los dedos. Makenna no pudo evitar lamer y succionar el *piercing* que llevaba en el labio; nunca se había imaginado lo increíblemente excitante que le resultaría ese tipo de perforaciones. Pero lo que más le gustaba eran los roncos sonidos de satisfacción que emergían de la boca de él cuando lo hacía.

Ahora que tenía una fuente de fricción estaba decidida a usarla. Se deslizó contra su considerable erección y gimió de placer. Caden la sujetó por la espalda y la frotó contra sí con más fuerza. Luego la agarró con firmeza por el trasero y la ayudó a encontrar el ritmo perfecto, animándola a usarlo para su propio placer.

Cada vez que la atraía contra él soltaba un jadeo, pero eso no fue nada comparado con lo que sintió cuando por fin bajó la mano hasta la parte exterior de sus bragas. Tener sus dedos en ese lugar la volvió loca. Gritó, tragó saliva e intentó respirar con normalidad para aliviar el vértigo que tanto placer le estaba causando.

Entonces él ahuecó la mano sobre su pubis y gruñó:

—Dios, estás tan mojada.

—Por tu culpa —jadeó ella.

—Me alegra oír eso. —Destilaba arrogancia por los cuatro costados.

—Todavía puedo pegarte —logró decir cuando sus dedos empezaron a moverse y frotar por encima del raso empapado.

—Puede que más tarde —espetó él con voz áspera—. Jesús, eres fantástica.

Con un jadeo de agradecimiento, se aferró a sus enormes hombros mientras Caden la ayudaba a empujar contra él con una mano y con la otra continuaba acariciándola.

—Oh, Dios. —Todo: tensión, mariposas, hormigueo, temblores... se arremolinó en la parte baja de su abdomen.

—Cómo me gustaría verte corriéndote para mí, Makenna.

Un jadeante «oh» fue lo único que lograron articular sus labios, porque justo en ese momento Caden había intensificado sus caricias, haciendo círculos por encima de su sexo. Ahí estaba. Eso era precisamente lo que necesitaba.

—Sí. Muy bien, nena. Déjate llevar.

—Caden. —Soltó un gemido agudo mientras la presión se acumulaba bajo aquella mano que la atormentaba sin piedad. Abrió la boca. Caden aceleró el ritmo un poco más, presionándola con un ápice más de fuerza.

Iba a tener un orgasmo tremendo. Ya tenía la mitad del cuerpo en tensión por la acumulación del hormigueo que creía imposible seguir conteniendo. Esos dedos hacían magia. Se concentró con todas sus fuerzas en el modo en que la estaba tocando, en la conexión entre él y el centro de su placer, y se entregó por completo a la pasión.

«Dios, solo un poco más... ya casi... Oh, Dios.»

El ascensor volvió a sacudirse y las luces parpadearon de nuevo.

Capítulo 6

Makenna emitió un quejido.

La llegada de la luz fue como un cubo de agua helada; algo incómodo que apagó el incendio que se había desatado en su cuerpo solo unos segundos antes.

Cerró los ojos con fuerza ante el inesperado resplandor y enterró el rostro en el cuello de Caden. La luz también pareció afectarle. Sus dedos continuaban entre ambos cuerpos, aunque ahora inmóviles, y acurrucó la cara contra ella para bloquear el brillo cegador de las luces.

Pasaron varios minutos. La luz seguía encendida, por lo que Makenna supuso que esta vez había venido para quedarse. Todavía pegada a Caden, decidió abrir los ojos lo suficiente para acostumbrarse de nuevo a la iluminación. Para su sorpresa, le costó bastante. Sus ojos protestaron y se llenaron de lágrimas durante lo que le pareció un buen rato, así que tuvo que parpadear unas cuantas veces.

Al final consiguió abrirlos por completo y relajó los hombros contra el inmenso pecho de Caden. Y entonces se dio cuenta.

«¡Madre mía! Estoy medio desnuda. Con un completo extraño. ¡Que tiene la mano metida debajo de mi falda!

Un extraño al que nunca he visto.

¡Que nunca me ha visto!

¿Y si piensa que no soy atractiva? Una chica del montón. ¿O un adefesio? Siempre he odiado esa palabra. Adefesio. ¿Qué clase de término es ese para describir a una persona? Dios, me estoy volviendo loca.»

Haber estado a punto de tener un orgasmo tampoco ayudaba. Tenía el cuerpo rígido, pero también como un flan tembloroso.

—Creo que esta vez la luz ha vuelto para quedarse —le dijo Caden al oído con voz ronca y tensa.

—Mmm... sí. —Puso los ojos en blanco ante su elocuente respuesta. Estaba convencida de que estaba en proceso de perder cualquier halo de misterio que hubiera tenido con las luces apagadas.

Aún con la cabeza apoyada en su hombro, bajó la vista y se quedó sin aliento. Caden tenía la camiseta subida a la altura de las costillas y alrededor del lado izquierdo de su tonificado vientre tenía un tatuaje tribal que ascendía hacia su espalda. Era impresionante verlo contra esa piel bastante más bronceada que la suya. Antes de pararse a pensarlo, trazó con el dedo una de las negras curvas del diseño. El contacto hizo que Caden contrajera el estómago y contuviera el aliento. Makenna sonrió.

De repente, sintió la imperiosa necesidad de verle por completo.

Se sentó sobre su regazo, y con los ojos pegados a sus abdominales, levantó la cabeza poco a poco. Durante un microsegundo le inquietó cómo sería su aspecto, pero enseguida se odió a sí misma por haber pensado de una forma tan superficial. A final decidió dejar a un lado todas esas preocupaciones. Ya le admiraba por todo lo que sabía de él; de ninguna manera dejaría de percibir su belleza interior por su apariencia exterior, fuera cual fuese esta.

Luchó contra el deseo instintivo de taparse, de volver a juntar los dos lados de su blusa de seda, pero no quiso herir sus sentimientos. Después de todo lo que habían compartido, no quería mostrarse introvertida con él.

Toda su piel se estremeció, como si pudiera sentir el ardiente rastro que los ojos de Caden estaban dejando mientras se movían sobre su cuerpo. Entonces tomó una profunda bocanada de aire y alzó la mirada desde su estómago, subiendo por la gastada camiseta negra que llevaba, los duros ángulos de la fuerte mandíbula que había mordisqueado... hasta llegar a su cara.

No podía dejar de temblar, era como si la adrenalina se hubiera apoderado de todo su ser ahora que se empapaba de Caden a través del último sentido que le faltaba por usar con él.

Era... ¡Oh, Dios, mío!... tan fuerte y... viril... y...tan condenadamente atractivo.

El seductor ángulo de su mandíbula combinaba a la perfección con unos generosos labios, los pómulos altos y una frente fuerte que enmarcaba unos intensos ojos marrones con unas pestañas inmensamente largas y espesas. Dos pequeños aros de plata le perforaban el lado izquierdo del labio inferior, mientras que el *piercing* de la ceja derecha era de metal negro y con forma de pesas.

Tenía un rostro que, si lo combinabas con la fuerte mandíbula y ese par de ojos, podía parecer duro, el de un tipo intimidante. Pero ella sabía que no era así.

Con un tembloroso suspiro, se armó de valor para mirarlo directamente a los ojos. Él también la estaba mirando... con cautela. No de un modo frío, pero tampoco cálido. A pesar del íntimo contacto que seguían manteniendo, se fijó en que tenía los hombros tensos y la mandíbula apretada. En ese momento tuvo la impresión de que Caden se estaba preparando para el rechazo.

No era de extrañar, pues se había limitado a permanecer sentada, mirándole con la boca abierta sin decir ni una palabra. Como detestaba la idea de que pudiera interpretar su silencio de forma equivocada, exclamó sin pensárselo siquiera:

—¡Eres absolutamente magnífico!

Tal derroche de honestidad hizo que casi se le salieran los ojos de las órbitas. Se llevó la mano a la boca y movió la cabeza avergonzada. Cómo le hubiera gustado que las luces volvieran a apagarse para ocultar el rubor que ascendía por todo su cuerpo.

Entonces Caden sonrió y el gesto cambió por completo su rostro.

Sus ojos cobraron vida, brillando divertidos y llenos de felicidad. En las mejillas se le formaron dos profundos hoyuelos dándole un aspecto juvenil que nunca hubiera podido apreciar en aquellos potentes rasgos masculinos. Enarcó una ceja mientras su sonrisa se transformaba en otra mucho más arrogante, traviesa y sensual que la estremeció de la cabeza a los pies.

Dejó de cubrirse la boca y bajó las manos, apoyándolas contra su duro estómago. El aire juguetón que ahora mostraba Caden sacó a relucir el suyo propio, de modo que, en cuanto sintió cómo su mano se retorcía en el lugar donde todavía descansaba bajo ella, gruñó y se abalanzó sobre él.

✱ ✱ ✱

Caden sentía tal miríada de emociones en su interior que era incapaz de clasificarlas. Cuando las luces se encendieron, el terror desató un torrente de adrenalina a través de su sistema. Enseguida quedó claro que no volverían a quedarse a oscuras y aunque el pánico fue disminuyendo —de nuevo gracias al aroma de Makenna y al efecto calmante de sus caricias— la frustración por el momento tan inoportuno que escogió la electricidad para regresar le hizo apretar los dientes con fuerza mientras intentaba aclimatar los ojos al resplandor.

La postura en la que tenía la cabeza sobre la suave curva del cuello de Makenna le permitió embeberse de su sensual desnudez. Era... todo suavidad, piel clara, pezones erguidos de un tono rosado y femeninas curvas. Un sendero de pecas recorría la parte superior de su pecho derecho y tuvo que hacer acopio de todas sus fuerzas para no lamer lentamente la zona. La cremosa palidez de sus muslos destacaba contra el bronceado brazo en el que llevaba el dragón tatuado y que todavía descansaba entre ambos cuerpos. Su mano desaparecía bajo el dobladillo de la falda que antes habían subido. A pesar de la barrera de la ropa interior de seda, Caden podía percibir la humedad de su excitación. Le dolía la mano de las ganas que tenía de retomar el punto exacto donde lo habían dejado. Ojalá Makenna se lo permitiera.

Estaba tan complacido por poder ver su cuerpo que en un primer momento no se dio cuenta de que ella se estaba alejando hasta que dejó de sentir el peso de su cabeza sobre el hombro. Contuvo el aliento y se preparó mentalmente, preocupado por lo que pudiera pensar de él. Makenna era una mujer educada, muy inteligente y toda una profesional. Se notaba que era una persona emocionalmente estable, mientras que él era ansioso y retraído. Tenía un aspecto elegante con aquel traje gris de raya diplomática; él ni siquiera tenía un traje y casi nunca llevaba nada que no fueran *jeans*, excepto cuando estaba trabajando. Su piel era pura e inmaculada; la de él llena de tatuajes, *piercings* y cicatrices. Caden llevaba su pasado marcado en el cuerpo; de hecho había usado el dolor que le habían producido las agujas y pistolas para tatuar y perforar su piel como una forma de superar la culpa que sentía por haber sobrevivido. Apretó la mandíbula solo de imaginarse en lo que podría pensar de él el hermano policía de Makenna si alguna vez llegaban a conocerse.

Cuando ella se echó hacia atrás, subió la mirada desde su abdomen hasta el rostro. De forma inconsciente, alzó las rodillas para proporcionarle un mejor apoyo mientras seguía sentada a horcajadas sobre él. Con cautela, contempló su cara y ojos en busca de algún indicio, pero no pudo saber qué sentía.

Y Makenna... Makenna era preciosa. Ese pelo, que ya adoraba, era de un intenso rojo medio que le caía sobre los hombros en una masa de rizos sueltos. Lo llevaba con la raya de forma que creaba una cascada ondulada que le atravesaba la frente, descendiendo por el borde del ojo derecho. A pesar de que sus mejillas todavía lucían el sonrojo por la intimidad compartida, tenía una piel pálida y suave como la porcelana, que resaltaba aún más sus rosados labios carnosos. No creía que fuera maquillada, aunque tampoco lo necesitaba.

Cuanto más tiempo pasaba mirándole sin decir nada, más nervioso se ponía. Mientras intentaba relajar los músculos bajo su intensa mirada, notó cómo se le tensaban el cuello y los hombros. Ya se la imaginaba enumerando en su bonita cabeza todas sus rarezas: «Un enorme tatuaje tribal cubriéndole medio abdomen, un gran dragón en el brazo que todavía tengo atrapado entre los muslos, varios *piercings* faciales, la fea cicatriz en un lateral de la cabeza...»

Y aquello no era todo. «Fantástico, ¿a quién narices he estado besando?», era lo que casi podía imaginarse que estaría pensando.

Se metió entre las muelas un lado de la lengua y mordió con fuerza, usando el dolor para distraerse de lo que realmente le preocupaba en ese momento. Si Makenna no decía algo pronto...

Por fin los ojos de ella se posaron sobre los suyos y se quedó con la boca abierta. Para ser de un tono azul claro no eran para nada fríos; todo lo contrario, exudaban la misma calidez que ya había asociado a su personalidad. Su mirada lo inmovilizó por completo, como si el tiempo se hubiera detenido y él estuviera balanceándose de forma precaria al borde de un acantilado, sin saber si terminaría cayendo o sería digno de su aceptación.

Cuando después de lo que le pareció una eternidad oyó sus palabras, al principio no logró interpretarlas, pues eran muy diferentes al cortés rechazo que esperaba.

«Magnífico. Absolutamente magnífico.»

«Lo dudo mucho, pero vamos que si voy a aceptarlo.»

Verla avergonzarse por aquel arrebato de sinceridad consiguió que desapareciera toda la tensión que sentía. Entonces sonrió y ella se abalanzó sobre él y borró con sus besos la cara de tonto que se le había quedado.

La abrazó con fuerza, rodeando esos esbeltos hombros con sus musculosos brazos para atraerla hacia sí. Sus besos dejaron de ser urgentes y desesperados para transformase en profundos y lánguidos. Cuando Makenna se apartó un poco para respirar, no pudo evitar darle unos cuantos besos castos más en los labios.

A continuación ella se echó un poco para atrás y Caden bajó la mirada. La vio mover nerviosa las manos, que finalmente lograron abrirse paso hasta el dobladillo festoneado de su blusa rosa y juntar las dos partes del delantero sobre su pecho.

Ladeó la cabeza tratando de imaginarse el verdadero significado de aquel gesto y frunció el ceño cuando observó cómo se cruzaba de brazos, como si estuviera intentando abrazarse a sí misma, mordiéndose el labio inferior.

—Mira, Mak...

Sin previo aviso, el ascensor se puso en marcha y comenzó a bajar. Makenna soltó un jadeo. El botón del vestíbulo parpadeaba en el panel. Se imaginó que, al volver la luz, el ascensor se había reiniciado y descendía automáticamente a la planta baja, lo mismo que hubiera hecho uno más moderno la primera vez que se fue la electricidad.

Le dio un apretón en el brazo.

—Creo que en cuanto esto se abra vamos a tener compañía —dijo, echando un vistazo a su ropa desaliñada.

—Oh, sí, es verdad —murmuró ella. Se apoyó en sus hombros para incorporarse. Él la ayudó a levantarse.

De pronto ambos se movían de forma torpe e incómoda... como si hubieran hecho algo malo. Caden volvió a fruncir el ceño y se frotó la cicatriz de la cabeza cuando la vio irse a «su lado» del ascensor y pararse en la pared más alejada para colocarse la ropa.

Cuando el ascensor se detuvo bruscamente, Makenna miró alterada las puertas y se peinó el pelo con las manos antes de agacharse a recoger la chaqueta de su traje.

Dos repentinos golpes los sobresaltaron. Makenna gritó y se llevó las manos al pecho mientras se tambaleaba un poco intentando ponerse uno de los tacones.

Imaginándose de qué se trataba, Caden comenzó a decir.

—Seguramente sean...

—Servicio de emergencias del condado de Arlington —dijo una voz amortiguada desde el otro lado—. ¿Hay alguien ahí?

Caden respondió con dos golpes con el puño en la todavía puerta cerrada del ascensor.

—Sí, estamos dos personas —informó mientras se inclinaba hacia la puerta.

—Mantengan la calma, señor. Los sacaremos de ahí enseguida.

—Entendido.

Miró a Makenna. Le preocupaba el notable silencio que se había instalado entre ellos durante los últimos minutos.

Ella alargó una mano de forma vacilante.

—Mmm... perdona... pero es que estás... —Señaló hacia sus pies.

Bajó la vista y se dio cuenta de que estaba pisando la correa de uno de sus bolsos.

—Oh, mierda, lo siento.

Retrocedió y se agachó para recogerlo al mismo tiempo que ella. Se golpearon en la cabeza.

—¡Ay! —exclamaron al unísono.

Al separarse, las puertas se abrieron. Al otro lado había una audiencia de espectadores que los miraban curiosos mientras Makenna y él se quedaban allí parados, sintiéndose incómodos y con una expresión en sus rostros que reflejaba vergüenza y alivio por igual.

Makenna se sentía como una completa imbécil, y no solo por haberse lanzado a los brazos de Caden sin contemplaciones, sino por la ardiente opresión que tenía en los ojos y que le decía que estaba a punto de ponerse a llorar.

Creía que había interpretado bien aquella radiante y sensual sonrisa y los placenteros besos que le siguieron. Pero entonces él le dio esa tanda final de castos besitos que sabían más a una despedida que a otra cosa y no dijo nada más. Ella le había dicho que era magnífico. «Absolutamente magnífico para ser más exactos. Muchas gracias. Y es verdad que lo es...» Sin embargo él no había dicho... nada.

Estaba claro que le había decepcionado su apariencia. Caden era un hombre interesante, atrevido y un poco oscuro, que rezumaba ese tipo de sensualidad herida que te invita a que solo quieras hacer su mundo mejor. Makenna solo podía imaginarse lo conservadora, aburrida y poco atractiva que debía de parecerle. ¡Pero si ni siquiera se había maquillado hoy! Bueno, se había puesto brillo en los labios, aunque era obvio que debía de haber desaparecido hacía rato.

Tomó una profunda bocanada de aire y terminó de ponerse los tacones que tanto le apretaban los pies.

Cuando por fin se abrió el ascensor, la ráfaga de aire fresco que entró le sentó de maravilla a su sobrecalentada piel.

—M.J., ¿estás bien? —preguntó Raymond, con su amable rostro lleno de preocupación.

Se colgó los bolsos sobre el hombro y reunió las fuerzas suficientes para esbozar una sonrisa al recepcionista/vigilante del edificio.

—Sí. Sigo de una pieza, Raymond. Gracias.

—Bueno, eso está muy bien. Venga, sal de ahí de una vez. —El hombre alargó su arrugada mano de color como si sintiera que ella necesitaba ayuda para caminar.

Detrás de Raymond vio a tres bomberos que empezaron a reírse. Aquello la sobresaltó y los miró con severidad, preguntándose cómo era posible que les hiciera tanta gracia que dos personas se quedaran encerradas en un ascensor durante horas.

—¡Grayson! —Se desternilló uno con la mano en la boca—. No te preocupes, hombre, hemos venido a rescatarte.

Los otros dos bomberos soltaron una carcajada.

Makenna miró por encima del hombro justo a tiempo para contemplar el ceño fruncido de Caden.

—Eso, Kowalski, ríete todo lo que quieras. Qué gracioso eres. —Caden estrechó la mano del tipo que se estaba burlando de él y luego se dieron ese golpe en los hombros con el que suelen saludarse los hombres.

Raymond se llevó a Makenna aparte, alejándola de Caden y sus amigos bomberos, y empezó a soltarle una cháchara sobre un fallo en el transformador eléctrico y algo sobre un cable secundario bajo tierra a la que no prestó atención pues estaba intentando escuchar la conversación que mantenía Caden.

Uno de los bomberos dejó de tomarle el pelo y se acercó a ella.

—¿Se encuentra bien, señora? ¿Necesita algo?

Makenna esbozó una tenue sonrisa.

—No, gracias. Estoy bien. Solo cansada y con un poco de calor.

—¿Pudo beber algo mientras estuvo ahí dentro?

La pregunta hizo que se le secara garganta. Ahora que se lo habían recordado, se dio cuenta de que estaba sedienta. Hizo un gesto de asentimiento.

—Sí, tenía una botella de agua.

—Estupendo. —Se volvió hacia Raymond—. De acuerdo, señor Jackson. Todo bien por aquí. —Ambos hombres se dieron la mano—. El jefe de bomberos vendrá mañana por la mañana para hablar sobre este asunto de los ascensores.

—Sí, señor, lo entiendo. Ya les he avisado.

El bombero se marchó rodeándola y regresó a la animada conversación que sus compañeros estaban teniendo con Caden.

—Raymond, ¿puedes vigilar mis cosas? Necesito ir al baño.

—Por supuesto, M.J., adelante.

Cruzó el vestíbulo. El sonido de sus tacones sobre el suelo de mármol sonó excesivamente alto. Mientras caminaba, sintió un extraño hormigueo en la nuca que le hizo suponer que Caden la estaba mirando, pero ni loca iba a girarse para comprobarlo.

Al entrar en el baño, la puerta se cerró muy despacio a sus espaldas. Lo primero que le llamó la atención fue la imagen que vio reflejada en el espejo. Emitió un sonido de protesta por lo cansada y desaliñada que se veía. Sus rizos apuntaban en todas las direcciones, tenía la falda completamente arrugada y llevaba el cuello de la blusa torcido por la forma tan descuidada como acababa de ponerse la americana. Sacudió la cabeza y se dirigió hacia uno de los cubículos, preguntándose si Caden seguiría allí cuando terminara o si se marcharía con los bomberos a los que obviamente conocía. No sabía qué le daba más miedo: que él la esperara y que continuaran sintiéndose tan incómodos como justo antes de salir del ascensor o que él se fuera. El estómago se le contrajo por una mezcla de nerviosismo y hambre.

Se lavó y secó las manos y se recogió el cabello en una coleta. A continuación se inclinó sobre el lavabo, abrió el agua fría y bebió prolongados tragos directamente del grifo.

Aquella visita al baño había conseguido que se sintiera un poco mejor. Respiró hondo, abrió la puerta y salió de nuevo al vestíbulo.

Caden estaba recostado en la mesa de recepción hablando con Raymond. Solo. Sus amigos se habían marchado.

Dejó escapar un profundo suspiro. El alivio la invadió por completo. No se había ido. La había esperado.

Aunque eso era lo que hacía un buen samaritano, ¿no?

Mientras se dirigía hacia ellos Caden le sonrió, aunque no con la misma sonrisa que le había transformado el rostro cuando le dijo lo que pensaba de él. La de ahora era más tensa e insegura. Le preocupó lo que podía significar.

«¡Por favor!», se quejó en silencio. «¡Esto es ridículo! ¿Cómo hemos pasado de la mejor conversación que he tenido en mi vida a... esto?» Tuvo el presentimiento de que sus miedos iban bien encaminados; seguro que en ese momento Caden estaba preocupado por cómo iba a dejarla después de... todo. Puede que la inmensa decepción que la embargó fuera un tanto desproporcionada, pero no podía evitarlo. Se sentía hundida.

Caden se apresuró a recogerle los bolsos y dárselos. Le dio las gracias mientras los agarraba todos a la vez y se los colgaba sobre el hombro. Ambos se despidieron de Raymond y, antes de darse cuenta, estaban en la ancha acera del pequeño enclave urbano de Rosslyn, justo al otro lado del río que atravesaba el corazón de Washington D.C. La brisa nocturna era fría, refrescante. Al final de la manzana, se podía ver una fila de camiones de Dominion Power con sus luces amarillas parpadeando.

—Mmm... —empezó ella.

—Bueno... —dijo él.

Ambos se echaron a reír.

Caden se aclaró la garganta.

—¿Dónde has aparcado?

—Vine en metro. Son solo dos manzanas desde ahí. —Hizo un gesto a su espalda.

Caden frunció el ceño.

—¿De verdad te parece una buena idea?

—Claro que sí. Estaré bien.

—No, en serio, Makenna. No me hace gracia que vayas en metro y tengas que esperar tú sola en la estación a estas horas de la noche.

Se encogió de hombros, aunque su preocupación le produjo una extraña calidez en el interior.

—Deja que te lleve a casa —prosiguió él—. He dejado el todoterreno justo más abajo, en esa calle.

—Oh, bueno, no quiero...

Se acercó a ella y la tomó de la mano. Ese contacto le proporcionó casi el mismo alivio que el agua que había bebido instantes antes.

—No aceptaré un no por respuesta. No es seguro que andes sola a estas horas. Vamos. —Tiró de ella con suavidad, permitiéndole que cambiara de opinión.

—Está bien. Gracias, Caden. No está muy lejos.

—Lo sé. —Entrelazó sus grandes dedos con los de ella—. Aunque tampoco me importaría si lo estuviera.

Alzó la mirada y contempló su perfil. Era bastante más alto que ella y a ella le gustaban los hombres con una buena estatura. Caden bajó la vista y le apretó la mano. Después la guio por una esquina del edificio donde trabajaba, hacia una calle lateral, y se detuvo delante de un brillante todoterreno negro sin capota antes de abrirle la puerta.

—Gracias. —Entró en el interior y dejó los bolsos en el suelo del asiento del copiloto, encima de un guante de beisbol. La falda le complicó un poco la entrada. Se sonrojó y se la subió un poco.

Caden le cerró la puerta y segundos después se sentó en el asiento del conductor. Entonces el vehículo cobró vida. Makenna se apoyó en la puerta cuando Caden salió del aparcamiento haciendo un giro en forma de «u». La brisa le soltó algunos mechones de pelo que acabaron por darle en la cara, pero se los recogió al instante con la mano para evitar que le molestaran demasiado.

—Lo siento —murmuró él mientras salía a la calle que había enfrente del edificio—. Suelo ir sin capota siempre que puedo —explicó en voz baja—. Es más abierto. —Se encogió de hombros.

En cuanto se percató de lo que realmente le estaba confesando, abrió la boca, pero fue incapaz de encontrar las palabras para decirle lo valiente que creía que era. Así que se limitó a decir.

—No te preocupes. El aire hoy es perfecto.

Enseguida pasaron volando por Wilson Boulevard; las calles prácticamente vacías y el hecho de que pillaran los semáforos en verde hicieron que el trayecto fuera más rápido de lo habitual. Ahora que tenía una visión plena de su costado derecho, tuvo la primera oportunidad de ver toda la extensión de la cicatriz en forma de media luna que comenzaba en su oreja y que descendía con forma dentada hasta el nacimiento del pelo en la nuca. Con la luz que le proporcionó la iluminación de las calles notó que sobre la cicatriz no le crecía el cabello, haciendo que destacara aún más sobre el tono marrón oscuro de su pelo.

Caden debió de sentir que le estaba observando, porque la miró y esbozó una media sonrisa que le produjo un nudo en el estómago; sabía que su noche juntos estaba a punto de terminar.

Minutos después, el todoterreno se detuvo en la rotonda que daba al complejo de apartamentos en el que vivía. Le señaló la entrada a la vivienda y Caden aparcó en un espacio adyacente a la puerta principal.

Con el ruido del motor, apenas pudo oír el relajante sonido de la fuente central. Soltó un suspiro cansado y recostó la espalda sobre el respaldo de cuero por la tensión acumulada de todo lo sucedido durante el día.

Había llegado el momento de despedirse.

Capítulo 7

Caden no había dejado de maldecirse desde que la vio entrar al baño. No sabía cómo, pero había metido la pata con Makenna. Ahora ella se comportaba de una forma distante, vacilante e incluso tímida. Y aunque la conocía desde hacía poco, aquello no era propio del carácter de la Makenna con la que había hablado en el ascensor y que tanto le gustaba. «Su» Makenna era cercana, abierta y segura de sí misma. Estaba convencido de que había hecho algo para desanimarla. Por eso estaba muy enfadado consigo mismo, sobre todo porque no sabía cómo arreglarlo.

Y se le estaba acabando el tiempo.

Por lo menos había estado de acuerdo en que la llevara a casa. Se había pasado todo el trayecto pensando en qué decirle y cómo decírselo. Que le estuviera mirando no le ayudaba a concentrarse. Le era imposible evitar que contemplara su atroz cicatriz en todo su esplendor. Cuando tenía quince años, la cirugía plástica había suavizado los tejidos que estaban en peor estado y habían conseguido restaurarle la mayor parte del nacimiento del pelo en la zona de la nuca, pero seguía siendo grande y bien visible y a menudo lograba que la gente que le conocía por primera vez se sintiera incómoda, ya que era muy difícil dejar de mirarla. Tampoco le favorecía el hecho de que en la delgada línea curva de tejido cicatricial no le creciera el cabello, lo que hacía que destacara aún más. Siempre pensaba en esa maldita cosa como su primer tatuaje; desde luego se veía igual de bien que cualquiera de sus diseños a tinta.

No obstante, dejó que le echara un buen vistazo. Porque él no tenía un aspecto normal y nunca lo tendría. Y aunque parecía que había aceptado todo lo que le había mostrado hasta ese momento, le constaba que podía ser difícil de asimilar. Quería que Makenna estuviera segura. Así que se limitó a sonreír y se deshizo de la tensión que sentía apretando con fuerza la palanca de cambios que sujetaba en la mano derecha.

No podía hacer mucho para alargar el viaje hasta su apartamento. Incluso en la hora punta del mediodía, el trayecto de Rosslyn a Claredon no duraba más de un cuarto de hora. Y justo en ese momento, que no le hubiera importado encontrarse con varios semáforos en rojo, todos por los que pasaron estaban en verde.

Detuvo el todoterreno en la acera y se movió en el asiento antes de decir:

—Makenna, yo...

—Caden... —empezó ella al mismo tiempo.

Ambos esbozaron una tenue sonrisa. Hizo acopio de todas sus fuerzas para no lamentarse en voz alta. Makenna tenía todo el pelo revuelto por el viento y los ojos cansados, pero era absolutamente preciosa.

—Tú primero —dijo él.

«Cobarde.»

—Gracias por haberme proporcionado tan buena compañía esta noche. —Por primera vez le ofreció una sonrisa de verdad.

En su pecho brilló un halo de esperanza.

—Fue un placer, Makenna.

Ella asintió y se agachó para recoger las correas de sus bolsos con una mano mientras con la otra alcanzaba el manillar de la puerta. Caden apretó la mandíbula.

—Bueno, supongo que.... buenas noches. —Y con eso procedió a abrir la puerta.

Se le contrajo el estómago. Vio cómo salía del vehículo a la acera y cómo se volvía para sujetar bien los bolsos.

«Joder, detenla. Habla con ella.»

—Me gustaría...

Makenna empujó la puerta para cerrarla, ahogando sus palabras, y se inclinó sobre la ventana abierta. Le dio la impresión de que estaba triste, pero no podía asegurarlo, ya que no estaba tan acostumbrado a sus expresiones faciales como para interpretarlas adecuadamente. Todavía.

«Por favor, que haya un todavía.»

—No te preocupes. Lo entiendo.

Se quedó con la boca abierta, aunque inmediatamente después apretó los labios en una dura línea.

«¿Que lo entiende? ¿Qué es lo que entiende?»

Makenna dio dos golpes en el interior de la puerta y se despidió.

—Gracias por traerme. Nos vemos.

—Eh, sí.

Se llevó la mano a la cicatriz y se la frotó con dureza mientras la veía darse la vuelta, colgarse los bolsos de los hombros y atravesar la ancha acera hasta la entrada del edificio perfectamente iluminada.

«¿Eh, sí? ¿EH, SÍ?»

Cuando ya casi había llegado a la puerta, metió primera, pisó el acelerador y salió del aparcamiento. Pero se sentía tan mal alejándose de ella que se detuvo en medio de la calle y miró por encima del hombro.

Makenna estaba en la entrada. Mirándole.

Soltó un gruñido. «A la mierda.»

Sin pensárselo dos veces, metió la marcha atrás. Los neumáticos derraparon mientras volvía a aparcar en el mismo sitio de antes. No se esmeró mucho, simplemente intentó dejarlo recto. Sacó las llaves del arranque, apagó las luces y se abalanzó sobre la puerta que luego cerró de un golpe.

Rodeó la parte trasera del todoterreno y clavó la vista en Makenna, fulminándola con la mirada (no es que estuviera enfadado con ella, sino consigo mismo por lo estúpido que había sido por esperar hasta el último momento a hacer las cosas bien).

Observó cómo abría los ojos como platos y cómo sus labios se congelaban en algún lugar intermedio entre una medio sonrisa y una «o» de sorpresa. A continuación, Makenna empujó la puerta y la sostuvo para que entrara.

Esperaba de todo corazón que el deseo que había creído leer en su expresión fuera real.

Se acercó a ella, invadiendo su espacio personal, se apretó contra su cuerpo, dejándola atrapada entre él y el cristal que tenía a su espalda y hundió las manos en su pelo para agarrarle la nuca y devorarle los labios.

Gimió por la plenitud que experimentó al poder tocarla de nuevo de ese modo. Era la primera vez que se sentía bien desde que la había tenido en su regazo en el ascensor.

❋ ❋ ❋

La expectación dejó a Makenna sin aliento, pero entonces Caden la besó con tanta intensidad y...

«¡Oh, Dios mío! ¡Oh, Dios mío! ¡Oh, Dios mío! ¡Ha vuelto! ¡Ha vuelto!»

Su exigente lengua sabía a gloria. Mientras su boca la reclamaba sin contemplaciones, el *piercing* se le clavó en el labio una y otra vez de una forma deliciosa. Las manos de él se enredaron en su pelo, masajeándoselo y tirando de su cuello hacia él. Estaba completamente rodeada por Caden, por la manera en que había tenido que inclinarse sobre ella por la diferencia de estatura, por el modo en que le echó la cabeza hacia atrás para tener un mejor acceso. Con el picaporte de metal presionando contra su espalda, se sentía absolutamente entregada a él, a su ardor, a su aroma. El mundo desapareció a su alrededor. Solo existía ese hombre.

Se aferró con una mano a su camiseta negra. Él se acercó un poco más. Ambos jadearon y se pegaron el uno al otro. Gimió por la manera tan posesiva en que la estaba sujetando. No había ninguna timidez ni vacilación en él. No le estaba preguntado. Se sentía reclamada. Eufórica.

Un seductor sonido (no supo muy bien si un ronroneo o un gruñido) emergió de la garganta de Caden. Seguía agarrándola con firmeza, pero inclinó la frente contra la de ella y separó los labios para murmurar:

—Lo siento. No podía dejarte marchar.

—No se te ocurra sentirlo —repuso con voz ronca. Tragó saliva—. No lo sientas nunca.

82

—Makenna...

—Caden, yo...

Él volvió a apretar los labios contra su boca. Sus narices chocaron. En esta ocasión sí que soltó un gruñido en toda regla.

—Mujer —dijo contra sus labios—, ¿me vas a dejar hablar de una vez?

El deseo y frustración en su tono le arrancaron una sonrisa. Asintió. Sus labios volvieron a moverse y la deleitaron con una serie de suaves besos en la boca.

Cuando por fin se decidió a hablar, Makenna se sentía en una nube. Notaba la calidez de su aliento contra la cara. Su incipiente barba le raspaba la mejilla. Entonces el clavó esos profundos ojos marrones en ella, anclándola a él de todas las formas posibles.

—Nunca he... Eres... —Suspiró—. Oh, joder. Me gustas, pelirroja. Quiero estar contigo. Quiero que sigamos discutiendo un poco más. Quiero volver a estar entre tus brazos. Tocarte. Yo... solo...

Se sintió pletórica y totalmente esperanzada. Había vuelto a por ella. Quería estar con ella.

Sonrió y se llevó la mano a la nuca para agarrar la de él y que la soltara. Caden vaciló un segundo, pero al final permitió que le diera un sensual beso en la mano, justo en la cabeza del dragón que llevaba tatuado. Después esbozó una sonrisa de oreja a oreja.

—Ven arriba conmigo —susurró—. Hago una tortilla fantástica y ahora mismo me muero de hambre.

Vio cómo por fin esbozaba aquella sonrisa que le volvió a iluminar el rostro. Después, Caden la agarró de la mano y la besó en la frente.

—De acuerdo. Yo también estoy que devoro.

En el momento en que se hizo a un lado para permitir que regresara al vestíbulo, echó de menos al instante sentir la calidez de su cuerpo. Y cuando asió las correas de sus bolsos, tirándola hacia atrás, gritó.

—Oye, déjame —espetó él mientras le quitaba los bolsos y se los colgaba del hombro.

«Mi buen samaritano.»

Por inercia, se acercó hacia los ascensores y pulsó el botón. Como ya era tarde, la puerta sonó y se abrió de inmediato. Antes de entrar, se dio la vuelta para comprobar la reacción de Caden.

Él puso los ojos en blanco y le hizo un gesto para que continuara, pero le oyó quejarse por lo bajo.

Estaba un poco mareada porque las cosas estuvieran saliendo de una forma muy diferente a como había temido quince minutos antes. Su interior bullía de felicidad. Se echó a reír, le agarró de la mano y le arrastró hacia el segundo ascensor en el que coincidían aquella noche.

—Venga. Los rayos no suelen aguarte la fiesta dos veces.

Pulsó el botón de la cuarta planta, se acercó a él y le frotó el pecho con la nariz. Caden respondió acariciándole el pelo y ella se derritió por dentro.

El ascensor llegó a su destino y se abrió hacia un espacio rectangular con pasillos que iban en direcciones contrarias. Le guio hacia la izquierda, hacia la quinta puerta a la derecha.

—Es aquí.

Metió la mano en el bolso, que todavía colgaba del hombro de Caden, sacó la llave y se volvió para abrir la puerta. Después giró la cabeza para sonreírle y entró en el apartamento antes de encender la luz de la entrada que también iluminaba la pequeña y ordenada cocina. Se dirigió hacia la encimera, dejó las llaves y luego fue hacia él para quitarle el peso de los bolsos y dejarlos también al lado del llavero.

Caden deslizó la mano sobre su nuca y volvió a besarla. Esta vez con adoración y muy dulcemente.

—¿Te importa si uso el baño?

—Por supuesto que no. —Señaló detrás de él—. Justo por ese pasillo. Voy a cambiarme de ropa.

—Muy bien. —Le rozó la mejilla con sus enormes dedos y ella se frotó contra ellos.

Entonces Caden se marchó.

Makenna fue hacia el dormitorio de su pequeño apartamento con la sensación de ir flotando en vez de andando. Entró a trompicones en el vestidor, dejó los tacones y se quitó la sudorosa y arrugada ropa.

Cuando por fin se quedó desnuda soltó un suspiro de alivio. La idea de tomar una ducha le resultó tan tentadora que al final sucumbió a ella. Se recogió el pelo encima de la cabeza para que no se mojara y se quedó allí quieta mientras el agua caía sobre su piel. Después de un rato se hizo con una pastilla de jabón y se lo pasó con rapidez por todo el cuerpo. Minutos más tarde estaba de vuelta en el vestidor sintiéndose un poco más humana.

Eligió un bonito conjunto de sujetador de encaje y braga de color lavanda, con la esperanza de que Caden pudiera verlo, y se puso un par de pantalones de yoga grises y una camiseta de tejido muy suave, también de color lavanda, y con el cuello en pico. Volvió al baño, se cepilló los dientes y se recogió el pelo en una coleta. Finalmente estiró los brazos sobre su cabeza, sintiéndose mucho más cómoda de lo que había estado en horas.

Cuando entró en al salón contiguo, se encontró a Caden hojeando las fotos familiares que colgaban por todas partes. Se detuvo y se apoyó un momento en un rincón de la pared, solo para disfrutar de la visión de aquel hombre deambulando por su apartamento. Se había quitado los calcetines y los zapatos y ahora caminaba descalzo con el dobladillo deshilachado de los *jeans* arrastrándose por el suelo. Le encantaba que también se hubiera puesto cómodo en su casa.

—¿Te gusta lo que ves? —preguntó él.

Sus mejillas se ruborizaron al instante. Se rio y meditó qué decir a continuación. Era tarde, se sentía cansada y estaba muy interesada en él. Así que decidió arrojar toda precaución por la ventana; al fin y al cabo, había vuelto a por ella.

—Sí, mucho.

Caden la miró por encima del hombro y le ofreció una medio sonrisa para que se acercara a él. Alzó la vista para mirar las fotos que él había estado observando.

—Son mis hermanos. —Señaló a cada uno de ellos mientras decía sus nombres—. Este es Patrick. Ian. Y este es Collin. Y yo, por supuesto.

—Veo que no eres la única pelirroja de la familia.

Volvió a reírse.

—No, desde luego. Aunque el pelo de Patrick e Ian parece más castaño que el mío. Collin, sin embargo, tuvo que sufrir el apodo de «zanahorio» en el colegio. —Señaló otra foto—. Como puedes observar, la culpa de que seamos pelirrojos la tiene mi madre. —Miró cómo Caden estudiada la foto en la que estaba sentada sobre el regazo de su progenitora, pocos meses antes de morir. Era su favorita porque el parecido entre ambas resultaba más que obvio. Su padre le decía todo el tiempo lo mucho que se parecía a ella.

Se quedó tan ensimismada mirando la foto que se sorprendió cuando la mano de Caden le tiró de la coleta. Pero se sorprendió todavía más cuando el pelo le cayó por los hombros.

—Lo siento —murmuró él mientras enredaba los dedos en su pelo ahora suelto—. Me he pasado toda la noche imaginándome cómo sería tocarlo.

Volvió a ruborizarse, aunque esta vez un poco menos. La franqueza que demostraba era una las cualidades que más le gustaban de él. No sabía muy bien qué responder, por lo que cerró los ojos y se limitó a disfrutar de la sensación de sus fuertes dedos. Después de un rato, volvió a abrirlos y se lo encontró mirándola intensamente. Sonrió.

—Me ha gustado. Pero vas a conseguir que me duerma.

La sonrisa que esbozó hizo que le brillaran los ojos y le salieran unas cuantas arrugas en los extremos.

—Pues eso tampoco estaría mal, siempre que vuelvas a quedarte dormida conmigo.

Sintió tal calor en las mejillas que se las tapó con las manos. Tenía la piel tan pálida que se le notaba el más mínimo rubor. Después le agarró de la mano y le dio un beso en la palma.

—Vamos. Prometí darte de comer.

❋ ❋ ❋

Caden no cabía en sí de gozo por haber interpretado bien la expresión de Makenna, que quería que volviera a por ella. Se había obligado a dejar de besarla en la entrada del edificio porque en su imaginación ya la tenía contra las ventanas y se enterraba en ella una y otra vez. Y por nada del mundo quería que creyese que había vuelto solo por el sexo.

Sí, era cierto que quería acostarse con ella. Los pantalones ceñidos y la camiseta que destacaba la firmeza y redondez de sus deliciosos pechos no aliviaban su deseo. Pero también quería que le diera una oportunidad.

Y allí de pie, en su apartamento, se sentía tan bien recibido y querido que estaba casi dispuesto a creerse que ella se la daría.

Sin soltarle la mano, Makenna le llevó a la cocina.

—Si quieres puedes sentarte en la barra. ¿Te apetece beber algo?

—Me encantaría —respondió él—, pero no hace falta que me siente. Puedo ayudarte.

Observó cómo se movía por la cocina y admiró la forma en que aquella ropa informal marcaba sus femeninas curvas.

Ella se dio la vuelta y agradeció su oferta con una sonrisa. Después colocó frente a él una tabla de cortar y un cuchillo.

—Entonces échame una mano cortando los ingredientes. ¿Qué te gusta que lleven las tortillas? —Enumeró lo que tenía y al final se decidieron por jamón y queso. El frío refresco de cola que le pasó le alivió la sequedad que tenía en la garganta.

A continuación se puso a cortar el jamón en dados mientras ella rompía los huevos, los vertía en un recipiente y los batía. Le gustaba eso de cocinar juntos. Le parecía algo normal. Y «normal» no era una palabra que hubiera podido aplicar mucho en su vida.

Makenna le miró de soslayo. Ambos rieron. Siguió cortando. Ella batiendo. La miró y ambos volvieron a reír.

Se estaba divirtiendo mucho con ella. Le gustaba el coqueteo que estaban intercambiando y el silencio, ahora nada incómodo, en el que se habían sumido. Pero le estaba costando un montón no tocarla. Se moría de ganas de colocarle un mechón detrás de la oreja. Y por si fuera poco, ese pantalón de algodón ajustado le hacía un trasero tan apetecible que... Cuando la vio ruborizarse, le dolieron los labios por probar el calor de sus mejillas. No obstante, sabía que si la tocaba sería incapaz de detenerse, así que mantuvo las manos ocupadas y continuó con su contribución a la cena.

Makenna se limpió las manos con un trapo de cocina y se agachó. El sonido metálico dejó claro que estaba buscando una sartén pero en lo único en lo que pudo concentrarse era en cómo aquel trasero apuntaba en su dirección. Tomó un buen sorbo de su refresco, aunque mantuvo la vista clavada en ella.

La oyó quejarse y un segundo después vio cómo se levantaba y se ponía en jarras.

—Oh, ahí estás —dijo. Se acercó al fregadero y abrió el grifo—. ¡Mierda! —Algo cayó al suelo.

Se rio por el pequeño espectáculo que le estaba ofreciendo de forma inconsciente, pero todo su humor se desvaneció en cuanto volvió a inclinarse para recuperar el anillo que al parecer se había quitado y se le había caído.

No pudo evitarlo. Contemplar aquel trasero le había vuelto a poner duro. El tiempo que habían pasado juntos había supuesto una prolongada y deliciosa provocación, pero ahora estaban a salvo y solos en su apartamento, sintiéndose cómodos y preparando la cena juntos. Y se estaba volviendo loco de deseo.

Makenna dejó el pequeño anillo de plata en la encimera, echó un poco de lavavajillas en la sartén y se dispuso a fregarla. Caden se hizo con el trapo y se colocó detrás de ella. Luego la rodeó con los brazos, le quitó la sartén de las manos, la secó lo más rápido que pudo y la dejó sobre la encimera. Makenna cerró el grifo.

Puso los brazos sobre fregadero a ambos lados de Makenna y se apoyó contra ella. Se inclinó y le mordisqueó y besó el cuello y la mandíbula. Ella gimió y presionó su pequeño cuerpo contra el suyo.

No fue tan descarado como para frotar su erección contra ella, pero estaba seguro de que debió de notarla cuando empujó hacia atrás, porque la oyó jadear y se aferró con fuerza al fregadero.

No podía detenerse. Sentir tan cerca su calor hizo imposible que pudiera pensar en otra cosa que no fuera tenerla por completo. Tenía que hacerla suya.

Y tenía que hacerlo ya.

Capítulo 8

La electricidad que de pronto parecía cargar la atmósfera se propagó por toda su piel.

—Makenna —susurró Caden contra su nuca mientras la envolvía en sus brazos.

Fue incapaz de contener el gemido que surgió de sus labios abiertos. Estar entre sus brazos le sentaba de maravilla, sobre todo cuando colocó uno de ellos bajo su pecho y deslizó el otro hasta que con la mano le agarró una cadera. Le encantaba cómo Caden usaba la ventaja que le proporcionada tenerla firmemente sujeta a él para controlar el movimiento de sus cuerpos.

Sentir a su espalda la dureza y necesidad de él la estaba volviendo loca de deseo. Su cuerpo estaba más que dispuesto. Apretó los muslos y notó la humedad que cubría su ropa interior.

Caden le sostuvo la mandíbula con una mano y le ladeó la cabeza hacia la derecha. Después reclamó su boca, succionando sus labios y explorándola con la lengua. Le dejó llevar la iniciativa; adoraba esa vena dominante en él. No era que fuera brusco, pero sí que tomaba lo que quería. Y ella estaba ansiosa por dárselo todo.

Llevó una mano hacia atrás y se aferró a su cadera, extendiendo los dedos para que estos descansaran en su apretado glúteo. Entonces, y solo para dejar claras sus intenciones, le agarró el trasero y lo atrajo hacia sí. Amortiguó con la boca el gemido que escapó de la garganta de él antes de que sus besos se volvieran más urgentes, más desesperados.

Cuando él dobló las rodillas y empujó las caderas contra sus nalgas, gritó de placer; un sonido que Caden consiguió prolongar, masajeándole un pecho y frotando una y otra vez el pezón con el pulgar.

Pasaron varios minutos retorciéndose el uno contra el otro dentro de los fuertes brazos de Caden. Sus cálidos y húmedos besos eran lánguidos y vertiginosos. Su respiración entrecortada y sus gruñidos se transformaron en un lenguaje que el cuerpo de Makenna entendió a la perfección, respondiendo y anhelando oírlo cada dos por tres.

Le temblaban las manos por la necesidad que tenía de tocarle. Hasta que por fin pudo liberar una de ellas y la alzó para sujetarle por la nuca y así acariciarle, alentándole a continuar. Caden supo interpretar sus movimientos y la besó con frenesí.

Cuando sus labios descendieron hasta su mandíbula, dejando un reguero húmedo por su oreja y garganta, estaba casi sin aliento y con todo su interior gritando de necesidad.

—Por favor —terminó rogándole.

Intentó darse la vuelta entre sus brazos, pero él la abrazó con más fuerza durante unos segundos más. Luego cedió y suavizó su agarre lo suficiente para que pudiera moverse.

Cuando por fin pudo rodearle la nuca con los dos brazos y atraerlo hacia sí, gimió aliviada. Todavía la tenía atrapada contra la encimera, pero disfrutó de aquella firme presión porque le permitía atormentar su obvia erección empujando las caderas y frotando el abdomen contra él.

Las tentadoras manos de Caden juguetearon con ella, trazando un sendero que bajó por sus pechos hasta los costados del estómago y caderas para luego volver a ascender. Makenna se retorció bajó sus caricias; necesitaba más de él. Lo necesitaba en su piel.

Movió los brazos y encontró el dobladillo de su propia camiseta. Caden se apartó los centímetros suficientes para que juntos pudieran quitársela. En cuanto la tuvo en sus manos la tiró al suelo, aliviada por sentir esas enormes palmas explorando su cuerpo con marcado entusiasmo.

Caden recorrió con los ojos la zona que acababa de dejar expuesta. Al ver la intensidad de su mirada se ruborizó de la cabeza a los pies.

—Ah, pelirroja, eres preciosa.

Su corazón estalló por la confirmación que contenían aquellas palabras. Cualquier inseguridad que todavía albergara en su mente sobre si podía resultarle una mujer aburrida y del montón desapareció por completo.

Caden bajó la cabeza hacia su pecho y lamió, mordisqueó y besó todo el borde del sujetador de encaje. Mientras le cubría un enhiesto pezón con la lengua, llevó las manos a su espalda y le desabrochó el sostén, que cayó entre sus brazos para seguir el mismo camino que la camiseta y terminar en algún lugar en el suelo.

Cuando le ahuecó los pechos y alternó las atenciones de su boca entre ambos pezones el gemido que soltó Makenna fue alto y claro y cargado de necesidad. Sus manos volaron a la cabeza de él y le sostuvo contra sí mientras arqueaba la espalda para ofrecerle un mejor acceso. Esa boca la estaba volviendo loca. Nunca había tenido a nadie dedicando semejante esmero a sus senos y desde luego tampoco antes se había sentido tan maleable y lasciva por ello. Deslizó una mano por su espalda y le agarró la camiseta negra a la altura de los omoplatos.

—Quítatela —exigió, tirando de ella.

Él se echó hacia atrás y obedeció, aunque continuó devorando un pezón con avidez y solo separó la boca de ella cuando fue absolutamente necesario.

—Oh, Dios mío —murmuró con admiración al contemplar su ancho torso.

Había muchas más cosas de las que había visto en el ascensor. El gran tatuaje tribal que ascendía alrededor del lado izquierdo del abdomen acompañaba a una hermosa rosa abierta de color amarillo sobre su pectoral izquierdo. También estaba el dragón rugiendo en su antebrazo derecho y luego tenía una parte de piel sin marcar hasta llegar a la zona superior del bíceps, donde encontró un símbolo rojo, similar a una cruz, dividido en cuatro partes con una pequeña boca de incendios, el bichero típico de los bomberos y la escalera rodeando un número siete dorado. El intenso bronceado de su piel revelaba las horas que debía de pasar sin camiseta bajo el sol estival, lo que destacaba aún más los vivos colores de los tatuajes.

La primera impresión que tuvo de él había sido de lo más certera. Era absolutamente magnífico. Quería explorar cada centímetro de su cuerpo, tocar cada músculo y tatuaje con los dedos y la lengua.

Decidió empezar en ese mismo instante y posó la boca directamente en la rosa mientras le apretaba los firmes músculos de los costados con las manos. Caden enroscó los dedos en su pelo y la abrazó. Lamió el borde de uno de los pétalos antes de descender y encontrar el pezón, que estaba justo a la altura natural de su boca.

—Me encanta —dijo él con voz áspera antes de besarle el cabello.

Frotó el pulgar sobre la zona que acababa de lamer, para prestar la misma atención con la lengua al otro pezón. Oyó cómo gemía ante su lasciva actitud. Sonrió, era una justa venganza por el tormento al que acababa de someterla.

La piel de Caden se sentía tan bien bajo sus dedos. Y sabía aún mejor; con un toque ligeramente salado por el calor que habían tenido que soportar en el ascensor. Se los imaginó juntos en la ducha, usando sus propias manos cubiertas de jabón para limpiarle a conciencia. Con los labios aún pegados a su pecho, esbozó una sonrisa. «Ya lo haremos en otro momento», pensó. «Por favor, que haya otro momento.»

Aquella lenta exploración estaba empezando a dolerle. Le palpitaba la hendidura entre las piernas y la tenía completamente empapada. Su cuerpo suplicaba el alivio que sabía le proporcionarían sus caricias. Y rezó porque el cuerpo de Caden anhelara lo mismo.

Se metió el pezón derecho en la boca y lo lamió en círculos hasta que notó cómo él enroscaba su pelo en un puño. No supo si para mantenerla en el mismo lugar o para que se apartara. Tal vez para ambas cosas. Pero sí que tuvo claro que a Caden le estaba gustando porque gruñó y presionó sus caderas contra ella.

A modo de experimento, decidió dejar de divertirse con los pezones y se puso a dibujar lentos círculos sobre su abdomen, disfrutando de la manera en que sus músculos se estremecían y contraían bajo su tacto. Cuando sus dedos se enredaron en la línea de vello castaño que desaparecía bajo la cintura de los pantalones, la respiración de Caden se aceleró ostensiblemente. Sin embargo, no se detuvo y continuó bajando sobre la entrepierna de los *jeans*, acariciando la considerable longitud de su erección con la palma de la mano.

—¡Jesús! —exclamó él con voz ronca. Entonces empezó a frotarse contra su mano.

Al notar cómo los dedos de él regresaban a sus pezones, jadeó y echó la cabeza hacia atrás para poder mirarle. Sus ojos ardían de deseo. Caden se inclinó hacia ella y buscó su boca para poder invadirla con la lengua.

Ella como respuesta pasó de acariciarle la entrepierna a frotársela con ímpetu a través de la tela.

—Makenna —susurró con voz áspera y seductora—. No te imaginas lo mucho que te deseo. —Ahora fue él el que se retiró un poco para que pudieran contemplarse el uno al otro. Después se acercó y le colocó un mechón detrás de la oreja—. Dime qué es lo que quieres.

Muy a su pesar, retiró la mano del erótico lugar donde la tenía y le acunó la cara.

—Todo. Lo quiero todo.

La sangre golpeaba a través del cuerpo de Caden. Tenía los cinco sentidos completamente enardecidos; el increíble aroma de Makenna, el sonido de sus gemidos y jadeos, la suave y sedosa sensación de aquella piel bajo sus dedos, el salado y a la vez dulce sabor de su carne... No dejó de observarla mientras la besaba y acariciaba, ansioso por saber qué le gustaba y regodeándose en aquello que le daba placer.

Pero cuando ella empezó a tocarle, creyó que perdería la cabeza. Makenna había tirado de su camiseta para que se la quitara; algo que hizo más que gustoso. Entonces ella empezó a devorar la piel de su pecho después de comérselo con los ojos. Cada toque con su boca y manos fue sensual y provocador y consiguió que todo su cuerpo vibrara en busca de más.

Y vaya si se lo había dado. La presión de esa pequeña y fuerte mano sobre su erección le resultó irresistible. Y obviamente no perdió la oportunidad de aprovechar la increíble fricción que tanto necesitaba y que ella le estaba proporcionando de buen grado.

Luego le confirmó que también lo deseaba y del mismo modo que él a ella. Sus palabras resonaron por todas partes; una anhelada satisfacción le calmó la mente y sintió en el pecho una reconfortante calidez. Todas aquellas sensaciones eran magníficas, una fuente de vida en sí mismas, y más de lo que nunca esperó experimentar.

Sin embargo, en ese momento fue su pene el que reaccionó con más facilidad a sus palabras, ansiando que le proporcionaran la satisfacción que le habían prometido. Y por si no tuviera suficiente, Makenna dejó de acunarle con cariño la cara y los dedos de su mano derecha se engancharon en la cinturilla de sus *jeans* y se dio la vuelta, sacando a ambos de la cocina.

Caden sonrió, complacido por su forma de hacer las cosas, y la siguió con entusiasmo mientras lo guiaba más allá de la pequeña mesa del comedor, a través del salón y hasta llegar a su santuario más privado. El dormitorio era cuadrado y estaba tenuemente iluminado, las distantes luces de la cocina y el resplandor de la luna que se filtraba a través de las finas cortinas otorgaban una iluminación única.

Una vez dentro, Makenna se volvió para mirarlo a la cara, pero no solo no sacó los dedos de dónde los tenía, sino que agregó la otra mano y le desabrochó los botones con facilidad. Le miró a los ojos y empujó el pesado tejido de denim en la zona que se ceñía a sus caderas mientras deslizaba la otra mano entre sus ajustados calzoncillos hasta tocarle piel con piel.

Abrió la boca por la excitación que le produjeron aquellos suaves dedos acariciando su dura longitud. Makenna le sostuvo la mirada y él le suplicó con los ojos que continuara.

—¡Joder!, ¿qué me estás haciendo? —Ella no lo sabía, pero con esa pregunta no solo se refería a los maravillosos movimientos de su mano.

Cuando Makenna tiró de sus *jeans* con la mano libre, Caden se apresuró a bajárselos, junto con la ropa interior, por las caderas. Después la observó contemplarle. Tenía una visión perfecta de esa mano acariciándole. Cerró los ojos con la intención de dejar de ver la erótica imagen y lograr un poco más de control sobre sí mismo; quería que aquello durara un poco más y ella lo estaba llevando al límite.

Pero entonces la oyó gemir y volvió a abrirlos. Por lo visto no era el único al que alteraba ver aquella mano alrededor de su polla. Makenna tenía la boca abierta y el rubor se extendía por su agitado pecho desnudo. Cada pocos segundos, además, asomaba la lengua por el labio inferior y se lo lamía.

De repente, asió su miembro con más determinación y le rodeó la cintura con una mano. Entonces tiró de él y retrocedió unos pasos hasta que sus piernas tocaron la cama. Se sentó y lo acercó aún más hacia sí de modo que su erección quedó justo a la altura de su cara.

Caden se quedó sin aliento. Nunca había deseado tanto algo en el mundo como cuando la vio alzar los ojos para mirarle mientras se metía el glande en los labios rosados. Jadeó en cuanto notó aquel calor húmedo envolviéndole.

—Por Dios, Makenna...

Abrió y cerró los puños. Pero entonces ella le sorprendió agarrándole una mano y colocándosela encima de la cabeza. Se separó de él un segundo y le dijo:

—Enséñame cómo te gusta.

La oferta le dejó estupefacto; se puso todavía más duro dentro de su boca. El deseo que sentía le llevó a enroscar los dedos en su cabello, pero todo lo que ella le estaba haciendo le encantaba.

—Confía en mí, nena, sabes cómo volverme loco. Todavía estoy que no me lo creo... tienes una boca perfecta.

Se estremeció al notar el gemido que soltó alrededor de su pene. La succión de su boca y los movimientos que hacía con la lengua le estaban derritiendo por dentro. Al final terminó sucumbiendo y aplicó una ligera presión con el puño contra la parte posterior de su cabeza. Lo que sí que evitó fue embestir contra su boca, y no porque el cuerpo no se lo estuviera pidiendo a gritos, sino porque quería dejar que llevara la iniciativa y no pretendía terminar de esa forma. Lo cierto era que en ese momento estaba caminando por una línea muy delgada.

Delgadísima para ser más exactos.

Si no la detenía en ese momento, sería incapaz de contenerse y se abandonaría al placer que ella le estaba proporcionando. Así que le tiró del pelo con suavidad, instándola a que parara.

Ella lo soltó y lo miró. Tenía los labios brillantes y húmedos y una sonrisa de satisfacción en la cara. Caden también sonrió y se inclinó para besarla.

Sin despegarse de sus labios, se arrodilló y dejó caer las manos sobre sus muslos. Segundos después, ascendió con los dedos hasta su cintura.

—Levántate —ordenó.

Después de quitarle lo que le quedaba de ropa, se sentó sobre sus talones y se embebió de la belleza de su feminidad. Con toda la intención del mundo, recorrió con la mirada los redondeados e hinchados montículos de sus pechos, que subían y bajaban ostensiblemente por su respiración entrecortada, la suave curva del estómago de porcelana y descendió hacia el parche de rizos húmedos y rojos que coronaban su sexo.

❋❋❋

A Makenna el corazón le iba a mil por hora. Cada progreso de aquel interludio le tensaba los nervios y preparaba la zona más íntima entre sus muslos. En cuanto lo tuvo en el dormitorio, supo que tenía que saborearlo.

Disfrutó del cálido y solido peso de su miembro en la boca, de la forma en que el éxtasis le hizo abrir los labios y del profundo gruñido que llenó la estancia la primera vez que se lo metió entero hasta la garganta. Al alzar la vista y contemplar el intenso brillo en su mirada, tragó más profundo. Quería procurarle el mismo placer que él le había dado toda la noche. Cuando notó la irregular cicatriz de unos diez centímetros que tenía en la cadera derecha, redobló los esfuerzos, succionándole el pene con más intensidad y lamiéndoselo con más vigor.

Caden había atravesado un auténtico infierno y salido de él a una edad muy temprana. Y aun así, sobrevivió sin sucumbir a la amargura, resentimiento y desesperación que debían de haberle tentado en más de una ocasión. En vez de eso, era el tipo de persona que ayudaba a otras, no solo de forma natural, sino convirtiéndolo en su medio de vida. Además era extremadamente amable y divertido y más atractivo de lo que cualquier hombre tenía derecho a ser.

De modo que había querido hacer eso por él y centró todos sus esfuerzos en conducirle al placer. Una y otra vez había hundido las mejillas y chupado con fuerza, metiéndose toda su longitud en la boca. Justo cuando el glande llegaba a sus labios, detenía la succión y volvía a tragarlo por completo hasta sentir la punta en la parte posterior de la garganta. Oír su respiración agitada y las maldiciones que masculló la sobreexcitaron.

Estuvo a punto de soltar un quejido cuando notó que tiraba suavemente de su pelo para que le soltara, pero estaba tan ansiosa por ver qué sería lo siguiente que no le prestó demasiada atención.

Antes de darse cuenta veía a Caden contemplar su cuerpo desnudo. Apenas se estaban tocando, pero el momento le resultó extremadamente erótico. Aunque también trascendía de lo meramente sexual. Estaba convencida de que detrás de la máscara de deseo que cubría la expresión de Caden se escondía otra emoción. Adoración. Y aquello consiguió que estando con él de esa manera se sintiera segura y protegida.

Dios, se le veía tan condenadamente sexi arrodillado entre sus piernas. Caden Grayson era un hombre grande en todos los sentidos. Tenerlo frente a ella de esa forma...

De repente la atrajo hacia sí y tuvo la inequívoca impresión de que estaba con un depredador acechando a su presa.

—Túmbate —la alentó él mientras la sostenía por las caderas y se acomodaba entre sus muslos.

Obedeció al instante, aunque se recostó sobre los codos para poder ver lo que hacía.

Entonces, sin previo aviso, bajó la cabeza hacia la hendidura entre sus piernas y dio un prolongando e intenso lametón a sus pliegues. Y todo eso sin dejar de mirarla.

—¡Oh, Caden! —Sintió su lengua en todas las fibras de su ser.

—Sabes también como me imaginaba —murmuró contra su sexo. Acercó la cara a su rojizo vello púbico y lo besó con dulzura. Después le separó más los muslos y lamió su piel más sensible una y otra vez.

Makenna se aferró al suave edredón verde que tenía debajo. El placer que le estaba proporcionando de forma tan experta hacía que apenas tuviera fuerzas, de modo que dejó caer todo su peso contra la cama y se dedicó a disfrutar mientras su lengua jugaba con ella. Profirió una retahíla casi ininterrumpida de halagos y súplicas, pues mostrarse cohibida no formaba parte de su naturaleza.

No era la primera vez que un hombre le hacía aquello, pero ninguno había sido tan receptivo a las señales de su cuerpo como Caden. La atención que le estaba prestando hizo que enseguida se pusiera a alternar lánguidas y profundas caricias de su lengua, que iban desde su hendidura hasta el clítoris, con intensas succiones y golpecitos en este último. De vez en cuando, incluso notaba los aros de metal que llevaba en el labio frotándole los pliegues vaginales; una inesperada sensación que encontró sorprendentemente decadente.

Estaba jugando con su cuerpo, llevando las riendas de su placer, provocando los mismos puntos una y otra vez. Cuando agregó el pulgar a la ecuación y le masajeó repetidamente el clítoris mientras con la lengua le lamía en círculos antes de sumergirse en su apertura, todas sus terminaciones nerviosas se concentraron en el centro de su cuerpo.

—Caden, oh, Dios mío. Oh, Dios mío. —La energía, pura y candente, fluyó por todo su ser, invadiéndola, amenazando con partirla en dos.

Él respondió a sus palabras frotándola con más fuerza, más rápido, penetrándola con la lengua todavía más.

—Voy a... oh, estoy...

Un fuerte gemido interrumpió sus palabras al tiempo que una gloriosa explosión de sensaciones, que tenía su origen en la talentosa boca de Caden, rebotó a través de cada célula de su cuerpo. Los músculos se le contrajeron como si de una onda se tratara. Gimió al ver que él se negaba a bajar el ritmo y seguía estimulando su zona más sensible, prolongando el orgasmo que estaba teniendo hasta el infinito.

—¡Madre mía! —logró gritar a pesar de su jadeante respiración.

Caden trazó un sendero de besos desde su muslo derecho hasta la cadera. Ahí fue cuando se percató de la sonrisa que dibujaron sus labios antes de darle un ligero mordisco en el hueso de la cadera. Makenna se echó a reír.

Le encantaba que no fuera de los que se ponían serios durante el sexo, sino que se riera y le gastara bromas. Otra cosa más que tenían en común.

Pero todavía no había terminado con él.

Intentando que se ahorraran la incómoda conversación, sacó el brazo derecho fuera de la cama y señaló la mesita de noche.

—Cajón. Preservativo. Póntelo. Ya.

—Mmm. Sí, señora. —Caden se puso de pie y se quitó los pantalones que todavía tenía alrededor de las rodillas.

Makenna se lamió los labios mientras lo veía dar los tres pasos necesarios para rodear la cama y dirigirse hacia el cajón. Tenía un cuerpo que era puro músculo y se movía con fuerza contenida. Se fijó en que tenía más tatuajes sobre los omoplatos, pero no había suficiente luz para que pudiera apreciar los detalles del diseño.

Ya lo haría después. Tenía toda la intención de explorar cada centímetro de ese cuerpo increíble. Pero ahora lo necesitaba con ella, dentro de ella. Necesitaba resolver toda la tensión sexual que habían ido acumulando durante horas.

Caden arrojó a un lado el envoltorio plateado y desenrolló el preservativo sobre su grueso miembro. Makenna se sonrojó, aunque no pudo apartar la mirada; esa acción siempre le había resultado particularmente erótica. Cuando la miró con una sonrisa, se recostó sobre las almohadas y le tendió la mano.

Caden gateó por la cama y se colocó sobre ella. Le encantaba sentir el peso de un hombre encima. Y nunca había sido tan dichosa como cuando la alta y musculosa complexión de Caden la abarcó por completo y de una forma tan dulce.

Después le acunó la cabeza con suavidad y la besó con los labios cerrados hasta que ella le alentó con la lengua a abrir la boca. Notó su propio sabor en él, algo que también la excitaba muchísimo, porque era como volver a probar el placer que le había estado dando una y otra vez. Caden soltó un ronco gemido al sentir su lengua, entonces ella le besó con más ímpetu, hasta que él rompió el beso y le mordisqueó la mandíbula como castigo por su atrevimiento, pero inmediatamente después le acarició los rizos con los dedos y le frotó la mejilla con los nudillos.

—¿Estás segura?

Makenna sonrió e hizo un gesto de asentimiento.

—Muy segura. ¿Y tú?

Él se echó a reír.

—Mmm... —Vio cómo fruncía los labios y miraba al techo, fingiendo que se lo estaba pensando.

Extendió una mano y le dio una palmada nada suave en el trasero.

Caden la miró con la boca abierta.

Makenna enarcó una ceja.

—Te dije que te pegaría.

Soltó tal carcajada de felicidad que no pudo evitar sonreír a pesar de que quería hacerse la ofendida.

—Cierto. Me gustan las mujeres que cumplen sus promesas. —Volvió a besarla, con más dulzura en esta ocasión—. Sí, Makenna, estoy muy seguro de que te deseo. ¿Puedo tenerte? —Había tal intensidad en su mirada que casi pensó que estaba pidiéndole permiso para algo más que para poseer su cuerpo.

—Sí —susurró, intentando que su respuesta abarcara todos los sentidos a los que él hubiera querido referirse con su pregunta.

❋ ❋ ❋

Caden se apoyó sobre un codo, bajó la mano y acarició los suaves pliegues de Makenna. Quería asegurarse de que estaba preparada. Y lo estaba. Que respondiera a su tacto de esa forma lo emocionó. Guio el pene hasta su entrada y la miró. Y entonces empezó a penetrarla lentamente.

Gimió por la sensación de estar dentro de ella y por la idea de que tal vez, solo tal vez, había encontrado un lugar, una mujer a la que pertenecer.

Las estrechas paredes de su zona más íntima se aferraron a su miembro con ferocidad. El calor y la suavidad le envolvieron. Soltó un grave jadeo.

—Me siento tan bien dentro de ti.

Cuando la llenó por completo, se detuvo un instante para que ambos pudieran saborear aquella sensación.

Makenna le agarró de los hombros.

—Igual que yo. Dios, me siento...

Al ver que no terminaba, estudió su rostro y observó un rubor florecer allá donde sus actividades anteriores ya habían sonrojado su piel. Ahora sí que estaba intrigado, quería saber cómo concluía aquella frase.

—¿Qué? ¿Cómo te sientes? —Luchó contra el impulso de mover las caderas.

Ella movió la cabeza y arqueó la pelvis, haciendo que se insertara todavía más en su interior. Sí, había sido algo increíble, pero reconoció perfectamente el intento de distracción.

Sacó el pene hasta que solo quedó dentro de ella la punta del glande. Le temblaron los hombros por lo mucho que le costó no volver a hundirse en ella.

—Dímelo.

Makenna gimió.

—Caden, te necesito.

Sonrió ante el tono de súplica de su voz. Entonces sintió cómo ella le rodeaba las caderas con las piernas y le empujaba hacia sí con los talones. Pero tenía una complexión demasiado fuerte para que pudiera moverle así como así. Al darse cuenta de su derrota, Makenna hizo un mohín, aunque terminó cediendo.

—Me siento tremendamente llena.

Su ego escaló unos cuantos puestos y como quería que continuara sintiéndose igual, volvió a sumergirse en su húmeda calidez.

—¿Así?

—Sí, justo así —jadeó—. ¡Dios!

Recordó su anterior deseo de verle la cara cuando la tomara y se apoyó sobre los brazos, dejando las manos a ambos lados de sus costados. Al contemplar la vista tan completa que le otorgaba aquella postura gruñó complacido.

Entonces volvió a moverse, flexionando las caderas una y otra vez, embistiendo con su dura longitud contra la húmeda y estrecha vagina. Makenna cambió de posición y sus músculos internos le succionaron el pene con avidez. Colocó el brazo derecho debajo de su pierna izquierda para abrirla un poco más, lo que le permitió profundizar la penetración.

Movió la cabeza. Estaba en la gloria.

—Eres tan estrecha. Y estás tan húmeda...

Makenna jadeó y se mordió el labio inferior mientras entraba en ella una y otra vez con potentes envites. Sus ojos azules ardían de deseo y lo miraban con adoración.

Caden le devolvió la mirada con la misma intensidad. Estuvo pendiente de cada movimiento, de cada una de sus reacciones, elaborando un mapa de información sobre aquella mujer que esperaba poder ir engrosando durante mucho, mucho tiempo.

Cuando la vio ascender con las manos, acunarse sus propios pechos y frotarse los pezones, ronroneó complacido.

—Bien. Muy pero que muy bien.

Le gustaba que tuviera la confianza suficiente con él como para darse placer durante el sexo. No era reservada. No le iban los juegos. Era una persona auténtica, que buscaba que ambos se excitaran sin ningún subterfugio. Su honestidad hizo que la encontrara todavía más atractiva.

Al verla bajar la mirada en el lugar donde sus cuerpos se unían, hizo lo mismo.

—Joder —murmuró, contemplando cómo la húmeda polla entraba y salía de ella.

—Se nos ve... bien... juntos —gimió con suavidad.

—Sí, se nos ve perfectamente bien —acordó con voz áspera. Volvió a mirarla a la cara—. Eres tan guapa.

Ella sonrió y le hizo un gesto para que la besara. Le soltó la pierna y se apoyó de nuevo sobre los codos, metiendo las manos debajo de sus hombros para alzarla un poco. Después le devoró la boca hasta que la necesidad de respirar le hizo imposible continuar.

El dormitorio se llenó con los sonidos propios sexo. El desplazamiento de sus cuerpos al moverse al unísono. Los jadeos entrecortados y gemidos apasionados. Todos y cada uno de ellos reverberaron directamente en su pene, haciendo que la deseara aún más.

Se encorvó posesivamente sobre Makenna y se hundió en ella una y otra vez, disfrutando de la sensación de la unión de sus cuerpos. Con cada envite, giraba el hueso pélvico. La mejor recompensa que obtuvo fueron sus gemidos de placer cada vez que tocaba el punto exacto.

—Dulce Caden —susurró ella mientras le besaba con los labios entreabiertos la rosa amarilla.

Bajó la cabeza y la besó en la frente con veneración.

Entonces ella volvió a rodearle con las piernas, agregando una profundidad que hizo que se le contrajera toda la ingle.

—Mierda... —Tragó saliva—. Necesito que... te corras. ¿Me harías ese favor? —jadeó.

—Estoy muy cerca —sollozó ella.

—Tócate. Córrete conmigo.

Makenna gimió, bajó la mano derecha y acarició la humedad que él le estaba proporcionando. Luego separó los dedos en forma de «v» y los deslizó alrededor de su miembro mientras se hundía dentro y fuera de ella.

—Ah, Jesús. —La sensación añadida lo llevó al límite—. Pelirroja —le advirtió en tono áspero y crudo.

Makenna movió los dedos y comenzó a frotarse en círculos el clítoris. Caden se incorporó un poco y bajó la vista, pero tuvo que dejar de mirar antes de que la increíble imagen de ella tocándose le hiciera alcanzar el orgasmo antes que ella.

—Solo déjate llevar. Siente cómo te lleno... las caricias de tus dedos.

Un suplicante gemido brotó de su garganta.

—Sigue hablando, Caden.

Ahora fue él el que gimió. La tensión acumulada por retrasar su clímax estalló, de modo que soltó lo que más loco le estaba volviendo en ese momento.

—Estas tan apretada. Y esto está siendo alucinante. Toda tú lo eres...

Gruñó al sentir cómo se apretaba alrededor de su polla.

«Solo un poco más. Provócala un poco más.»

—Córrete —masculló con los dientes apretados—. Córrete conmigo.

Makenna apretó la mano que tenía sobre su espalda, clavándole las uñas en la piel.

—Mak...

—¡Oh, ya! ¡Oh, Dios mío!

—Joder, sí. —Sintió cómo el orgasmo se propagaba a través de su cuerpo. Sus paredes internas aferraron su polla sin piedad. Era más de lo que podía soportar—. Oh, Jesús. —Embistió sobre ella una vez más, dos, tres... La liberación surgió de lo más profundo de su ser. Tensó los músculos mientras le golpeaba el orgasmo más intenso de toda su vida. Después cayó sobre ella y se estremeció con el pene aún palpitante—. Makenna —murmuró, jadeando sobre su suave cabello. Le beso la húmeda piel de las sienes y escondió la cabeza en el hueco de su cuello antes de retirarse gentilmente de su interior.

Se sumieron en un cómodo y prolongado silencio. Acostarse con ella había sido increíble, pero la tranquilidad que sentía a su lado era lo que realmente le hizo albergar esperanzas de poder pasar toda la noche con ella, y el día siguiente... y el mes siguiente... y...

Estar en paz no era una emoción que le resultara muy familiar, pero con Makenna, lo estaba. Y no sabía cómo había podido renunciar a vivir sin aquello.

Capítulo 9

Makenna se había quedado sin palabras. A lo largo de las horas que había estado con él se había imaginado que sería un compañero de cama atento, pero nada la había preparado para lo bien que se anticipó a sus necesidades (a veces antes que ella misma) y cómo se aseguró de satisfacer todas y cada una de ellas. Ser el centro de tanto esfuerzo y dedicación era algo embriagador. Estaba abrumada.

Y tenerlo en su interior había sido increíble. Era el hombre mejor dotado con el que había estado. ¡Virgen santa! El placer que recibió al sentirse completamente llena hizo que el sexo fuera fantástico. La forma que tenía de moverse, de girar las caderas, cómo sus manos se apoderaron de su cuerpo, los dulces besos que le dio por todas partes... Todo ello parecía salirle de manera natural. Con razón había tenido un segundo orgasmo. Nunca había podido correrse tan rápido después de haber tenido otro clímax. Pero Caden lo había conseguido con su cuerpo, con palabras, con la desesperación con la que le dijo que se uniera a él.

Y sobre todo consiguió que se sintiera deseada, guapa, atractiva, logrando que se desinhibiera por completo.

Le acarició la espalda con los dedos, allí donde se había derrumbado encima de ella. Después se movió un poco y giró la cabeza para darle un beso en la mejilla sin afeitar.

Él levantó la cabeza, sonrió y la besó varias veces en los labios con suavidad.

—¿Estás bien?

Ahora fue ella la que esbozó una sonrisa.

—Muy bien.

Su sonrisa se amplió todavía más.

—Sí que lo estás.

—¿Quieres beber algo? —preguntó después de darle un beso rápido—. De todos modos tengo que levantarme para ir al baño.

—Sí, suena bien. —Rodó hacia un lado y la acarició con las yemas de los dedos desde el cuello hasta el ombligo.

Makenna se estremeció. Le había dado tanto placer que todas las partes de su cuerpo estaban muy sensibles.

Se levantó de la cama y se volvió para mirarlo. Caden no se molestó en fingir que no estaba contemplando su desnudez. Sonrió. Sabía que ella debía de estar haciendo lo mismo.

—Si quieres puedes usar el baño que hay ahí. Yo iré al de fuera.

Caden se apoyó sobre un codo y se la comió con la mirada.

—De acuerdo.

Makenna negó con la cabeza y salió riendo del dormitorio.

Tras limpiarse en el baño del pasillo, fue hacia la cocina y sonrío al ver la casi-cena que habían preparado. Se apresuró a meter todos los ingredientes en el frigorífico; a la mañana siguiente, cuando el cerebro le funcionara mejor, ya decidiría si los tiraba a la basura o no. Después llevó todos los platos sucios al fregadero, recogió la ropa que se habían quitado y la dejó sobre la encimera.

Al ver la camiseta negra de Caden, sonrió y se la puso. Le quedaba enorme, pero le gustaba llevarla encima. Se rio como una niña pequeña solo de pensar en su reacción.

Dejó una pequeña bandeja en la encimera y la llenó con dos botellas de agua, un poco de zumo de naranja para ella, una lata de Coca Cola fría para él y un racimo enorme de uvas verdes. Se hizo con ella y regresó al dormitorio. Se dio cuenta de que Caden había encendido la lámpara de la mesilla de noche y que se había puesto los calzoncillos y los *jeans*. Ahora estaba recostado sobre el cabecero de la cama, con las piernas estiradas.

—Bonita camiseta. —Sonrió, aunque sus ojos ardían de deseo.

—Supuse que te gustaría. —Le guiñó un ojo. Colocó la bandeja entre ellos y se subió a la cama—. Sírvete tú mismo.

Caden tomó una botella de agua y se bebió la mitad de un solo trago. Al ver la nuez de Adán moviéndose sobre su garganta se excitó un poco. Movió la cabeza mientras pillaba su vaso de zumo y tomaba un sorbo bastante más pequeño.

Él cerró la botella, se inclinó hacia adelante y agarró un tallo del racimo de uvas. Luego se metió dos en la boca y cerró los ojos mientras masticaba.

Makenna se agachó y también tomó unas cuantas uvas. Al masticarlas sintió el dulce jugo estallar dentro de su boca.

—Mmm. Qué buenas —murmuró.

Él se metió otras dos más en la boca y sonrió.

—Sí, mucho.

Un destello de luz roja detrás de Caden captó su atención.

—Vaya —dijo—. Son la una y media de la madrugada. No tenía ni idea. —Se bebió lo que le quedaba del zumo.

Caden la miró por encima del hombro.

—Mmm, sí. —Mordió otra uva y bajó la vista hacia las dos con las que estaba jugueteando con la mano.

Se fijó en lo tensa que tenía la mandíbula, igual que cuando se vieron por primera vez en el ascensor.

Frunció el ceño.

—¿Hola? —Los ojos de Caden volvieron a posarse sobre ella—. ¿Qué acaba de pasar?

Ahora fue él el que frunció el entrecejo.

—Yo... Nada. En serio. —Sonrió, pero aquella no era su sonrisa.

«No, otra vez no.»

Le miró y enarcó una ceja, tratando de imaginar cuál era el problema.

—Mentira.

Él se rió y se pasó la mano por la cicatriz. Entonces suspiró.

—Es tarde.

Dudó durante solo un segundo, pero al final decidió que el riesgo merecía la pena. Empujó la bandeja a un lado y gateó hasta ponerse de rodillas frente a él. Colocó la mano derecha sobre la nuca de Caden y la izquierda en la parte posterior de su cabeza, después tiró con suavidad de él hasta que tuvo frente a sí la parte de su cráneo marcada con la cicatriz. Entonces se incorporó y trazó un sendero de besos por su frente, detrás de la oreja, donde empezaba la cicatriz y a lo largo de toda ella hasta llegar al nacimiento del pelo en el cuello. Cuando terminó, se sentó sobre los talones y le giró la cara para poder verle los ojos y el intenso brillo que estos tenían.

Respiró hondo y preguntó:

—¿Tienes que ir a alguna parte? —Él hizo un gesto de negación—. Porque me encantaría que te quedaras. Si tú quieres, por supuesto. No he dicho lo de la hora con ninguna doble intención. Solo me sorprendió, nada más.

Caden rió y asintió.

—Entendido. Y sí, me gustaría quedarme.

Suspiró aliviada. La alegría la embargó por completo.

—Bien. Y Caden.

—¿Sí? —Él esbozó una sonrisa medio torcida.

—Para evitar más incertidumbres y que las cosas se pongan incómodas: me gustas. —Sintió un enorme calor en las mejillas.

Entonces vio cómo la sonrisa que tanto le gustaba iluminaba su rostro a la vez que se arrugaban las comisuras de sus ojos.

—Tú también me gustas.

En su mente se puso a dar saltos de júbilo mientras gritaba: «¡Yo también le gusto! ¡Yo también le gusto!». Por fuera, sin embargo, extendió la mano por detrás y tomó unas cuantas uvas.

—Abre —le ordenó.

La sonrisa de Caden se hizo más amplia y se le marcaron más los hoyuelos. Abrió la boca. Makenna le metió una y luego ella se comió otras dos. Intentó no reírse mientras masticaba.

Entonces se quedó pensando un momento. Quería saber más de él; en realidad quería saberlo todo. Así que se sentó, le miró y dibujó con el dedo el contorno del tatuaje de la rosa amarilla.

—Háblame de este.

❄ ❄ ❄

Después de que Makenna se marchara para traer algo de beber, Caden se había limpiado y vestido con la ropa que tenía a mano, sin saber muy bien qué esperar, o si no tenía que esperar nada. Él sí tenía claro lo que quería. Pasar la noche con ella. Caer dormido entre sus brazos. Ni una sola vez, en los últimos catorce años, se había sentido tan cómodo con una mujer. Y estar juntos había sido una pasada. Durante toda la noche, estar con ella le había parecido lo más natural del mundo. Ahora que había encontrado ese sentimiento, que la había encontrado «a ella», quería todo lo que pudiera ofrecerle.

Y entonces ella había vuelto con su camiseta puesta. El color negro destacaba la palidez de porcelana de sus piernas y el vivo rojo de sus rizos. Su cuerpo debió de encontrar la última reserva de energía que le quedaba, porque verla vestida con su ropa hizo que volviera a ponérsele dura. En cuanto tuviera la oportunidad, si es que llegaba a tenerla, le daría la camiseta de beisbol que tenía, con su nombre serigrafiado en la espalda.

Estaba disfrutando, imaginándosela así vestida, con algo que la marcaba como suya, cuando señaló en voz alta la hora que era. Todo el aire escapó de sus pulmones. «Parece que mi tiempo aquí se ha terminado», fue todo lo que pudo pensar. Una irracional decepción le contrajo las entrañas.

Ella se había dado cuenta y no le dejó salirse con la suya, como llevaba haciendo toda la noche. Y él... él la adoraba por eso. «Sí, no voy a fingir que es otra cosa». Porque cuando le besó —le besó la cicatriz— y le dijo que le gustaba, sacándole de la espiral descendente en la que estaba cayendo, pensó que podría estar enamorándose de Makenna James.

Luego ella recorrió con el dedo el contorno de su rosa y él le contó la razón tan sencilla de aquel tatuaje.

—Mi madre tenía un jardín de rosas. Las amarillas eran sus favoritas.

Se llevó la mano de Makenna a los labios, pero ella se liberó y señaló la cruz roja que lleva en la parte superior del bíceps.

—¿Y este?

—El emblema de mi estación.

Le acarició con las uñas el costado izquierdo. Caden se retorció y le dio un manotazo. Makenna rió.

—¿Y este? —preguntó, dándole un codazo para que se echara hacia delante y así poder trazar el enorme símbolo tribal que ascendía hasta la espalda.

Que le explorara los tatuajes con esa intensidad le resultó increíblemente íntimo, pero se limitó a encogerse de hombros.

—Ese no tiene ninguna historia detrás. Simplemente me gustó. Y tardaron un montón de tiempo en hacérmelo.

Makenna gateó hasta arrodillarse detrás de él, colocando las rodillas a ambos lados de sus caderas. Sintió en la espalda el calor que irradiaba su cuerpo.

Se estremeció y jadeó al notar cómo le daba cuatro besos sobre las letras en formato Old English que llevaba en el hombro derecho. El nombre de Sean. Su primer tatuaje. Mintió sobre su edad y usó un carné falso para poder hacérselo el día en que Sean debía de haber cumplido quince años. Sintió una extraña sensación en el pecho, como si se expandiera y contrajera al mismo tiempo, pero sobre todo admiró y agradeció la manera en que Makenna plantaba cara a sus particulares demonios: besándole la cicatriz, consolándole por la pérdida de su familia, logrando que se sintiera aceptado queriendo entender por qué se marcaba la piel una y otra vez.

Supo de antemano que sus dedos irían ahora al hombro izquierdo.

—¿Qué pone aquí? —preguntó, trazando los caracteres chinos que se hizo en el quinto aniversario del accidente.

—Jamás te olvidaré.

Empezó a masajearle los hombros. Caden gimió y bajó la cabeza. Tenía unas manos sorprendentemente fuertes para lo pequeñas que eran. Después de un rato, le hizo enérgicos círculos con los pulgares a ambos lados de la columna hasta que llegó a la parte trasera de sus *jeans*.

Cuando envolvió los brazos alrededor de él y apoyó una mejilla en su hombro, sucumbió a aquel abrazo y disfrutó de una tranquilidad a la que no estaba acostumbrado. Se sentía tan cuidado.

Se quedaron así sentados durante varios minutos.

—¿Tienes más? —terminó preguntando ella.

—Otro tribal en la pantorrilla. ¿Quieres verlo?

Ella asintió sobre su hombro antes de dejar de abrazarlo. Caden bajó los brazos y se subió los bajos de los *jeans* todo lo que pudo. Los trazos negros se curvaban hacia arriba y abajo por la parte exterior de su pierna como si fueran plumas o cuchillas.

—¿Duele? —quiso saber Makenna mientras volvía a masajearle la espalda.

—A veces. En algunas partes más que en otras.

—¿Por eso te los haces?

Se volvió hacia la derecha y dejó caer las piernas al suelo, girando la parte superior de su cuerpo todo lo que pudo para poder verle la cara.

En vez de sorprenderse por la brusquedad de su movimiento, Makenna se inclinó para besarle.

—Caden, me gustan todos tus tatuajes. Lo que quiero decir es que... —Se detuvo y se sonrojó de una forma muy sexi—... me gustan mucho. Solo que...

—¿Qué?

—Que duelen. Y dijiste que este —indicó, señalando el de su costado izquierdo—, tardaron mucho en hacértelo. Y el dragón fue para demostrarte que habías superado tu miedo.

Asintió y estudió su cara con atención. Makenna estaba escogiendo cuidadosamente las palabras. Casi podía leerle los pensamientos por la expresión de su rostro; un rostro que cada vez sabía interpretar mejor. Un rostro que encontraba adorable.

—Creo... —Dejó caer las manos sobre su regazo y le miró con esos hermosos ojos azules—. Bueno, creo que es como si fueran tu armadura.

A Caden casi se le cae la mandíbula al suelo. No sabía qué decir, porque nunca, jamás, había visto sus tatuajes de ese modo. Siempre había pensado en ellos como una forma de recordar, como una especie de penitencia y no le importaba, hasta cierto punto, que pudieran alejar a la gente de él. Pero nunca los había visto como una coraza o protección. Sin embargo, ella tenía razón. Le permitían controlar el dolor que sentía, tanto física como emocionalmente, por algo que le había sido arrebatado aquella lejana noche de verano.

La observación de Makenna sintonizaba tanto con lo que él era y con lo que le había pasado que se sintió preparado para entregar parte de ese control, para encomendárselo a ella.

Se abalanzó sobre ella y la besó con fuerza, empujándola contra el cabecero de la cama. Se tragó su gemido de sorpresa mientras le metía la lengua y saboreaba el dulzor de las uvas y la naranja del zumo que había bebido.

Cuando se separó de ella, Makenna estaba riendo y sonriendo. Le miró unos segundos la cara.

—Estos también me ponen mucho —dijo por fin, señalando los *piercings* del labio y la ceja.

Él echó la cabeza hacia atrás y se echó a reír. Esa mujer sabía cómo escoger el momento. Tenía un don especial para introducir un toque de humor en las conversaciones serias justo cuando era necesario. Se inclinó sobre ella y volvió a besarla, frotando el labio inferior sobre el de ella para que notara su picadura de araña. Al oírla gemir sonrió. Después de un rato se recostó de nuevo sobre su pecho.

Pasaron los minutos y Caden se fue inclinando a un lado sobre el regazo de Makenna mientras esta le masajeaba la espalda y él jugueteaba con las puntas de sus rizos.

—Tienes el pelo más bonito que he visto nunca, pelirroja. Y huele fenomenal.

—¡Lo sabía! ¡Sabía que me habías olido el pelo!

Él ladeó la cabeza para mirarla y se rió un tanto incómodo.

Pero la radiante sonrisa que ella le ofreció estaba cargada de satisfacción.

—No te preocupes —le tranquilizó Makenna al ver su expresión avergonzada—. Yo también te olí. Me encanta tu loción para después del afeitado.

Caden asintió y volvió a apoyar la cabeza sobre ella.

—Es bueno saberlo —comentó sonriendo.

Continuaron en un cómodo silencio varios minutos más. Entonces ella suspiró:

—Todavía te debo una tortilla.

—Sí —rio él—. ¿Qué te parece si nos la saltamos?

La voz de Makenna sonó como una sonrisa.

—Mmm, sí. Supongo que me da igual. —Le dio un beso en la coronilla.

—A mí también. Y, por cierto, te sigo debiendo una *pizza*.

—Oh, sí. —Se retorció detrás de él como si estuviera bailando—. Y una película.

—Es verdad, también una película. —Caden sonrió, volviendo a recostarse contra ella.

Estaban haciendo planes juntos; planes de futuro. No cabía en sí de gozo.

Se quedaron así otro rato más, hasta que Makenna bostezó.

—Vamos a ponernos cómodos —dijo ella.

Salió de la cama y le ofreció una mano para ayudarla. Después recogió la bandeja.

—Llevaré esto a la cocina.

—Gracias —repuso ella mientras apartaba las sábanas.

Cuando regresó, se la encontró tumbada bajo el edredón en el lado en el que habían estado sentados, así que se dirigió hacia el otro y se quitó los *jeans* antes de meterse junto a ella.

—¡Oh, Dios! —exclamó con una sonrisa—. Qué gusto.

Makenna apagó la lámpara y se volvió hacia él. Caden levantó el brazo para que pudiera acurrucarse a su lado. A pesar de la novedad que le suponía estar con una mujer como esa, todo le parecía perfectamente natural, lo que hizo que disfrutara más de aquello. Que Makenna le gustara todavía más.

«Podría acostumbrarme a esto», pensó mientras Makenna se pegaba a su costado y le ponía una rodilla sobre el muslo. Estaba exhausto pero mucho más feliz de lo que nunca creyó posible.

Justo cuando cerró los ojos, notó cómo ella le daba un beso en la clavícula y le rodeaba el pecho con un brazo.

—Me encanta... ese ascensor —murmuró.

Con una adormilada sonrisa y el corazón henchido, volvió la cabeza y le besó el suave cabello.

—Ah, pelirroja. A mí también me encanta ese ascensor.

Entrevista a
Caden Grayson

(Publicada por primera vez en *Sizzling Hot Books*)

Pregunta: Lo primero que viste de Makenna —y con lo que te tuviste que conformar un buen rato— fue su cabello pelirrojo. Por lo visto te gustó bastante, hasta el punto de que te referías a ella como «pelirroja». ¿Te atrae algún tipo específico de mujeres o algún atributo en particular: piernas, pelo...?

Caden: Vaya, no me vas a poner fácil esto de la entrevista, ¿verdad? Lo cierto es que nunca me he fijado en ningún tipo en concreto ni en atributos porque no creía que estuviera destinado a entablar ninguna relación a largo plazo. Así que ahora puedo decir que solo tengo un tipo de mujer. Pelirroja, con ojos azules como el mismo cielo, un sendero de pecas en... Espera un momento. ¿Esto lo van a leer los hombres? Sí, ¿no? Pues he terminado. Ya tienes la respuesta. Mi tipo es Makenna.

Pregunta: Le dijiste a Makenna que tenías claustrofobia. ¿Puedes decirnos por qué?

Caden: Joder, la respuesta es obvia, ¿no crees? Perdón, lo siento. No quería decir ninguna palabrota. Es que, desde el primer momento, su risa me ayudó mucho con el ataque de pánico que estaba teniendo. Centrarme en ella, en el sonido de su risa, de su voz... me vino muy bien. Mi terapeuta lo solía llamar «terminar y buscar un reemplazo». Terminar con los pensamientos o recuerdos que causan ansiedad y reemplazarlos con algo positivo. Así que se lo dije porque necesitaba concentrarme en su voz. Y me gustó hablar con ella. *(Se lleva las manos a ambos lados de la cabeza.)* ¿Tenemos que seguir hablando de esto?

Pregunta: En el edificio donde conociste a Makenna, le dijiste que estabas allí porque tenías que solucionar un asunto de la herencia de tu padre. No pareces muy afectado por su fallecimiento, al menos no tanto como por la pérdida de tu madre y hermano. ¿Podrías explicarnos la razón de este contraste?

(Caden respira hondo, suelta un suspiro y flexiona y hace un giro con el hombro derecho.)

Caden: Después del accidente, el hombre que había sido mi padre desapareció. Llegó un momento en el que ni siquiera podía mirarme. Yo me parecía mucho a mi madre. También Sean. Se volvió una persona taciturna, enfadada con el mundo y que se frustraba con cualquier cosa. Así que mi padre murió el mismo día que fallecieron mi madre y Sean. Lloré su pérdida años antes de que muriera, pero en su caso era diferente porque él sí seguía aquí. Y parecía que tomó la decisión de irse, una decisión que ni mi madre ni mi hermano pudieron tomar; una decisión que me dejó sin familia a los catorce años. De modo que no, no siento lo mismo su pérdida. Con lo miserable que era, seguramente fue lo mejor que le pudo pasar. Maldita sea.

Pregunta: Así que eres enfermero. ¿Tiene tu profesión algo que ver con la culpa por sobrevivir al accidente que costó la vida de tu madre y hermano?

Caden: No, con la culpa no. Más bien tiene que ver con un deseo de intentar ayudar a otras personas que estén pasando por algo similar. Cada día que salgo en la ambulancia estoy salvando a la madre y al Sean de otra persona. Siguiente pregunta.

Pregunta: Tienes varios tatuajes y un par de *piercings*. ¿Cuántos tatuajes tienes?

Caden: Mmm, por ahora siete.

Pregunta: ¿Entonces te vas a hacer más?

Caden: Por supuesto, pero todavía no sé qué ni dónde.

Pregunta: ¿Y qué significa cada uno de ellos?

Caden: Veamos, el que llevo en el bíceps derecho no tiene mucho misterio, es el emblema de mi estación de bomberos en Arlington. El dragón de la mano y antebrazo derecho, como le dije a Makenna, representa mi miedo y me lo tatué porque conseguí domarlo. Otros que también está claro cuál es su significado es el nombre de Sean en el hombro derecho y los caracteres en chino de «jamás te olvidaré» del hombro izquierdo. ¿Qué más? Ah, sí, también llevo un enorme tatuaje tribal en el torso que me hice porque me pareció una pasada. Y además tardaron un montón en hacérmelo, lo que supuso un plus. La rosa amarilla en el pecho es por mi madre; eran sus flores favoritas, tenía un jardín lleno de ellas. También tengo otro tribal en la pantorrilla, porque también me gustó.

Pregunta: ¿Crees que Makenna terminará haciéndose uno? ¿Habéis hablado de ello?

(Los labios de Caden se tuercen en una sonrisa.)

Caden: Se lo está pensando y sí que lo hemos hablado, pero la decisión es solo suya y yo la apoyaré haga lo que haga. No necesita hacer absolutamente nada para que me guste más de lo que ya me gusta. Eso lo tengo más que claro.

Pregunta: ¿Por qué los *piercings*?

Caden: Porque son la leche y joder lo que duele hacértelos. Ups, perdón.

Pregunta: ¿Tienen algún significado como los tatuajes?

Caden: En realidad ninguno.

(Se pasa la lengua por la mordedura de araña.)

Pregunta: En varias ocasiones has señalado los pocos amigos que tienes, un reducido círculo de íntimos. ¿Alguna vez has pensado en cómo tus cicatrices y tatuajes te mantienen alejado del resto de personas? ¿Es algo que persigues? ¿Hay una razón detrás de ese aislamiento más allá de las cicatrices y tatuajes?

Caden: Pasé de ser un adolescente hosco a un adolescente cabreado. El accidente sucedió justo cuando estás en ese momento de tu vida en el que estás intentando averiguar quién eres, y en ese momento yo era un poco oscuro, aterrador e inestable. Así que me encerré en mí mismo. Manejé la situación de la misma forma que mi padre. Me hice el primer tatuaje el mismo día que Sean tendría que haber cumplido los quince. Yo tenía casi diecisiete. Durante la hora en que tardaron en escribir sobre mi hombro las cuatro letras solo podía pensar en aquel tatuaje; lo que fue incentivo suficiente para querer hacerme más. Y no, no animo a nadie a que se enfrente a su mierda como yo lo hice. Fijaos en Makenna. Ella también sufrió una pérdida importante y es una de las personas más extrovertidas, amables y compasivas que conozco. Si quieres un ejemplo a seguir, ahí la tenéis.

Pregunta: Makenna es una mujer fuerte y moderna. Durante el tiempo que estuvisteis encerrados en el ascensor os distéis cuenta de que tenías muchas cosas en común. ¿Alguna vez te has sentido intimidado por ella? Después de llevar tantos años aislado, ¿te resultó difícil tomar la decisión de arriesgarte con ella?

Caden: Bueno, sí que me intimida un poco. Ya sabes, soy una especie de inadaptado social mientras que ella es una mujer brillante, y valiente... y preciosa. Fundamentalmente todo lo que yo no soy. ¡Si casi empezamos a hablar porque le di un golpe en el tobillo! Tendrías que haber visto el moratón que le hice. Cuando lo vi a la mañana siguiente me quedé a cuadros, pero hice todo lo posible para que me perdonara. *(Se frota un lado de la cabeza y sonríe. Hace un gesto de negación para dejar a un lado los recuerdos.)* Lo que quiero decir es, ¿cuántas veces debí de meter la pata al principio? Ella fue la que me ayudó a tranquilizarme y a poder hablar como un ser humano normal. En realidad no tuve otra que arriesgarme. Estaba encerrado en un ascensor del tamaño de una caja y a oscuras; mi peor pesadilla hecha realidad. Necesitaba su ayuda, lo que significaba que no tenía más remedio que pedírsela. Y eso es algo que no suelo hacer a menudo. ¿Y si nos hubiéramos quedado encerrados pero con la luz encendida? Bueno, digamos que todos los días doy las gracias porque las cosas sucedieran de ese modo.

Oye, ¿hemos terminado ya? Porque tengo que recoger a Makenna dentro de poco. Esta noche vamos a ir al cine a ver *Resacón 2: Ahora en Tailandia*, ya sabes lo mucho que nos gustan las comedias delirantes. ¿Sabes cuántas veces hemos visto la primera parte, *Resacón en las Vegas*? Gracias por la entrevista.

Pregunta: Oye, Caden, una última pregunta. ¿Habrá más historias de ti y Makenna?

(Esboza una enorme sonrisa que muestra sus dos hoyuelos.)

Caden: Quién sabe, todo es posible. Gracias otra vez.

Agradecimientos

Al ser la primera novela que publico, *Corazones en la oscuridad*, siempre será especial y tengo un montón de personas a las que quiero agradecer que me hayan ayudado con esta historia y apoyado para que se hiciera realidad mi sueño de ser escritora. El primer agradecimiento va para Eilidh Mackenzie, mi editora en The Wild Rose Press, que fue la primera que publicó esta novela, por creer en una historia que transcurre en su mayoría a oscuras.

También quiero dar las gracias a Tricia «Pickyme» Schmitt, la ilustradora encargada de la portada original y sus posteriores revisiones. Conocí a Trish en la conferencia RWA de Orlando, en julio de 2010 y le comenté, por puro azar, que no tenía ni idea de qué portada podría llevar una historia que transcurre a oscuras. Ella se emocionó al instante y me animó para que le pidiera que la hiciera. ¡Nunca he tenido tanta suerte en mi vida! Desde entonces, nuestras carreras se han ido desarrollando a la par y siempre bromeamos del gran impulso que le dio a la novela con su increíble portada (y es verdad).

Pero sobre todo quiero dar las gracias a los lectores y blogueros que se enamoraron de la pelirroja y el buen samaritano y hablaron de ellos en sus blogs, cuentas de Facebook, Twitter y con sus amigos. La forma en la que habéis acogido esta novela ha sido una de las mejores cosas que me ha pasado en mi faceta como escritora y quiero que sepáis lo mucho que significa para mí. ¡Sois los mejores!

L.K.

LAURA KAYE

AMOR A
PLENA LUZ

*Cuando están descargando las nubes del cielo
y toda tu vida es una tormenta que intentas capear,
no te digas que no puedes apoyarte en los demás
porque a todos nos tienen que salvar de vez en cuando.*

JON MCLAUGHLIN
We All Need Saving

A Lea, Christi, Jillian y Liz por darme el valor.
A Marcy por insistir en que tenía que hacerlo.
A BK y las chicas por ayudarme a terminarlo.
Para todos los lectores que preguntaron si habría más.
Este libro es para vosotros, con todo mi corazón.

Capítulo 1

Makenna James se despertó con un grito ahogado, surgiendo de sus sueños como si la estuvieran arrancando de las profundidades marinas. Lo que la había despertado...

Caden gimió a su lado, agitándose contra la almohada; una capa de sudor frío le cubría la frente. El corazón de Makenna ya palpitaba a toda velocidad por el susto, pero ahora dio un vuelco por un motivo completamente distinto.

Se deslizó hasta su lado y, con las yemas de los dedos, acarició la profunda cicatriz que se alargaba en zigzag desde su sien hasta la parte de atrás de la cabeza. Un rayo de luz matutina se colaba por la ventana que había junto a su cama, revelando su ceño fruncido y su mandíbula apretada. Dios, cómo odiaba los tormentos que le infligía el subconsciente.

—¿Caden? Caden, no pasa nada. Despierta.

Un par de ojos castaños sorprendidos brillaron de repente, aunque tardaron un poco en enfocar.

—¿Pelirroja? —Una arruga apareció en el entrecejo de su hermosa cara cuando comprendió lo ocurrido—. Mierda, lo siento —dijo, con la voz cavernosa.

Makenna sonrió y sacudió la cabeza, todavía acariciándole el pelo corto que rodeaba la cicatriz, como a él le gustaba.

—No pasa nada.

La rodeó con los brazos y la colocó sobre su ancho pecho descubierto, de manera que las piernas de Makenna quedaron sobre sus caderas desnudas.

—Malditas pesadillas —dijo Caden, exhalando hondo—. Las odio. Odio que tengas que convivir con ellas.

—Ya estoy yo para despertarte —contestó. Makenna lo besó, disfrutando como lo hacía siempre del contacto frío de su doble *piercing* contra los labios. «Porque te quiero.» Aunque ese pensamiento no lo compartió.

Había comprendido semanas atrás que estaba enamorada de él, perdida e irrevocablemente, pero nunca había expresado el pensamiento en voz alta. Algo en su interior le advertía que no le comunicara (todavía) lo serios que se habían vuelto sus sentimientos. No era porque no creyese que Caden no sintiera nada por ella. Una parte de Makenna estaba preocupada: quizás obligar a alguien tan marcado por la pérdida a enfrentarse a cuanto se habían acercado desencadenaría un episodio de ansiedad. Habían pasado catorce años desde que había perdido a su madre y a su hermano menor, Sean, en un accidente de tráfico en el que Caden había quedado atrapado y resultado herido. El suceso lo había convertido en una persona claustrofóbica, además de haberle marcado con cicatrices y haberlo dejado solo. El recuerdo todavía lo torturaba, como demostraba su pesadilla.

—No te preocupes por nada —añadió Makenna.

—Eres demasiado buena para alguien como yo —dijo Caden con voz ronca. Se entregó al beso, hundiendo las grandes manos en su cabellera pelirroja, despeinada por el sueño, y su cuerpo cobró vida bajo el de ella.

No era la primera vez que decía algo parecido y la idea siempre le provocaba un dolor en el centro del pecho. ¿Cómo era posible que no viera lo mismo que ella? Un hombre fuerte e increíble que había dedicado su vida a ayudar a los demás.

—Jamás —susurró, al borde del beso—. Lo eres todo para mí.

Sus palabras le arrancaron un gruñido desde lo más profundo de su garganta. Caden alzó la cabeza y persiguió sus labios, mordisqueando, lamiendo y tirando hasta que Makenna empezó a sentirse anhelante y necesitada de más.

Las pesadillas no se presentaban a diario, solían reaparecer cuando Caden estaba estresado por algo. No era difícil adivinar qué era lo que lo tenía preocupado esta vez: el viaje a Filadelfia para pasar el Día de Acción de Gracias con su padre y sus hermanos. Aquella celebración era lo más cercano a un día sagrado para los James, y su padre insistía en que sus cuatro hijos regresaran a casa para agradecer todo lo bueno que había en sus vidas, especialmente la familia.

Pero no habría ido sin Caden ni loca. Y menos a sabiendas de que sus padres y su hermano habían desaparecido. Especialmente ahora que su corazón le decía que él también formaba parte de su familia.

La primera vez que mencionó el viaje, Caden había asumido que pretendía ir sin él, e incluso había dicho que se ofrecería para trabajar aquel día, para que los compañeros del parque de bomberos que tenían familias pudieran tenerlo libre. Makenna había dejado claro que quería que la acompañara, y jamás le había visto con semejante cara de pánico y sorpresa como la que había puesto en aquel momento. Era comprensible. Nunca es fácil cuando te presentan a la familia por primera vez. Pero cuando entendió cuánto significaba para ella que pasaran ese día juntos había accedido, como el hombre cariñoso y dulce que era. Así que sería un fin de semana con el clan James, lleno de pavo, estofado y fútbol, y dominado por la testosterona.

Caden la agarró del pelo con más fuerza y levantó las caderas bajo ella.

—Necesito sentirte desde dentro. ¿Tenemos tiempo? Dime que tenemos tiempo.

Makenna sonrió contra sus labios, el intenso deseo de su voz le había encendido un fuego en las venas.

—Si nos damos prisa —repuso, al tiempo que frotaba su centro contra el miembro endurecido de él.

Aunque, para ser sinceros, no hacía falta demasiado para convencerla de que se quedase entre los brazos de aquel hombre. Así de enamorada estaba y así de atractivo le resultaba.

Un sonido parecido a un gruñido resonó en la garganta de Caden.

—Los festines de Acción de Gracias hay que disfrutarlos lentamente —dijo, volteándolos a ambos y atrapándola contra el colchón. La ayudó a quitarse la ropa interior y la camiseta del parque de bomberos número siete con su apellido, Grayson, en la parte de atrás. Hacía tiempo que Makenna se la había arrebatado y la usaba para dormir, para infinita satisfacción de Caden. Entonces se incorporó sobre los brazos, apretando su erección contra el punto donde más falta le hacía.

Makenna asintió.

—Estoy de acuerdo, pero preferiría no tener que dar explicaciones a mis hermanos acerca de por qué nos hemos retrasado.

Sería una auténtica pesadilla. Sus hermanos actuarían como una manada de leones peleándose por una presa muerta y no se rendirían hasta obligarla a confesar. Entonces, como los incordios que podían llegar a ser, se pasarían el día inventándose los detalles truculentos que Makenna no hubiera compartido solo para abochornarlos a los dos. Ni loca permitiría que eso ocurriera. Caden ya estaba lo bastante nervioso.

Su expresión se ensombreció y entornó los ojos, solo un poco. Lo justo para revelar la ansiedad que el viaje le estaba provocando.

—Quiero estar contigo, Caden —dijo, intentando recuperarlo de adónde fuera que su mente hubiera viajado. Le acarició la fuerte espalda—. Y te necesito. El cómo es lo que menos importa.

Las sombras desaparecieron de su rostro y, finalmente, asintió y le dedicó una sonrisa torcida.

—Bueno, pues tendrá que ser rápido y duro.

«¡Sí, por favor!»

Alargó el brazo, sacó un condón del cajón de la mesita de noche y se sentó para colocárselo.

—Rápido y duro, me encanta —susurró, contemplándolo. Su mirada recorrió los músculos definidos de su pecho y estómago, resiguiéndolos desde el tatuaje de la rosa amarilla que tenía en el pectoral izquierdo, hasta el grande tribal negro que le cubría el costado. Cada parte de él (sus tatuajes, sus *piercings*, incluso sus cicatrices), le resultaba atractiva hasta morir.

—Pues agárrate. —Apenas había pronunciado las palabras y ya estaba en posición, tanteando su entrada, abriéndose paso, llenándola con aquella deliciosa sensación de plenitud que la dejaba sin aliento, deseosa, completa. La rodeó con los brazos y apoyó la mejilla contra la suya—. Me encanta, Makenna. Cada puta vez, me encanta.

Enterrado en su interior, le devoró la boca con un beso ardiente; entonces se apartó, pero mantuvo el rostro justo sobre el de ella. Sus caderas se movían en un vaivén, embistiendo, tomando velocidad, exigiendo que Makenna albergara más de él, que lo albergara entero. Le robó el aliento, la habilidad de pensar y el corazón, hasta que no quedó nada en ella que Caden no poseyera de una manera absoluta y completa.

La magnitud de sus emociones la impactó en su totalidad, y no pudo hacer más que aferrarse a su espalda y agarrarlo con fuerza mientras sus caderas volaban contra las suyas. Aquello era mucho más que magnífico.

¿Cómo era posible que solo hiciera dos meses que estaban juntos?

Se habían conocido al pasar una noche atrapados en un ascensor, completamente a oscuras, y su conexión había sido inmediata y profunda. Una conexión que se fundamentaba en una conversación que había revelado cuántas cosas tenían en común, y en una atracción física que iba más allá de las apariencias. Las malas situaciones suelen tener un lado positivo y, en este caso, había sido que la oscuridad le había brindado la libertad de conocerlo sin prejuicios. Y también permitió a Caden conocerla a ella. Desde entonces, habían sido prácticamente inseparables.

Ahora, Makenna no podía imaginarse la vida sin Caden Grayson. Y esperaba no tener que hacerlo nunca.

Una hora más tarde, Caden estaba sentado al borde del sofá en el acogedor salón de Makenna. Una pierna le brincaba. Sentía una opresión en el pecho. Le dolían los dientes de tanto apretarlos.

Puto inadaptado social.

Makenna era su polo opuesto: refinada, sociable, capaz de hacer que los demás se sintieran a gusto con su sonrisa cálida y su alegre risa, que no se hacía de rogar. En los dos meses que habían estado juntos, la pelirroja había recibido con los brazos abiertos a todo su mundo y sus aficiones: invitando a sus compañeros del parque de bomberos a cenar, animando a su equipo favorito de *softball*, e incluso mandando una enorme bandeja de bizcocho y galletas de chocolate caseros a su lugar de trabajo. Joder, a estas alturas, Makenna ya se había ganado a todos sus colegas. A Caden no le cabía duda de que lo miraban y se preguntaban cómo había tenido tanta suerte.

Porque él también se lo preguntaba, desde luego. Cada puto día. Y estaba seguro de que no podía durar. Era imposible. No tenía tanta suerte. O, al menos, jamás la había tenido.

Sacudió la cabeza y exhaló, frustrado.

En general, Caden era un tipo solitario que solo se encontraba a gusto junto a sus compañeros de trabajo y con un pequeño grupo de viejos amigos. En los últimos dos meses, Makenna se había abierto paso hacia el interior de aquel diminuto círculo tras haber derribado sus barreras y haber aceptado toda la mierda que había encontrado detrás. Jamás en su vida había sido tan feliz. Y le estaba costando mucho aceptarlo.

En su experiencia, la felicidad no duraba. No, la felicidad era algo que el mundo te arrebataba cuando menos te lo esperabas, separándote de tus seres queridos y dejándote solo. Por eso nunca había intentado mantener una relación seria con una mujer. Hasta que había llegado Makenna, que era como una fuerza de la naturaleza con su honestidad, su optimismo, su aceptación y sus caricias. No había sido capaz de resistir la tentación de tener algo tan positivo, algo que podría traer un poco de luz a su oscuridad.

—Bueno, ya estoy lista —dijo Makenna, entrando al salón desde su habitación. Lucía una sonrisa radiante y un jersey de color lavanda sobre unos *jeans* ajustados y sugerentes que desaparecían bajo un par de botas altas de cuero marrón. Dios, qué guapa era. El largo pelo ondulado con el que le gustaba juguetear le cruzaba la frente y se derramaba sobre sus hombros. Sus ojos azules eran como el cielo en una mirada, y eran capaces de ver más allá de todas sus máscaras. Pero en vez de considerarlo indigno de ella (como se sentía él), lo único que brillaba desde aquellas profundidades turquesa era afecto y aceptación incondicional.

Lo desarmaba. Lo desarmaba de verdad. Porque ella lo miraba y jamás parecía ver los muchos defectos que albergaba en su interior.

—Perfecto —dijo Caden, levantándose y tragándose el mal sabor de boca. Por un lado, quería conocer a su familia: eran personas importantes para ella y, hasta este momento de su relación, no se había esforzado demasiado en conocer a sus amigos y a las personas que le importaban. Se lo debía, y quería ser lo bastante hombre (por una vez) como para entrar en una habitación llena de desconocidos y comportarse como un ser humano normal, joder.

Por otro lado, Caden se encontraba en el polo opuesto de lo «normal». Conocer gente nueva le ponía nervioso, y la charla educada se le daba de pena. Nunca sabía qué decir, así que siempre terminaba callado o metiendo la pata. En cualquier caso, quedaba como un capullo asocial. Aunque adoraba sus tatuajes y sus *piercings* por un montón de razones, no podía decir que le disgustara que su apariencia asustara a algunas personas. Porque estar solo era mejor que ser rechazado y abandonado, con diferencia.

Ya había probado eso del rechazo y el abandono una vez, y había tenido suficiente. Muchas gracias por la oferta.

Makenna fue directa hacia él y le rodeó la cintura con los brazos.

—Está muy guapo, señor Grayson —dijo. Su sonrisa aligeró la tensión que sentía en el pecho, y su tacto hizo que fuera más fácil respirar. Con Makenna, las cosas habían ido así desde el principio: su presencia aliviaba su ansiedad. Jamás había experimentado lo mismo con otra persona. Nunca habría pensado que fuera posible—. Espero que no te hayas puesto manga larga para tapar los tatuajes.

Así era, aunque el dragón asomaba hasta el dorso de su mano izquierda, por lo que no podía hacer mucho más por ocultarlo. Ya habían tenido una conversación acerca de sus *piercings*: Makenna no había querido que se los quitara para la visita, aunque él se había ofrecido.

—Solo quiero causar buena impresión.

Sin soltarle una de las manos, Makenna retrocedió un paso y lo examinó con la mirada, de arriba abajo, lentamente. Sus ojos recorrieron sus pantalones de vestir negros y su camisa de color gris antracita, las dos prendas más elegantes que poseía. Caden era aficionado a los *jeans* y a las camisetas, y trabajaba de uniforme, así que no solía necesitar ropa de vestir.

—Tan buena que me gustaría desvestirte de nuevo —dijo. Su sonrisa era pura tentación—. Pero lo digo en serio, no quiero que te sientas incómodo, ¿de acuerdo?

Dejando escapar un suspiro, se desabrochó el botón de una manga y se la arremangó. Hizo lo mismo con el otro brazo, revelando el dragón entero. Ya se sentía mejor. Dejándose llevar, se desabrochó el primer botón del cuello de la camisa. Mucho mejor.

—¿Y ahora? —preguntó, dedicándole una sonrisa interrogativa.

—Perfecto. Y no te preocupes, les caerás bien a todos. Te lo prometo.

No pudo evitar levantar una ceja. Lo veía bastante poco probable.

—Si tú lo dices, Pelirroja —contestó. Apartó un sedoso mechón cobrizo de su rostro y se lo puso tras la oreja. El pelo de Makenna había sido lo primero en lo que se había fijado al conocerla.

Con una sonrisa descarada, asintió.

—Pues sí, lo afirmo. Además, teniendo en cuenta que eres enfermero del cuerpo de bomberos y Patrick es policía, creo que tendréis un montón de cosas en común y mucho tema de conversación. Y a todos mis hermanos les gustan las películas de humor absurdo, será como cuando nosotros pasamos el rato. Pero con más penes presentes.

Se puso de puntillas y, apretando el cuerpo contra el suyo, le dio un abrazo.

Riéndose entre dientes, Caden tomó aire, y su aroma hizo que relajara los hombros y se le calmara el pulso. «Espabila, Grayson. Makenna te necesita en plena forma.»

—Vamos allá —dijo, forzando tanto entusiasmo en su voz como fue capaz.

—¡Eso! —contestó ella con una sonrisa radiante—. Va a ser fantástico.

Asintiendo, Caden agarró las bolsas y se las colgó del hombro mientras Makenna sacaba algunas cosas del frigorífico. Quizá podría tomarse este fin de semana igual que un turno en la ambulancia. Cuando había una emergencia, Caden era capaz de concentrarse en la crisis que tenía delante con una intensidad que le permitía dejar de lado sus otros problemas. En esos momentos, lo único que importaba era la persona que necesitaba ayuda y lo que él podía hacer para aliviar su dolor y salvar su vida. Igual que alguien había hecho por él una vez.

Podía concentrarse, sin duda, aguantar con dignidad y superarlo por Makenna.

—Claro que será fantástico —dijo—. Porque estaré contigo.

Capítulo 2

—Cuéntame alguna emergencia rara a la que hayas acudido —dijo Makenna, sonriendo a Caden. Dios, qué atractivo era, sentado en el asiento del conductor de su Jeep negro y agarrando el volante de cuero con sus enormes manos. Aunque iban a visitar a su familia, conducía él (el pequeño Prius plateado de Makenna era demasiado claustrofóbico para Caden). Ya estaban a medio camino entre su hogar en Arlington y la casa de su padre en Filadelfia y, como siempre, no tenían problema en encontrar temas de conversación. Aunque claro, eso era parte de lo que la había atraído de Caden desde el principio.

—He tenido más de una a lo largo de los años —dijo Caden, esbozando una pequeña sonrisa pícara y dedicándole una mirada—. Veamos. Una vez, a una mujer se le quedó encallada la mano en el triturador de basura. Su jersey se enganchó con una pieza del mecanismo interno. Se ve que era de lana de cachemira, y se cabreó de lo lindo cuando tuvimos que cortarlo.

Makenna hizo una mueca.

—¿Por qué metió la mano en el triturador?

—Se le cayó un anillo dentro —dijo, encogiéndose de hombros—. Lo encontramos, eso sí —añadió. Apretó los labios y entornó los ojos—. Ah, sí, recibimos una llamada de una mujer que estaba oyendo a un hombre gritando y chillando a través de la pared de su apartamento. Nos presentamos en su puerta con la policía al cabo de diez minutos, y se encontraba bien. Al parecer, el hombre... esto, sufría un caso grave de estreñimiento y estaba teniendo dificultades... para evacuar.

Makenna estalló en carcajadas.

—Qué guarrería. Menudo bochorno debió de pasar.

Caden se rio por lo bajo.

—No lo sé, creo que la mujer que nos llamó lo pasó peor. Cuando llegamos, se quedó en el rellano con nosotros porque estaba preocupadísima por él.

—Descubrió más de lo que quería saber, desde luego —dijo Makenna, disfrutando de la conversación. Al trabajar en una ambulancia, Caden se enfrentaba a situaciones intensas y a menudo trágicas, cosas sobre las que no siempre quería hablar cuando llegaba a casa después de su turno. Así que era agradable averiguar más acerca de esa faceta de su vida.

Con una sonrisa tan ancha que hizo asomar sus hoyuelos, Caden asintió. A Makenna le encantaba verlo sonreír, el gesto le daba un aire mucho más joven y relajado. Entre la cicatriz de la cabeza, el pico de viuda de su pelo afeitado y los *piercings* del labio y la ceja, su rostro podía parecer duro, incluso intimidante. Menos cuando sonreía.

—Hubo un tipo que nos llamó porque pensó que iba a estallarle el pene. Resultó que había pedido Viagra a un amigo, sin receta médica, y se había tomado tres pastillas de golpe. Cuatro días más tarde, todavía le duraba la erección.

—Dios mío, ¡la gente está mal de la cabeza! —Makenna estalló en carcajadas y se volvió hacia Caden, retorciéndose en el asiento.

—Algunos, desde luego —dijo Caden guiñándole un ojo—. Recibimos algunas llamadas rarísimas, te sorprenderías. Y en la centralita se llevan el premio. Hay gente que llama para quejarse de que en un restaurante de comida rápida se han equivocado con su pedido, o para pedir que la policía vaya a un cine y retrase el principio de una película porque les ha pillado un atasco, o para preguntar qué temperatura hace. Un señor mayor nos llamó porque pensaba que su casa, de repente, tenía pulso. Resultó que sus nuevos vecinos tocaban en un grupo de música, y lo que oía era la batería. Ah, sí, y la señora que nos llamó porque su marido, de setenta y dos años, quería animar su vida sexual haciendo un trío. Llamó para que lo arrestaran.

—Caray —dijo Makenna sacudiendo la cabeza—. Creo que solo he llamado al número de emergencias una vez en la vida, y fue porque un pasajero del metro pensaba que estaba sufriendo un infarto. E incluso así estaba nerviosísima por tener que llamar.

—Así es como debería ser —dijo Caden—. En la centralita reciben demasiadas llamadas que no tienen nada de emergencia.

Makenna alargó la mano y entrelazó sus dedos con los de él. Sus manos unidas reposaban sobre el muslo de Caden, ofreciéndole una perspectiva perfecta del dragón que tenía tatuado en el dorso de la mano derecha.

—Bueno, ahora cuéntame alguna anécdota positiva sobre las emergencias a las que has acudido.

—He ayudado a dar a luz a tres mujeres —dijo, con una pequeña sonrisa en los labios—. Son mis casos favoritos. Es algo increíble de lo que formar parte, el poder presenciar como una vida llega al mundo. ¿Sabes?, una de las parejas decidió llamar a su hijo Grayson.

Makenna se quedó boquiabierta.

—Caramba, Caden. Eso sí que es especial. No quiero ni imaginarme lo aterrador que debe ser saber que tienes a una mujer a punto de dar a luz y no poder llegar al hospital.

Por un momento, la imaginación de Makenna se dejó llevar por la imagen de aquel hombre musculado, tatuado, con *piercings* y cicatrices sosteniendo a un recién nacido con aquellas manos enormes. No le importaría presenciarlo. Sonrió.

—En efecto —dijo, asintiendo—. También he atendido a un montón de perros y gatos a lo largo de los años, la mayoría de ellos mascotas que han quedado atrapadas en un incendio. Solo los estabilizo hasta que puedan llevarlos al veterinario. Pero la gente siempre aprecia el gesto.

—Vaya, tendré que sacar el abanico —dijo Makenna, apretándole la mano por un momento—. Si no fuera porque ya... ya me gustas, me habrías encandilado con todas estas historias sobre bebés y cachorros.

Contempló el cielo azul y soleado que había al otro lado del parabrisas y esperó que Caden no se hubiera percatado de su titubeo. Casi le había dicho que lo quería. Porque, últimamente, aquel sentimiento siempre estaba presente en su cabeza.

Caden le dedicó una sonrisa pícara.

—¿Y cómo crees que el Oso conquista a tantas mujeres?

Isaac, *el Oso*, Barrett era un bombero del mismo parque que Caden, y era, posiblemente, el tipo más mujeriego que hubiera conocido jamás. Pero también era dulce, gracioso y leal, y siempre estaba dispuesto a ayudar a los demás. A Makenna le caía muy bien.

—Eso lo explica todo —dijo.

—Así es —contestó Caden. Levantó sus manos todavía unidas y le besó los nudillos.

Una oleada de calor nació en el pecho de Makenna y recorrió todo su cuerpo.

Sin soltarse, se sumieron en un silencio confortable. Makenna recorrió con la mirada lo que alcanzaba a ver del dragón tatuado de Caden, el que se había hecho para recordarse que no debía permitir que el miedo dominara su vida. Admiraba el significado que había tras sus tatuajes, tanto, que incluso había estado pensando en hacerse uno. Le había dado muchas vueltas. La simple idea la hacía estremecerse de la emoción. Siempre había sido una niña buena, y había acatado las normas con tanto esmero que nunca se le habría ocurrido si no hubiera sido por Caden. Pero, inspirada por su manera de conmemorar en la piel a aquellos a los que había perdido, Makenna llevaba un par de semanas dando vueltas a distintos diseños.

«Quiero hacerlo.» El pensamiento apareció en su cabeza, firme y convencido, y sintió en su interior que era lo correcto.

—Adivina en qué he estado pensando últimamente.

—¿En qué? —preguntó, levantando la ceja con el *piercing* y dedicándole una mirada.

Le dio ganas de lamer el pequeño pendiente negro. Sintió nervios en el estómago al dar voz a su idea.

—En hacerme un tatuaje.

Caden se volvió hacia ella de golpe, con las cejas fruncidas sobre sus ojos oscuros.

—¿En serio? —preguntó. Makenna sonrió con descaro y se mordió el labio.

—Sí. Los tuyos me encantan y, cuanto más lo pienso, más me apetece.

—¿Qué tienes pensado? —preguntó. Su mirada la recorrió con tanta pasión que casi le pareció una caricia física.

—Un árbol genealógico celta. El que más me gusta tiene forma de círculo, y el árbol y las raíces consisten en nudos celtas. He visto diseños en los que se incorporan iniciales bajo las raíces, o entrelazadas entre las ramas y me gustan bastante —dijo, deslizando el dedo a toda velocidad por la pantalla de su teléfono móvil. Abrió una imagen que había guardado previamente y levantó el aparato para que Caden la viera—. Esta es una versión.

Los ojos de Caden alternaron entre el teléfono y la carretera durante un momento.

—Me gusta —dijo en tono reservado—. Me gusta mucho. ¿Estás segura de que quieres hacértelo?

—Sí, lo estoy —contestó—. Últimamente lo he estado cavilando mucho. Era solo cuestión de decidir qué tatuarme. Quería que tuviera un significado, como los tuyos. Así que pensé en lo que es más importante en el mundo para mí: mi familia. Cuando lo comprendí y encontré estos diseños, supe que había dado con mi tatuaje. ¿Me acompañarás si me lo hago?

Caden le dedicó una mirada intensa.

—Si quieres hacerlo, me gustaría llevarte a mi tatuador. Es el mejor que hay. Y claro que iré contigo. Sin dudarlo, Pelirroja.

Makenna sonrió y asintió. Su presencia la ayudaría a calmar los nervios.

—Estupendo —dijo—. ¿Qué te parece la semana que viene?

—Tú solo tienes que pedírmelo —dijo Caden—. Y yo me ocupo.

Makenna se desabrochó el cinturón de seguridad, se inclinó sobre el cambio de marchas y, con ternura, empezó a besar a Caden en la mandíbula y en el cuello, asomando la punta de la lengua de vez en cuando para disfrutar de su sabor. Olía bien, a jabón y menta, con un toque almizclado; puro Caden.

Este gimió y se acercó más a ella.

—Joder, Makenna —susurró—. No quiero que pares, pero sí que quiero que vuelvas a abrocharte el cinturón.

La muchacha le dio un último lametón en el lóbulo de la oreja y volvió a recostarse en su asiento.

—Lo siento —dijo, mientras el cierre del cinturón encajaba con un chasquido—. Es que me he sentido muy agradecida.

Caden se rio por lo bajo.

—Bueno, puede que me lo cobre luego. Además, no es justo que me obligues a imaginarte tatuándote y luego me beses así mientras estoy al volante.

—¿Por qué no? —preguntó, mordiéndose el labio para intentar reprimir la sonrisa que amenazaba con asomar. Y caray, el tono de Caden la hizo desear que no estuviera conduciendo. Porque se le ocurrían mejores maneras de ocupar sus manos que con el volante...

La mirada que Caden le dedicó entonces, llena de deseo y frustración, fue como una oleada de calor sobre su piel.

—Porque me vuelves loco. Y no hay nada que pueda hacer al respecto —contestó. Se agitó en su asiento, y la mirada de Makenna descendió hasta el bulto que empezaba a aparecer en sus pantalones de vestir.

Lentamente, apoyó la mano en el pecho de Caden y la deslizó hacia abajo, pasando por su estómago, hasta terminar en su regazo.

—Pelirroja... —dijo con la voz ronca, bajando los ojos para observar como sus dedos lo acariciaban y lo agarraban por un instante. Dios, era magnífico sostenerlo. Fijando la vista en la carretera de nuevo, Caden sacudió la cabeza, le tomó la mano y la sostuvo fuerte contra su pecho—. No voy a arriesgarme a sufrir un accidente contigo. —Le dedicó una de sus miradas ardientes—. Pero te aseguro que esto no termina aquí.

✻ ✻ ✻

Caden era consciente de la estrategia de Makenna. Había pasado las últimas dos horas y media dándole conversación, sin parar. Sobre su trabajo. Sobre los tatuajes. Sobre las Navidades. Le había tomado el pelo, lo había hecho reír y, en general, había logrado que no pensara demasiado en su destino y en lo que estaban a punto de hacer: conocer a su familia. Lo cual, por supuesto, significaba que Makenna se había percatado de lo nervioso que estaba. Eso le fastidiaba bastante por dos motivos: porque no quería que se preocupara por él, y porque tenía razón.

Siguiendo sus instrucciones, abandonó la autopista y se adentró en un barrio residencial del sur de Filadelfia.

—No tardaremos ni quince minutos en llegar —dijo en tono ilusionado.

Caden asintió e intentó con todas sus fuerzas no hacer caso a la tensión que sentía en los hombros, al nudo que tenía en el estómago y a la opresión que notaba en el pecho. Y que lo partiera un rayo si no odiaba conocer aquellas sensaciones tan bien. Desde el accidente que había matado a la mitad de su familia y que lo había dejado a solas con un padre que no era más que una sombra llena de amargura, rabia y problemas, el cuerpo de Caden había aprendido a reaccionar al estrés así. Años atrás, había superado lo peor del trastorno de estrés postraumático y la ansiedad con la ayuda de un psiquiatra, y había aprendido varias técnicas para enfrentarse a ambos cuando empezaban a asomar la cabeza. Pero no era capaz de evitar que aparecieran los primeros síntomas o de lograr que desaparecieran del todo.

Sencillamente, Caden nunca sería normal.

Era algo que toleraba cuando solo lo afectaba a él, pero odiaba que Makenna tuviera que lidiar con ello.

147

Agarrado al volante con una fuerza desmesurada, Caden se concentró en una cuenta atrás silenciosa, desde diez, intentando recordar las técnicas de respiración que lo relajarían para no sufrir un ataque de ansiedad antes de llegar. Lo último que quería era avergonzar a Makenna delante de su familia. O quedar en ridículo.

Era de una importancia vital agradarle a su familia y lograr que lo aceptaran.

Porque Caden estaba enamorándose de Makenna. A toda velocidad. Joder, ya la había querido un poco la primera noche que habían pasado juntos. Ella había logrado que no sufriera un ataque de pánico mientras estaban atrapados en el ascensor, a oscuras, lo cual había representado una de sus peores pesadillas. Y cuando lo había invitado a su casa, a su cama y a su cuerpo aquella noche, que había sido la primera vez que había dormido entre los brazos de otro ser humano, había terminado de enamorarse del todo.

Ahora, tras dos meses con Makenna, dos meses de no estar solo en todos los sentidos de la palabra gracias a ella, Caden se sentía al borde de un precipicio. Un paso más y se encontraría cayendo de cabeza en un vacío del que nunca volvería a salir.

Lo aterraba en lo más profundo de su ser.

Porque conocía perfectamente la rapidez y la facilidad con las que la vida le podía arrebatar a aquellos a los que amaba. En un puto instante. Y no sería capaz de hacer nada por evitarlo. Ni siquiera vería venir la tragedia y el dolor. Igual que cuando había tenido catorce años.

«Joder, Caden. No te estás haciendo ningún favor.»

Respiró hondo y se obligó a sujetar el volante con menos fuerza. No, pensar en perder a Makenna no aportaba nada a su salud mental.

—Oye —dijo ella, apretándole ligeramente el muslo—. Gracias por acompañarme.

La sonrisa que le dedicó fue tan dulce y bonita, que consiguió atenuar parte de la ansiedad que crecía en su interior. Podía hacerlo. Lo lograría. Por ella.

—De nada. Gracias por invitarme.

Y estaba agradecido de verdad. Pese a lo que le rondaba por la cabeza, significaba mucho para él que Makenna hubiera deseado pasar el Día de Acción de Gracias juntos. Le gustaba no tener que pasar un día tan señalado a solas. Joder, le gustaba poder celebrar algo. Su madre siempre había sido la alegría de la familia y, cuando murió, lo que quedaba de la familia Grayson había muerto con ella.

Tras su pérdida, en la casa de Caden no volvió a haber árboles de Navidad, no se volvieron a cocinar pavos, no volvieron a aparecer cestas de pascua en la mesa del comedor. Incluso cuando Sean y él habían sido demasiado mayores para los huevos y Papá Noel, su madre había seguido escribiendo «desde el polo norte» en los regalos e insistiendo en que el conejo de pascua había traído los huevos.

Así que, para él, que le incluyeran en la celebración del Día de Acción de Gracias significaba más de lo que era capaz de articular.

Pronto, las indicaciones de Makenna los llevaron a un barrio distinguido lleno de casas grandes y antiguas, plantas impecables y árboles altos y adultos. La mayoría de las viviendas estaban construidas con piedra caliza gris y alejadas del asfalto, lo que dejaba espacio para amplios porches cubiertos y jardines que el frío había dejado desnudos. Algunas puertas y ventanas ya lucían coronas de Navidad y decoraciones de pino y acebo, de manera que el barrio parecía aún más pintoresco.

De repente, la curiosidad sustituyó parte de la ansiedad que inundaba la mente de Caden, porque todo esto representaba una parte de Makenna que no conocía. Le había hablado sobre su padre y sus hermanos, por supuesto, y sabía que su madre había muerto cuando era muy pequeña, pero una cosa era escuchar las anécdotas, y otra muy distinta era poder contemplar el lugar en el que habían ocurrido.

—Mi casa está justo ahí, en la esquina. Dobla a la derecha, la entrada al garaje está en ese lado.

Caden frenó el Jeep delante de la casa y se inclinó para contemplarla por la ventanilla de Makenna. Era un edificio hermoso, de piedra caliza gris. Tres pisos de altura, con un porche perfecto para poner una mecedora, ventanas flanqueadas por postigos negros y chimeneas de piedra que se alzaban hacia el cielo. Una bandera de Estados Unidos ondeaba con la brisa, colgada de una de las columnas grises del porche.

—¿Aquí es donde creciste? —preguntó.

—Sí —contestó, sonriéndole.

Caden la miró a los ojos y amó la felicidad que encontró en su interior. Aunque, bueno, amaba bastante más que eso. Por mucho que se negara a escrutar el sentimiento más de cerca.

—Es un lugar precioso.

Makenna miró por la ventana.

—Es un sitio maravilloso para pasar la infancia. Solo el hecho de estar aquí ya me pone de buen humor.

¡Piiii! ¡Piiii!

La mirada de Caden se fijó en el retrovisor y se encontró con otro vehículo esperando detrás de ellos.

—Ups —murmuró, y dobló la esquina. Makenna se rio por lo bajo.

—No te preocupes. Vaya, tendrás que aparcar en la calle —dijo, al ver que cuatro automóviles ya habían ocupado todo el espacio ante el garaje de dos plazas.

Caden arrimó el Jeep a la acera y apagó el motor.

—Parece ser que mis hermanos ya han llegado, pero no sé de quién es el BMW —informó, encogiéndose de hombros. Cuando se volvió hacia él, su sonrisa delataba tal ilusión y anticipación que le sorprendió que fuera capaz de mantenerse sentada—. ¿Listo para conocer a todo el mundo?

En aquel momento, no había nada que deseara tanto como hacerla feliz, así que asintió.

—Tan listo como me es posible.

Ahora solo le quedaba rezar para no meter la pata.

Capítulo 3

—¡Ya estoy en casa! —exclamó Makenna al abrir la puerta trasera e irrumpir en el vestíbulo rectangular. Un banco largo y un colgador para los abrigos ocupaban una de las paredes; Makenna depositó la bandeja con el pastel de calabaza y la jarra de sangría de manzana y canela sobre el asiento y colgó el abrigo en uno de los ganchos. Caden dejó las maletas de ambos en el suelo y siguió su ejemplo. La casa olía a pavo asado, a delicioso estofado y a canela, aromas tan acogedores que Makenna sintió que el corazón le estallaba de ganas de ver a su familia.

Su padre apareció a toda prisa por la puerta que daba a la cocina.

—¡He aquí mi gusanito!

Makenna se echó a reír.

—Hola, papá —dijo, dándole un abrazo. No le importó que usara su mote de infancia, para qué mentir. Cielo santo, cómo se alegraba de verlo. Se apartó de él un paso para examinarlo de arriba abajo: el pelo castaño tenía más toques grises que cuando lo había visto en verano, pero, aparte de eso, tenía el mismo aspecto de siempre. Ojos azules brillantes. Arrugas causadas por una vida entera de sonrisas. Llevaba puesto su viejo delantal, que tenía dibujada una pechuga de pavo junto al mensaje «¡amante de las pechugas!»; diez años atrás, sus hermanos habían considerado que era un regalo divertidísimo—. Me gustaría presentarte a Caden —añadió, y se hizo a un lado para que los dos hombres pudieran estrecharse las manos.

—Buenos días, señor, soy Caden Grayson—dijo, estrechando la mano de su padre. Sus nervios se hicieron aparentes en la voz, pero a Makenna no le cabía duda de que su padre sería capaz de tranquilizarlo en un santiamén—. Feliz Día de Acción de Gracias.

—Igualmente. Llámame Mike —contestó su padre. Le puso una mano en el hombro a Caden y lo llevó hacia la cocina—. ¿Te apetece algo de beber? —preguntó, antes de recitar todo lo que tenían disponible.

—Una Coca-Cola me iría de perlas —dijo Caden, de pie junto a la isla de la cocina, que era de planta abierta y muy espaciosa.

Makenna trajo sus contribuciones a la cena y las dejó en la encimera. Los armarios blancos rústicos, el granito de color miel y los cálidos suelos de madera siempre habían ayudado a que este fuera su lugar favorito de la casa. Pero, aun así, consideraba que la presencia de Caden lo mejoraba infinitamente.

—Voy a por una —dijo Makenna, sonriendo para sí misma mientras abría el frigorífico. Todo mejoraba con la presencia de Caden.

Su padre empezó una conversación relajada, charlando acerca del tráfico, del buen tiempo que estaba haciendo y de cuánto tardaría el pavo en estar listo, y Makenna se alegró de ver que la tensión iba desapareciendo de los hombros de Caden. Tenía una mano apoyada en la encimera, y Makenna la cubrió con la suya.

Su padre se percató del gesto, pero no hizo ningún comentario. Aunque Makenna ya le había contado todo lo que había que contar sobre Caden, era la primera vez que traía a un hombre a casa, así que la situación era nueva para los dos.

—Bueno, Caden, Makenna me ha contado que eres enfermero del cuerpo de bomberos. ¿Cómo es tu trabajo?

—Es... —Caden frunció el ceño durante un momento—. Es diferente cada día, depende de las llamadas que recibamos. A veces no consiste nada más que en pasar largas horas en el parque de bomberos, pero lo habitual es que no tengamos tiempo de recuperar el aliento entre una llamada y otra. Según lo críticas que sean las situaciones, puede ser duro y estresante, aunque, en general, me parece que poder ayudar a alguien en el momento en el que más lo necesita es un privilegio enorme.

La pasión que había en su voz hizo que a Makenna le diera un vuelco el corazón. Pese a todo por lo que había pasado (no solo el accidente y la pérdida de su madre y su hermano, sino también el trastorno de estrés postraumático y el haber crecido con un padre prácticamente ausente), Caden se había convertido en un hombre bueno y dulce. Dos meses atrás, le había aguantado abierta la puerta del ascensor en un día en el que todo le iba mal, y Makenna lo había llamado «su buen samaritano». ¡Si hubiera sabido lo adecuado que era el mote!

Su padre asintió mientras sacaba un plato grande de uno de los armarios, y Makenna supo que la seriedad de la respuesta de Caden lo había impresionado.

—Siento un profundo respeto por el personal de emergencias. Trabajáis en primera línea.

—Cuando un desconocido ha acudido en tu ayuda en tus momentos más oscuros, lo mínimo que puedes hacer es prestar la misma ayuda a los demás —dijo Caden en voz baja—. Siempre me ha parecido que es mi manera de devolver el favor.

Makenna le puso un brazo alrededor de la cintura. Una parte de ella no podía creer que hubiera mencionado su pasado, porque sabía que a Caden no le gustaba hablar de sí mismo. La enorgulleció enormemente y le costó reprimir las ganas de tirar de él y darle un beso. Pero quizás era mejor que no escandalizaran a su padre a los quince minutos de llegar.

—Makenna me contó lo del accidente —dijo su padre, tras tomar un sorbo de una botella de cerveza—. Lo siento mucho. Es duro para un chaval pasar por algo así. Pero me parece que tu familia estaría orgullosa de ti.

Caden asintió, tenso, y bajó la mirada, fascinado de repente por su refresco.

Lo abrazó con más fuerza, porque su padre tenía razón. Pero Makenna decidió cambiar de tema, porque sabía que tanta atención (y el elogio) debían de estar incomodándolo.

—¿Dónde están los chicos? —preguntó. Se apartó para servirse un vaso de sangría. Sabía a manzana, canela y especias, y era como tomarse una taza de otoño.

—Abajo, en la sala de juegos —contestó su padre, echando un vistazo al interior del horno para comprobar el estado del pavo—. Creo que están viendo el partido.

Cuando Makenna tenía tres años, su madre había muerto de cáncer de pecho, y desde entonces su padre se había encargado de todo lo que antes había hecho ella: cocina incluida. Y además se le daba bien. Aunque Makenna no recordaba mucho a su madre; Patrick era el que mejor la recordaba de entre todos los hermanos, porque tenía diez años cuando murió, pero incluso sus recuerdos eran desvaídos y tenues. Lo cual explicaba porque sus hermanos y ella adoraban a su padre: lo había sido todo para ellos.

—Ah, por cierto, no eres la única que ha venido con pareja —dijo su padre con una sonrisa descarada, disfrutando de saber un cotilleo que ella desconocía.

—¿Quién ha traído novia? —preguntó. Patrick estaba casado con el departamento de policía, así que sabía que no se trataba de él, y no se había enterado de que Ian o Collin salieran con alguien. ¡Qué diablos!

—¿A que no lo adivinas? —preguntó su padre, sacando dos bandejas con aperitivos del segundo horno. Las dejó en la encimera.

—¡No! —dijo Makenna—. Escupe.

Su padre sonrió y empezó a colocar los aperitivos en un plato grande: rollitos de primavera al estilo del sur de los Estados Unidos, mini salchichas envueltas en hojaldre, y pastas rellenas de espinacas y alcachofas.

—Collin.

¿Su hermano pequeño había traído a una mujer? Caray.

—¿Una compañera del máster? —preguntó Makenna.

—Shima —respondió su padre, asintiendo—. Es un auténtico encanto. Deberías bajar para asegurarte de que está sobreviviendo al resto de tus hermanos. Y así les presentas a Caden —dijo. Dio un mordisco cauteloso a uno de los rollitos—. Y ya que estás, ¿puedes bajar los aperitivos? —preguntó, dando un golpecito con el dedo al plato.

Makenna agarró una pila de platos de plástico y servilletas.

—¿Sabías que vendría?

—No, ha sido una sorpresa —dijo su padre, encogiéndose de hombros—. Pero en los días de fiesta, cuantos más, mejor.

Asintiendo, Makenna alargó la mano hacia el plato de aperitivos.

—Ya me ocupo yo —dijo Caden.

—Es un placer tenerte aquí, Caden —dijo su padre—. Mientras estés aquí, relájate y ponte cómodo. ¡Cómo si estuvieras en tu casa!

Makenna le dedicó una sonrisa agradecida a su padre, encantada de que estuviera dándole la bienvenida con tanta calidez. Aunque no había dudado de que sería el caso.

—Muchas gracias, Mike —dijo Caden, siguiendo a Makenna al otro lado de la cocina y camino al pasillo.

En lo alto de las escaleras que llevaban al sótano, se volvió hacia él, sonriente.

—Para que quede constancia: no me hago responsable de los cretinos que estás a punto de conocer.

—Tomo nota —dijo Caden, guiñándole el ojo. Si se parecían a Mike, aunque fuera un poco, quizás incluso sobreviviría al fin de semana. La siguió escaleras abajo.

La sala de juegos del sótano era un espacio amplio y acogedor, en el que un par de sofás mullidos y varias sillas estaban colocados alrededor de un gran televisor de pantalla plana. Al fondo había una vieja mesa de *hockey* de aire, pero a Caden no le dio tiempo a distinguir mucho más antes de que cinco miradas se clavaran en ellos.

—Hola —dijo Makenna, dando pie a una larga ronda de saludos. Sus hermanos (fáciles de distinguir por los distintos tonos de pelo rojo) se levantaron para abrazarla. Lo cual dejó a un cuarto tipo que Caden no conocía: rubio y atractivo, con cierto aire a Ken, el novio de Barbie. Makenna le quitó el plato de aperitivos antes de anunciar—: Chicos, este es Caden Grayson.

Le presentó a todos sus hermanos, pero de repente parecía nerviosa.

—Soy Patrick —dijo el primer hermano, ofreciéndole la mano. Era el mayor de los hermanos James: le sacaba siete años a Makenna, si Caden recordaba bien. Era alto, tenía el pelo castaño con toques rojizos y una barba corta. Le ofreció una sonrisa amigable al estrecharle la mano.

—Encantado de conocerte, Patrick. He oído hablar mucho de ti —dijo Caden.

—Yo soy Ian —dijo el siguiente hermano, con una expresión menos simpática. Tras estrecharle la mano, se apartó bastante rápido y continuó su conversación con el misterioso hombre rubio, al que Makenna estaba contemplando con el ceño fruncido.

El último hermano era el pelirrojo más intenso, tan cobrizo que casi era naranja.

—Caden, yo soy Collin, y esta es mi novia, Shima —dijo con una sonrisa abierta y amable. Caden estrechó la mano a ambos.

Shima se apartó el pelo negro y brillante para que le quedara detrás del hombro y le dedicó una sonrisa conspiratoria.

—Podemos hacer piña si el clan James decide tomarla con los recién llegados.

—Trato hecho —dijo Caden, riéndose por lo bajo.

—Papá ha preparado aperitivos —dijo Makenna. Levantó el plato para que lo vieran y lo dejó en la mesa de centro—. Ya podéis atacar —añadió. Se incorporó y dijo—: Bueno, Cameron, ¡caray! ¿Desde cuándo no nos vemos?

El rubio se le acercó con una sonrisa que a Caden no le gustó nada. Una sonrisa interesada. ¿Quién era este tipo? ¿Y por qué Makenna había parecido disgustada al verlo?

—Desde hace demasiado, Makenna. Estás estupenda —dijo. Le dio un abrazo fuerte y largo. Cuando por fin la soltó, jugueteó con familiaridad con un mechón de su pelo—. No has cambiado nada.

Makenna se rio entre dientes y se apartó un par de pasos.

—Bueno, no sabría decirte —contestó. Indicó a Caden con la mano abierta—. Cam, este es Caden Grayson.

Cameron lo evaluó con una mirada breve que inmediatamente puso a Caden de los nervios. Se estrecharon las manos en un gesto rápido y superficial, y Caden no pudo evitar preguntarse a qué venía tanta tensión repentina.

—Bueno, Caden, ¿a qué te dedicas? —preguntó Cameron, con Ian de pie junto a él.

—Soy enfermero del cuerpo de bomberos —respondió—. ¿Y tú?

—Soy cardiólogo residente en el Hospital Universitario de Pensilvania —dijo.

—Caramba, no está mal —dijo Caden, y tomó un sorbo de su refresco. Un médico. Y no un médico cualquiera, sino un especialista. ¿Cómo no?

—Gracias. ¿Estás interesado en estudiar medicina? —preguntó Cameron.

—No —contestó—. Los servicios de emergencias siempre han sido mi pasión —continuó. Era la verdad. De joven había sopesado la posibilidad de estudiar medicina durante unos cinco segundos, pero lo que más quería era poder ayudar a las personas que estaban pasando momentos de crisis, igual que alguien lo había ayudado a él: en la calle, dónde las cosas se ponían feas, las situaciones cambiaban de un momento a otro y el tratamiento prehospitalario podía significar la diferencia entre la vida y la muerte. Además, no había querido pasar tantos años en la universidad. No tenía la paciencia necesaria.

—Oh —contestó Cameron, encogiéndose de hombros—. Bueno, si es lo que te gusta.

Su respuesta terminó de ponerle de los nervios. ¿Por qué estaba aquel tipo comportándose como si hubiera una competición a la que nadie lo había apuntado?

Patrick se unió a la conversación.

—Eres del parque de bomberos de Arlington, ¿verdad?

Caden asintió, contento de no tener que seguir hablando con Cameron.

—Así es.

—¿Por casualidad no conocerás a Tony Anselmi? Del departamento de policía de Arlington. Fuimos al instituto juntos —dijo Patrick.

—Pues sí —contestó Caden, sonriendo—. Nos cruzamos de vez en cuando. Creo que la última vez fue hace tres semanas.

Mientras charlaba con Patrick acerca de Tony y sus respectivos trabajos, Caden mantuvo la mitad de su atención fija en la conversación que se desarrollaba entre Makenna, Cameron e Ian.

—¿Sigues haciendo números? —preguntó Cameron. Caden se preguntó si de verdad había cierta condescendencia en su tono, o si se lo estaba imaginando porque el tipo le caía mal.

—Sí —contestó Makenna—. ¿Y tú? ¿Sigues jugando con los corazones de la gente?

Cameron se echó a reír.

—Makenna, por Dios —dijo Ian.

—¿Qué? Es cardiólogo —replicó ella.

—No pasa nada, no pasa nada —dijo Cameron. Inclinó su botella de cerveza hacia ella, como en gesto de saludo—. *Touché*.

Sonriendo, Makenna sacudió la cabeza y tomó un sorbo de sangría.

No tardaron en acomodarse todos en los sofás y las sillas para ver el partido; Caden nunca había sido aficionado al futbol americano, pero no le importaba hacer de espectador. Patrick se sentó en un gran butacón de cuero, y Collin, Ian y Shima se recostaron en uno de los sofás. Eso significaba que el segundo sofá quedaba para Makenna, Cameron y él. La pelirroja se sentó primero, así que Cameron y él se pusieron cada uno a un lado de ella. Fantástico.

—Bueno, ¿cuánto tiempo lleváis juntos? —preguntó Ian.

Makenna apoyó una mano en el muslo de Caden, que apreció aquel gesto posesivo profundamente.

—Dos meses y poco —contestó. Le dedicó una sonrisa a Caden quien, por encima del hombro de Makenna, vio que Ian y Cameron intercambiaban una mirada significativa. Pero ¿qué cojones? ¿Se estaba imaginando cosas? Y a todo esto, ¿quién era ese tipo?

—¿Y vosotros? —preguntó Makenna, mirando a Collin y a Shima—. ¿Desde cuándo estáis juntos?

La pareja intercambió una sonrisa.

—Desde el final del verano —dijo Collin—. Nos conocemos desde que empezamos el máster, pero empezamos a salir en la fiesta de bienvenida del segundo curso, en agosto.

—Es muy práctico que los estudiantes de máster salgan los unos con los otros —dijo Shima—. Así no aburrimos al resto de los mortales con nuestras conversaciones sobre política exterior.

Caden sonrió. Shima le caía bien, y se alegraba de su presencia.

—Bueno, Ian, Makenna me ha contado que eres ingeniero. ¿A qué tipo de proyectos te dedicas? —preguntó, esperando ganarse un poco al hermano mediano.

—Soy ingeniero civil, trabajo para la ciudad de Filadelfia —contestó—. Suelo ocuparme de proyectos relacionados con las carreteas, los puentes y los túneles.

—Así que es todo culpa tuya —dijo Patrick, con una sonrisa descarada. Ian le mostró el dedo corazón y los demás estallaron en carcajadas—. En serio —continuó Patrick, haciendo un gesto con la mano hacia Caden—. ¿Has conducido mucho por Filadelfia?
—Caden negó con la cabeza. De pequeño, su familia hacía muchos viajes en automóvil, pero desde el accidente no había circulado demasiado fuera de Washington D. C.—. Bueno, pues créeme cuando te digo que conducir por Filadelfia es un horror. Te lo digo yo, que lo hago cada día.

—Sí, sí... —dijo Ian, fulminando a sus hermanos con la mirada—. Siempre con lo mismo.

—Cameron —dijo Shima—. ¿De qué conoces a los James?

A Caden le habría gustado chocar los cinco con ella por hacer la pregunta.

—Este zopenco es mi mejor amigo —respondió Cameron, señalando a Ian—. Lo ha sido desde que íbamos al colegio y... Makenna y yo estuvimos saliendo... ¿cuánto tiempo? —preguntó, volviéndose hacia ella con una sonrisa—. ¿Tres años?

¿Saliendo juntos? ¿Durante tres años? Miró a Cameron, cuya expresión de satisfacción revelaba que sabía que Caden no tenía ni idea de su pasado juntos. Tenía razón.

—Esto, sí —dijo Makenna—. Unos tres años.

Tres años. Caden no había durado tanto con ninguna de sus parejas. Joder, Caden apenas había tenido parejas, antes de Makenna. Tomó un largo trago de su refresco.

—Empezamos a salir en la universidad, yo estaba en el último curso, Makenna en el segundo —continuó. La pelirroja se limitó a asentir. Caden hizo un rápido cálculo mental. Aquello significaba que ella había tenido diecinueve años cuando empezaron la relación, y veintidós cuando rompieron. Lo cual, esencialmente, significaba que era imposible que no se hubieran acostado juntos. Cosa que explicaba la manera que tenía aquel tipo de mirarla, y por qué la había abrazado más rato del normal. Todavía estaba enamorado de ella.

—Uf, parece que haga siglos de todo aquello —dijo Makenna con una sonrisa. Tomó un largo trago de su sangría.

—Qué va —contestó Cameron, guiñando el ojo—. Oye, ¿te acuerdas de aquella vez que...?

—¿Puede ayudarme alguien a poner la mesa? —preguntó la voz de Mike desde lo alto de las escaleras.

—¡Voy yo! —contestó Makenna, agarrando a Caden de la mano—. ¿Te apetece ayudar?

—Sí, claro —contestó. Podría haberle preguntado si le apetecía limpiar retretes con un cepillo de dientes, y habría dicho que sí igualmente. Cualquier cosa con tal de no tener que seguir viendo la cara de satisfacción de Cameron, y la manera que tenía de observar el cuerpo de Makenna.

Capítulo 4

En el piso de arriba, Makenna arrastró a Caden hasta el baño del vestíbulo y cerró la puerta.

—No sabía que iba a venir —dijo. Desde el momento en el que había levantado la vista y se había encontrado a Cameron Hollander ahí plantado había estado preocupándose por la reacción de Caden. ¿Por qué no la había advertido su padre? Aunque no estaba muy segura de lo que habría podido hacer de haberlo sabido.

—De acuerdo —contestó Caden, y se encogió de hombros. Su expresión parecía despreocupada, pero Makenna sabía que era capaz de enterrar sus auténticas emociones cuando no quería enfrentarse a ellas. Joder, separarse a sí mismo de sus emociones había sido su única estrategia para sobrevivir a la pérdida de su familia, así que era un experto—. No pasa nada.

Makenna apoyó la frente en su pecho, le rodeó la cintura con las manos e inhaló su aroma.

—Es incómodo.

Caden se rio entre dientes mientras le acariciaba el pelo.

—Solo porque sigue estando interesado.

Con un gemido, Makenna sacudió la cabeza, todavía confundida por la presencia de Cameron y molesta porque hacía que Caden se sintiera mal. Finalmente, levantó la vista hacia su rostro.

—Bueno, pues yo no estoy interesada en él, por si hace falta que lo diga —declaró. Habían pasado tres años desde su separación, y había superado la ruptura mucho tiempo atrás. Cam había tomado una decisión y Makenna lo había aceptado.

La mirada oscura de Caden la escudriñó durante un momento. Sacudió la cabeza.

—No hace falta, no te preocupes. Aunque si vuelvo a pillarlo mirándote el culo o jugueteando con tu pelo, no me hago responsable de mis acciones —dijo, levantando la ceja del *piercing* con expresión divertida.

Makenna se rio por lo bajo, pero, Dios, de verdad que no quería que nada estropeara su visita o causara que Caden estuviera aún más incómodo. Iba a matar a Ian: su hermano sabía que vendría con su novio. ¿Qué diablos se le había pasado por la cabeza?

—¿Te gustaría que te contara cómo...?

El pomo de la puerta se agitó.

—¡Ocupado! —dijo Makenna.

—De acuerdo —contestó la voz de Ian.

—Vamos a ayudar con la mesa —dijo Caden—. Ya hablaremos luego.

Makenna asintió, y quedó encantada cuando Caden se inclinó y le dio un beso largo, lento e intenso, lleno de calor, pasión y lengua. Desde la primera vez que se habían besado, en la oscuridad del ascensor, sus habilidades la habían dejado hechizada.

—Perdona, ¿de qué estábamos hablando? —preguntó en un susurro cuando se apartó.

La sonrisa que le dedicó sacó a relucir sus hoyuelos.

—No lo sé, pero sabes a manzana y canela.

—Es por la sangría que he preparado. Deberías probarla.

—Así lo haré —dijo. Apoyó una enorme mano en la nuca de Makenna y volvió a besarla. Un beso a fondo, explorándola—. Mmm, sí que sabe bien —dijo con la voz ronca.

—Dios, podría pasarme todo el día besándote así —susurró.

La sonrisa descarada que apareció en su rostro rebosaba satisfacción masculina.

—¿No me digas? —preguntó. Le guiñó un ojo, se volvió y abrió la puerta.

Por el pasillo, se cruzaron con Ian.

—¿En serio estabais juntos en el baño? —preguntó.

Makenna lo fulminó con la mirada, sin perdonarle su actitud para con Caden en la sala de juegos.

—¿En serio has traído a mi exnovio a la cena de Acción de Gracias?

—Es mi mejor amigo —replicó Ian, pasando de largo. Cierto, pero hacía muchos años que Cameron no celebraba nada con ellos. Cuando eran pequeños, era habitual que Cam pasara tiempo en casa: a la hora de comer, en fiestas de pijamas, e incluso durante las vacaciones. Pero no había ocurrido desde antes de su ruptura.

Cuando su hermano se encerró en el baño, se volvió hacia Caden.

—Lo siento. No sé qué le pasa.

Aunque, en cierta manera, no le sorprendía que fuera Ian el que le diera problemas con Caden. Puesto que Patrick le sacaba tantos años, Makenna siempre lo había idolatrado, y este se había comportado como un fantástico hermano mayor: siempre se habían llevado bien. Y como Collin era el más joven y, en general, la persona más relajada del mundo, nunca habían tenido grandes conflictos. Pero Ian y ella, los dos hermanos medianos, discutían por cualquier cosa, de toda la vida.

—Supongo que es una cuestión de lealtades —contestó Caden, dándole un beso en la coronilla—. No te preocupes más.

—De acuerdo —dijo. Fueron a la cocina y encontraron a su padre sacando el pavo del horno—. ¿Cómo podemos ayudar?

—Collin y Shima han empezado a poner la mesa, id a ver si necesitan algo. Si no, podéis ayudarme a servirlo todo. Estaremos listos para comer en unos veinte minutos. Solo tengo que preparar la salsa de la carne.

—Está bien —contestó Makenna, y se llevó a Caden al salón en el que comían cada vez que la familia entera se juntaba. Collin y Shima estaban colocando los platos y los cubiertos alrededor de la gran mesa—. Espera, falta el camino de mesa de mamá.

—Ah, mierda —dijo Collin—. Lo siento.

—No pasa nada —replicó Makenna, yendo hacia el aparador con puertas de cristal que había contra la pared del fondo. Encontró la tela decorativa en el armario de abajo—. Tras la muerte de mi madre, mi padre siempre hizo un esfuerzo por compartir con nosotros las tradiciones que habían sido importantes para ella. Este camino de mesa lo hizo mi abuela, que se lo regaló a mi madre; al parecer, tenía la costumbre de usarlo cada Día de Acción de Gracias. —Desdobló el largo rectángulo de tela, que estaba decorado con bordados de hojas, calabazas y bellotas—. Nos gusta seguir usándolo.

Caden la ayudó a colocarlo a lo largo de la mesa, entre los platos que Collin ya había puesto.

—Es precioso —dijo Shima—. Es muy bonito que sigáis honrándola de esta manera.

—Sí —contestó Makenna—. Collin y yo éramos demasiado pequeños para recordarla, así que está bien tener cosas como esta —dijo, encogiéndose de hombros—. Siempre he pensado que, ya que no puedo tenerla a ella, al menos puedo conservar las partes de su personalidad que están a mi alcance. No sé.

Caden le pasó un brazo por los hombros y la atrajo hacia sí.

—Shima tiene razón. Es un gesto muy bonito.

La dulzura de sus palabras le colmó el pecho de amor. Dios, cómo adoraba a ese hombre.

Enseguida terminaron de poner la mesa, y ambos regresaron a la cocina para ayudar con el resto de la comida. Makenna llenó las bandejas y los boles de servir de uno en uno, y Caden fue llevándolos a la mesa.

A lo largo de los dos últimos meses habían cocinado un millón de platos los dos juntos, pero había algo especial en ocuparse de la cena en su hogar de infancia. Ayudaba a Caden a sentirse como uno más de la familia, aunque para Makenna ya lo era. Por fin, el pavo estuvo cortado, la salsa estuvo lista, y llegó la hora de cenar. Su padre los llamó a todos a la mesa.

Mike y Patrick ocuparon las cabeceras de la mesa, y Collin, Shima e Ian se sentaron en uno de los laterales. Cameron fue hacia la silla del medio del otro lado, que lo pondría entre Caden y ella. Ni hablar.

—Oye, Cam, ¿te importaría pasarte a la otra silla para que Caden y yo podamos sentarnos juntos? —preguntó. No le gustaba que Cameron la hubiera obligado a pedírselo. No estaba segura de qué se

164

traía entre manos con su visita, pero Makenna no quería entrar en su juego, fuera el que fuese.

—Claro —contestó este, cambiando de asiento.

—Adelante —dijo Caden, apartando la silla del final para ella. Ahora sería él el que estaría sentado en medio.

Makenna disimuló su sonrisa y se sentó junto a su padre, con Caden al otro lado. Un punto para Caden.

Su padre tomó las manos de los hijos que tenía al lado, y todos siguieron su ejemplo. De repente, sentada ante la cena de Acción de Gracias, dando la mano a los dos hombres más importantes de su vida, se le hizo un nudo en la garganta y se sintió abrumada por la gratitud y la felicidad. Su padre bajó la cabeza.

—Gracias, Señor, por satisfacer nuestras necesidades y bendecirnos con esta comida. Te agradecemos la presencia de cada persona que esta noche comparte la cena con nosotros. Rogamos porque el ajetreo de la vida diaria nunca logre que nos olvidemos de dar las gracias, de ver todo lo bueno que esta vida nos ha brindado: nuestra familia, nuestros amigos, nuestros hogares, nuestra salud, nuestro trabajo. Y rogamos porque los menos afortunados tengan todo lo que necesitan en este Día de Acción de Gracias, y porque podamos seguir aportándoles nuestra ayuda y mejorando sus vidas. Amén.

—Amén —repitieron todos.

Makenna le dedicó una sonrisa a Caden y le apretó la mano ligeramente antes de soltarlo. Lo que más agradecía en ese momento era haber tenido la increíble suerte de haberse quedado atrapada en ese ascensor, porque no podía imaginarse su vida sin él. Su generosidad silenciosa, su altruismo, su instinto de protección, su sarcasmo, la manera que tenía de mirarla con adoración, lo fantásticamente bien que encajaban sus cuerpos... ¡Había tantas cosas que querer en él!

En un instante, se llenaron los platos y todos empezaron a comer. Makenna ya estaba apurando su segunda copa de sangría, y el calor de la bebida empezaba a recorrerle el cuerpo.

—Está todo riquísimo, Mike —dijo Caden. Un coro de asentimiento se alzó alrededor de la mesa.

—Shima —dijo Makenna—. ¿De dónde eres?

—Crecí en Nueva York —contestó—, aunque mi madre es de Japón. Conoció a un marine estadounidense, se enamoró, y yo soy el resultado.

Makenna sonrió. Aquella mujer le caía estupendamente, y se alegraba mucho por Collin.

—¡Qué romántico! Los hombres uniformados son difíciles de resistir.

—Vaya, gracias —dijo Patrick.

Makenna puso los ojos en blanco, pero se echó a reír.

—No estaba pensando en ti, precisamente —replicó. Le guiñó un ojo a Caden, que le dedicó una sonrisa pícara. Aunque su uniforme no fuera el más sofisticado del mundo, le daba un aspecto de lo más sexi, sobre todo porque sabía que se dedicaba a ayudar a las personas y a salvar vidas mientras lo llevaba puesto.

Patrick señaló a Caden con el tenedor.

—Justo el año pasado relajaron la normativa sobre los tatuajes en nuestro departamento —dijo—. Antes no estaba permitido tenerlos a la vista. Ahora puedes tener uno visible en cada brazo. ¿A ti te han dado problemas con eso?

Caden sacudió la cabeza.

—En Arlington no hay ninguna norma sobre los tatuajes. Aunque, en cualquier caso, la mayoría de los míos quedan tapados.

—Tu dragón es precioso —dijo Shima—. Siempre he querido hacerme un tatuaje.

A Makenna le dio un pequeño vuelco el estómago y decidió que era el momento de anunciar su decisión. Al fin y al cabo, tarde o temprano tendría que contárselo a su familia.

—Yo voy a hacerme uno.

De repente, se hizo el silencio en la mesa.

—¿En serio? ¿Qué vas a tatuarte? —preguntó Shima, sin percatarse todavía de que los James estaban mirando a Makenna como si tuviera tres cabezas, y a Caden como si la hubiera aficionado a beber sangre de murciélago. Nadie en la familia tenía tatuajes.

Makenna echó un vistazo a su padre, que había adoptado una expresión neutral. Aunque probablemente le estaba costando un esfuerzo.

—Un árbol genealógico celta con nuestras iniciales. Quiero un diseño que signifique algo para mí, y no hay nada más importante para mí que las personas aquí sentadas.

La mirada de su padre se llenó de ternura y Makenna supo que se lo había ganado.

—Bueno, piénsatelo bien —dijo su padre—. Pero tu idea me parece bonita.

—Gracias —contestó.

—¿Por qué quieres un tatuaje? —preguntó Ian, con un retintín que sugería que estaba convencido de saber la respuesta.

—Porque me gustan.

—¿Desde cuándo? —insistió.

Makenna lo fulminó con la mirada y sopesó la posibilidad de tirarle un panecillo a la cabeza. Pero sería un desperdicio terrible de panecillos. Quizá tuvieran veintisiete y veinticinco años, respectivamente, pero todavía eran perfectamente capaces de sacarse de quicio el uno al otro, como si jamás hubieran superado los doce años.

—Desde hace tiempo. Es solo que no se me había ocurrido algo que quisiera tatuarme hasta ahora.

—El departamento de policía está lleno de gente tatuada —dijo Patrick. Makenna hubiera querido darle un abrazo por aquella muestra de apoyo—. Hoy en día no es nada fuera de lo común.

—Mi padre tiene unos cuantos tatuajes —dijo Shima—. Muchos de ellos son de temática militar, como ya os podéis imaginar. Iniciales de compañeros caídos. Algunos son muy conmovedores, es impactante pensar que fueron tan importantes para él que decidió conmemorarlos en su propia piel.

Makenna asintió. Los tatuajes de Caden eran parecidos. Tenía una rosa amarilla en el pecho en honor a su madre y, en los hombros, «jamás te olvidaré» escrito en caracteres chinos y el nombre de Sean. El dragón que lucía en el antebrazo y en la mano le recordaba que tenía que enfrentarse a sus miedos, para poder vivir la vida que había sido arrebatada a Sean, entre otras cosas. El accidente lo había marcado por dentro y por fuera.

—Me apetece más sangría. ¿Alguien necesita algo de la cocina? —preguntó Makenna.

—A mí me gustaría probarla —dijo Shima. Collin y su padre también quisieron un poco.

—Voy a ayudarte —dijo su padre, levantándose.

Makenna tomó su copa, se puso en pie, y dio un pequeño apretón en el hombro a Caden antes de alejarse. Lo que quería de verdad era darle un beso, pero no quería incomodarlo delante de todo el mundo.

En la cocina, su padre la tomó del brazo.

—¿Cómo llevas la presencia de Cameron? No sabía que Ian lo había invitado hasta que se han presentado en la puerta —dijo, casi susurrando.

—No pasa nada —contestó—. Lo nuestro ya hace tiempo que es historia, en cualquier caso.

Y era la verdad. Hacía mucho tiempo que no pensaba en Cameron.

—Siento no haber dicho nada antes de que bajarais a la sala de juegos. No quería preocuparte delante de Caden —añadió, sacudiendo la cabeza.

Makenna se puso de puntillas y le dio un beso en la mejilla a su padre.

—No te preocupes, papá. En serio.

Sirvieron las bebidas de todo el mundo y las llevaron a la mesa.

—¿Necesitas algo? —preguntó Makenna, inclinándose hacia Caden.

Este negó con la cabeza.

—Ya tengo todo lo que necesito —contestó, y la mirada que le dedicó le comunicó que no estaba hablando de la comida.

La conversación fluía alrededor de la mesa. Sobre su tía Maggie, que había sido una figura maternal para Makenna cuando era pequeña (este año no cenaba con ellos porque se había ido de crucero con un grupo de amigas). Sobre las pinturas de su padre, una afición que había tenido desde que Makenna recordaba. Sobre el trabajo de Cam y a qué hospital esperaba ir cuando se terminara su periodo de residencia. Sobre los trabajos de fin de máster de Collin y Shima. Y sobre mucho más. La charla continuaba, animada y amigable, y Makenna agradeció que Caden se hubiera integrado tan bien en aquel grupo de desconocidos. Sabía que no le resultaba fácil.

—De acuerdo, muchachos —dijo su padre—. Id a desabrocharos los pantalones y a descansar los estómagos un rato, yo me ocupo de despejar la mesa y servir el postre.

Todos se echaron a reír.

—Deja que te ayudemos, papá. Tú ya has cocinado —dijo Makenna.

—Bueno, no voy a discutir —contestó, guiñándole un ojo.

Todos colaboraron en quitar la mesa. Patrick y su padre se concentraron en empaquetar todas las sobras, y Collin y Shima pusieron los platos de postre. Ian sacó la basura de la cocina, que estaba a punto de estallar, al contenedor.

—¿Yo les paso un agua y tú los metes en el lavavajillas? —preguntó Caden, colocándose delante del fregadero. Makenna asintió con una sonrisa. Esa era su rutina en casa, y adoraba ver que Caden no dudaba en hacer lo mismo en casa de su padre—. ¿Qué? —preguntó, pasándole un plato sucio.

Makenna se limitó a sonreír.

—Nada, Buen Sam.

Caden puso los ojos en blanco, pero su expresión revelaba la alegría que sentía. No era algo que viera muy a menudo, y le encantaba.

—Caramba, mira —dijo, haciendo un gesto de cabeza hacia la ventana.

—Vaya, está nevando —dijo Makenna. Solo había caído lo suficiente como para espolvorear las ramas y la hierba. La nieve todavía no estaba cubriendo el asfalto, pero, aunque fuera el caso, iban a quedarse hasta el sábado. Las nevadas eran particularmente agradables cuando uno no tenía que conducir—. ¿Sabes cuánto va a nevar, papá?

—Un par de centímetros y ya está. Lo justo para decorar el paisaje —contestó, guiñándole un ojo.

—Este ha sido el mejor Día de Acción de Gracias que he tenido en mucho tiempo —dijo Caden, secándose las manos tras terminar con los platos—. Gracias por permitirme formar parte.

Aquello le derritió el corazón a Makenna. Deseaba con todas sus fuerzas que Caden disfrutara. Solía celebrar las ocasiones especiales en la estación de bomberos o con sus amigos, a veces, pero hacía muchos años que Caden no pasaba una fecha señalada rodeado de su familia. Y, con lo bien que se llevaba Makenna con la suya propia, aquello le rompía el corazón. Todo el mundo necesitaba a alguien con quien contar incondicionalmente, y ella quería proporcionárselo. Y a su familia también.

Su padre le dedicó una amplia sonrisa a Caden.

—Me alegro de oírlo, Caden. Pero todavía no hemos terminado.

—La mesa está lista —dijo Collin—. Sobredosis de azúcar disponibles en tres, dos, uno...

—Eso si el triptófano no hace que nos suba la serotonina antes —indicó Cam.

—En cualquier caso, dentro de una hora estaremos todos muertos de sueño —dijo Patrick, dando una palmada en la espalda a su padre. Volvieron a sentarse alrededor de la mesa del comedor, listos para disfrutar de una variada selección de postres que incluía el pastel de calabaza de Makenna, otra tarta de calabaza, una de manzana, y un pastel de zanahoria hecho por Shima.

—En serio, es imprescindible que pruebe un pedazo de cada cosa —dijo Makenna.

—Gracias a Dios, no quería ser el único —contestó Caden, sirviéndose un pedazo del que ella había hecho.

La comida circuló por los platos y la conversación siguió fluyendo, e incluso Ian parecía haber dejado de meterse con Caden y ella. Así que Makenna por fin se permitió relajarse y disfrutar de la visita. Su hombre estaba comportándose perfectamente, como ya había sabido que sucedería, y su familia lo había aceptado con los brazos abiertos. Tal como le había dicho antes. No había motivos para preocuparse.

Capítulo 5

De pie en su habitación de la infancia, Makenna se puso su sudadera enorme favorita, ya que tenía frío tras haber pasado varias horas viendo películas en el sótano con los demás. Si Cameron no estuviera presente se pondría el pijama, porque ya era tarde, pero le parecía un gesto demasiado cercano, teniendo en cuenta su pasado.

¿Qué estaba haciendo allí? ¿Qué se traía entre manos? Había pasado el día entero sintiendo cómo la miraba, cómo la observaba, cómo intentaba cruzar miradas con ella. Y ella había dedicado el día entero a no hacerle caso y a quedarse junto a Caden, con la esperanza de no dar pie a Cam para entablar una conversación. A lo largo de los últimos años, le había enviado algún que otro correo electrónico y mensaje de texto, y de vez en cuando se enteraba de cómo le iban las cosas porque Ian lo mencionaba en alguna reunión familiar, pero no habían mantenido el contacto. Y a ella le parecía bien.

Se quitó las botas, se cepilló el pelo y salió al pasillo. Cuando dobló la esquina para bajar al piso de abajo, el corazón le dio un vuelco.

—Hola —dijo Cam, casi en lo alto de las escaleras.

—Hola —respondió Makenna, esperando a que pasara para poder bajar.

—¿Podemos hablar un momento, por favor?

El sonido de una alarma resonó por su cabeza. Sus últimas conversaciones como pareja no habían sido agradables. No sabía lo que pretendía ahora, pero no le apetecía nada descubrirlo.

—No sé.

—Vamos, Makenna, ¿por favor?

Le dedicó La Mirada, aquella que en el pasado había hecho que se derritiera.

Lo observó durante un momento. Tenía unos rasgos clásicos, atractivos al estilo estadounidense: el pelo rubio, los ojos azules, la mandíbula cuadrada que volvería loca a cualquiera; vestía un jersey de cachemira de cuello de pico sobre una camisa azul que le resaltaba los ojos. Hubo una época en la que Makenna consideraba que no podía existir alguien más guapo, y su cerebro y ambición la habían atraído tanto como su aspecto. Por no hablar de la larga relación que tenía con la familia, porque conocía a Cam desde que su edad constaba de una sola cifra.

Suspirando, asintió.

—De acuerdo. ¿De qué quieres hablar?

Cameron indicó la puerta de su habitación.

—¿Crees que podríamos charlar en un lugar un poco menos público?

—Prefiero hablar aquí —replicó, cruzándose de brazos. Se sentía víctima de una emboscada, y estaba bastante irritada con Cameron e Ian por haberle tendido una trampa. Porque no sabía qué quería, pero estaba claro que aquella conversación era el motivo por el que Cam había pasado el día con ellos. Se lo decía su instinto.

—Bueno, de acuerdo —contestó Cameron—. Veamos... El caso es que... —Se rio por lo bajo—. Lo tenía todo planeado, pero ahora que te tengo aquí delante me he quedado sin saber qué decir, como un adolescente.

La autodenigración pretendía encandilarla, igual que la expresión avergonzada que había adoptado, pero todo aquello solo confirmaba su alarma inicial.

Cameron le dedicó una sonrisa.

—Te echo de menos. Eso es lo primero que quiero decir. Te echo de menos, y ahora sé que cometí un error gravísimo cuando no acepté la plaza en Washington —declaró. A Makenna le pareció que el estómago le daba un vuelco y el suelo se movía bajo sus pies—. De hecho, supe que había sido un error casi de inmediato, pero era demasiado inmaduro y orgulloso para admitirlo, y me daba demasiado miedo pedirte otra oportunidad.

«No. Nonono.»

—Cam...

—Por favor, déjame terminar —dijo, ladeando la cabeza—. Sé que no me lo merezco, pero te lo pido por favor.

Con el pulso acelerado, Makenna asintió. Aunque sentía vagamente que la segunda porción de tarta de manzana que se había comido a escondidas una hora atrás podía volver a aparecer en cualquier momento. Ya no albergaba ningún sentimiento por él, pero oír a alguien a quien una vez amó decir esas cosas no era fácil.

—He madurado y he estado pensando mucho en lo que quiero de la vida. Ser médico residente en un lugar prestigioso sigue siendo importante para mí, pero no tanto como el poder compartir mi vida con una persona a la que amo. Contigo, lo podría haber logrado. Lo debería haber logrado. Y sigo deseándolo. Contigo —dijo, con una mirada de determinación.

—Cameron, ahora estoy con otra persona —contestó. Sentía las tripas revueltas ante la sorpresa de aquella conversación. Ni en un millón de años habría imaginado que eso era lo que quería.

—Ya lo sé —dijo—. Y lo siento. Por eso tenía que hablar contigo ahora, antes de que lo vuestro se convierta en algo serio. Solo lleváis dos meses juntos. Nosotros nos conocemos desde hace veinte años. Fuimos pareja durante tres. Y ahora mismo estaríamos casados, si no hubiera sido un imbécil egoísta y tozudo.

—Lo de Caden ya es serio —dijo Makenna, sintiendo que las paredes daban vueltas a su alrededor. Unos años antes, hubiera dado cualquier cosa por oírle pronunciar aquellas palabras. Pero era demasiado tarde. Lo había dejado atrás. Cameron ya no importaba, ahora estaba Caden—. Tú y yo también hemos pasado tres años separados. Las cosas han cambiado.

Cam dio un paso hacia ella.

—Lo que siento por ti no ha cambiado. O quizá sí, quizás ahora es más intenso. Tengo muchas posibilidades de conseguir una plaza en Washington cuando termine mi contrato en Filadelfia. Quiero intentar conseguirla y mudarme al D. C. Quiero estar contigo. Quiero que volvemos a empezar y que construyamos la vida que deberíamos haber tenido.

—No me estás escuchando...

—Sí que te escucho. Y te comprendo. Crees que tienes una relación seria con ese tipo. Pero lo vuestro es un instante comparado con el tiempo que nosotros hemos pasado juntos. Si accedieras a intentar...

Makenna retrocedió, alejándose de su intensidad, de su tacto, de esas palabras que la atormentaban por lo irrelevantes que eran. Años atrás, habrían tenido un significado enorme. La situación estaba impregnada de tristeza. Profundamente.

Cameron avanzó, no queriendo alejarse de ella.

—Por favor, inténtalo. Dame una oportunidad —insistió. Se sacó algo del bolsillo. El estuche de un anillo—. Todavía lo tengo —dijo, abriendo la tapa de terciopelo y revelando un espectacular diamante de corte esmeralda montado en un anillo precioso. Makenna se acordaba de lo fantástico que había quedado en su mano—. Daría lo que fuera para ganarme una manera de volver a entrar en tu corazón, por volver a tener la oportunidad de oírte decir que quieres casarte conmigo.

Tragando saliva para aliviar el nudo que tenía en la garganta, Makenna cerró el estuche que Cameron sostenía.

—Cameron, te agradezco que me hayas dicho todo esto, de verdad. Pero mi vida ha seguido adelante sin ti. Tomaste una decisión, y yo tomé otra. Han pasado tres años. Puede que Caden y yo no llevemos demasiado tiempo juntos, pero eso no significa que lo que siento por él sea menos intenso. No puedo desconectar mis sentimientos por él y, aunque pudiera, no querría hacerlo —dijo. No quería herir a Cameron y, de hecho, odiaba saber que sus palabras le harían daño, pero había dejado pasar demasiado tiempo. Joder, no era culpa suya.

Cam envolvió las manos de Makenna con las suyas.

—No digas que no. Por favor. Simplemente, piensa en lo que te propongo. Puedo esperar. Esperaré todo el tiempo que necesites para aclararte las ideas.

La desesperación había deformado sus atractivos rasgos en una expresión torturada que nunca antes le había visto, y Makenna comprendió que estaba siendo completamente sincero. Lo cual significaba que era cierto que había madurado desde su ruptura.

Le dolía pensar en lo que podría haber pasado.

—No creo que me haga falta pensármelo, Cam.

—Te esperaré, Makenna. Porque te quiero —dijo. Se encogió de hombros, rendido—. Te he querido durante tantos años de mi vida...

Ella misma había pronunciado aquellas palabras una vez, pero ahora, cuando pensaba en el amor, era el rostro de Caden el que aparecía en su mente. El tacto de Caden. Los ojos de Caden.

—¿Dónde estabas hace tres años? ¿O dos, incluso?

Cameron sacudió la cabeza.

—Perdido, está claro. Tú piénsatelo y ya está, ¿de acuerdo?

Makenna encorvó los hombros. No quería pelearse con él. No quería hacerle daño. Y no quería fastidiar el Día de Acción de Gracias. ¿Qué se suponía que debía decir?

—De acuerdo —soltó entonces, esbozando mentalmente el correo electrónico que le mandaría para decirle que lo suyo no tenía esperanza.

Tomó aire para seguir hablando y, de repente, Cameron invadió su espacio personal y juntó los labios con los suyos. Makenna quedó tan anonadada que tardó un instante en comprender lo que había pasado.

Se apartó de golpe y lo fulminó con la mirada.

—Ni se te ocurra. ¿Sabes qué? No me hace falta darle vueltas a todo esto. Ya te he dicho lo que pienso. Ahora estoy con Caden, y no tengo ni la más mínima intención de dejarlo solo porque hayamos charlado un rato.

Cameron levantó las manos.

—Lo siento. Lo siento mucho. Lo comprendo. Pero es que... es que te echo de menos.

—Tengo que volver —espetó Makenna y, sin añadir nada más, lo rodeó y se marchó escaleras abajo.

Entonces se encerró en el baño del vestíbulo, apoyó la espalda contra la puerta y se cubrió la boca con la mano. ¿Qué diablos acababa de pasar?

✳ ✳ ✳

—De acuerdo —había dicho Makenna. Y con esas dos palabras, el mundo entero de Caden se vino abajo.

Salió huyendo del lugar en el que había estado, cerca del pie de las escaleras; había estado allí porque había querido encontrar a Makenna para preguntarle si le apetecía algo de comer, porque él iba a hacerse un bocadillo de pavo. Había oído la conversación que había mantenido con Cameron de principio a fin. El tipo la echaba de menos, seguía enamorado de ella y quería que volvieran a ser pareja; en fin, nada que no hubiera revelado con su comportamiento, ¿verdad?

Avanzando por la ruta más corta posible, se alegró de que los demás estuvieran en el sótano. Cruzó la cocina y la puerta trasera y se dirigió a su Jeep, solo para tener un poco de espacio, para escapar, para encontrar un lugar en el que todavía hubiera oxígeno. En la calle, apoyó ambas manos en el capó del vehículo, sin importarle que hubiera nieve, o que el frío húmedo hubiera causado inmediatamente que le dolieran los dedos.

Como si todo esto no fuera suficiente, acababa de descubrir que Makenna había accedido a casarse con ese tipo. Que ya estarían casados si Cameron no hubiera metido la pata. Caden no conocía todos los detalles, pero no importaba. Lo que importaba era que Makenna había amado a Cameron lo suficiente como para querer construir una vida con él. Una vida con un hombre que era el polo opuesto de Caden en todos los sentidos: con un trabajo prestigioso, mientras él tenía un trabajo cualquiera; acaudalado, mientras él sencillamente llegaba a fin de mes; de atractivo clásico, mientras Caden tenía una apariencia difícil; encantador y seguro de sí mismo, mientras él era torpe y siempre se sentía incómodo.

Cameron era el tipo de hombre por el que Makenna se sentía atraída a la luz del día. La oscuridad del ascensor había sido la salvación de Caden, porque les había permitido conocerse sin las ideas preconcebidas que crean las apariencias. Y él se había asegurado de que su apariencia transmitiera ciertos mensajes, ¿a que sí? Pero una vez la conoció en la libertad de la oscuridad, no había querido que resultara asqueada al verlo. No había querido que su apariencia la desalentara.

Y, milagrosamente, Makenna no había quedado horrorizada. Todavía le parecía oírla cuando dijo «absolutamente magnífico» aquella noche. El recuerdo todavía le quitaba el aliento y le aceleraba el pulso. Pero si Cameron era el tipo de hombre con el que había accedido a casarse, aquello demostraba que su atracción por Caden no era más que casualidad. Al menos, no era lo habitual en ella. ¿No era así? ¿Acaso importaba?

Quizá no. O, al menos, no debería importar.

Pero le hacía dudar, por enésima vez desde que habían empezado a salir, si era lo bastante bueno para ella, si era lo que ella necesitaba. Pensaba que había logrado superar lo peor de esos pensamientos, porque sabía que no eran más que producto de su pasado, de sus ansiedades y de sus putos miedos. Pero el ver un posible futuro alternativo para Makenna con tanta claridad le había llegado a lo más hondo del pecho, y del cerebro, y del corazón, y había sacado a la superficie todas sus inseguridades.

Todas ellas.

Dios mío.

«Respira, Grayson. Respira y punto, joder.»

Apoyó las manos húmedas en las rodillas, agachó la cabeza y contó atrás desde diez. «Diez. Inspira hondo, espira. Nueve. Inspira hondo, espira. Ocho. Si imaginar a Makenna con otro hombre ya duele así, ¿qué pasará si la pierdo? Siete. Inspira hondo, espira. Seis.

He perdido a todo el mundo, ¿por qué iba ella a ser diferente? Cinco. Inspira hondo, espira. Cuatro. Ahora mismo es tuya, concéntrate en eso. Tres. De acuerdo, de acuerdo. Dos. Inspira hondo, espira. Uno. Inspira hondo, espira.»

Joder, seguía sintiendo la misma presión en el pecho.

Volvió a contar atrás desde diez, pero esta vez bloqueó los comentarios tóxicos que le corrían por la cabeza.

Cuando terminó, se incorporó y estiró el cuello y los hombros. Makenna solo había accedido a pensar en lo que Cameron le había dicho. No había accedido a volver con él, y había dejado muy claro que tenía una relación seria con Caden. «Concéntrate en eso.» De acuerdo. Vale.

Pero oír los ecos de la declaración de amor en su cabeza solo añadía otra capa de estrés a la situación. Porque aquel imbécil se lo había vuelto a decir a Makenna, mientras que Caden no había logrado pronunciar las palabras ni una sola vez.

De hecho, la perspectiva de pronunciarlas lo dejaba pálido de miedo. Porque parecía que era tentar la suerte. «¡Eh, relámpagos! ¡Dejad que os indique qué es lo que me importa para que podáis destrozarlo!»

El pasado. Ansiedades. Putos miedos. Ya lo sabía.

Pero saberlo no cambiaba lo que sentía.

Lo cual lo llevaba de vuelta a considerar si, quizá, no era lo bastante bueno para Makenna.

Entonces, ¿qué?

«Basta. Vuelve a la casa y quédate junto a ella. Esa es la manera de no perderla.»

Se pasó la mano por encima de la cicatriz de la cabeza.

—Joder —soltó. Entonces se dio la vuelta y se adentró en la casa de nuevo. Podía controlarse. No había pasado nada, no había cambiado nada. Makenna se lo demostraría.

—Ah, aquí estás —dijo Makenna. Estaba junto a la encimera de la cocina, removiendo una taza de té caliente con una cucharilla—. Te estaba buscando.

—Solo necesitaba un poco de aire fresco —dijo Caden, acudiendo a su lado.

—¿La familia es demasiado? —preguntó con una sonrisa. Lo envolvió en sus brazos—. Oh, estás helado. Más vale que te ayude a entrar en calor —dijo. Apretó su cuerpo contra el de él, le abrazó con fuerza y recostó la cabeza junto a su cuello.

Aquel abrazo era pura vida.

Caden retornó el gesto.

—No creas —dijo, intentando que su voz no sonara ronca—. Tu familia me cae bien. Ha sido un día estupendo —añadió. Y era verdad. Había sido sincero cuando le había dicho a Mike que este había sido el mejor Día de Acción de Gracias que había pasado en mucho tiempo.

—¿Te apetece tomar algo? —preguntó Makenna.

El apetito que lo había inspirado a ir a por un bocadillo de pavo ya había desaparecido.

—No —respondió—. Estoy bien.

—¿Te apetece que nos escabullamos un momento, los dos solos?

No le hizo falta pensárselo demasiado.

—Suena perfecto —dijo.

La sonrisa de Makenna era como un rayo de sol asomando entre las nubes. «¿Ves cómo te mira? Confía en esa mirada, Grayson. Es lo único que importa.»

Makenna lo tomó de la mano.

—Pues ven conmigo.

Capítulo 6

Cuando llegaron a su habitación, Makenna cerró la puerta.

—No es una cama doble, pero espero que no estés demasiado apretado esta noche.

—¿Vamos a dormir juntos? —preguntó, mirando alrededor de la habitación de su infancia. Partes de su juventud seguían colgadas de las paredes de color lavanda y de su espejo. Lazos, fotografías, pósteres de grupos de música. La habitación reflejaba a alguien que había crecido rodeada por el calor de una familia, por la felicidad y la plenitud—. ¿A tu padre no le importa?

Con una risa entre dientes, Makenna sacudió la cabeza.

—Prácticamente vivimos juntos, Caden, cosa que mi padre sabe. Creo que ha deducido que su hija de veinticinco años ya ha mantenido relaciones sexuales. Collin y Shima también duermen juntos.

—Shima es fantástica —dijo, preguntándose si Makenna le contaría lo de la conversación con Cameron.

—La verdad es que sí —contestó con una sonrisa. Entonces se desabrochó los *jeans,* se los bajó y se los quitó, con lo que se quedó allí de pie, vestida con una enorme sudadera roja y azul desteñida de la Universidad de Pensilvania, que justo alcanzaba para cubrirle la ropa interior—. Tú también deberías desvestirte —dijo, acercándose a él y poniéndose manos a la obra con los botones de su camisa.

Un botón, y otro, y otro, y de repente estaba quitándole la camisa y dejando su piel expuesta.

A Makenna se le escapó un pequeño gemido y le dio un beso en el centro del pecho.

—Es como desenvolver un regalo.

Dibujó una línea de besos y lametones de un pezón a otro.

—Joder, Makenna —susurró Caden—. ¿Qué haces?

—Saborearte —contestó.

Su réplica le prendió fuego al cuerpo. Se puso duro en un instante.

—No podemos hacerlo aquí —dijo, aunque sus manos habían volado a la nuca de Makenna, alentándola, guiándola mientras esta seguía besándolo, provocándolo, y volviéndolo loco con su boca.

—Sí que podemos, si no hacemos ruido —replicó. Se arrodilló lentamente y lo desnudó hasta las rodillas. Tomó su pene en la mano y lo sujetó con fuerza, arrancándole un gruñido a Caden—. Llevo todo el día deseándote —susurró, mientras sus labios jugueteaban con su glande, dándole besos ligeros—. Con ganas de tocarte, besarte y abrazarte. Ya no aguanto más.

Le dio un lametón, desde la base hasta la punta. Una, dos, tres veces. Entonces se lo metió en la boca.

Era una sensación tan fantástica que Caden no pudo evitar que las manos se le fueran al pelo de Makenna, hundiéndose entre su cabellera, agarrándola con fuerza. Ella gimió al notar el contacto y empujó, tragándoselo más hondo, hasta el fondo de la garganta. La intensidad de su gesto hizo que le temblaran las rodillas.

Makenna se lo sacó de la boca.

—Túmbate en el suelo.

Estaba demasiado fuera de sí como para debatir si era acertado tener sexo en la casa de su padre. Lo necesitaba. La necesitaba. Necesitaba la conexión y la unión que el acto implicaba. Caden echó el pestillo, se quitó el resto de la ropa y se tumbó sobre la moqueta beis.

Ella también se desnudó, y su preciosa cabellera cobriza se desparramó sobre sus hombros de porcelana, recordándole a un postre de melocotones con nata. Joder, estaba muerto de hambre.

Caden se agarró el rabo.

—Vuelve a metértelo en la boca.

No le hizo falta repetirlo. Makenna se acomodó entre sus piernas y envolvió su miembro con los labios. Empezó a chuparlo lentamente, hasta el fondo, y luego aceleró y sus movimientos se hicieron más superficiales; sus ojos azules le dedicaban una mirada de vez en cuando, una visión erótica como ninguna. Caden necesitaba seguir viendo aquellos ojos, así que le recogió el pelo con un puño para apartárselo de la cara. Usó el agarre para alentarla a ir más rápido, más hondo, más fuerte. Dios, cómo lo ansiaba. Makenna no se hizo de rogar. Hizo todo lo que le sugería y más.

—Joder, Pelirroja, voy a correrme si no paras —susurró.

Se lo quitó de la boca, con los labios hinchados y relucientes.

—Antes quiero sentirte dentro —contestó, trepando por su cuerpo.

Caden buscó sus pantalones con la mano y sacó un condón de su cartera. Se lo puso con las manos temblorosas, desesperado. Entonces agarró a Makenna por las caderas.

—Tómalo todo, Pelirroja. Todo entero.

Las palabras surgieron de un lugar en su interior que estaba en carne viva, herido, tan lleno de anhelo.

—Sí —susurró ella, hundiéndose, empalándose centímetro a centímetro de una forma insoportable—. Dios. Me encanta.

—Joder —gruñó Caden. Todo su cuerpo se moría por darle la vuelta, aplastarla contra el suelo y embestirla hasta que ambos estuvieran chillando, corriéndose y volviéndose locos de placer. Pero necesitaban ser más discretos. Tenía que permitir que Makenna tomara el control. No pudo evitar levantar las caderas cuando la penetró hasta el fondo—. Haz lo que quieras, Makenna. Úsame.

La pelirroja plantó las manos en su pecho y se deslizó sobre su miembro, arriba y abajo; sus jugos lo cubrieron, creando la fricción más deliciosa del mundo. El único sonido en la habitación era el de sus alientos y, a juzgar por la manera en que Makenna ahogó un grito, cerró la boca con firmeza y frunció el ceño, a ella también le estaba costando mantenerse en silencio.

—Joder, Caden —suspiró.

Sus miradas se encontraron, ansiosas y llenas de deseo. Caden se aferró a las caderas de Makenna y guio sus movimientos, cambiando de ritmo: adelante y atrás sobre el pene, para estimularle el clítoris contra su cuerpo.

—Quiero que te corras sobre mí.

—Oh, sí —dijo, sin aliento, y su expresión mostraba tal anhelo que era casi una agonía. Su mirada recorrió su precioso rostro, sus pechos, meciéndose, y el pelo rojo entre sus piernas que hacía cosquillas a su vientre.

—Ven aquí —dijo Caden, colocándola contra su pecho. Le pasó un brazo por la parte baja de la espalda y otro por la nuca, atrapándola en aquella postura; entonces tomó control de sus movimientos, restregándose contra su clítoris con fuerza, con el rabo todavía clavado en su interior—. Me encanta estar dentro de ti —susurró—. Tan cerca de ti.

—Me corro. Me corro —gimió ella.

Caden le tapó la boca con los labios y se la llenó con la lengua. El cuerpo entero de Makenna se estremeció con el orgasmo, intentando zafarse de sus brazos. Caden la sujetó con firmeza y se tragó el gemido que escapó de su garganta mientras su ella lo estrujaba con fuerza, empapándole el rabo y las pelotas con su placer.

Los músculos de Makenna se relajaron y esta exhaló lentamente.

—Joder —soltó—. Ahora te toca a ti. Quiero sentir como te rompes en mil pedazos. ¿Cómo te apetece?

—Túmbate bocabajo —dijo. La necesidad y el deseo todavía le recorrían las venas—. Te prometo que no haré ruido.

Cambiaron de postura, y Caden se colocó sobre ella. Guiando el pene con la mano, la penetró desde atrás. Mientras se hundía más y más, se tumbó sobre su cuerpo, cubriéndola de pies a cabeza, de manera que todo el cuerpo de Caden tocaba todo el cuerpo de Makenna.

—Dios mío, me encanta —susurró ella—. Me encanta tener tu peso encima. Me encanta sentirme así de llena.

Sus palabras fueron como lametazos sobre la piel.

—Voy a follarte hasta el fondo, Pelirroja —le murmuró al oído, clavándole las caderas en las nalgas con un gesto repentino—. Hasta el puto fondo. —Apoyó los brazos bajo sus hombros y a los lados de su cabeza, para poder maniobrar. Contraía los abdominales con cada embestida, encorvando su cuerpo sobre el de ella en silencio. Hundiéndose cada vez más, más y más. Makenna arqueó la espalda y levantó el trasero—. Joder, sí —dijo, con las pelotas rozando la entrada de ella—. Qué puto placer.

—Caden —suspiró Makenna—. Dios mío.

—Sí. Te las estás tragando entera, ¿a que sí? Tengo la polla metida hasta el fondo.

Pero, por mucho que la penetrara, no le bastaba. Nunca le bastaría. Nunca lograría saciar la necesidad de poseerla, ni aunque viviera mil vidas.

Así de enamorado estaba de ella. La claridad de aquel pensamiento lo sorprendió. Llevaba semanas huyendo de la verdad, evitando examinarla de cerca.

Desechó el pensamiento. Ahora no. Todavía no. No mientras las palabras de otro hombre todavía le daban vueltas por la cabeza. No era capaz de... «Concéntrate en las sensaciones. Por una vez, concéntrate en las sensaciones.»

Caden la agarró con más fuerza, la embistió de nuevo, apretó los dientes para frenar los gruñidos que amenazaban con escapar de su garganta. Masculló susurros en el oído de Makenna, sinsentidos eróticos que lograron que el cuerpo de ella se tensara a su alrededor y que sus pelotas estuvieran a punto de estallar.

—Más rápido —susurró Makenna—. Más rápido y me corro.

—Sí, joder —respondió. Empezó a mover las caderas con más urgencia, el roce de sus pieles ahora más ruidoso. Pero no podía evitarlo, no era capaz de resistirse a sus peticiones. Y Makenna se corrió de nuevo, con un gemido escapando sus labios. Le cubrió la boca con la mano mientras su cuerpo le apretaba la polla. Entonces su propio orgasmo lo aplastó contra ella y estalló. Siguió embistiéndola hasta el fondo, pero lentamente, mientras las oleadas de placer recorrían su cuerpo. No quería que terminara. Jamás—. Santo cielo —gruñó, cuando sus cuerpos por fin se calmaron.

—Me pone un montón oír cómo te corres —susurró Makenna.

—Mierda, ¿he hecho mucho ruido? —preguntó, con la cabeza apoyada contra la suya y el corazón todavía acelerado en el pecho.

—No —contestó ella, y su sonrisa quedó patente en su voz—. Quizá deberíamos dormir aquí mismo. Así, si volvemos a calentarnos, podemos seguir por donde lo hemos dejado.

Caden se rio entre dientes.

—Tienes muchos planes para esta noche, ¿no?

Ella le dedicó una sonrisa descarada.

—¿En lo que a ti respecta? Sí, muchos.

Sus palabras no eran más que bromas inocentes, pero no pudo evitar preguntarse si aquello también era cierto en un sentido más amplio. Si la conversación con Cameron todavía le llenaba la cabeza a él, sin duda Makenna tampoco se habría olvidado todavía. Una parte de él pensó en confesarle que los había oído hablar, pero otra parte quería que fuera ella la que decidiera contárselo. Salió de su interior, se quitó el condón y lo envolvió con un pañuelo de los que tenía en la mesita de noche. Entonces le tendió una mano para ayudarla a levantarse del suelo y la envolvió en sus brazos.

—Feliz Día de Acción de Gracias, Caden. Me alegro tanto de haber podido pasar el día contigo. De todas las cosas que hay en mi vida, espero que sepas que tú eres la que más agradezco.

Caden dejó que sus palabras se asentaran como un bálsamo en las partes de su interior que seguían en carne viva, y aquello ayudó. Pero en sus rincones más oscuros, no pudo evitar preguntarse si lo que su exprometido le había dicho podría cambiar todo aquello.

✻✻✻

Bajo la luz de la mañana, Caden se sintió mejor. Tras el increíble sexo en el suelo, habían dormido la noche entera abrazados, piel contra piel, y la experiencia le hacía sentirse más cercano a ella, más conectado, reafirmado. Había sido ella la que lo había seducido a él. Había sido ella la que había querido acostarse con él. Hoy, se había levantado en los brazos de Caden. Eso era lo que importaba, no lo que quisiera Cameron.

¿Por qué tenía que ser tan fuerte la parte de su cerebro que controlaba los miedos y las ansiedades?

No importaba.

Podía ser más fuerte. Por ella.

Caden se secó al salir de la ducha y se puso ropa limpia, feliz de poder volver a vestir *jeans*. Se sentía más como sí mismo. Pasó la cabeza por el cuello de una camiseta de algodón negro de manga larga, se observó un momento en el espejo del baño, y abrió la puerta para bajar al piso de abajo y reencontrarse con Makenna.

Pero el sonido de una voz masculina pronunciando su nombre hizo que se quedara inmóvil y volviera a cerrar la puerta casi del todo.

—Dijo que lo suyo con Caden iba en serio, pero que lo pensaría. —Era Cameron—. Yo dije lo que tenía que decir. No puedo hacer nada más.

—Caden. —Ese era Ian. Pronunció su nombre con tanto desdén que habría sido lo mismo si hubiera escupido «puto Caden». Las voces le llegaban desde la habitación de Ian, que daba al pasillo justo delante del baño. Caden abrió su puerta un poco más para poder oírlos. Porque si aquellos dos iban a ponerse a cotillear sobre él, pensaba escucharlo todo—. Si la quieres, tienes que luchar por ella. ¿O crees que ese está a su altura? Porque yo no. Y no puedo creer que mis hermanos no piensen lo mismo, la verdad. ¿Tatuajes y la cara llena de *piercings*? ¿Viste cómo la conversación frenó en seco cuando dijo que quería tatuarse? Eso es culpa de este tipo. Menuda influencia de mierda. Makenna se merece algo mejor.

La hostilidad de Ian le sentó como un puñetazo en el estómago, y sus palabras fueron como cortes en los lugares más oscuros de su interior. A Caden le resonaba su propio pulso en la cabeza.

—Estoy de acuerdo. Me mata verla con él. Por todos esos motivos y más. Pero se lo expuse todo. No me callé nada. Si insisto ahora, puede que se cierre en banda —dijo Cameron—. Tengo que dejarle un poco de espacio. Si funciona, esta vez tiene que ser su decisión. Tiene que ser ella la que vuelva a mí.

—Es verdad —dijo Ian, con la voz llena de frustración—. Pero hacíais tan buena pareja. Ya sé que las cosas no terminaron bien, pero Makenna era muy feliz contigo. Quiero que vuelva a sentir esa felicidad. Y tú también. Eres parte de la familia, lo has sido desde hace veinte años. Te mereces estar con ella, y ella merece estar contigo. Me alegro de que al menos hayas tenido oportunidad de hablar con ella.

—Eso sí —dijo Cameron—. Escucha, voy a largarme antes de desayunar. No quiero que la situación con Makenna se vuelva más incómoda, y es obvio que tenerme aquí junto a Caden le está causando estrés.

Caden oyó ruido de pasos, y la puerta del pasillo se cerró.

—Deberías ser tú el que se quedara —dijo Ian.

Caden casi contuvo el aliento. Empujó la puerta para cerrarla tanto como fuera posible sin que llegara a encajar, y siguió escuchando: los pasos y las voces llegaron a las escaleras y desaparecieron. Una vez se hubieron ido, cerró del todo y se recostó contra la puerta. Le dolía la cabeza y sentía un vacío en el pecho. Se pasó la mano por la cicatriz que dibujaba una curva sobre su oreja.

Joder, la reacción de Ian era justo lo que Caden había temido encontrar entre los James. ¿Tenía razón Ian? ¿Acaso Patrick y Collin estaban de acuerdo con él? ¿Estaba Mike horrorizado ante el tipo que su única hija había traído a casa? Caden no había recibido nada más que positividad de los otros James, pero quizá sus percepciones estaban tan jodidas como su cabeza.

O quizás Ian era un hijo de puta y punto. Caden lo entendía, de verdad. Cameron era su mejor amigo de toda la vida e Ian solo quería que fuera feliz. En fin. De acuerdo. Eso era una cosa. Pero ¿que Ian le odiara porque opinaba que Caden no estaba a la altura? Eso era otra.

Era lo que le daba auténtico terror.

Joder.

Justo cuando había logrado superar la ansiedad por la conversación entre Makenna y Cameron.

Toc, toc.

Caden se apartó de la puerta.

—¿Sí? —dijo, abriéndola.

—¡Ahí estás! —La mirada de Makenna le escudriñó la cara, y su sonrisa se desvaneció—. ¿Te encuentras bien?

—Esto, sí. Sí. Justo ahora he terminado de arreglarme —dijo, apagando la luz del baño.

—Papá todavía está preparando el desayuno, ¿podemos hablar un momento? —preguntó.

El corazón le dio un vuelo y la aprensión le llenó el estómago.

—Claro, ¿qué pasa?

Makenna lo tomó de la mano, se lo llevó de nuevo a la habitación. Caden se colocó en medio de la habitación y se cruzó de brazos, preparándose para el golpe.

—¿Seguro que te encuentras bien? —preguntó ella.

—¿De qué quieres hablar, Makenna? —dijo. Las palabras le salieron más bruscas de lo que había pretendido, pero su cordura pendía de un hilo. Un hilo muy fino que empezaba a deshilacharse.

—Ven, siéntate.

—Ya estoy bien —respondió. Se obligó a respirar hondo y permaneció de pie, donde estaba.

Makenna frunció el ceño, y su mirada le recorrió la cara como si estuviera intentando solucionar un rompecabezas.

—Anoche nos dormimos tan rápido que no tuve ocasión de terminar la conversación que empezamos en el baño —dijo. Le dedicó una sonrisa tímida, claramente intentando que Caden reaccionara—. Así que... —Se dejó caer sobre el borde de la cama—. La versión resumida es que, hace tres años, Cameron y yo estuvimos prometidos durante unos cinco minutos. Pero la relación se fue al traste cuando me puso un ultimátum: yo había conseguido el trabajo que quería en Washington, y a él le habían ofrecido una plaza en un hospital de Filadelfia y otra en Washington D. C. Podría haber funcionado.

Oírla hablar sobre la vida que podría haber estado llevando ahora mismo (una vida con otro hombre), era como un peso sobre los hombros. Y el motivo era obvio: estaba hasta las trancas. Enamorado del todo de Makenna. Le gustara o no. Quisiera aceptarlo o no. No importaba que creyera que su relación terminaría en infelicidad para ella o para ambos.

Había pasado catorce años solo, manteniendo las distancias con los demás voluntariamente, evitando las relaciones a propósito, con la excepción de unos pocos amigos cercanos. Se había acostado con mujeres a lo largo de los años, pero se había andado con cuidado y se había alejado de aquellas que parecían querer algo más de él. Aislarse tras un muro había sido su mecanismo de supervivencia cuando su familia quedó destruida, y luego se había convertido en costumbre, una que nunca había intentado romper hasta que conoció a Makenna.

—Pero Cam decidió que la plaza en Pennsylvania era más prestigiosa —continuó, mirando a Caden—. Dijo que, si de verdad lo amaba, permanecería en Filadelfia y me buscaría otro trabajo. Porque las relaciones a distancia no eran lo suyo, así que si yo no me quedaba, lo nuestro no podía continuar. —Makenna agitó una mano—. Tuvimos una pelea enorme. Pero comprendí que Cameron no era el hombre adecuado para mí, porque el hombre adecuado jamás me exigiría que abandonara mis sueños en favor de los suyos, especialmente cuando tenía otra opción fantástica y bastante prestigiosa que nos habría permitido a los dos alcanzar nuestros objetivos. Así que acepté el trabajo, me mudé a Washington, y ahí se quedó lo nuestro.

—De acuerdo —dijo Caden.

—Así ya sabes la historia de fondo —dijo Makenna. Respiró hondo.

—¿La historia de fondo de qué? —preguntó Caden, frunciendo el ceño.

—De la conversación que tuve con Cameron anoche, y que quiero contarte ahora.

Caden tragó saliva. Le costó. Aunque había deseado con todas sus fuerzas que Makenna se lo contara, ahora le daba miedo oír lo que saldría de su boca.

—¿En qué consistió?

—Cameron me pidió una segunda oportunidad —dijo. Sus dedos toqueteaban nerviosamente el dobladillo de su jersey—. Dijo que quiere volver a intentarlo y que todavía me ama. Quería que supieras...

—¿Todavía le amas? —se obligó a preguntar Caden.

Makenna se levantó de un salto y se plantó a su lado. Apoyó una mano en sus brazos cruzados y la otra en su mejilla.

—No. Hace años que no. Le dije que estoy contigo, que lo nuestro es serio, que es demasiado tarde y que ha pasado demasiado tiempo —contestó. Makenna sacudió la cabeza, con la mirada implorante—. Tú eres el único al que... por el que siento algo. Quiero estar contigo, Caden. Por favor, dime que lo sabes.

—¿Estás... estás segura de que no quieres pensártelo? —preguntó. Dar voz a aquella palabra le provocaba náuseas, pero si no se lo preguntaba, seguiría dándole vueltas. Era mejor dejarlo todo dicho. Su ansiedad necesitaba oír a Makenna contestar—. Es cirujano. Podría ofrecerte una vida estupenda. Y conoce a tu familia desde que erais pequeños.

Makenna palideció y frunció el ceño.

—Por el amor de Dios, no quiero pensar en su propuesta. No le quiero a él. Quiero estar contigo. Ya tengo una vida estupenda a tu lado. Caden, —le obligó a bajar los brazos y se pegó a su cuerpo, con ambas manos acariciándole las mejillas—, el único hombre al que quiero eres tú. Tú.

Por un momento, Caden no dijo nada, porque no era capaz. El alivio le hizo un nudo en la garganta y sintió presión en el pecho.

—¿Te acuerdas de la noche en la que nos conocimos, antes de irnos a la cama? Mencioné que se había hecho tarde y pensaste que era una indirecta para que te fueras. —Caden asintió. Aquella noche había sido tan increíble que no había podido evitar pensar que tenía que estropearse de una manera u otra. Había pensado que ese era el momento—. ¿Te acuerdas de lo que dije?

—No me dejaste seguir autocompadeciéndome —contestó. El recuerdo alivió un poco el peso que sentía sobre los hombros.

Makenna sonrió.

—Exacto. Y te dije: «Para evitar más incertidumbre y que las cosas se pongan incómodas: me gustas» —repitió. Caden asintió, sonriendo al recordarlo—. Bueno, pues voy a decírtelo de nuevo. Para evitar más incertidumbre y que las cosas se pongan incómodas: me gustas. Me gustas mucho.

Le clavó una mirada penetrante, con los ojos azules llenos de determinación.

—Mierda. A veces dejo que mis inseguridades piensen por mí, Makenna —dijo, con la esperanza de que así lo perdonara.

Así fue.

—Oh, Caden, ya lo sé, no pasa nada. No quería agobiarte con todo esto, pero tampoco quería mantenerlo en secreto. No me hubiera parecido bien.

Toc, toc.

—¿Sí? —dijo Makenna en voz alta, sin permitirle que se apartara de su abrazo.

Patrick asomó la cabeza por la puerta.

—Dice papá que el desayuno está listo.

—Enseguida bajamos —contestó ella. Su hermano volvió a desaparecer—. ¿Todo bien? —preguntó.

Caden exhaló, y parte de la tensión que lo saturaba desapareció con el aire. Era solo que, tras oír los comentarios de Ian, había estado preparándose para una mala noticia. Pero, en vez de eso, Makenna le había ofrecido honestidad y comprensión, y eso hacía que la amara aún más. No tenía sentido seguir negándolo.

—Sí, lo siento —dijo, sintiéndose como si le hubieran absorbido la energía. La vida era más fácil cuando no tenía que lidiar con todas esas emociones que no dejaban de asaltarlo. Makenna había logrado que se abriera al mundo, y a veces se sentía como un nervio expuesto: demasiado sensible, demasiado vulnerable, demasiado desprotegido.

Pasara lo que pasase, una relación con él jamás sería fácil.

—No lo sientas —dijo Makenna—. Soy yo la que siente que tengas que lidiar con todo esto.

—No, me alegro de que me lo hayas contado —contestó, y era cierto.

A veces su cerebro se quedaba atrapado en un círculo vicioso de negatividad, arrastrándolo cada vez más abajo, y que Makenna dijera todo lo que acababa de decir era la mejor cura para cuando ocurrían estas cosas. Necesitaba sus palabras, igual que las había necesitado la noche en la que se habían quedado atrapados en el ascensor. En aquella ocasión, sus palabras habían evitado que sucumbiera a la claustrofobia. Ahora estaban evitando que Caden entregara un megáfono a sus miedos y les permitiera convencerlo de lo reales que eran. Ambas veces, Makenna lo había apartado del borde del abismo.

—Y, para que quede constancia, a mí también me gustas. Mucho.

Sus sentimientos eran más serios, obviamente, pero se sentía demasiado vulnerable, demasiado tierno como para contemplar la posibilidad de enfrentarse a sus miedos y confesar la verdad.

La sonrisa de Makenna era radiante.

—Es lo mejor que he oído en todo el día —dijo. Apoyó las manos en su pecho—. Escucha, si quieres regresar a Washington, podríamos irnos hoy. Sé que la presencia de Cameron ha hecho que la visita sea más estresante de lo que debiera.

Caden sacudió la cabeza de inmediato.

—No, ni hablar. Estoy disfrutando de la compañía de tu familia.

—La mayoría, al menos—. Y sé que te encanta estar aquí. No quiero que nos vayamos antes de hora.

Ni loco le haría algo así. Sabía que la familia significaba mucho para ella.

—Por ti, me iría.

Aquellos ojos azules llenos de sinceridad lo contemplaron.

Caden sabía hablaba en serio, y era por eso por lo que la quería. Sacudió la cabeza.

—Y yo pienso quedarme por ti.

Capítulo 7

Pese al dudoso comienzo de aquella mañana, Makenna tuvo un día fantástico con su familia y con Caden. El desayuno consistió en una comida tardía en la que devoraron todas las delicias que habían sobrado la noche anterior, y siguió con una tarde de juegos de mesa que provocó muchas bromas y risas. Con la ausencia de Cameron, el ambiente pasó de tenso a relajado, o al menos así se lo pareció a Makenna. Se moría de ganas de enfrentarse a Ian por la invitación de su ex, pero no quería crear más tensiones.

Ya era tarde cuando el grupo entero salió de la última sesión del cine, tras ver una película de acción recién estrenada, con las barrigas llenas de palomitas y comida china (todos se habían mostrado entusiasmados ante la idea de cambiar el menú tras dos días de comer pavo). Sus pies crujían sobre la acera, cubierta de sal de roca y con tramos helados que las quitanieves no habían alcanzado.

El día anterior habían caído diez centímetros de nieve, lo cual no estaba nada mal para Pensilvania. Pero entonces, durante la noche, una lluvia helada había empapado las calles tras el paso de las máquinas quitanieves y la conducción era más peligrosa que el día anterior. Por suerte, a su padre y a Caden no les había importado conducir hasta el cine.

—Id con cuidado, chicos —les dijo su padre, mientras él, Ian, Collin y Shima pasaban de largo el Jeep de Caden y se dirigían hacia el Ford Explorer de su padre.

—Claro —respondió Caden, abriendo la puerta. Makenna se montó en el asiento trasero de un salto para que Patrick pudiera sentarse en el de copiloto.

Bostezando, Makenna se abrochó el cinturón de seguridad y se recostó contra el respaldo, mientras Caden maniobraba para salir del aparcamiento. Siguió al automóvil de su padre a través de la zona de tiendas que había alrededor del centro comercial, y se adentraron en los barrios residenciales, entre los edificios casi rurales que había camino de su casa.

A medida que se alejaban de las luces del centro, Makenna notó que se le iban cerrando los ojos. Y con Caden y Patrick charlando como ruido de fondo, finalmente se rindió y se permitió dormirse.

Una sacudida repentina. El chirrido de las ruedas contra el asfalto. El Jeep derrapó, fuera de control, en una dirección y luego en otra. Makenna estaba tan desorientada que no sabía lo que estaba pasando. Las luces que tenían delante parecieron emborronarse.

—Mierda —soltó Patrick.

El Jeep frenó en seco, con lo que Makenna salió despedida hacia delante y el cinturón de seguridad le cortó el aliento.

Los dos hombres se volvieron hacia ella a la vez.

—¿Estás bien? —preguntaron.

—Sí, ¿qué ha pasado? —preguntó. Sus ojos por fin se centraron en la escena que había al otro lado del parabrisas. Dos vehículos se habían salido de la carretera en un cruce. Uno de ellos era un Explorer—. Dios mío. Papá.

Se arrancó el cinturón de seguridad.

—Makenna, llama al número de emergencias. Patrick y yo echaremos un vistazo —dijo Caden. Sin esperar su respuesta, salió del Jeep de un salto, corrió a buscar algo en el maletero y se dirigió a toda velocidad hacia el accidente. Patrick ya estaba abriendo la puerta del conductor del Explorer.

Makenna decidió seguir las instrucciones de Caden, y se llevó el teléfono a la oreja mientras bajaba del todoterreno. Caden había logrado frenar a tiempo, el Jeep estaba en la cuneta de la carretera.

Makenna vio que había colocado un cono naranja en la esquina trasera del Jeep.

—Servicio de emergencias, ¿en qué puedo ayudarle? —respondió la operadora.

—Llamo porque ha habido un accidente —dijo Makenna, corriendo hacia el lugar—. Dos vehículos, acaba de ocurrir.

Echó un vistazo al nombre de las calles y proporcionó la dirección a la operadora.

—La policía y los servicios sanitarios están en camino. ¿Hay heridos? —preguntó la mujer.

—Todavía no lo sé. Mi hermano es policía y mi novio es enfermero de los bomberos, están evaluando la situación —respondió. Makenna llegó primero al otro vehículo. La parte trasera del lado del conductor había quedado dañada. Saludó con la mano y abrió la puerta—. ¿Está bien? Estoy hablando con el servicio de emergencias.

El hombre se movió, algo rígido.

—Creo que sí —dijo—. ¿Cómo están los del otro automóvil?

—Todavía no lo sé —respondió Makenna, y se dirigió al Explorer—. El primer conductor dice que está bien —le contó a la operadora.

—¿Podría pasarme a su novio o a su hermano una vez hayan terminado de evaluar el segundo vehículo? —preguntó.

—Sí, voy a por ellos —dijo Makenna. No sabía cómo podían Patrick y Caden dedicarse a esto todos los días: el simple hecho de llamar al número de emergencias ya le había causado un subidón de adrenalina que la había dejado temblando. Estaba segura de que los escalofríos que la recorrían no los causaba el frío. Llena de aprensión, se acercó al lado del conductor del Explorer de su padre y vio que la parte delantera estaba destrozada.

Patrick estaba agachado delante de la puerta de su padre, y Caden estaba de pie junto a él, delante de la puerta trasera, con un botiquín de primeros auxilios abierto a su lado. Echó un vistazo al interior del vehículo y vio a Collin, con la frente ensangrentada y haciendo muecas. Santo cielo.

—La operadora quiere hablar con uno de vosotros —dijo.

Patrick tendió una mano y Makenna le entregó el teléfono móvil. Su hermano se levantó y se apartó del Explorer.

Makenna se inclinó hacia dentro y acarició el brazo de su padre. Vio que los airbags se habían hinchado dentro del automóvil.

—Papá, ¿estás bien?

—Sí, sí, gusanito. Es solo que el cinturón de seguridad me ha dejado sin aliento. Estoy bien —contestó, con la voz rasposa.

—Estate quieto, Collin, no quiero que te muevas hasta que podamos inmovilizarte el cuello, ¿de acuerdo? —dijo Caden, quitándose los guantes de látex y poniéndose un par limpio—. Voy a examinar a tu padre. Enseguida vuelvo contigo.

Makenna se apartó para dejar pasar a Caden, e Ian apareció por el otro lado del Explorer.

—¿Estás bien? —le preguntó.

—Sí. Shima y yo estamos bien. Pero Collin no llevaba el cinturón puesto —contestó su hermano. Su voz no tenía tonos de crítica, solo de preocupación.

Mientras Makenna lo observaba, Caden escuchó el corazón de su padre y le tomó el pulso; entonces le desabrochó la camisa y le examinó el pecho bajo la tenue luz del vehículo.

—¿Cómo están? —le preguntó Patrick a Caden, con el teléfono móvil todavía contra la oreja.

—Collin tiene una pequeña lesión en la cabeza, una laceración en el cuero cabelludo, y probablemente una fractura costal —contestó Caden, en tono calmado y seguro de sí mismo. Makenna sintió que la preocupación le oprimía el pecho mientras Patrick transmitía la información a la operadora. Caden continuó—: Mike tiene el ritmo cardíaco acelerado y dolor en el pecho reproducible a la palpación y al movimiento, lo cual significa una posible fractura de esternón. Al menos, eso es lo que me parece sin más herramientas para el diagnóstico.

Dios santo, ambos necesitaban ir al hospital. Makenna no podía creer que estuviera ocurriendo algo así. Su hermano repitió las palabras de Caden.

—La ambulancia está aquí mismo —dijo Patrick—. Oigo las sirenas.

Makenna acababa de percatarse de lo mismo.

—Bueno, Mike. La caballería ya está al llegar. Te darán unos cuantos analgésicos y quedarás como nuevo. De momento, intenta no moverte —dijo Caden.

—Gracias, hijo. Estoy bien —contestó su padre, pero el esfuerzo que le costó pronunciar las palabras revelaba la verdad.

Caden se quitó los guantes y regresó junto al asiento trasero. Pese a estar de lo más preocupada por su padre y su hermano, Makenna, sentía una cierta fascinación por ver a Caden en acción: seguro de sí mismo, con la situación bajo control, dispuesto a ayudar sin esperar a que nadie se lo pidiera. Estaba entrenado para estas situaciones.

Unos minutos más tarde, dos automóviles de la policía, dos ambulancias y un camión de bomberos aparecieron en escena, tiñéndolo todo de luz roja y azul. Mientras los profesionales desmontaban de sus vehículos, Patrick se juntó con los policías y Caden se unió a los técnicos de ambulancia mientras estos descargaban camillas y equipamiento médico de la parte trasera. Estaba hablando con ellos con seriedad, claramente informándolos de lo que sabía acerca de las condiciones de los dos hombres.

Makenna se inclinó hacia su padre.

—La ambulancia ya está aquí. Aguanta un poco más —dijo.

Su padre le dedicó una sonrisa algo tensa.

—Tú no te preocupes por nada.

Cuando los técnicos de la ambulancia se acercaron al vehículo, Shima se bajó del asiento trasero de un salto. Pareció que hubiera sabido lo que iba a ocurrir, porque uno de los técnicos rodeó el vehículo y tomó su lugar, mientras que otro se inclinó junto a la puerta abierta, igual que había hecho Caden.

Makenna e Ian retrocedieron, dejando espacio para que los profesionales hicieran su trabajo. Caden se aseguró de que dispusieran de toda la información que necesitaban y acudió junto a ella. Su mirada la recorrió de pies a cabeza.

—¿Seguro que estás bien? —preguntó, tomándole el rostro con las manos—. Sé que estabas durmiendo cuando ha ocurrido. He intentado no frenar de golpe.

—Estoy bien, en serio. ¿Qué ha pasado?

Caden frunció el ceño.

—El maldito hielo. El otro conductor ha intentado pasar el cruce en el último momento, pero las ruedas traseras han perdido tracción en el hielo y se ha quedado en medio. Así que tu padre ha tenido que dar un volantazo para esquivarlo, pero el Explorer también ha resbalado en el hielo y ha chocado con el morro contra la parte trasera del otro vehículo antes de salirse de la carretera.

—Ha sido una suerte que papá reaccionara tan rápido —dijo Ian—. Pensaba que íbamos a empotrarnos contra él.

—Habría podido ser mucho peor, de eso no cabe duda —contestó Caden, asintiendo.

—Ya es lo suficientemente malo —dijo Makenna, con un nudo en la garganta.

—Ven aquí —dijo Caden, sosteniéndola contra su pecho—. Los dos saldrán de esta sin nada grave. Ya verás.

—Gracias a ti —contestó ella, levantando la vista para mirarlo a los ojos—. Habría pasado mucho más miedo si no hubieras estado presente.

Caden no hizo caso del cumplido y se limitó a frotarle la espalda.

En pocos minutos, el personal sanitario ya tenía a su padre y a Collin colocados en dos camillas. Le dijeron a Caden adónde iban y añadieron que la familia debería seguirlos en su propio vehículo. Mientras los técnicos colocaban las camillas en las ambulancias, Patrick hizo un gesto hacia Ian y Shima para que acudieran a hablar con la policía, que tenía varias preguntas que hacer.

Patrick se unió a Caden y a ella.

—Vosotros cuatro ya podéis ir hacia el hospital. Yo terminaré de atar cabos aquí, y uno de mis compañeros me acercará a casa cuando terminemos. Así podré ir al hospital con mi automóvil.

—De acuerdo —dijo Caden. Los dos hombres estrecharon las manos.

—Gracias por todo, Caden. Tu ayuda significa mucho —afirmó Patrick—. Mantenme informado.

—Por supuesto. Ojalá hubiera podido hacer más —respondió.

Cuando Ian, Shima y Caden hubieron dado su versión de los hechos, los cuatro se montaron en el Jeep de Caden y recorrieron el camino al hospital en silencio. Shima estaba sentada junto a ella, irradiando angustia, y a Makenna la conmovió ver lo profundamente preocupada que estaba por su hermano. Debía de quererlo de verdad.

Pero llegar al hospital no les proporcionó respuesta alguna, porque mientras su padre y Collin estaban siendo evaluados, lo único que podía hacer el resto era esperar. En menos de una hora Patrick se unió a ellos, pero todavía no sabían nada: lo único que habían hecho había sido rellenar algunos formularios con los datos de los dos hombres.

En todo momento, la presencia de Caden fue una bendición: yendo a buscarles cafés a todos, apoyando a Makenna y tomándola de la mano, explicándoles lo que seguramente estaba ocurriendo a papá y a Collin respectivamente, para que entendieran por qué estaban tardando tanto (probablemente requerirían un escaner).

La situación habría sido mucho más difícil si no hubiera sido por él. Es más, a Makenna le pareció que Caden encajaba perfectamente, que pertenecía al clan de los James y que su lugar era junto a ella.

—Familia de Mike y Collin James —dijo una voz femenina.

Todos se levantaron de golpe, pero Patrick y ella fueron los primeros en alcanzar a la mujer junto a la puerta de la sala de espera.

—Solo puedo permitir el paso a un visitante por paciente —dijo.

Makenna se volvió hacia Ian.

—¿Te importa si voy con Patrick?

—No —contestó su hermano—. Mándame un mensaje de texto cuando averigües más.

Tras dar un abrazo y un beso rápidos a Caden, Makenna asintió. Le dedicó un gesto de cabeza a Shima.

—Os informaré en cuanto pueda.

Capítulo 8

Llegaron a casa bien entrada la mañana. Al final, el padre de Makenna no tenía el esternón fracturado, solo una contusión grave: buenas noticias. Collin sí que tenía una fractura costal, pero el TAC no había revelado nada grave en la cabeza, y la laceración del cuero cabelludo no había causado daños en el hueso. Cuando llegaron a la casa de los James, todos ayudaron a acomodar a Mike y a Collin antes de irse a sus propias camas.

—Anoche fuiste mi héroe, ¿lo sabes? —dijo Makenna, medio dormida junto a Caden en su estrecha cama. Incluso exhausta estaba preciosa, y la luz de la mañana daba vida a los tonos rojos de su cabellera.

Caden sacudió la cabeza. Nunca se había sentido cómodo con aquella denominación. Héroe. Porque siempre se preguntaba si había hecho lo suficiente, si sus acciones habían bastado. Los héroes eran valientes e intrépidos, cualidades que no describían su lamentable estado de ansiedad constante. Se conocía a sí mismo y sabía la verdad.

—Yo solo... Solo hice mi trabajo. Es a lo que me dedico.

—No por eso es menos heroico —contestó, acercándose a él hasta que apoyó la barbilla en su pecho desnudo. Acarició su rosa tatuada con la yema del dedo—. Hay gente que debe su vida al hecho de que te hayas levantado por la mañana y hayas ido a trabajar, Caden. Eso es... es increíble.

Había veracidad en sus palabras, pero seguía incomodándole pensar en ello en esos términos. Siempre lo había considerado más bien una deuda que debía pagar, una manera de compensar al universo por lo que alguien había hecho antes por él. No solo «alguien», David Talbot. Así se llamaba el enfermero que llegó en primer lugar a la escena del accidente de tráfico de su familia catorce años atrás. Así se llamaba el hombre que había salvado la vida de Caden y lo había rescatado del abismo.

El automóvil se volcó sobre una acequia que discurría junto a una carretera rural, de manera que los vehículos que pasaban por allí no alcanzaban a verlo en la oscuridad. Durante horas, Caden había estado atrapado cabeza abajo en el asiento de atrás, con la cabeza atascada entre la consola central y el asiento del copiloto, el hombro dislocado, y algo clavado en el costado. Había llamado a su familia a gritos durante mucho tiempo, pero nadie le había contestado. Gritaba cada vez que las luces de un vehículo en la carretera despejaban la oscuridad, pero nadie acudió en su ayuda. Caden había alternado entre la consciencia y la inconsciencia durante horas, hasta que no fue capaz de distinguir la realidad de la ficción. Cuando un camionero por fin se detuvo, en las primeras horas de la madrugada, Caden no se molestó en responder a sus gritos porque no creyó que la voz fuera real.

Su mente había seguido tendiéndole trampas desde entonces.

—Simplemente, me alegro de haber podido ayudar —dijo al fin, cambiando de postura para darle un beso en la frente a Makenna. Pasó los dedos por su pelo suave. Nunca se cansaba de juguetear con su melena, y nunca se cansaría—. Vamos a dormir un poco.

Makenna le dio un beso en el pecho y se acurrucó junto a su cuerpo, con la cabeza sobre su hombro. Se durmieron enseguida, pero la combinación del accidente y la ansiedad causada por las conversaciones que había oído había convertido su subconsciente en un infierno, que le provocó algunas de las peores pesadillas que había sufrido en muchos años.

Todas empezaban igual: su padre perdía el control del vehículo, este se volcaba en una serie de sacudidas aplastantes y aterradoras hasta que, finalmente, aterrizaba cabeza abajo, y el impacto del último golpe arrojaba el cuerpo de Caden hacia delante con tanta fuerza que quedaba atrapado, incapaz de moverse.

Eran los finales los que variaban más.

En una de las pesadillas, nadie venía a rescatar a Caden y este seguía ahí: viviendo un infierno del que nunca escaparía, con la sangre de la herida en la cabeza todavía goteándole por la cara.

En otra, las pestañas de su hermano Sean se abrían en su rostro sin vida, y sus ojos, ciegos por la muerte, pero claramente acusatorios, fulminaban a Caden. Sean gemía «debería haber sido yo, debería haber sobrevivido yo» antes de esfumarse en el aire.

En la pesadilla que acababa de despertarle con el pulso acelerado, Ian era el primero en llegar al lugar del accidente y, cuando miraba hacia el interior del vehículo y veía a Caden ahí colgado, se limitaba a decir «se merece a alguien mejor que tú» y a alejarse, mientras Caden se desgañitaba pidiendo ayuda.

Por el amor de Dios.

Miró a su lado y vio que Makenna se había dado la vuelta en algún momento. Debía de estar agotada si sus locuras no la habían conseguido despertar, porque sabía que sus pesadillas a menudo lo hacían. Otra parte de sí mismo que odiaba, por cómo impactaba en la vida de ella.

Exhaló lentamente. Estaba hecho polvo, y su cansancio no tenía absolutamente nada que ver con haber pasado la noche en vela. Era un agotamiento que surgía desde su alma misma, un agotamiento que le cargaba los hombros con pena, culpa y dudas, y no sabía si algún día lograría deshacerse de él. O qué significaría si no era capaz de hacerlo.

Por fin, Makenna se removió a su lado.

—Hola —dijo, dedicándole una sonrisa adormilada. Dios, pero qué preciosa era. Cada vez que la veía se quedaba atontado—. ¿Has podido dormir? —preguntó.

—Sí —respondió Caden. Un poco, en cualquier caso. Si Makenna no había oído sus pesadillas, no necesitaba preocuparla ahora.

—Creo que no he dormido bastante —dijo ella, haciendo una mueca—. Tengo náuseas.

—Son las tres de la tarde —comentó Caden—. Nos hemos saltado un par de comidas. Quizá te haga falta comer algo.

Se vistieron y encontraron a Mike, Patrick e Ian congregados alrededor de la isla de la cocina.

—Papá —dijo Makenna, corriendo a su lado—. ¿Cómo te encuentras?

El hombre soltó una risita.

—Un poco machacado, pero me recuperaré, gusanito.

—Ojalá pudiera quedarme más tiempo —dijo ella, apoyando la cabeza contra su padre. Con una mueca, Mike le pasó un brazo por la espalda y la abrazó con cuidado. El gesto resultó ser tan espontáneo e íntimo que dejó a Caden sin aliento. No porque hubiera nada de particular en un padre abrazando a su hija, sino porque, después del accidente, el padre de Caden nunca volvió a abrazarlo.

El accidente había dejado al hombre con sus propios demonios contra los que batallar, y no había quedado sitio para la relación paterno-filial que una vez tuvieron. Aquello había hecho que una versión mucho más joven de él creyera que su propio padre deseaba que Caden no hubiera sobrevivido. Durante años, se había sentido como una carga. Era parte del motivo por el que había empezado a ponerse su armadura de tinta.

—Tú no te preocupes —dijo Mike—. Collin y yo pronto estaremos estupendamente.

—¿Prefieres quedarte aquí y regresar en tren cuando estés más tranquila? —preguntó Caden. Se sentía mal, porque su turno de trabajo del domingo les obligaba a acortar el fin de semana, pero el precio a pagar por tener el Día de Acción de Gracias libre era una serie de turnos de veinticuatro horas durante los siguientes días.

Makenna suspiró y apoyó una mano en la encimera.

—No sé. Tengo que trabajar el lunes, en cualquier caso.

—¿Te encuentras bien? —preguntó Patrick—. Te veo algo verdosa.

—Ando corta de sueño y de comida —respondió ella.

—¿Qué te apetece? —preguntó Caden—. Te preparo lo que quieras.

—Nosotros también estábamos hablando de comida —dijo Mike—. Todavía tenemos muchas sobras de la cena.

—¿Por qué no os sentáis un rato? —dijo Caden a Mike y a Makenna—. Nosotros nos ocupamos de la cena —añadió, mirando a Patrick.

—Pues claro —respondió este.

Makenna se puso de puntillas para darle a Caden un beso rápido al pasar a su lado.

—Gracias.

Era la primera vez que hacían algo más atrevido que darse la mano o sentarse muy cerca delante de los demás, y Caden se preparó para la reacción. Pero no ocurrió nada. Ni siquiera por parte de Ian, que había estado muy callado desde la noche anterior.

Los tres calentaron la comida y la sirvieron en la mesa. Y aunque las palabras de Ian seguían rondándole por la cabeza, a Caden le gustaba la familia James. Pese a los desaires de Ian. Mike era cariñoso, amable y generoso. Patrick era un buen tipo, honesto, y Caden y él se compenetraban en la cocina tan bien como lo habían hecho la noche anterior durante el accidente. Collin era locuaz y gracioso, despreocupado y de mente abierta. Y Makenna... Makenna era todo lo bueno en el mundo, toda la luz y todo el amor.

Pronto se juntaron todos para comer, incluyendo a Collin y Shima, que bajaron a la cocina cuando el aroma del pavo y las salsas empezó a flotar por la casa. Collin se movía con algo de rigidez y parecía adormilado, pero se recuperaría. Caden se alegraba. Odiaría que le ocurriera algo malo a la familia que Makenna quería tanto, porque ella se lo merecía todo.

La comida fue bastante apagada, comparada con la conversación del día anterior, pero no menos real. Aquello formaba parte de una vida normal. Y, por primera vez, Caden se permitió el lujo de imaginar formar parte de algo así.

Los últimos dos días habían dejado a Makenna hecha polvo. Primero, la conversación sorpresa con Cameron. Luego, el accidente. A continuación, se había contagiado de un virus de estómago que la había dejado mareada y exhausta. Y, finalmente, apenas había podido ver a Caden en los cuatro días después de regresar a Washington, porque había estado trabajando turnos de veinticuatro horas para compensar su fin de semana libre.

Por todo eso, estaba muy contenta de poder pasar la noche con él. Caden lo había organizado todo para que pudiera hacerse su primer tatuaje, y Makenna estaba emocionadísima. Y un poco nerviosa. De acuerdo, muy nerviosa. Pero Caden iba a estar a su lado.

Al salir del trabajo, Makenna tomó el ascensor para bajar a la planta baja (su ascensor favorito, el que la hacía sonreír cada vez que se subía porque le había cambiado la vida) y se dirigió hacia el metro. En la calle ya estaba oscuro, y el aire frío se le clavaba en la piel. Pero estaba llena de energía frenética y tenía muchas ganas de que llegara la noche.

De vuelta en su apartamento, se llevó una sorpresa de lo más positiva cuando se encontró con que Caden ya estaba en casa. Vestido con *jeans* y una camiseta del departamento de bomberos de Arlington, estaba en la cocina, sacando varios paquetes de unas bolsas de plástico.

—Hola —dijo Makenna—. ¿Qué es eso que huele tan bien?

—Hola, Pelirroja —dijo en voz baja. Se volvió hacia ella. Por un instante, algo en su mirada pareció triste, desanimado, pero entonces le dedicó una pequeña sonrisa y su expresión entera cambio—. He pasado por el restaurante asiático.

—¿Estás bien? —preguntó, rodeándole el cuello con los brazos.

—Sí —contestó, devolviéndole el abrazo—. El turno de anoche fue un no parar, y hoy no he conseguido dormir demasiado.

—Oh, no, lo siento —dijo—. Bueno, gracias por la comida. Me encanta el restaurante asiático.

«Y me encantas tú.»

Últimamente pensaba tanto en cuánto amaba a Caden, que las palabras vivían en la punta de su lengua. Tras la conversación sobre

Cameron, Makenna había estado muy tentada de confesarle a Caden cómo se sentía, pero en algunos momentos del fin de semana lo había notado tenso, y creía conocerlo lo suficiente como para saber cuándo estaba rozando sus límites. Ya llegaría el momento. Estaba segura de ello. Por la manera en que la miraba, la cuidaba y le hacía el amor, todo indicaba que Caden sentía lo mismo que ella, aunque no hubiera pronunciado las palabras.

—Ya lo sé —dijo, guiñándole un ojo—. Por eso me he pasado por allí.

Sus labios encontraron los de ella, cálidos y con ganas de explorar. Disfrutó de los pequeños mordiscos de los *piercings* contra su piel mientras él la besaba una y otra vez.

—Hmmm, esto sí que es un buen aperitivo —dijo, contra la comisura de sus labios.

Caden sonrió con descaro.

—Primero la comida, y luego el tatuaje. Cuando terminemos podemos regresar a por los aperitivos.

—De acuerdo —contestó, fingiendo desilusión—. Supongo que puedo vivir con ello.

—¿Tienes ganas de tatuarte? —preguntó, volviendo junto a la encimera.

Makenna no pudo reprimir una sonrisa.

—Muchísimas. Heath me ha mandado la versión final del dibujo —dijo—. ¿Quieres verlo?

—Claro —contestó, sacando los cubiertos del cajón. Heath era el artista que había llevado a cabo la mayoría de sus tatuajes a lo largo de los años—. Es un tipo fantástico, ¿verdad?

Makenna dejó sus bolsos sobre la encimera y se puso a buscar el dibujo. Encontró el papel y se aseguró de que fuera el correcto antes de entregárselo a Caden. Porque llevaba dos versiones en el bolso: una era para que la viera Caden, y la otra era la que Heath usaría para el tatuaje. Había preparado una pequeña sorpresa que no quería que descubriera hasta que la tinta ya estuviera lista, y estaba a punto de estallar de la emoción.

Caden escudriñó el dibujo durante un momento.

—Es fantástico, Makenna. ¿De qué tamaño te lo quieres hacer?

—Es a tamaño real —contestó. El círculo que rodeaba el árbol celta tenía unos doce centímetros de diámetro. Al principio lo había querido más pequeño, pero Heath la había convencido de que se lo hiciera más grande para que los agujeros entre los nudos permanecieran claramente visibles con el paso de los años.

—Va a quedar precioso. Pero claro, estará en tu piel, así que eso no lo dudaba —dijo. Se inclinó y le dio un beso en la mejilla, aprovechando para hacerle un arrumaco—. ¿Quieres cambiarte mientras pongo la mesa?

—Sí —contestó—. Buen plan.

La cocina, el comedor y el salón estaban concentrados en un solo espacio, y la puerta de su habitación se encontraba al fondo. Se detuvo allí y se volvió. Caden estaba ocupado en la pequeña cocina, moviéndose con comodidad y familiaridad, y encajaba tan bien en aquel lugar. En el espacio de Makenna. Bueno, ahora era el espacio de ambos.

Todavía mantenía su casa adosada en Fairlington, pero raramente pasaba la noche allí. Y el mobiliario era tan básico que Caden prefería que no durmieran juntos en su casa, convencido de que Makenna se sentiría incómoda. Una parte de ella todavía no comprendía por qué, a estas alturas, todavía no se había mudado a su piso.

—¿Qué pasa? —preguntó Caden, dedicándole una mirada de escepticismo.

Makenna sonrió con descaro y se apoyó contra el marco de la puerta.

—Hoy me he montado en nuestro ascensor.

Caden sacudió la cabeza.

—¿Y ha ocurrido algo interesante?

—Pues me he quedado atrapada con un desconocido que era guapo a morir y le he comido la boca a oscuras. Lo normal —contestó.

—Eso no pasa nunca —replicó él, con una sonrisa pícara.

Makenna echó la cabeza hacia atrás y soltó una carcajada. Todavía sonriente, se quitó la ropa del trabajo y se puso un par de *jeans* y una camiseta lencera rosa con escote por la espalda; entonces se cubrió con un cárdigan de punto grueso y calentito de color caramelo.

Encontró a Caden sentado ante la mesa ya puesta, delante de varios recipientes de comida que estaban a rebosar de distintos tipos de fideos. Olía divino, a comida sabrosa y especiada, y Makenna pensó que podría comérselo todo ella sola.

Por un momento, la expresión de Caden le hizo pensar que estaba preocupado por algo, pero, cuando la vio, sus labios esbozaron una sonrisa de lo más sexi.

—¿Con que «guapo a morir», eh?

Riéndose, Makenna se sentó junto a él.

—¿Pretendes que te piropee un poco más, Grayson? Ya te dije que eras absolutamente magnífico.

—Ya, pero eso no es lo mismo que decir que soy guapo a morir —replicó, levantando una ceja. Dios, esa expresión expectante, petulante pero juguetona, añadida al *piercing* de la ceja y al pico de viuda de su pelo oscuro, la volvía loca.

Makenna agarró el tenedor.

—Bueno, pues a ver qué te parece esto: Eres absolutamente magnífico y no solo eres guapo a morir, sino que haces que el corazón se me desboque, que la boca se me haga agua y que se me caigan las bragas. Ocurre cada vez que te veo. ¿Ha sido un buen piropo?

La sonrisa de Caden se ensanchó lentamente. Pero qué sexi era.

—Me gusta cómo está yendo el día del tatuaje.

Makenna se echó a reír y sacudió la cabeza.

—A mí también.

Capítulo 9

Heroic Ink se encontraba junto al centro histórico de Alexandria, el barrio más antiguo de la ciudad, que originalmente, en la época colonial, había sido el puerto. Ubicado en una callejuela llena de tiendas de moda y restaurantes, el estudio de tatuajes, al parecer, tenía una extensa reputación por sus tatuajes militares de todo tipo, lo cual explicaba las fotografías de soldados y otros recuerdos de temática similar que colgaban en un *collage* gigante delante del mostrador.

Cuando cruzaron la puerta principal, la mujer de pelo azul que había en la recepción reconoció a Caden inmediatamente.

—Hombre, bienvenido —dijo—. Hace demasiado que no te veíamos por aquí.

—Ya lo sé, ya lo sé —contestó Caden, con una mano apoyada en la parte baja de la espalda de Makenna—. Rachel, esta es Makenna James. Viene a ver a Heath.

—Hola, Makenna —dijo Rachel, ofreciéndole una mano extensamente tatuada—. Encantada.

Makenna sonrió y le estrechó la mano. Aquella mujer era espectacular y fascinante. Tenía el pelo corto teñido de dos tonos de azul, un pendiente en la nariz y tatuajes por todos lados. Podría haberse pasado una hora escudriñándola y no habría apreciado todos los detalles. Y su sonrisa era cálida de verdad.

—Hola, Rachel. Estoy muy emocionada por estar aquí por fin.

—¿Es tu primer tatuaje? —preguntó, colocando una carpeta con un formulario delante de ella.

—Sí —contestó Makenna. Le dedicó una sonrisa descarada a Caden, que estaba abiertamente observándola mientras ella lo digería todo.

—Pues que empiece la fiesta —dijo Rachel.

Al poco rato, Makenna estaba sentada al revés en una silla, con el pelo recogido en un moño en la coronilla, y Heath estaba traspasando el esbozo al centro de la parte superior de su espalda, justo debajo de la nuca.

Heath era un tipo callado, lo cual, con total probabilidad, explicaba por qué se llevaba tan bien con Caden. Pero también podía ser gracioso y retorcidamente sarcástico, y además era guapo. Tenía el pelo moreno corto, una barba tupida y bigote, y una miríada de tatuajes asomaban por debajo de la camiseta con el logo de un grupo y los *jeans* con agujeros.

Heath le entregó un espejo.

—¿Quieres echarle un vistazo al lugar en el que estará?

Makenna se acercó al espejo de cuerpo entero que había cerca de la silla y miró por encima del hombro. Se le llenó el estómago de nervios. El diseño era precioso y le encantaba, pero una parte de ella todavía no se podía creer que fuera a tatuarse. Jamás habría encontrado el valor para hacerlo, sin Caden.

No le importó que este se acercara a mirar, porque Heath no incluiría su pequeña sorpresa hasta el final.

—¿Qué te parece? —le preguntó a Caden mientras escudriñaba el dibujo a través del espejo. Bajo el árbol, las raíces estaban formadas por las iniciales M, E, P, I, M y C: los seis miembros de la familia James, incluyendo a su madre, Erin—. Yo creo que es perfecto.

—Estoy de acuerdo —contestó, con la mirada fija en su piel—. ¿Estás lista?

—Del todo —dijo.

El beso que le dio fue profundo e intenso.

—Solo con pensar en que te vas a hacer un tatuaje ya me aprietan los pantalones —le susurró al oído.

Vaya, ahora era ella la que tenía problemas en el área de los pantalones.

—Dejamos los aperitivos para luego, ¿te acuerdas?

Caden asintió, y su sonrisa torcida hizo que aparecieran sus hoyuelos.

Heath le dio unas cuantas instrucciones, y entonces su pistola de tatuar cobró vida con un zumbido.

—Avísame si te hace falta una pausa. Vamos a estar aquí un buen rato, así que no pasa nada.

Mojó las agujas de la pistola en un pequeño recipiente de tinta negra y se inclinó, apoyando la mano con guante de látex en su espalda.

Makenna se mordió el labio cuando las agujas entraron en contacto con su piel por primera vez. Causaban cierto dolor, como si un objeto casi afilado le estuviera rascando la espalda, pero era tolerable.

—Podría ser peor —le dijo a Caden, que estaba sentado en una silla delante de ella.

—Habrá zonas que sean más sensibles, pero no será nada inaguantable —dijo. Sus ojos oscuros estaban llenos de algo de lo más sexi: un poco de orgullo, un poco de satisfacción, y un poco de deseo. Los aperitivos serían deliciosos.

—¿Cómo lo llevas, Makenna? —preguntó Heath.

—Bien —respondió, mirando a Caden—. No hay problema.

—Me ha dicho Caden que os conocisteis en un ascensor —dijo Heath, con un tono divertido.

—Pues sí. Nos quedamos encerrados dentro durante más de cuatro horas —dijo Makenna, sonriente. Era un poco raro hablar con alguien a quien no podía mirar, pero no podía moverse mientras Heath estuviera trabajando—. En el edificio donde trabajo. Justo hoy he vuelto a montarme.

—Es una manera original de conocer gente nueva —dijo Heath, riéndose entre dientes—. ¿Por qué a mí no me pasan esas cosas?

—Quizás es que no te montas en bastantes ascensores —dijo Makenna.

La pistola de tatuar se apartó de su espalda. Heath se rio.

—Supongo que no —dijo al fin, inclinándose de nuevo.

Las agujas llegaron a un punto sensible sobre su columna vertebral, y Makenna hizo una mueca. Al principio había querido hacerse el tatuaje en el hombro, pero cuando había decidido aumentar el tamaño, había pensado que quedaría más equilibrado en el centro de la espalda. Heath la había advertido de que aquello significaría tatuar sobre huesos, lo cual dolía más, y había tenido razón.

Caden apoyó los codos en las rodillas para inclinarse hacia ella.

—¿Quieres jugar a las veinte preguntas? —preguntó.

Makenna sonrió. Sabía que solo pretendía distraerla, y apreciaba el gesto.

—¿Acaso queda alguna pregunta que no nos hayamos hecho?

—Probablemente —dijo—. Por ejemplo, creo que nunca te he preguntado cuál es tu postura sexual favorita.

—Nada de risas —dijo Heath, mientras Makenna intentaba reprimir una carcajada. Notó que se sonrojaba—. Esta conversación es demasiado privada. Por otro lado, me encanta escuchar las conversaciones privadas ajenas, así que responde sin pudor, Makenna.

Puesto que las agujas no estaban en su piel en aquel momento, se permitió reír.

—De acuerdo, supongo que sí quedan preguntas que no nos hemos hecho —dijo. Le guiñó un ojo a Caden mientras Heath volvía al trabajo—. Y, para responderte: la segunda parte de la noche en mi suelo.

La mirada de Caden se llenó de calor. Le dio un golpecito al doble *piercing* del labio con la punta de la lengua. Y eso causó que partes de Makenna se llenaran de calor, porque sabía el talento que aquella lengua poseía.

—¿Y la tuya? —preguntó, levantando una ceja.

—La misma noche, pero la primera postura —contestó, jugueteando con los *piercings* de nuevo. Así que su favorita era cuando Makenna estaba sobre él. También había sido una buena. Aquella posición le proporcionaba una fantástica panorámica de sus tatuajes y sus *piercings*, por no hablar de su rostro enigmático y atractivo, mientras se adentraba en su cuerpo una y otra vez. Todavía oía su voz diciendo «haz lo que quieras, Makenna. Úsame». Solo pensar en ello hizo que se retorciera en su silla.

—¿Cuál es tu festivo favorito y por qué? —preguntó.

—El Día de Acción de Gracias —respondió Caden de inmediato—. Porque este Día de Acción de Gracias ha sido la mejor celebración que he tenido en muchos años. Casi la mejor que recuerdo.

Oh. La respuesta le llenó el pecho de cariño e hizo que dos palabras muy especiales se le plantaran en la punta de la lengua.

—El Día de Acción de Gracias también es mi favorito, desde siempre. Aunque las Navidades se le acercan. Son las fiestas que siempre logran reunir a la familia.

Caden asintió.

—¿Qué cambiarías en tu vida si pudieras?

Makenna lo observó durante un momento, preguntándose si aquella era una pregunta inocente, parte del juego, o si Caden todavía albergaba dudas sobre lo que ella sentía por Cameron. Pero era una pregunta fácil.

—No cambiaría nada.

Caden levantó una ceja y la miró con escepticismo.

—Tiene que haber algo.

Makenna se lo pensó durante un momento, y luego se tomó unos segundos para respirar hondo mientras Heath tatuaba una parte sensible.

—Bueno, pues me habría gustado que mi madre hubiera vivido más tiempo, para haberla podido conocer mejor. Pero sinceramente, si hubiera sido así, no sé si mi relación con mi padre sería tan cercana como es ahora. Es algo que odiaría perder. ¿Te hago la misma pregunta?

Makenna no quería exigirle una respuesta delante de Heath, pero Caden había formulado la pregunta siendo consciente de que ella querría devolvérsela. Así había sido el juego en el ascensor aquella noche, el juego que había ayudado a unirlos.

Caden asintió brevemente y se señaló a sí mismo con un gesto de mano.

—Me desharía de la ansiedad, la claustrofobia y toda esa mierda.

—Es comprensible —dijo, odiando que Caden quisiera cambiar una parte de sí mismo cuando ella ya lo amaba tantísimo tal y como era. No quería un hombre perfecto, lo quería a él, en toda su gloria atractiva, divertida, considerada y a veces angustiada—. Pero piensa que si no hubieras sido claustrofóbico el día en que nos conocimos, quizá no me habrías pedido que hablara contigo en el ascensor. Quizá no habrías necesitado mi ayuda, y entonces no nos habríamos conocido tan a fondo.

Caden ladeó la cabeza y entornó los ojos, remarcando la dureza de su rostro tan masculino. Finalmente, asintió.

—No te falta razón. Ahora te toca a ti.

Con la intención de aligerar el ambiente, Makenna pensó en una pregunta divertida.

—¿Cuál es tu cita favorita de *La princesa prometida*? —dijo. Ya le asomaba una sonrisa solo con pensar en algunas de las suyas. Las películas de humor de todo tipo eran las que más le gustaban.

Caden sonrió con descaro.

—Cuando el Gran Vizzini dice «¡inconcebible!», y Montoya le responde «siempre usas esa palabra, y no creo que signifique lo que tú crees». Oh, o quizá cuando Vizzini exclama «¡basta de bromas, hablo en serio!», y Fezzik contesta...

—«¡Tu furor es un misterio!» —dijeron los tres al unísono. Heath apartó la pistola de su piel y todos se echaron a reír.

—Hay demasiadas citas espectaculares en esa película —dijo el tatuador.

—Es verdad —dijo Makenna. Le dolían las mejillas de tanto sonreír—. A mí me gusta el cura que dice «ed matimoño» en vez de «matrimonio»; y, por supuesto, el clásico «me llamo Íñigo Montoya. Tú mataste a mi padre...».

—«¡Prepárate a morir!» —dijeron de nuevo al unísono antes de estallar en carcajadas.

La ronda de preguntas duró un buen rato más. Hablaron de tonterías, como cuál era su sabor de helado favorito, qué pedirían como última comida, o qué otro país les gustaría visitar, puesto que ninguno de ellos había salido de Estados Unidos. También surgieron preguntas más serias, como a qué se dedicarían si no pudieran seguir trabajando en lo suyo, y qué había en los primeros puestos de sus listas de «cosas que hacer antes de morir». Como siempre, la conversación era divertida y cautivadora, animada y constante. Sus conversaciones siempre eran así.

—Ya tienes completados unos dos tercios —dijo Heath—. Vamos a tomarnos un respiro.

—De acuerdo —dijo Makenna, levantándose para estirar los músculos. Le tentaba mirarse en el espejo, pero quería esperar para ver el tatuaje cuando estuviera terminado.

Caden se puso a su lado para echar un vistazo, pero ella se apartó de un salto.

—Tú lo verás cuando lo vea yo: una vez terminado —dijo. No sabía si Heath ya había añadido la parte que Caden desconocía.

—¿Con esas me vienes? —preguntó con una sonrisa descarada.

—Pues sí —replicó, devolviéndole la sonrisa.

—Lo estás llevando muy bien, ¿sabes? —dijo Caden—. Es un tatuaje grande, para ser el primero.

Makenna se volvió para asegurarse de que Heath no estuviera justo detrás antes de contestar.

—Me gustan grandes, ya deberías saberlo.

La sonrisa que le lanzó Caden le indicó que le gustaría comérsela allí mismo.

—¿Cuando es la hora de los aperitivos?

—¿Lista para terminar? —dijo Heath, sentándose de nuevo en su taburete con ruedas.

—Sin duda —dijo Makenna, acomodándose en su silla—. Y que conste, Caden, que ya es casi la hora.

Caden había disfrutado de compartir la experiencia con Makenna, y seguía vagamente impresionado por el hecho de que hubiera querido hacerse un tatuaje. Sabía que a ella le gustaban sus tatuajes, pero le había dicho que siempre le había dado miedo que hicieran mucho daño. Y ahora que estaba tatuándose, apenas había reaccionado.

Aunque tampoco le sorprendía. Makenna era dulce y suave, pero también podía ser dura cuando hacía falta: como cuando le impedía dejarse llevar por sus paranoias, o lo bien que había asumido la muerte de su madre.

—Muy bien —dijo Heath al cabo de un rato—. Ya hemos terminado.

La sonrisa de Makenna dejó a Caden anonadado, la verdad.

—¿Puedo verlo ya? —preguntó la muchacha. Heath le entregó el espejo, y ella caminó casi de espaldas hacia el espejo de cuerpo entero que decoraba la pared—. Quiero verlo yo primera —dijo, dedicándole a Caden una sonrisa y sacándole la lengua. Durante un largo momento, Makenna se escudriñó, moviendo el espejo que tenía en la mano de un lado a otro. Entonces se le empañaron los ojos—. Me encanta, de verdad —dijo—. Heath, tienes muchísimo talento. Es increíble.

Su felicidad era palpable, y llenó a Caden de luz.

—Caden, esta mujer me cae muy bien. Puedes traérmela cuando quieras —dijo, guiñándole el ojo.

Makenna se echó a reír.

—Lo digo en serio, es magnífico. Mucho mejor de lo que había imaginado.

—Bueno, de nada —dijo Heath.

—¿Ahora me dejas verlo? —preguntó Caden, incapaz de reprimir su curiosidad.

—Adelante —dijo, adquiriendo una expresión tímida de repente. Se volvió, y Caden se acercó a ella.

La tinta negra quedaba impresionante contra su piel pálida. Y había tenido razón, el trabajo de Heath era tan meticuloso como siempre, nítido, definido y perfectamente ejecutado. Los nudos celtas eran preciosos, y la manera en que el árbol se fundía con ellos era interesante y única. En la parte inferior, seis iniciales en una tipografía de aspecto antiguo formaban una curva entre las raíces del árbol: M, E, P, I, M, C. Caden lo miró más de cerca. La segunda M tenía otra letra colgando, como una pequeña floritura. C.

—Di algo —dijo Makenna.

Encontró su mirada a través del espejo.

—Es increíble —dijo—. Y te queda fantástico, aunque eso no me sorprende. ¿Qué representa la C pequeñita? —preguntó. Aquel detalle no había aparecido en el esbozo que le había enseñado.

Mirándole a través del espejo, su expresión se suavizó y se encogió de hombros tímidamente.

—La C... te representa a ti.

Las palabras quedaron en el aire durante un momento, y le pareció que la habitación se encogía.

—¿A mí? —se oyó preguntar como si estuviera en la distancia. El pulso le resonaba en los oídos.

Makenna asintió.

—Pero... pero es... es tu árbol genealógico, representa tu familia —dijo, con la sensación de que la salita daba vueltas.

Al instante, Makenna se plantó delante de él, con las manos apoyadas en su pecho y mirándolo con sus brillantes ojos azules.

—Para mí, tú también formas parte de la familia, Caden. Quería que estuvieras en el árbol.

—No... no estoy... no estoy seguro —contestó. Sacudió la cabeza, abrumado y afectado—. O sea, es increíble que hayas querido hacerlo. Es que no me lo creo —continuó. No sabía muy bien lo que estaba diciendo.

Entonces se le ocurrió otra cosa. Makenna había puesto su inicial en su cuerpo. No era lo mismo que el nombre entero, pero se le acercaba. Y siempre había oído que tatuarse el nombre de un amante gafaba la relación. Traía mala suerte. ¿Y acaso había otro tipo de suerte para él?

Era una superstición tonta, claro. Pero era como su resistencia a decirle «te quiero», porque no quería tentar al destino, o a los dioses del caos, o a quien fuera responsable de que cosas malas ocurran a buenas personas. Su cerebro ya estaba imaginando las pequeñas maneras en las que aquella C podría transformarse en otra cosa: un corazón, un trébol, otro nudo.

Joder, ahí estaba él, negándose a confesar que la amaba, mientras que ella ya había declarado lo que sentía escribiéndose su inicial de forma permanente en la piel.

—Nadie ha hecho nada parecido por mí, Makenna —dijo al fin. Su cerebro estaba solo vagamente conectado a su boca—. Es... es increíble.

Su sonrisa era de pura alegría.

—Espero que no te importe. Cuando se me ocurrió, simplemente me pareció lo más natural. Así que decidí seguir adelante con la idea. Pase lo que pase, siempre formarás parte de mí.

«Pase lo que pase...»

—Vamos a vendarte —dijo Heath, indicándole con la mano que regresara a la silla.

Caden lo contempló mientras se ocupaba del tatuaje y escuchó las instrucciones que le daba para curárselo, pero lo hizo todo como si estuviera en otra habitación, o fuera de su cuerpo. El corazón le palpitaba con fuerza y sentía una opresión en el pecho.

Estaba claro que el tatuaje de su inicial había despertado sus ansiedades, pero no había dicho ninguna mentira: nadie había hecho algo tan especial por él. Jamás. Era solo que, por supuesto, aquello lo asustaba, joder.

Estaba aterrorizado, de hecho.

Tras todo lo que había perdido, ¿cómo podía poseer algo tan increíblemente valioso?

Capítulo 10

Caden se lanzó sobre Makenna en cuanto cruzaron el umbral de la puerta de su apartamento. La alcanzó en un instante y la arrinconó contra la encimera de la cocina. Dejó su bolso en el suelo. Le quitó el abrigo a toda prisa.

Estaba utilizándola. Era consciente de ello. Usándola para acallar todas las mierdas que le llenaban la cabeza. Porque cuando estaba con ella, cuando estaba dentro de ella, todo lo malo desaparecía. Siempre desaparecía.

Pero ella parecía tan dispuesta como él. Le arrancó el abrigo, deslizó las manos bajo su camiseta y se la subió. Se la quitó con su ayuda.

Sus besos eran urgentes, profundos, salvajes. Caden la estaba devorando: su piel, su lengua, sus gemidos. No bastaban para saciarle.

—Demasiada... ropa... —jadeó Makenna contra la comisura de sus labios, manoseando el botón de sus *jeans*.

—Dios, cómo te necesito —dijo Caden. Su mente era un borrón arrollador, su pecho todavía albergaba la tensión de antes.

—Aquí me tienes —susurró—. Aquí mismo.

«Pero ¿cuánto va a durar?»

El pensamiento apareció de la nada y lo dejó anonadado. Se quedó inmóvil, parpadeó. Como si alguien le hubiera dado un puñetazo en la cara por sorpresa.

—¿Caden?

Resollando, con los labios hinchados, Makenna levantó la vista hacia él en la tenue luz que ofrecían los focos que había en la parte inferior de los armarios de cocina.

Tenía la esperanza de que la oscuridad ocultara las partes de él que no quería que Makenna viera. Igual que había hecho en el ascensor.

—Te necesito —repitió, volviendo a besarla. La arrastró consigo al echar a andar torpemente hacia su habitación. Eran un revoltijo de manos, besos y prendas de ropa abandonadas. Para cuando alcanzaron la cama, Caden ya estaba duro, dolorido y desesperado por enterrarse en su cuerpo.

—Condón. Rápido —dijo Makenna.

No podía estar más de acuerdo. Sacó uno en un instante, agarró a Makenna y la obligó a volverse para que estuviera encarada a la cama.

—Arrodíllate —gruñó.

Makenna gateó sobre la cama, arqueando la espalda de una manera que era una puta belleza, con el trasero allí mismo, expectante. Entreveía su tatuaje a través del plástico protector, iluminado por la luz débil que penetraba la ventana.

Era incapaz de esperar.

Incapaz.

Se agarró el pene con la mano, encontró su entrada y empujó con fuerza.

Makenna dejó que se hundiera hasta el fondo. Siempre lo hacía.

Enterrado profundamente, el cuerpo de Makenna había aceptado cada centímetro, sus gemidos proclamaban su placer, y el ruido que había en sus oídos desapareció. Su cabeza quedó en silencio.

Y fue tal el alivio que lo único que pudo hacer fue rendirse ante la perfección absoluta de todo aquello.

Empezó a mover las caderas, lentamente al principio, pero cada vez más rápido, insistiendo, necesitado. La aferró de la cadera con una mano y del hombro con la otra, concentrado en su tatuaje, en su pequeña C, en como lo había aceptado pese a que él ni siquiera había...

«No.»

Cerró los ojos con fuerza y se concentró en la dulce fricción del cuerpo de Makenna envolviendo el suyo, de la suavidad de su piel contra la suya. El sonido de los jadeos, de los cuerpos chocando y la sarta de gemidos que escapaba por entre los labios de Makenna llenaban la habitación, y se concentró en todo eso.

Funcionó. Demasiado bien. Porque, de repente, su orgasmo apareció como una fuerza imparable.

—Mierda, me corro —masculló. Su rabo se estremeció con cada espasmo, sus caderas embistieron a Makenna, puntuando su placer. Fue tan intenso que casi se quedó insensible—. Joder, lo siento —dijo, saliéndose. Era la primera vez, de todas las que habían pasado juntos, que no se ocupaba de las necesidades de ella primero.

«Porque esta vez no estabais juntos de verdad, ¿a qué no? ¿Dónde estabas tú?»

Makenna se volvió, y su sonrisa era visible en la oscuridad.

—¿Por qué te disculpas? Ha sido espectacular.

Se deshizo del condón y regresó junto a ella.

—Deja que te compense, Pelirroja —dijo. Se deslizó tras ella y pasó una mano por encima de su cadera.

—Caden, quizá no ves mi expresión de felicidad en la oscuridad, pero créeme si te digo que no estoy quejándome.

Su voz estaba cargada de buen humor, lo que significaba que no se había percatado de lo lejos que había estado él, mentalmente.

—Quiero que te corras —le susurró al oído, con cuidado de no rozarle el tatuaje. Le dolería durante unos días. La tomó de la pierna y colocó el muslo de Makenna sobre el suyo, dejando su centro abierto ante sus manos—. Siempre quiero que te corras.

Estaba húmeda y cálida, y clavó las caderas contra sus dedos cuando estos empezaron a recorrer círculos firmes sobre su clítoris.

Con un gemido largo y susurrado, echó la cabeza hacia atrás, lo bastante como para que Caden pudiera ver su expresión. Con los ojos cerrados, parecía dichosa, feliz, entregada. Y eso, en vez de hacerlo sentir mejor, hizo que se sintiera como un fraude. Porque él no podía entregarse en igual medida, ¿verdad? No era capaz de revelárselo todo, ¿verdad? No debería obligarla a cargar con todas las dudas, los miedos, las incertidumbres que había estado acumulando últimamente, ¿verdad?

Cerró los ojos con fuerza, apoyó la frente contra la de Makenna y se concentró en acariciarla como a ella le gustaba. Tenía que hacer esto por ella. Al menos, esto. Ya que no podía darle todo lo que se merecía.

«Se merece a alguien mejor que tú.»

—Dios, me corro —dijo, con una sacudida de cadera—. Dios mío. —Su cuerpo entero se estremeció con el clímax, y entonces suspiró profundamente—. Vaya, estos aperitivos sí que me gustan.

Caden tuvo que carraspear para lograr que su voz sonara medio normal.

—Sí, la verdad es que sí.

Makenna se rio entre dientes y se volvió, apoyando la cara contra su pecho. Se quedaron allí un largo momento, hasta que finalmente bostezó.

—Estoy hecha polvo.

—Yo también —dijo Caden, aunque probablemente no era por los mismos motivos.

—¿Y si nos dormimos así? —murmuró.

—Lo que tú quieras —respondió, deseando que fuera verdad. Porque no era tonto. Una mujer que te presentaba a su familia y que se tatuaba tu inicial en la espalda quería algo más. Quizá lo quería todo. Y se sentía increíblemente privilegiado por que Makenna James quizá deseara tener todo eso con él. Pero también sentía que no se lo merecía.

Siempre igual.

—Supongo que tengo que curarme el tatuaje, primero —dijo, incorporándose. Acarició suavemente el tatuaje tribal que Caden tenía en el mismo sitio—. ¿Me ayudas?

—Claro —contestó él, frotándose la cicatriz del lado de la cabeza—. Enseguida voy.

—De acuerdo —dijo. Le dedicó una pequeña sonrisa por encima del hombro antes de levantarse.

Encendió la luz del baño, iluminando el dormitorio de repente.

Lo cual significaba que era hora de recuperarse de una puta vez. Porque, igual que en el ascensor, la oscuridad no lo cobijaría para siempre.

Las náuseas hicieron que Makenna se levantara de la cama de un salto y cruzara la habitación corriendo. Vomitó todo lo que había cenado la noche anterior, y probablemente también echó lo que había comido dos semanas atrás, a juzgar por la cantidad de veces que tuvo arcadas.

Mierda. El día anterior se había sentido mejor, y había asumido que ya se le había pasado el virus estomacal. Quizá debería ir al médico. Estremeciéndose, tiró de la cadena y se acercó al lavamanos para enjuagarse la boca.

Entonces se le ocurrió.

Iba con retraso.

No, no podía ser...

En una ocasión, el condón se había roto cuando Caden se había salido, pero Makenna había tenido un período desde entonces. Sí, cierto, había sido muy ligero. Pero su menstruación siempre había sido así: ligera un mes, abundante al siguiente; un mes llegaba puntual, a los veintiocho días, y al siguiente tardaba treinta y uno. Por eso no había pensado mucho en el retraso.

Pero los vómitos le habían dado en qué pensar.

No.

No.

Mierda.

Con los pensamientos dándole vueltas a toda velocidad, se tambaleó de nuevo hacia la cama, sin tener ni idea de lo que diría. Pero no había nadie más en la habitación.

—¿Caden? ¿Hola? ¿Dónde te has metido?

Encontró el resto de habitaciones oscuras y vacías. Pero ¿qué diablos...?

Al encender la luz de la cocina, avistó una nota en la encimera:

Pelirroja,
No quería despertarte. Me he acordado de que necesito
algo de mi casa antes de que empiece mi turno, así que me
he ido temprano. Luego hablamos.

C.

Makenna frunció el ceño. En todo el tiempo que llevaban juntos, nunca se había ido antes de que se despertara. Suspirando, se pasó los dedos por el pelo. No tenía por qué significar nada. Bah, a la mierda, lo que pasaba era que estaba alterada por su posible-pero-seguramente-no revelación en el baño. De vuelta en la habitación, desenchufó el teléfono móvil del cargador y mandó un mensaje de texto:

He echado de menos despertarme junto a tu cara de guapo.
¡Espero que tengas un buen día! Besos.

No recibió una contestación al momento, pero Caden nunca mandaba mensajes si estaba conduciendo y, vista la hora, lo más seguro es que estuviera yendo de camino al parque de bomberos. Se dejó caer sobre el borde de la cama.

¿De verdad era posible que estuviera embarazada? El estómago le dio un vuelco y se cruzó de brazos, abrazándose. Maldita sea. Sería incapaz de pasar todo el día en el trabajo sin averiguarlo.

Makenna se obligó a levantarse, se vistió con unos *leggings*, una sudadera y un par de botas de lana gris, y se cepilló el pelo. Se puso el abrigo, agarró el bolso y con eso estuvo lista para completar su misión. Esta era una de las cosas que adoraba acerca de su barrio: en el pequeño enclave urbano de Clarendon uno podía encontrar todo lo que necesitara, normalmente a poca distancia. Incluyendo la droguería, que estaba a dos meras manzanas.

Al poco rato, Makenna se encontraba delante de una estantería llena de pruebas de embarazo. Y, por el amor de Dios, ¿por qué había tantas? Más, menos, una línea, dos líneas, palabras, símbolos.

«Es ridículo, ¿no? Yo no necesito nada de esto. Excepto que... ¿quizá sí? Compórtate como una adulta, mea en un palito y lo sabrás seguro.»

De acuerdo.

Suspirando, Makenna agarró una prueba que aseguraba poder detectar el embarazo antes que las demás. Entonces tomó otra que no solo ofrecía las diagnosis «embarazada» y «no embarazada», sino que también estimaba cuantas semanas habían pasado desde la última ovulación. Fantástico.

Volvió a su apartamento en un instante y, por primera vez desde que se conocieron, se alegró de que Caden no estuviera presente. Solo porque no quería agobiarlo con un susto como ese sin saber si sus sospechas eran fundadas. Si a Makenna le parecía que no estaba listo para oír «te quiero», imaginaba que su nivel de preparación para oír las palabras «estoy embarazada» era el mismo pero dividido por un billón.

Al vaciar la bolsa de plástico en el lavamanos de su baño, un pensamiento curioso le cruzó la cabeza: no estaba segura del resultado que deseaba. Lo cual no tenía sentido, puesto que tenía veinticinco años y llevaba con Caden menos de tres meses, pero la idea le rondaba la cabeza igualmente.

Con el corazón en un puño, abrió las cajas y dispuso los palitos de plástico en fila: había dos de cada. Los usó todos, solo para estar segura por cuadruplicado. Y entonces esperó. Y el pulso se le aceleró. Y el estómago le dio un vuelco.

Y los resultados aparecieron:

«+. +. Embarazada 3+. Embarazada 3+.»

Makenna escudriñó las ventanillas como si estuviera intentando descifrar un texto en sánscrito.

«+. +. Embarazada 3+. Embarazada 3+.»

Estaba embarazada. Y además ¿hacía más de tres semanas desde que había ovulado? ¿De cuántas semanas estaba? Se dejó caer sobre el retrete cerrado y apoyó la cabeza en las manos.

«Dios mío. DiosmíoDiosmíoDiosmío. De acuerdo. No entres en pánico. Ni hablar. Si acaso, eso lo dejo para después de entrar en pánico.»

—Basta. Piensa un poco —dijo en voz alta. Se le ocurrió una idea y fue en busca del teléfono móvil. Llamó a su médico de cabecera y averiguó adónde ir para que le hicieran un análisis de sangre. Ya puestos, podría empezar por confirmar el embarazo del todo.

Se duchó a toda prisa y se visitó para el trabajo: podía ir a hacerse el análisis de camino a la oficina y, con un poco de suerte, recibiría el resultado antes del fin de semana. Porque, aunque ya lo sabía (las pruebas de embarazo caseras eran demasiado exactas como para dar cuatro resultados erróneos), quería un resultado oficial. Y sospechaba que Caden también lo querría.

Mirándose en el espejo del baño, su mirada descendió hasta su vientre.

—Estoy embarazada —se susurró a sí misma, como si estuviera revelando un secreto. Y supuso que eso era lo que estaba haciendo. Porque ni loca se lo contaría a Caden hasta que supiera todo lo que había que saber.

Capítulo 11

Las pesadillas estaban empeorando. Lo habían atormentado durante el poco rato de sueño que había tenido esa noche, así que se había levantado y había estado dando vueltas por el salón; al final, se había ido porque no quería enfrentarse a la mirada omnisciente de Makenna por la mañana. Entonces, durante un rato sin llamadas en la centralita del parque de bomberos, se había amodorrado de nuevo, pero solo le había valido para que regresaran las pesadillas.

Todas empezaban igual.

Lo que cambiaba era el final.

En una pesadilla, Makenna y él se encontraban en el asiento de atrás cuando el automóvil volcaba, y era ella la que no sobrevivía mientras él sí. Gritaba su nombre una y otra vez, pero Makenna nunca respondía.

En otra, Sean se convertía en Makenna y revivía otra versión del sueño. Eran los ojos de ella los que lo acusaban. La voz de ella la que decía «debería haber sido yo. Debería haber sobrevivido yo».

En un giro completamente nuevo de su subconsciente, Caden se convertía en su padre y Makenna en su madre. Cuando el automóvil volcaba, Makenna sufría el mismo destino que su madre: la cabeza destrozada contra la ventanilla, el cuello roto, una muerte instantánea. Y Caden no solo se quedaba atrapado cabeza abajo, sabiendo que todo lo que había amado se había esfumado, sino que también sabía que había sido su culpa.

Había perdido el control. Y el precio lo había pagado ella.

Así que cuando salió a atender una emergencia de verdad, Caden tenía la cabeza hecha un desastre. Lo cual, probablemente, explicaba por qué había sufrido su primer ataque de ansiedad al llegar al lugar de un accidente. Fue el pelo. El pelo cobrizo y largo de la conductora.

Su cerebro se la había jugado como de costumbre y, durante varios largos segundos, había estado absolutamente convencido de que sus peores miedos acababan de hacerse realidad. Makenna estaba muerta dentro de aquel vehículo.

No importaba que Makenna casi nunca condujera. O que el vehículo del accidente ni siquiera se pareciera al pequeño Prius que tenía ella. O que no hubiera ningún motivo en absoluto para que Makenna estuviera en Duke Street, cerca de Landmark Mall, a las cuatro de la tarde, teniendo en cuenta que ella trabajaba a varios kilómetros de allí, en Roslyn.

En momentos como ese, a su cerebro la lógica lo traía sin cuidado.

Dejando de lado la vergüenza, lo peor era que podría haber puesto en peligro la vida de una paciente. Al final, las heridas de la mujer resultaron no ser serias. Pero eso no era lo importante. Estaba fuera de control, y no sabía qué cojones hacer al respecto. No había estado tan mal desde hacía años.

Aunque claro, hacía años que no tenía nada que perder.

Ahora sí que lo tenía. Y lo único que estaba perdiendo era la cabeza.

Cuando volvieron al parque de bomberos, su capitán le pidió que acudiera a su despacho.

Exhausto y hecho un manojo de nervios, Caden se dejó caer sobre la silla que había delante del escritorio de su capitán. Joe Flaherty rondaba los cuarenta, tenía canas prematuras y había sido el supervisor de Caden durante los nueve años que había pasado en el parque de bomberos; estaba al tanto de su pasado. Varios compañeros lo estaban.

Como norma, Caden no les fallaba: llegaba temprano, se iba tarde, aceptaba turnos extra, cambiaba los turnos con los compañeros que tenían familias cuando había una ocasión especial, dejaba la ambulancia limpia y abastecida, y cumplía con su trabajo lo mejor que podía. Todos sabían que era un tipo fiable. Bueno, hasta hoy.

—¿Qué ha pasado en la emergencia de hoy, Grayson? —preguntó Joe. Su tono de voz revelaba preocupación, pero era amable.

Caden se frotó la cara.

—Últimamente tengo problemas para dormir —contestó—. He vuelto a tener pesadillas sobre el accidente, por algún motivo —añadió. Sacudió la cabeza; quería ser sincero, pero no quería revelar más de lo estrictamente necesario—. Al llegar, cuando he visto a la mujer, he pensado que era Makenna.

Con una expresión pensativa, Joe asintió.

—Todos hemos visto a un ser querido en el rostro de un accidentado, en algún momento, así que no le des más vueltas —dijo—. ¿Has hablado con alguien acerca de las pesadillas?

Caden volvió a sacudir la cabeza. Hacía años que no acudía a terapia. Había arreglado las cosas. Lo tenía bajo control. Había aprendido técnicas para lidiar con sus mierdas.

El único problema con todo eso era que, claramente, ya no era cierto.

—Quizá deberías pensártelo. Con tu historial, siempre esperé que tuvieras problemas con los accidentes de tráfico. Sabiendo que el que sufriste puso tu vida en riesgo, y teniendo en cuenta el trastorno de estrés postraumático, el milagro es que no haya ocurrido antes. Y te he vigilado de cerca.

Caden sabía que era cierto. Y entendía el porqué. En cierta manera, incluso lo agradecía. Antes de sus primeras emergencias en el parque de bomberos, él tampoco había sabido cómo iba a reaccionar. Pero había estado tan decidido a pagar su deuda, a ayudar a otros tal y como Talbot lo había ayudado a él, que nunca había tenido problemas. Los accidentes de tráfico nunca habían despertado sus problemas psicológicos al contrario de lo que solía ocurrir con otros supervivientes.

El accidente le había dejado cicatrices físicas, pero el trauma emocional derivaba de sus consecuencias. De perder a su familia. De sobrevivir cuando ellos habían muerto. De quedarse a solas con sus cadáveres, porque no había sabido hasta más tarde que su padre había estado vivo. De estar a solas, en el automóvil y durante los años que siguieron, cuando su padre lo había aislado emocionalmente. Del hecho de que había pasado tanto tiempo antes de que alguien acudiera en su ayuda que había pensado que eran alucinaciones.

Caden asintió.

—No me había dado cuenta de que las cosas se habían puesto tan serias. Me ocuparé de ello.

Joe entornó los ojos.

—No intentes arreglarlo tú solo. Si el trastorno de estrés postraumático ha empeorado tanto que vuelves a sufrir pesadillas y ataques de ansiedad, es que hay un factor de estrés nuevo. Habla con alguien. Es una orden. No me obligues a quitarte los turnos.

Sintiéndose como si tuviera un pedrusco en el estómago, Caden se pasó una mano por la cicatriz.

—Sí. De acuerdo.

—Ahora, vete a casa —dijo Joe—. Duerme un poco. Y pregúntale a Makenna cuando va a traernos más de esos bizcochos cubiertos de chocolate.

—Mi turno no ha terminado —dijo Caden.

—Y yo te estoy diciendo que te vayas a casa. El siguiente turno empieza pronto, estamos cubiertos. No era una sugerencia —replicó Joe, levantando una ceja.

Mierda. En nueve años, jamás lo habían mandado a casa. Y aunque no había nada en el rostro o el tono de Joe que sugiriera que la medida era punitiva o producto de la irritación, Caden seguía sintiendo que había decepcionado a su capitán, a su equipo, a su familia. La única que tenía.

Aquel era el único lugar en el que siempre había logrado mantener el control.

Levantarse le costó más esfuerzo del que habría admitido. Se puso en posición de firmes, con la columna recta y la cabeza alta.

—Puedes retirarte —dijo Joe.

Caden se apresuró en irse a su casa. El edificio de Fairlington estaba solo a unas manzanas de distancia. Makenna todavía no habría vuelto de trabajar y, en cualquier caso, se sentía demasiado herido como para pasar el rato con ella.

Y por eso le mintió a través de mensaje de texto.

«Me han mandado a casa de baja. Es una gripe o algo por el estilo. Voy a descansar aquí unos días para no contagiarte. Luego hablamos.»

Contempló las palabras durante un momento y presionó el botón de «enviar». Quizás aquello era más cierto de lo que pensaba, al fin y al caso. Era verdad que no se encontraba bien. Y no quería agobiar a Makenna con todo eso. Al menos, hasta que supiera qué hacer al respecto.

Makenna estaba perdiendo la cordura lentamente. Echa una bola en el sofá, llevaba quince minutos cambiando de canal sin dar con nada que mereciera la pena ver. ¿Cómo era posible? Pero no era la televisión lo que la estaba volviendo loca.

No, estaba enloqueciendo porque hacía tres días que no veía a Caden. Se habían mandado mensajes de texto durante el fin de semana, pero estaba enfermo y no quería contagiarla. Le dolía no poder ir a ayudarlo, pero Caden insistía en que no fuera.

Encima, la locura estaba a la vuelta de la esquina porque había recibido el resultado oficial de su médico, que había confirmado lo que ya sabía. Estaba embarazada.

Pero también habían mencionado algo que la había pillado por sorpresa: según el análisis de sangre, era posible que estuviera ya de ocho semanas. Lo cual significaba que de verdad había ocurrido cuando el condón se les había roto en octubre. La certeza de su embarazo era lo que le impedía hacer oídos sordos a las protestas de Caden e ir a cuidar de él de todos modos. No podía arriesgarse a enfermar.

Visto lo avanzado que estaba su embarazo, su médico había encontrado un agujero en la agenda para hacerle una ecografía el martes. Y parte de lo que la estaba volviendo loca era no saber si debería contárselo a Caden antes del martes para que pudiera acompañarla, o ir a la ecografía ella sola y asegurarse de que el bebé estaba sano antes de mencionárselo. Era consciente de que, probablemente, estaba dándole demasiadas vueltas y subestimando a Caden, pero todo este tiempo a solas había llegado en el peor momento, y Makenna estaba imaginando todas las maneras en que las cosas podrían salir mal.

Además, tenía la sensación de que no debería decírselo a nadie antes que a Caden, lo cual solo empeoraba su estado de locura inminente. Se había resistido a llamar a su mejor amiga, Jen, que, en cualquier caso, se había ido con su madre a una escapada fuera de la ciudad para hacer las compras navideñas. Aparte de Jen, sus otras amigas más cercanas habían sido sus compañeras de universidad, y ninguna de ellas vivía en la zona de Washington. De todos modos, su relación ya no era tan cercana, y no se habría sentido cómoda llamándolas para soltar «hola, estoy embarazada y me da miedo que a mi novio le dé un ataque al corazón». En aquel momento, una parte de ella deseó tener más amigas, pero siempre le había resultado más fácil entablar amistad con hombres. Siempre lo había atribuido a crecer rodeada de hermanos.

Lo cual la había llevado a preguntarse qué le contaría a su familia, y cuándo. Patrick siempre había sido fantástico para hablar de todo tipo de asuntos. Puesto que les sacaba tantos años a Ian, Collin y ella, había ayudado mucho a su padre cuando todos eran pequeños. Con el tiempo, se convirtió prácticamente en su mentor cuando Makenna tuvo que empezar a tomar decisiones acerca de la universidad y su futuro profesional. Y su padre siempre la había apoyado en todo, incluso cuando fue la primera de la familia en irse de Filadelfia. Pero contárselo a un hombre James significaba contárselo a todos, y no estaba lista.

Por eso, a las cuatro de la tarde de un domingo, Makenna todavía estaba en pijama y una bolsa de medio kilo de M&Ms yacía en la mesa de centro, vacía.

Al menos los M&Ms de cacahuete tenían proteínas.

«Lo siento, chiquitín. Intentaré hacerlo mejor en el futuro.»

Makenna suspiró.

Y entonces decidió que ya había tenido bastante.

Decidida, apagó la televisión y se dirigió con paso firme a la ducha. Una vez limpia, se retorció incómodamente para aplicarse la pomada para la cicatrización del tatuaje, que había pasado de dolerle a picarle. Se puso ropa cómoda, metió los pies en las botas, y agarró el abrigo y el bolso. Y entonces se fue a la tienda.

Tenía que preparar un paquete de emergencia.

Por lo menos, necesitaba ver a Caden, aunque no se quedara en su casa.

Rondó por el supermercado pensando en lo que le apetecía a ella cuando enfermaba, recopilando sopa de fideos de pollo, galletas saladas, polos helados y cerveza de jengibre, bolsitas de té para hacer infusiones y pan para tostadas, entre otras cosas. Teniendo en cuenta que Caden apenas había estado en su casa en los últimos dos meses, lo más probable era que no tuviera demasiada comida en casa, lo cual la hizo sentirse culpable por no haberle hecho la compra antes. Añadió analgésicos, caramelos para el dolor de garganta y un jarabe para los vómitos.

Entonces pasó por un pasillo lleno de productos de Navidad: papel de envolver regalos, decoraciones, golosinas y juguetes. Parecía que el polo norte hubiera estallado en medio del supermercado. Makenna agarró una bolsa de M&Ms de cacahuete para Caden, ya que sabía que a él también le gustaban. Una estantería llena de peluches captó su atención y, aunque eran un poco cursis, se acercó.

¿Acaso había algo que comunicara «¡Espero que te recuperes!» mejor que un adorable animalito de peluche? El hecho de que estuviera sopesando regalárselo a un hombretón tatuado, con *piercings* y cicatrices era bastante gracioso, y Makenna era partidaria de cualquier cosa que pudiera hacer sonreír a Caden. Además, quizá tenía aspecto duro, pero por dentro él mismo era un osito de peluche. A Makenna siempre le había encantado aquella dicotomía.

Y entonces vio el animalito perfecto.

Era un osito castaño, con costuras negras por aquí y por allá, como si lo hubieran cosido a mano o lo hubieran arreglado con cuidado. Tenía una expresión dulce y, en el pecho, un corazón de retales rojos aún más dulce. Había algo en todas aquellas suturas y el corazón que le recordaba a Caden. Sin darle más vueltas, lo agarró y lo añadió al carrito.

El camino desde el supermercado a casa de Caden era corto. Siempre le había encantado la zona donde vivía, en Fairlington. Construido en los años cuarenta para albergar a los trabajadores de la entonces nueva oficina del Pentágono, el barrio era una colección de casas adosadas de ladrillos rojos, agrupadas alrededor de pequeñas calles sin salida. Eran encantadoras, estaban cerca de todo, y algunas de ellas eran sorprendentemente espaciosas, como la de Caden, que tenía dos habitaciones y un sótano arreglado.

Al aparcar el Prius en la plaza para visitas, se puso a pensar.

Makenna había estado preguntándose por qué Caden no se deshacía de su casa. Pero, pensando en el bebé, tendría mucho más sentido que fuera ella la que dejara su apartamento. La casa adosada de Caden tenía el doble de metros cuadrados, y él ni siquiera usaba la segunda habitación, sería perfecta para un niño.

Contemplando la fachada de la casa, sintió la emoción de todo ello. Obviamente, estaba adelantándose a los acontecimientos. Pero pensar en dónde viviría su hijo era solo una de las mil cosas que debía sopesar. Bueno, que debían. Ambos debían sopesarlo. Tenía que dejar de pensar en todo aquello en singular.

Tenía a Caden.

Y ahora mismo, él la necesitaba.

Makenna agarró todas las bolsas del maletero del Prius y las acarreó hasta su porche. Tuvo que dejar unas cuantas en el suelo para poder llamar a la puerta.

Se abrió en menos de un minuto.

—¿Makenna? ¿Qué haces aquí? —preguntó Caden, claramente sorprendido de verla. Llevaba puestos unos pantalones deportivos y una camiseta vieja, y Makenna se alegraba enormemente de verlo, solo quería envolverlo en sus brazos y acurrucarse contra su pecho. Pero también tenía unas ojeras oscuras y los ojos hundidos, como si llevara días sin dormir, y tenía un color extraño. Su aspecto era enfermizo de verdad.

—Te echaba tanto de menos que no podía seguir con la cuarentena, así que te he traído lo básico para sobrevivir. Bueno, ha evolucionado hasta ser casi la compra completa, pero qué más da —dijo. Sonrió, aunque por dentro se moría por darle la noticia—. No quiero quedarme si no te sientes con fuerzas, pero al menos deja que coloque todo esto en la cocina y te prepara un bol de sopa, o algo.

¿Se lo estaba imaginando, o su cara parecía más delgada? Dios, tendría que haber acudido antes.

Caden frunció el ceño, pero asintió, entonces se inclinó y agarró las bolsas que Makenna había dejado en el suelo.

—No tenías por qué hacer todo esto —dijo, haciéndola pasar—. Pero gracias.

—Pues claro que tenía —contestó ella, mientras cruzaban el salón-comedor y se dirigían a la pequeña cocina que había al fondo de la casa—. Me moría de ganas de venir a cuidarte, pero no quería despertarte si estabas durmiendo, o algo. Pero entonces he empezado a preocuparme: ¿y si estabas aquí recluido y necesitabas ayuda, o comida o medicamentos pero eras demasiado tozudo para pedir socorro? —continuó. Le dedicó una sonrisa resabida.

Caden soltó una risa débil mientras dejaban las bolsas en la encimera.

—Sí, bueno. Ya me conoces.

—En fin, ¿qué es lo que te pasa? ¿Es un virus estomacal? ¿La gripe? —preguntó Makenna mientras empezaba a vaciar las bolsas.

Con el ceño fruncido, Caden se cruzó de brazos y se apoyó contra la encimera.

—Sí, esto... el estómago. Pero ya empieza a mejorar.

Con la mirada fija en el suelo, se encogió de hombros.

Y había algo tan... casi... derrotado en su gesto y en su postura, que Makenna inmediatamente dejó lo que estaba haciendo y acudió a su lado.

—Me da igual que estés enfermo, pienso abrazarte igual —dijo. Con cuidado, le puso los brazos alrededor de la cintura y lo abrazó. Maldita sea, también parecía más delgado—. ¿Has estado vomitando mucho?

Los brazos de Caden la envolvieron con un largo suspiro.

—Nada que no pueda soportar —dijo en voz baja.

Lo cual, probablemente, significaba que se había pasado el tiempo vomitando sin parar. Pobre Caden.

—No tienes que pasar por todo esto solo, ¿sabes? Podría haber venido antes. Podría haberme quedado a dormir aquí para cuidarte.

—No quería molestarte —dijo, apoyando la mejilla contra su pelo.

Con un nudo en la garganta, Makenna se apartó para mirarlo a la cara.

—Caden, jamás me molestarías. No importa lo que necesites, yo te ayudaría. Siempre. Puedes contar conmigo, ¿me oyes?

¿Cómo era posible que todavía no lo hubiera asimilado? Aquel asunto hacía que quisiera revelarle sus sentimientos. Si Caden supiera que estaba enamorada de él, comprendería que estaba hablando en serio. Pero no quería soltárselo cuando no se encontraba bien.

Caden la miró durante un momento, como si estuviera asimilando sus palabras. Finalmente, contestó.

—Sí, lo sé —dijo, y le dio un beso en la frente—. Gracias.

—No me des las gracias. Voy a cuidar de ti, oficialmente. ¿Te ves capaz de comer algo?

—Probablemente —replicó.

Makenna le dio un beso en la mejilla, y su barba incipiente le hizo cosquillas en los labios.

—No te queda mal —dijo, acariciando con la yema del dedo la barba que le había crecido en un par de días.

—Ah, ¿no? —dijo, y casi esbozó una sonrisa—. Me lo apunto.

—Bien hecho —replicó Makenna, volviendo a las bolsas. En un par de minutos, lo hubo colocado todo en su sitio—. ¿Qué te apetece?

Su mirada recorrió las opciones.

—Sopa y galletas saladas suena estupendo —dijo, acercándose a ella—. Vaya, no me puedo creer que hayas comprado todo esto. ¡Ooh, M&Ms! —añadió, agarrando el paquete.

Makenna se echó a reír.

—Quizá sea mejor que los dejes para cuando te encuentres mejor. Sería una lástima ver qué aspecto tienen al vomitarlos y que luego te dieran asco para siempre.

—También es verdad —dijo, con una sonrisa descarada.

—Yo solo lo digo. De acuerdo, ve a sentarte, yo lo preparo todo —dijo, echándolo de la cocina—. Oh, espera, hay otra cosa —añadió. Le entregó la bolsa que contenía el osito.

—¿Qué es esto? —preguntó.

—Un regalo para desearte que te mejores —respondió, incapaz de reprimir una sonrisa. A Caden le parecería una tontería. Y lo era. Pero en el buen sentido.

Caden metió la mano en la bolsa y sacó el peluche.

—Me has comprado un osito —dijo y, finalmente, sonrió de verdad. Se pasó la mano por la cicatriz de la cabeza, un gesto que lo había visto repetir muchas veces.

—Todos los enfermos necesitan un osito —dijo—. Eso lo saben hasta los niños. Puede hacerte compañía cuando yo no esté.

No sería a menudo, pero algo era algo.

Asintiendo, Caden le dedicó una mirada dulce.

—Gracias, Pelirroja. No... no sé lo que haría sin ti.

Makenna sonrió, contenta de haber decidido venir. Caden necesita la visita. Ambos la necesitaban.

—Bueno, no te preocupes por eso, porque nunca tendrás que averiguarlo.

Capítulo 12

Makenna entró sola en la consulta de su médico el martes por la mañana. Tras darle muchas vueltas al asunto, había decidido que lo mejor sería informarse tanto como fuera posible antes de darle la noticia a Caden. En particular, quería saber si el niño estaba sano. Asumiendo que fuera así, se lo contaría a Caden al salir del trabajo. Se lo contaría todo.

Ya iba siendo hora. Makenna apenas podía contenerse.

Informó al recepcionista de su llegada y se sentó a esperar. Había más personas esperando, entre ellas dos mujeres muy embarazadas. Una oleada de emoción recorrió a Makenna: en pocos meses, ella estaría igual. Un hombre estaba sentado junto a una de las embarazadas, susurrándole algo al oído que la estaba haciendo reír. El hombre apoyó la mano en el vientre de ella mientras hablaba.

Y aquel hombre... sería Caden. Caden, que hacía tanto tiempo que no tenía una familia. Santo cielo, Makenna esperaba que se alegrara de formar una nueva. Aunque tuviera miedo (¡mierda!, no sería el único), ella guardaba la esperanza de que la alegría pesara más. Porque, al fin y al cabo, aquello terminaría en una personita que formaría parte de los dos. Y aquello, a Makenna, le parecía increíble.

La puerta de la sala de espera se abrió.

—¿Makenna Jones? —preguntó una enfermera que vestía una casaca médica rosa.

Makenna siguió a la mujer hasta la consulta, y el corazón le latía con más fuerza a cada momento. Estaba a punto de ver a su hijo por primera vez.

Al poco rato, Makenna llevaba puesta una bata de papel desechable y su ginecóloga de toda la vida estaba entrando en la consulta acompañada de la enfermera.

—Makenna, me alegro de verte —dijo la doctora Lyons.

—Yo también —contestó ella, sonriente ante la personalidad animada de la doctora.

—¿Has venido sola? —preguntó la ginecóloga mientras se lavaba las manos a conciencia.

Makenna asintió.

—Quiero asegurarme de que todo va bien antes de darle la noticia a mi novio.

—Muy bien —dijo la doctora Lyons—. Pues manos a la obra.

La ginecóloga le explicó cómo funcionaba la ecografía transvaginal, y al cabo de un momento Makenna ya estaba tumbada de espaldas con los pies en los estribos; lo cual siempre le resultaba incómodo, sin importar cuantas veces hubiera pasado por ello a lo largo de su vida.

Pero su incomodidad se desvaneció cuando una imagen apareció en la pantalla y un ritmo rápido resonó por la consulta.

—Hola, pequeñín —dijo la doctora, midiendo algo en el monitor. ¡Pum, pum! ¡Pum, pum! ¡Pum, pum!

—¿Es el latido de su corazón? —preguntó Makenna. El sonido se plantó en lo más hondo de su pecho y la llenó de emoción.

La doctora Lyons sonrió, recolocando la sonda.

—Así es. Y suena estupendamente bien.

—¿Es normal que vaya así de rápido? —preguntó Makenna, fijando la vista en la pantalla, donde la doctora había aumentado una silueta borrosa, con forma de gusanito y diminutas protuberancias sobresaliendo a los lados.

La voz de su padre llamándola «gusanito» le resonó por la cabeza, y ahora ya sabía por qué.

Allí estaba su hijo (o su hija), y era cierto que parecía un gusanito.

—A juzgar por estos cálculos, estás de nueve semanas y tres días, y saldrás de cuentas el siete de julio. Todo parece estar desarrollándose con normalidad —dijo la doctora Lyons, sonriendo—. Creo que puedes darle la noticia al padre sin miedo.

Makenna era incapaz de apartar la mirada de la pantalla. De repente, el peso de la situación la impactó de lleno, y contuvo el aliento un momento al sentir que los ojos se le llenaban de lágrimas.

—Me parece tan increíble. Ojalá lo hubiera traído hoy.

—Todavía tendréis muchos momentos para compartir, incluyendo más ecografías —dijo la ginecóloga, extrayendo la sonda—. Y vas a marcharte con unos cuantos recuerdos.

La máquina que había bajo el monitor empezó a emitir un zumbido y escupió una hoja de papel. La doctora Lyons se la entregó.

Fotos de su gusanito. Makenna se las llevó al pecho.

—Me muero de ganas de enseñárselas. Todo va bien, ¿verdad?

—Así es. Quiero que empieces a tomar un suplemento vitamínico para embarazadas, y ahora panificaremos las siguientes pruebas. Volveremos a vernos en cuatro semanas.

La doctora la informó de ciertas cosas que debía de hacer ahora que estaba embarazada (y otras que no debía), y le entregó varias hojas con información para que las pudiera consultar en casa. Cielos, ¡había mucho que aprender!

Cuando terminaron, la ginecóloga se dirigió hacia la puerta y se volvió hacia ella con una sonrisa.

—Buena suerte al contárselo a tu novio esta noche. Espero que vaya genial.

—Gracias —dijo Makenna. La doctora Lyons salió y Makenna bajó de la camilla. Observando las ecografías, no podía evitar sentirse maravillada, abrumada y emocionada a la vez—. Yo también espero que vaya genial.

245

Mientras ascendía los cinco tramos de escaleras que llevaban al apartamento de Makenna, Caden se sintió como si hiciera años que no subía a aquel lugar. Desde luego, le parecía haber envejecido varias décadas desde su última visita.

Durante los días anteriores, no había sido más que un despojo desastroso. Hacía mucho que el trastorno de estrés postraumático no lo afectaba con tanta intensidad. Había pasado la mayor parte del fin de semana sin pegar ojo y, en los momentos en los que lograba dormirse, sufría unas pesadillas horrorosas. Su mente era como un laberinto, lleno de esquinas oscuras, callejones sin salida y sombras amenazantes. Había perdido el apetito, y el par de veces que había intentado comer, lo había vomitado todo de nuevo. Por suerte, el domingo por la tarde Makenna se había ido antes de que Caden devolviera la sopa y las galletas saladas que le había traído. Sentía los músculos doloridos, como si hubiera estado enfermo de verdad, y un dolor de cabeza insistente que arrastraba desde el viernes por la noche le dificultaba pensar.

Por todos estos motivos estaba jadeando escaleras arriba. En el vestíbulo, se había quedado plantado delante del ascensor abierto durante un largo momento, hasta que su sistema nervioso había amenazado con una crisis de las serias y Caden había comprendido que era incapaz de meterse en aquella cajita. Por corto que fuera el trayecto. Estos eran los niveles de descontrol que sus gilipolleces estaban alcanzando.

Su primer turno de vuelta al trabajo había ocupado las últimas veinticuatro horas, y levantar el culo de la cama para bajar al parque de bomberos le había costado un esfuerzo hercúleo. Por no hablar de lo difícil que le había resultado sobrevivir al turno. Se había sentido todo el tiempo como si estuviera caminando bajo el agua, con movimientos lentos y torpes y músculos cansados.

Al llegar al rellano del quinto piso, Caden se acordó de otra ocasión en la que se había sentido así de mal.

A los dieciocho años. Durante las semanas anteriores a la ceremonia de graduación de su instituto, cuando todavía no había sabido exactamente lo que quería hacer con su vida, pero, al menos, había estado seguro de no querer seguir viviendo con la carcasa resentida en la que se había convertido su padre. La incertidumbre de la situación y el rechazo casi total de su padre a responsabilizarse de su hijo o a mostrar algún interés por él ya habrían bastado, pero también había coincidido con el que habría sido el decimosexto cumpleaños de Sean, y la combinación hundió a Caden en un agujero profundo que terminó en un diagnóstico de depresión clínica.

Y, joder, estaba viendo más paralelismos con esa época de los que le gustaría admitir.

Sentía que era una derrota colosal tras haber pasado tantos años controlando sus emociones. Y ahora todo parecía estar descarrilándose.

Era casi más de lo que podía soportar, lo cual le hacía sentirse débil e inútil. Caden era más fuerte que las circunstancias. Debería serlo. Maldita sea.

Introdujo la llave en el cerrojo de la puerta, ansioso por ver a Makenna. Había sido un alivio verla el domingo por la tarde, cuando había tenido el detalle de hacerle la compra. Ella era la luz en la oscuridad de Caden, y lo había sido desde que se habían quedado atrapados en el ascensor. Si alguien podía quitarle parte del peso de los hombros, si alguien podía lograr que le resultara más fácil respirar, era ella.

Al entrar en el apartamento, Caden quedó inmediatamente sumergido en el delicioso aroma especiado de una salsa de tomate. Por primera vez en muchos días, sintió que se le abría el apetito.

—¿Pelirroja? ¡Estoy en casa! —dijo.

Makenna salió de su habitación a toda prisa, luciendo un par de *jeans*, un suéter azul y una sonrisa resplandeciente.

—¡Aquí estás! —dijo, plantándose junto a él en un instante. Le rodeó el cuello con los brazos—. Dios mío, ¡te he echado mucho de menos!

—Yo a ti también —contestó Caden, disfrutando de la sensación de la suavidad y la calidez de Makenna contra su cuerpo frío y encallecido.

Soltándolo un poco, la muchacha se puso de puntillas y le dio un beso; un dulce encuentro entre sus labios que pronto se convirtió en algo más intenso.

—De verdad —susurró Makenna.

Caden logró reírse entre dientes y hundió los dedos en su preciosa melena cobriza.

—Ya lo veo.

Makenna se apartó un poco y le dedicó una sonrisa.

—¿Te encuentras mejor?

Caden asintió, porque ¿qué otra cosa podía hacer? Y lo cierto era que estar con ella lo hacía sentirse mejor, así que no era una mentira grave.

—¿Qué es lo que huele tan bien?

—He preparado salsa de tomate y albóndigas. Solo tengo que cocinar la pasta y la cena estará lista. ¿Tienes hambre?

—No me importaría comer algo —contestó. No había vomitado la sopa de verduras que se había tomado a la hora de comer en el parque de bomberos, así que tenía la esperanza de que su cuerpo le permitiera cenar con ella.

—Perfecto —dijo Makenna, dirigiéndose hacia los fogones. Encendió el fuego bajo un cazo grande—. Ponte cómodo. Esto estará listo en menos de quince minutos.

—De acuerdo —dijo Caden, yendo hacia su habitación. Se quitó el uniforme y se puso un par de *jeans* y una camiseta, y entonces se dejó caer sobre el borde de la cama, encorvado. El agotamiento lo cubrió como si fuera una manta de plomo. Joder, ¿pero qué le pasaba?

«Ya sabes lo que te pasa, Grayson.»

Sí, seguramente sí. Mierda.

Pero, por unas horas, quería olvidarse de todo eso y limitarse a pasar el rato con Makenna. Si es que era posible. Se levantó de la cama con esfuerzo y regresó a la cocina para ayudarla a terminar la cena. Al poco rato ya estaban sentados alrededor de la mesa, acompañados de raciones generosas de espaguetis, salsa y albóndigas. Rebanadas de pan de ajo crujientes llenaban una cestita, y Caden se sirvió una porción grande.

—Tiene un aspecto fantástico —dijo Caden.

—Me alegro. Come sin miedo, ha sobrado un montón —contestó ella.

Empezaron a comer y se quedaron un rato en silencio, lo cual no era propio de Makenna. Siempre era ella la que empezaba las conversaciones y las mantenía en marcha. El yin hablador de su taciturno yang.

—¿Cómo te ha ido el día? —le preguntó, mirándola.

—Oh —dijo. Levantó la vista, se encogió de hombros y soltó una risita nerviosa—. Como siempre —contestó, moviendo el tenedor de un lado a otro.

Caden era el rey del nerviosismo incómodo, y lo reconoció al instante en Makenna.

—¿Va todo bien?

Makenna hizo una mueca burlona.

—Pues claro, sí.

Su sonrisa era un pelín demasiado forzada. Caden levantó una ceja y la miró fijamente.

—Bueno, de acuerdo —dijo, apoyando el tenedor en el plato—. Hay algo de lo que me gustaría hablar, pero quería esperar a que termináramos de comer.

A Caden no le gustó cómo sonaba aquello. Él también dejó el tenedor.

—¿De qué quieres hablar?

Makenna respiró hondo, como si estuviera armándose de valor para expresar lo que quería decirle. Caden sintió que se le hacía un nudo en las tripas.

—Bueno, he tenido una idea. Los últimos dos meses y pico hemos estado prácticamente viviendo juntos, ¿verdad? —dijo. Caden asintió, sintiendo que el recelo le recorría la espalda—. Y me preguntaba por qué no te has deshecho de tu casa, puesto que siempre estás aquí... Algo que me encanta, claro, pero en realidad es tirar dinero.

Pero, cuando fui a visitarte el otro día, se me ocurrió que si fuéramos a vivir juntos tendría más sentido que nos trasladáramos a tu casa, puesto que es más grande. Y yo dejaría mi apartamento —terminó. Había pronunciado todo aquello de un tirón.

Caden se la quedó mirando durante un largo momento, mientras su cerebro hacía un esfuerzo por alcanzarla y procesar sus palabras.

—¿Quieres mudarte conmigo a la casa adosada?

—Bueno —empezó, se encogió de hombros tímidamente, revelando cuánto deseaba lo que proponía—. He estado pensándolo.

Caden se esforzó por tragar saliva pese al nudo que tenía en la garganta. Makenna quería que vivieran juntos. Permanentemente. Por un momento, se sintió como si no hubiera aire en el salón, pero se obligó a respirar hondo un par de veces. La idea no era una grandísima locura, puesto que prácticamente ya habían estado viviendo juntos. ¿Verdad? Aunque era un paso importante. Y era algo que le arrebataría la posibilidad de retirarse a su propio espacio si volvía a derrumbarse como había hecho aquel fin de semana. Pensar en ello hizo que todo el peso recayera sobre sus hombros una vez más.

—Supongo que tiene sentido —logró decir—. Podemos pensarlo y decidir qué es lo mejor.

A Makenna se le torció la sonrisa.

—De acuerdo —contestó—. Es solo que no tiene demasiado sentido seguir pagando este apartamento diminuto cuando tú tienes una casa adosada tan bonita al lado de tu trabajo.

Caden apoyó los codos en la mesa y juntó las manos. Intentó no prestar atención al pantano de ansiedad que amenazaba con empezar a burbujear en su interior.

—Aunque tú estarías más lejos del tuyo.

—Es cierto, pero no me importa —dijo Makenna, toqueteando la mesa con nerviosismo.

—Bueno, como ya he dicho, podemos pensarlo. Tú apartamento es mucho más acogedor que mi casa.

Makenna sonrió y agitó la mano.

—Eso es porque no la has decorado demasiado. Pero una vez pongamos algunos de mis muebles en la casa adosada, si pintamos un par de paredes y colgamos unas cuantas fotos, también será la mar de acogedora. Tu casa es fantástica, Caden.

Una presión desagradable empezó a aumentar en su pecho. ¿Por qué estaba insistiendo en el asunto ahora? ¿Y por qué lo hacía sentirse como si las paredes se le estuvieran echando encima?

—De acuerdo —dijo, agarrando su plato y levantándose de su mesa—. La cena ha sido estupenda, por cierto. Gracias.

Se fue hacia la cocina: necesitaba espacio; no quería perder los papeles sabiendo que su estrés no tenía nada que ver con la sugerencia de Makenna. Sencillamente, tenía la cabeza demasiado jodida en aquel momento como para pensar en algo permanente, lo cual le hacía sentirse como un imbécil.

Makenna lo siguió.

—Uf, lo estoy haciendo todo mal.

—¿Haciendo qué? —preguntó Caden. El estómago se le convirtió en plomo.

Makenna cerró la distancia entre los dos, apoyó las manos en su pecho y lo miró con aquellos ojos azules tan llenos de cariño. Por un momento, pareció no encontrar las palabras.

—Dios, parece que me he quedado muda como una tonta —dijo al fin.

—Sea lo que sea, dilo y punto —contestó Caden. Sentía el terror como un cubo de hielo recorriéndole la columna vertebral. El nerviosismo de Makenna, tan poco habitual en ella, hacía que la ansiedad de Caden alcanzara nuevos niveles y todos los nudos que tenía dentro se apretaran aún más. Le resultaba imposible seguir respirando hondo.

—De acuerdo. Vamos allá. Caden, te... te quiero. Te quiero tanto que apenas recuerdo cómo era la vida antes de conocerte. Te quiero tanto que no soy capaz de imaginar mi vida sin ti. Hace mucho que me muero por confesártelo, aunque sé que no llevamos demasiado tiempo juntos. Pero, para mí, el número de semanas que han pasado desde que nos conocimos no significa nada comparado con lo que mi corazón siente por ti —dijo, en un tono urgente y honesto—. Te quiero. Estoy enamorada de ti. Eso es lo que quería decirte.

Caden oyó sus palabras como si estuviera al otro lado de un túnel. Le llegaron lentas y desconectadas, como si su cerebro las tuviera que traducir de un lenguaje desconocido a uno que él pudiera comprender, a uno en el que pudiera confiar.

Makenna lo quería.

Makenna había pronunciado las palabras. Palabras que sus acciones llevaban comunicando desde hacía semanas. Joder, quizás incluso hacía más.

Los portones que encerraban la oscuridad de su psique se habían llevado una buena paliza durante los últimos días, y oír su declaración destrozó lo que quedaba de ellas. Todos sus miedos, sus dudas y sus inseguridades surgieron de las profundidades hasta que Caden sintió que se ahogaba, que no podía respirar, que se hundía.

Visto fríamente, su reacción no tenía ningún sentido; Makenna le estaba ofreciendo lo que él había deseado: su amor, su dedicación. Pero, precisamente, conseguir lo que deseaba era lo que le daba miedo.

Porque, en el fondo, todavía era un muchacho de catorce años que creía que debería haber muerto para permitir que su hermano de doce años, el mejor amigo que había tenido jamás, pudiera seguir con vida. Era un adolescente, abrumado por el síndrome del superviviente, que quería con todo su corazón que su padre reconociera su existencia en vez de elegir abandonarlo. Era un hombre que había aprendido que la vida no te da lo que quieres y, si lo hace, te lo vuelve a arrebatar más tarde.

El pasado. Ansiedad. Miedos jodidos. Sabía lo que eran, pero no podía enfrentarse a ellos. No tenía el corazón entero. Le temblaban las piernas. Tenía el cerebro defectuoso.

Él era defectuoso. En aquel estado, no podía permitirse amarla.

Caden le tomó las manos y se las apartó del pecho.

—Makenna... —Pero no pudo pronunciar más palabras, parecía que se le hubieran helado los sesos. Sabía lo que sentía, pero no sabía qué decir, cómo ponerlo en palabras, o si era buena idea hacerlo. Estaba paralizado, joder.

—No hace falta que me digas lo mismo —dijo. Su voz sonaba algo triste, y Caden vio cierta decepción en sus ojos—. Quiero que sepas que no lo he dicho esperando que me correspondieras.

Así que Makenna ya había supuesto que Caden le fallaría. Y eso había hecho. Como si necesitara más pruebas de que no era lo bastante bueno para ella.

Tomó aire con dificultad, y todo el estrés de la semana impactó contra él con una fuerza descomunal. O quizá la situación se parecía más a la de un castillo de naipes, porque, en aquel momento, Caden se sentía como un puto imbécil por haber creído que podría formar parte de una pareja, cuando su mitad de la ecuación estaba tan hecha polvo.

—Makenna, es solo que, todo esto es... —Sacudiendo la cabeza, Caden retrocedió, zafándose de sus brazos. De repente, su piel era demasiado sensible como para soportar el contacto con la de ella. Joder, hasta la ropa que llevaba puesta le parecía demasiado áspera, demasiado pesada, demasiado apretada—. Es mucho que procesar. Ha ocurrido todo de repente —dijo. No estaba seguro ni de qué palabras estaba pronunciando.

Una expresión dolida apareció en el precioso rostro de Makenna y, aunque intentó disimular, Caden sabía lo que había visto.

—No tiene por qué significar nada...

—Sí, sí que tiene —espetó, odiando que sus mierdas emocionales la hubieran llevado a desestimar sus propios sentimientos. Y solo para hacerlo sentir mejor—. Lo significa todo, joder.

Se llevó una mano al pecho, aferrando su camiseta; la falta de oxígeno le causaba un dolor ardiente en el centro. Un martilleo rítmico le aporreaba la cabeza.

—Caden...

—Lo siento —dijo, haciendo una mueca e intentando respirar hondo—. No puedo... Tengo que... que irme. Necesito un poco de espacio, ¿de acuerdo? Un poco de tiempo —balbuceó. El instinto de huir lo azuzaba. Con ganas—. Es que... necesito espacio. Lo siento.

En un instante estaba cruzando el umbral, mientras su mundo entero explotaba a su alrededor. Porque, con total probabilidad, acababa de destruir lo mejor que había en su vida. Pero quizás era lo más justo, puesto que estaba claro que no era capaz de lidiar con algo tan positivo.

Y Makenna se merecía a alguien que lo fuera.

Capítulo 13

Makenna se quedó contemplando la puerta de su apartamento; el ruido que había hecho al cerrarse todavía le resonaba en los oídos. ¿Qué diablos acababa de ocurrir?

Se llevó una mano al vientre, comprendiendo entonces que no había tenido oportunidad de darle la noticia a Caden. Dios santo, ¿cómo iba a decírselo ahora? Si oír que Makenna lo quería ya le había causado un ataque de ansiedad tan grave. (Jamás, desde que lo había conocido, lo había visto palidecer y adquirir una expresión tan distante, o... bueno, quedarse en blanco de aquella manera.) Le había parecido estar contemplando la carcasa vacía del hombre al que había conocido.

Puesto que el abandono había sido un tema recurrente en su vida, Makenna había sospechado que oír que ella lo quería podría desencadenar un ataque de ansiedad en Caden. Pero nunca había imaginado que sería tan serio.

Instintivamente, se lanzó hacia la puerta y la abrió de golpe, pero en el vestíbulo ya no había nadie. Se apoyó contra el marco de la puerta y contempló el vacío.

Sentía el impulso de correr tras él, pero Caden le había pedido tiempo y espacio. ¿Empeoraría las cosas si lo seguía? ¿Lo alejaría más de ella? ¿Valía la pena correr el riesgo?

El caso era que Makenna entendía bastante las reacciones que Caden tenía ante las cosas; comprendía cómo funcionaban la ansiedad y el trastorno de estrés postraumático, pero aquello no significaba que siempre supiera cómo lidiar con ello. Desde luego, en ningún momento se había hecho ilusiones de poder curarlo, y entendía que Caden tenía que enfrentarse a sus propias dificultades. Joder, precisamente se habían conocido porque había necesitado que lo distrajera de la claustrofobia y la ansiedad.

No era que lo amara pese a sus problemas psicológicos, Makenna lo amaba justamente por ellos. O, más bien, porque formaban parte de su personalidad. Y ella amaba su personalidad con todas sus fuerzas.

Lo cual significaba que, probablemente, lo mejor sería concederle el espacio que necesitaba. Aunque eso dejara el corazón de Makenna hecho añicos.

Volvió a la cocina y dejó que la puerta se cerrara a su espalda.

Apoyó la cabeza en las manos y se concentró en no llorar. Makenna había metido la pata con aquella conversación. En la mesa, le habían entrado los nervios al pensar en la gran confesión que tenía que hacerle y había soltado que quería irse a vivir a su casa. Sin duda, a Caden le debía de haber parecido que el asunto salía de la nada. Y entonces le había vomitado sus sentimientos encima.

—Bueno, tranquila —se dijo a sí misma. Sus palabras resonaron en la casa vacía—. Caden lo superará. Todo irá bien.

Solo hacía falta seguir repitiéndolo hasta calmarse.

Desesperada por distraerse, empezó a meter la salsa y las albóndigas en recipientes de plástico de manera automática, uno para la comida de mañana y el resto para el congelador. Entonces se puso a fregar los platos.

Cuando terminó, no pudo resistirlo más y le mandó un mensaje de texto a Caden:

Tómate tanto tiempo y distancia como necesites. Seguiré aquí, pase lo que pase. :-*

Pulsó «enviar» y se fue a la cama, deseando, contra todo pronóstico, sentirse mejor por la mañana.

Pero la mañana no trajo noticias de Caden consigo. Tampoco lo hizo la tarde, ni la noche. Ni ningún otro día de aquella semana. El viernes por la noche, Makenna estaba destrozada por la preocupación y el desamor. No era capaz de volver a su casa y enfrentarse al apartamento vacío. Estaba preocupada por Caden, porque lo estaba pasando realmente mal; y estaba preocupada por sí misma, porque quizá lo estaba pasando tan mal que nunca lograría superarlo y regresar junto a ella.

Y no sabía qué hacer.

Así que volvió a su edificio, a por el automóvil. No estaba segura de adónde iba, o en qué estaba pensando. O quizá se estaba engañando a sí misma, porque veinticinco minutos más tarde estaba circulando por la calle de Caden, por delante de su callejón sin salida. Aflojó la velocidad y vio que su casa adosada estaba a oscuras, y que su Jeep no estaba aparcado en el lugar habitual. Así que se dirigió al parque de bomberos número siete, a pocas manzanas de distancia.

El Jeep de Caden tampoco estaba allí.

Sin apagar el motor del Prius, parada al otro lado de la calle, Makenna contempló el edificio. La luz dorada que brillaba por algunas de las ventanas bañaba la calle.

Una parte de ella sentía la terrible tentación de entrar y preguntar a sus compañeros si sabían dónde estaba Caden. O, al menos, cómo se encontraba. ¿Había seguido yendo al trabajo? Pero otra parte de ella opinaba que presentarse en su lugar de trabajo significaba traspasar un límite. Sin duda, entrar en el parque de bomberos era violar su petición de poner distancia entre los dos, y además podría repercutir en su vida profesional.

No era capaz de hacerlo... Pero quizá sí que sería capaz de llamar a uno de los compañeros que había conocido. ¡El Oso Barrett! Había ido a cenar a su casa una noche, con Caden y otros compañeros, siempre había charlado con ella cuando había acudido a las partidas de *softball* de los bomberos a principios de otoño, y le había dado un abrazo de oso cuando Makenna había llevado galletas y bizcochos al parque. No lo cualificaría de amigo cercano, pero quizá tenían suficiente confianza como para que Makenna pudiera hacerle un par de preguntas que, con un poco de suerte, sonarían desenfadadas.

Por suerte, todavía tenía su número de teléfono de cuando la había llamado para confirmar su asistencia a la cena. Lo encontró en su lista de contactos y pulsó el icono para establecer la llamada.

Sonó dos veces.

—¿Hola? Oso al habla.

—Oso, soy Makenna James, la... —Por un momento, dudó cómo definirse, dadas las circunstancias—. Esto, la novia de Caden.

—Makenna, portadora de bizcochos deliciosos —contestó—. ¿A qué se debe el placer de tu llamada?

—Pues siento molestarte, pero me preguntaba si no sabrás por dónde anda Caden —dijo. Hala, hecho. Había sonado normal, ¿verdad?

—Espera un segundo —dijo. Algunas palabras amortiguadas que no logró entender sonaron de fondo, seguidas del ruido de una puerta—. Aquí estoy. Resulta que Caden se ha tomado unos días libres. ¿No lo sabías?

¿Días libres? Makenna sintió que una piedra se le asentaba en el estómago lentamente, y un temor se extendió por su cuerpo. Caden estaba más que dedicado a su trabajo, era prácticamente su pasión. No era capaz de imaginarlo tomándose tiempo libre. A no ser que fuera imperativo.

—Por desgracia, no.

—¿Está bien, Makenna? —preguntó el Oso—. En el último par de turnos tenía mal aspecto.

—Estuvo enfermo —contestó—. Pero no lo sé, puede que haya algo más.

—Ya —dijo el Oso, en un tono que implicaba que sabía de qué hablaba—. Espero que se encuentre bien.

—Yo también —dijo Makenna, sintiendo de repente un nudo en la garganta—. Si sabes algo de él, ¿podrías avisarme? Es que estoy... Bueno, estoy preocupada.

—Cuenta con ello —contestó el Oso . Se despidieron y colgaron.

Sentada en el asiento, a oscuras, Makenna finalmente se permitió las lágrimas que había estado reprimiendo toda la semana.

Con el Jeep aparcado en un rincón detrás del edificio de Makenna, Caden no sabía qué estaba haciendo allí. Todavía tenía la cabeza y el corazón hechos un lío de lo más jodido, y ni siquiera sabía qué diría si se topaba con ella. No veía las cosas más claras que cuando se había ido el jueves pasado, tampoco tenía más fe en sí mismo, ni contaba con más certezas. Lo último que quería era herirla aún más.

Solo sabía que había pasado los últimos días dejándose arrastrar por la vida, siendo más fantasma que persona hasta que, finalmente, había gravitado hasta ahí.

Como si Makenna fuera el sol de su oscuro planeta.

Dudando si estaba haciendo lo correcto (al menos, por el bien de ella), logró desplazar su penoso ser por la puerta del Jeep y hasta el portal de su casa. Entonces subió por las escaleras, porque tenía claro que tenía que ir por las putas escaleras.

Su situación psicológica había empeorado tanto que no solo había admitido su lastimosa condición ante su capitán, sino que había tenido que pedirse días libres. Por primera vez, tras nueve años entregado a los bomberos, no se sentía completamente competente, y lo último que quería era cometer un error que pudiera costarle la vida a otra persona. No sería capaz de vivir con ello.

Y ya apenas era capaz de vivir consigo mismo.

También se había rendido y había acudido a su médico para que le recetara algo, e incluso había vuelto a la consulta de su antiguo psiquiatra. El doctor Ward ya estaba al final de la década de los cuarenta, su pelo estaba un poco más gris y la panza un poco más grande, pero en lo demás tenía el mismo aspecto que Caden recordaba.

De momento, había asistido a una sesión con él, y solo había servido para empeorar sus pesadillas. Siempre le pasaba lo mismo cuando empezaba a hablar de sus problemas: tenía que sacar la mierda a relucir, escudriñar cada horroroso detalle para poder mejorarlo luego. Pero tenía que intentarlo, porque seguir sintiéndose así no era viable.

Cuando Caden llegó a la puerta del apartamento, llamó. Y esperó. Volvió a llamar. Tenía una llave, claro, pero visto cómo había terminado la cena de martes, pensó que le debía a Makenna la cortesía de llamar primero. Cuando no respondió tras el tercer intento, abrió la puerta.

Todo estaba en silencio y a oscuras: solo la lamparita de la encimera arrojaba luz sobre la estancia.

Caden se obligó a respirar hondo. Un dolor nació en su pecho. Dolor por Makenna. La echaba de menos con pasión. Se sentía como si le hubieran arrancado una parte de sí mismo, y la herida todavía estuviera abierta y sangrante. Pero aquel era prácticamente su rasgo definitorio: todo él eran heridas abiertas y supurantes, superficies en carne viva, causadas por sufrir una pérdida tras otra.

A juzgar por el dolor, ni una sola había sanado.

Vagó por la oscuridad y se adentró en su habitación. Se sentó en la cama. Allí, el aroma de Makenna era más intenso. A su crema hidratante de vainilla. A su champú de fresa. A la crema de manos de coco que se ponía antes de acostarse cada noche. Inhaló aquellas pistas de su vida, necesitaba llevarse con él aquellas pequeñas partes de ella.

Toc, toc, toc.

Con el ceño fruncido, Caden se obligó a levantarse y se dirigió hacia la puerta. Un vistazo por la mirilla reveló a un mensajero de una compañía u otra. Caden abrió la puerta.

—¿Makenna James? —preguntó el mensajero. A sus pies yacía un enorme jarrón lleno de rosas rojas.

—No está en casa —contestó, mirando fijamente las flores.

—¿Podría firmar el recibo, por favor? —dijo. Le entregó una carpeta con un recibo a Caden, que garabateó una firma indescifrable en el lugar indicado. El tipo se retiró escaleras abajo.

Caden se agachó y agarró el jarrón de cristal. Lo llevó hasta la encimera, dejando que la puerta se cerrara a sus espaldas con un ruido sordo. Lo colocó en la superficie. Entonces se quedó un rato más contemplándolo, aunque ahora su mirada estaba fija en el pequeño sobre que reposaba entre las rosas hermosas y rojas.

Con un mal presentimiento asentándosele en el estómago, tomó el sobre y lo abrió. La tarjeta que contenía decía:

> *«Tómate tanto tiempo como necesites. Estaré esperando.*
> *Te quiero. C. H.»*

C. H. Cameron Hollander. Maldito hijo de puta.

Sin volver a meter la tarjeta en el sobre, Caden volvió a introducirlo todo entre los tallos, con la mirada clavada en las palabras del otro hombre.

Caden no había sido capaz de soportar que Makenna le dijera que lo quería, como no lo había sido de confesarle sus sentimientos; pero ahí estaba Cameron, declarándose una y otra vez. Lo cual era exactamente lo que Makenna se merecía.

Joder. Se sujetó a la encimera con ambas manos: una sensación de presión agobiante se le había extendido por el pecho y le costaba respirar.

Makenna se merecía... un hombre como Cameron. Un hombre entero, un hombre funcional, un hombre capaz de llevar una vida normal. Caden no era ese hombre. Qué coño, ahora mismo, Caden ni siquiera era el hombre al que había conocido en ese maldito ascensor. Siendo generosos, no era ni la sombra de lo que era, y eso que al empezar tampoco había sido una maravilla.

Quizá Makenna no amaba a Cameron como en el pasado, pero se merecía a alguien que pudiera expresar sus sentimientos, como Cameron ya había hecho, algo de lo que Caden era incapaz.

No necesitaba saber nada más.

Decepción, tristeza, frustración y rabia se arremolinaban en su interior. Se obligó a alejarse de aquel puto ramo, para burlar las ganas de arrojarlas al otro lado de la estancia por la simple satisfacción de verlas rotas y destrozadas (un reflejo idóneo de cómo se sentía por dentro).

Sin saber muy bien lo que hacía, se dirigió al dormitorio con largas zancadas. Encendió la luz. Se quedó ahí de pie. En la mesilla de noche, junto a su lado de la cama, estaba la novela de suspense militar que había estado leyendo antes de acostarse, avanzando pocas páginas cada noche.

La agarró.

De repente, estaba agarrando todo lo que le pertenecía y que había dejado allí. Uniformes. Ropa. Zapatos. Artículos de aseo. No se merecía seguir en la vida de Makenna, no era capaz de darle lo que ella necesitaba, lo que merecía. Tenía que hacer lo correcto. Por el bien de ella.

Sintiendo dolor en el pecho, arrojó todas sus posesiones a una bolsa de basura negra.

De pie en medio de la cocina, contempló las putas flores una última vez. Entonces dejó una nota, y su duplicado de la llave del apartamento, en la encimera, junto al jarrón.

Capítulo 14

Poco después de las diez, Makenna por fin regresó al apartamento. Tras irse del parque de bomberos, se había dirigido con el Prius a su restaurante mexicano favorito y había cenado sentada en la barra (una mesa para una sola persona le había parecido más deprimente de lo que podía soportar). Luego había vagado hasta la librería y había pasado un rato allí, hasta que se había percatado de que estaba hurgando por la sección de ofertas en busca de novelas de suspense que pudieran gustarle a Caden.

Al abrir la puerta del apartamento, lo primero que vio fue la luz de la cocina encendida. Igual que la de su habitación.

—¿Caden? —preguntó. Sintió que la esperanza le llenaba por completo el corazón y que una oleada de alivio la recorría entera—. ¿Caden? —preguntó de nuevo, apresurándose hacia la habitación.

Pero su casa estaba vacía.

Volvió a la cocina. Porque lo segundo que había visto había sido un enorme jarrón con un ramo de rosas reposando en la encimera. Entre las flores, alcanzaba a distinguir algunas palabras:

«Te quiero. C.»

—Dios mío —murmuró, con un nudo en la garganta. Caden había estado allí. Había venido a decirle que la amaba. Y mientras tanto, ella había estado evitando volver a casa.

Soltó la tarjeta del clip que la sujetaba. Y el estómago le dio un vuelco.

«Tómate tanto tiempo como necesites. Estaré esperando.
Te quiero. C. H.»

C.H. Maldito Cameron. Mierda.

Makenna sintió que se le encorvaban los hombros. No había sido Caden. Al fin y al cabo, no había sido Caden.

Entonces vio algo más.

Una nota junto al jarrón. Sintió que la aprensión le arañaba la piel mientras la leía.

«Puede que no le quieras a él, pero te mereces algo mejor
que yo.»

No estaba firmada, pero no importaba. Makenna reconoció la letra de Caden. Y bajo la nota yacía su duplicado de la llave del apartamento.

Por un momento, el cerebro de Makenna no fue capaz de procesar lo que estaba viendo, de comprender lo que significaba.

Caden había estado en su apartamento.

Frunció el ceño, dándole vueltas. ¿«Te mereces algo mejor que yo»? ¿Qué diablos significaba eso? ¿Y por qué había mencionado a Cameron, cuya nota era obvio que había abierto y leído? ¿Por qué había dejado la llave?

La aprensión la cubrió entera, como si fuera una segunda piel. Con la nota de Caden y su llave apretada en el puño, Makenna volvió a su habitación. Poco a poco, dudando, como si se temiera que alguien fuera a surgir de las sombras. Al entrar en el dormitorio, no estaba segura de lo que estaba buscando. Todo parecía estar en su sitio.

Entonces entró en el baño. Tardó un instante en percatarse de lo que había cambiado. Sus productos de aseo eran los únicos que

264

había sobre la encimera. El cepillo de dientes, la pasta dentífrica y la cuchilla de afeitar de Caden habían desaparecido. Makenna abrió el armario con espejo. El hilo dental, el enjuague bucal y la espuma de afeitar de Caden tampoco estaban. Al apartar la cortina de la ducha, Makenna descubrió que su gel de ducha también se había desvanecido.

Un dolor desgarrador nació en su pecho.

—No —murmuró, regresando al dormitorio a toda prisa—. No, no, no.

Abrió la puerta del vestidor de un tirón. Caden era un tipo muy básico en lo que a la ropa se refería: tenía unos pares de *jeans*, unas cuantas camisetas y sus uniformes. No había necesitado demasiado espacio en el armario de Makenna. Pero el espacio que había ocupado ahora estaba vacío. La ropa y los zapatos de Caden habían desaparecido.

—No, Caden, no —dijo, aunque las lágrimas le dificultaban seguir hablando—. Maldita sea.

Makenna corrió a la cocina y sacó el teléfono móvil del bolso. Llamó a Caden. Una y otra vez, sus llamadas fueron recibidas por el contestador automático, hasta que finalmente se rindió y le dejó un mensaje.

—Caden, por favor, dime algo. ¿Qué ha pasado? No lo entiendo. Estoy a tu disposición. Por favor, solo tienes que dejarme ayudar. Sea lo que sea, podemos arreglarlo. —Debatió consigo misma durante un momento largo, y decidió añadir—: Te quiero.

Pulsó el botón para finalizar la llamada y se llevó el teléfono al pecho.

A Makenna le pareció que dejaba de tener sentimientos. Solo había entumecimiento y negación en su interior.

Sin cambiarse de ropa, se tumbó en la cama, con el teléfono móvil en la mano. «Llámame. Llámame. Llámame.»

Cuando volvió a abrir los ojos, la grisácea primera luz del día estaba entrando por la ventana. Desbloqueó el teléfono y vio que no había recibido ningún mensaje y que no tenía llamadas perdidas.

Caden había recogido sus cosas y se había largado de su vida, y no pensaba mandarle ningún mensaje.

Tumbada a oscuras, Makenna no podía evitar enfrentarse a lo que estaba ocurriendo. Lo que ya había ocurrido. Caden la había dejado porque pensaba que ella se merecía alguien mejor que él. Caden la había dejado porque no creía ser lo bastante bueno para ella. ¿Cuántas veces lo había oído hacer comentarios al respecto? Y seguía repitiéndolo, pese a que Makenna le había dicho que lo amaba, que estaba enamorada de él, y que no podía imaginarse la vida sin su presencia.

Si aquellos sentimientos no bastaban para convencer a Caden de que Makenna quería estar con él y ser una pareja, no se le ocurría qué más podría hacer o decir para persuadirlo.

El entumecimiento de Makenna desapareció de golpe.

El dolor le atravesó el cuerpo, hasta que quedó consumida por este. Le dolía el corazón. La cabeza. El alma. Se hizo un ovillo y sollozó, acurrucada junto a la almohada. Lloró por sí misma. Lloró por Caden. Lloró por lo que habían sido, y por lo que podrían haber llegado a ser.

Entonces pensó en el niño, y en el hecho de que Caden ni siquiera conocía su existencia, y también lloró por la pequeña vida que habían creado.

¿Qué haría ahora?

O, más bien, ¿qué harían ahora? El gusanito y ella.

No lo sabía. Todavía no. Pero tendría que pensar en algo. Tendría que ser fuerte para su hija o su hijo. Y para sí misma.

Y así sería. Pero, por hoy, se permitiría un día para estar afligida. Al fin y al cabo, una no pierde al amor de su vida cada día.

Capítulo 15

Durante el fin de semana entero, cada vez que Caden se despertaba, escuchaba el mensaje de Makenna.

«Caden, por favor, dime algo. ¿Qué ha pasado? No lo entiendo. Estoy a tu disposición. Por favor, solo tienes que dejarme ayudar. Sea lo que sea, podemos arreglarlo. —Hizo una pausa—. Te quiero.»

Con el pulgar, arrastró el botoncito de la pantalla. «Te quiero.»

Y otra vez. «Te quiero.»

Y otra vez. «Te quiero.»

Capítulo 16

Caden solo era capaz de dormir. Aunque las pesadillas lo atormentaban. Aunque los músculos le dolían por la falta de uso. Aunque estaba dejando escapar su vida.

Pero ¿qué importaba la vida? Si los fantasmas no tienen una.

De vez en cuando, se levantaba para echar una meada, tomarse las pastillas y contemplar el interior del frigorífico. A veces comía. A veces veía la televisión.

Pero, entonces, sus pensamientos y sus miedos y sus derrotas se hacían demasiado difíciles de soportar.

Así que regresaba a la cama.

Capítulo 17

Los golpes ensordecedores no se detenían, joder.

Al principio, Caden había pensado que eran producto de su imaginación, lo cual habría sido muy propio de su cerebro de mierda, pero entonces había oído a alguien llamándolo por su nombre. Una y otra y otra puta vez.

Levantarse de la cama era un esfuerzo para el que apenas tenía energía. Arrastrando los pies, salió de su habitación y bajó por las escaleras. Sentía los músculos débiles y doloridos por la falta de uso.

Echó un vistazo por la mirilla.

—Mierda —soltó.

—¡No pienso irme hasta que abras la puerta! —gritó su capitán—. ¡La echaré abajo si es necesario!

¡Bam! ¡Bam! ¡Bam!

Caden conocía a Joe Flaherty y sabía que no hablaba por hablar.

Apartando con el pie la pila de cartas que se había acumulado en el suelo, bajo la rendija del correo, Caden hizo girar la llave y abrió un poco la puerta.

—Capitán, ¿en qué puedo ayudarle?

—¡Déjame pasar, joder! —dijo Joe, empujando la puerta y adentrándose en el salón de Caden—. Por el amor de dios, Grayson.

Su capitán lo contempló con expresión impactada.

Caden bajó la mirada y se observó. Vio su pecho y su estómago desnudos, y los pantalones deportivos de color gris oscuro que le colgaban de las caderas, algo grandes.

—¿Qué?

Joe abrió los ojos de par en par.

—¿«Qué»? ¿Cómo que «qué»? ¿Acaso no te has dado cuenta de que te has quedado en los huesos, joder? —exclamó. Se pasó los dedos por el pelo canoso—. Te he llamado. Una y otra vez. Tendría que haber sabido que lo mejor sería venir en persona.

Confundido, Caden sacudió la cabeza.

—No sé... Lo siento... ¿Qué...?

—¿Tienes idea de a qué día estamos? —preguntó Joe, con las manos plantadas en las caderas.

Caden se lo pensó. Y siguió pensándoselo. Intentó recordar la última vez que había sido consciente de la fecha. Se había ido del piso de Makenna un viernes. Y luego había dormido unos cuantos días. Había intentado levantarse para ir a la consulta del psiquiatra, pero no se había visto con fuerzas. Aquello había sido un... ¿jueves? Y se había levantado otras veces, para comer algo o contemplar la televisión con la mente en blanco. Pues... No, vaya. No tenía ni idea. Caden se pasó la mano por la cicatriz de la cabeza y se encogió de hombros.

Joe encendió la lámpara que había junto al sofá y se dejó caer pesadamente sobre el mueble.

—Siéntate, Caden.

Frunciendo el ceño, Caden se acercó al sofá arrastrando los pies. Se sentó. Apoyó los codos en las rodillas. Dios, ¿desde cuándo le pesaba tanto la cabeza?

—¿Qué te ha pasado? —preguntó Joe, con la preocupación patente en la cara.

Caden sacudió la cabeza.

—Nada.

La expresión del otro hombre se puso seria.

—¿Me vas a obligar a arrastrarte a urgencias? Porque sabe Dios que te sacaré de aquí a rastras sin dudarlo ni un...

—¿Qué? No —dijo Caden, pasándose las manos por la cara—. Sé que no estoy muy fino, pero... Pero voy a... —Caden volvió a encogerse de hombros, sin saber cómo continuar. Había abandonado a Makenna en plena crisis, y no había podido hacer nada más que intentar sobrevivir hasta alcanzar el momento más bajo de su decadencia. ¿Lo había alcanzado ya? No tenía ni puta idea. Aunque le costaba imaginar sentirse peor de lo que se sentía ahora. Física, emocional y mentalmente.

Todo le dolía, joder, como si fuera la agonía personificada.

—¿Que no estás muy fino? No es eso, Caden. Estás en medio de una depresión clínica, si no me equivoco. Y, a juzgar por lo que veo, no creo estar equivocándome. ¿Cuánto has adelgazado? ¿Nueve kilos? ¿Diez? Joder, ¿cuándo fue la última vez que comiste algo?

—No... Es que... Tengo el estómago revuelto —contestó Caden, fijando la mirada en el suelo—. En cualquier caso, no tengo hambre.

—Claro que no tienes hambre, es un síntoma de la depresión. Mierda, lo siento, tendría que haber venido antes. Tendría que haber sabido que... —Joe respiró hondo—. ¿Cómo de seria es la situación?

Caden siguió mirando al suelo. Era seria. Mucho más que cuando había tenido dieciocho años. O quizás era que ya no se acordaba de lo vacío y dolorido y aislado y despreciable e inútil que la depresión lo había hecho sentirse antes.

—Es seria —dijo, y su voz apenas era un susurro.

—¿Has pensado en hacerte daño? —preguntó Joe.

La humillación le pesaba, y Caden no era capaz de mirar a su capitán a la cara. Sí, había pensado en ello. Eran pensamientos que se mofaban de él, que lo tentaban con la promesa de librarlo de toda esa puta miseria. No lo había considerado seriamente, pero no podía negar que le habían cruzado la cabeza.

—Mierda. De acuerdo. ¿Qué vamos a hacer para solucionarlo?

—¿Vamos? —preguntó Caden, mirando a Joe por fin.

—Sí, los dos. ¿Crees que te voy a dejar solo en estas condiciones? Hoy irás conmigo a mi casa, y mañana irás al médico o al hospital. Yo mismo te llevaré. Y seguiré llevándote hasta que tengas todo esto bajo control. Es más, voy a ayudarte a hacer las maletas. Vas a vivir conmigo hasta que esto esté solucionado.

—Capi...

—No estoy haciendo sugerencias, Grayson, por si no te ha quedado claro —espetó. Joe le dedicó una mirada enfurecida, pero en sus ojos había algo que Caden había visto muchas veces, cuando algo no iba del todo bien durante una emergencia: era furia nacida de la preocupación, y quizás incluso de un poco de miedo.

—De acuerdo —dijo Caden, demasiado cansado como para pelearse con ese hombre—. Tengo pastillas, pero creo que me he saltado alguna toma.

—¿Te la has tomado hoy? —preguntó Joe. Caden sacudió la cabeza—. Pues hazlo ahora. ¿Cuándo te las recetaron?

Había vuelto al psiquiatra el día antes de abandonar a Makenna.

—Creo que fue el diez.

Joe asintió.

—De acuerdo, eso es bueno. Aunque te hayas saltado tomas, llevas un par de semanas de medicación encima. Es una auténtica putada que los antidepresivos tarden tanto acumularse en el cuerpo. Pero al menos tienes un poco de ventaja.

—Un momento —dijo Caden, frunciendo el ceño—. ¿Dos semanas? —Abrió los ojos de par en par—. Mierda. ¿A qué día estamos?

Se había tomado libre hasta el veintitrés, para poder hacer turnos durante las vacaciones navideñas y dejar que los compañeros que tenían hijos pudieran estar con sus familias.

Su capitán le colocó una mano en la nuca y lo miró con tanta compasión que a Caden se le hizo un nudo en la garganta.

—Es Navidad, Caden.

¿Navidad? ¿Cómo que Navidad?

—Mierda —dijo, levantándose de golpe. La adrenalina le recorrió el cuerpo como un relámpago, dejándolo nervioso y tambaleante—. Lo... lo siento... Mierda... No lo puedo creer... Me lo he perdido... Los turnos...

—No le des más vueltas. Por eso supe que algo iba mal —dijo Joe, levantándose junto a él—. En diez años, jamás te has saltado ni un día de trabajo, hasta ahora. Además, el Oso me dijo que Makenna lo había llamado hacía unas semanas, porque no sabía dónde estabas. Sabiendo que nos habías dejado tirados a nosotros y a ella, me resultó obvio que algo no iba bien.

Makenna.

Oír su nombre en voz alta fue como recibir un puñetazo en el estómago. Caden se apretó el pecho con la mano, en el lugar dónde le dolía.

Makenna.

El sollozo salió de la nada.

Caden se cubrió la boca con la mano en un instante, horrorizado por derrumbarse delante de Joe, por dejar en evidencia lo débil que era.

Pero era como si el nombre de Makenna hubiera desatado algo en su interior, y sentía que, fuera lo que fuese, había sido la última cosa que lo había mantenido cuerdo.

—Mierda —escupió Caden, dejándose caer de nuevo en el sofá. Escondió la cara tras las manos, en un vano esfuerzo por ocultar lo obvio. Sus lágrimas. Sus sollozos. Su dolor.

Su derrota.

Joe seguía a su lado. Su capitán se sentó junto a él y le apoyó una mano en el hombro.

—Vas a mejorar. Tú aguanta. Entre los dos, te sacaremos de este agujero.

Cuando Caden consideró que volvía a ser capaz de hablar, sacudió la cabeza.

—La he perdido —dijo con la voz ronca, llevándose las manos húmedas a la frente, víctima de un dolor punzante—. Lo he... Lo he jodido todo...

—No te preocupes por eso. Preocúpate por ti mismo. Lidia con tu condición. Entonces puedes enfrentarte a lo que quieras. Pero tienes que empezar por ti —dijo Joe, apretándole el hombro ligeramente—. Y yo estaré aquí para ayudarte.

Caden ladeó la cabeza lo justo para entrever el rostro de Joe.

—¿Por qué?

Su capitán le clavó una mirada seria.

—¿De verdad necesitas preguntarlo?

—Sí —contestó, todavía ronco.

—Porque representas una parte fantástica de mi equipo, Caden. Eres un profesional excelente. Es más, tras todos estos años, te considero un amigo. Y, por si todo esto no bastara, eres una buena persona, joder, y no pienso perderte por culpa de las mentiras de mierda que te cuenta tu cabeza. Sé que no tienes parientes cercanos, así que, oficialmente, estoy interviniendo en la situación y ocupándome de ti. Lucharé por ti hasta que puedas hacerlo solo. ¿Me has entendido?

Las palabras llegaron al interior del pecho de Caden y... lo aliviaron. No demasiado. No de forma permanente. Pero le bastó para poder respirar hondo. Le bastó para relajar un poco los hombros. Le bastó para empezar a pensar en los siguientes cinco minutos.

Caden sentía un profundo respeto por Joe Flaherty, y lo había sentido durante casi toda su vida adulta. Si Joe de verdad lo consideraba buena persona, quizá tenía razón. Y si Joe estaba dispuesto a luchar por Caden, quizá Caden lograría luchar por la misma causa.

«Pero tienes que empezar por ti.»

La idea había impactado en un lugar en lo más hondo de su ser. No sabía lo que era. No sabía lo que significaba. Pero se aferró a ello, y se aferró al apoyo de Joe. Porque tenía que aferrarse a algo.

Antes de caer en un agujero para siempre.

Capítulo 18

Makenna aparcó en el espacio delante del garaje de su padre, con el estómago hecho un lío de nervios y angustia. Por una vez, no se trataba de náuseas matutinas. El problema era la conversación que se avecinaba con su padre y sus hermanos. La conversación en la que los informaría de que estaba embarazada de doce semanas. Y de que el padre se había desvanecido.

Habían pasado dos semanas desde que Caden le había devuelto la llave. Dos semanas desde que Makenna le había dejado el mensaje de voz. Dos semanas de silencio, aunque le había mandado una postal de Navidad. Un último intento de ponerse en contacto con él.

«No. No pienses en Caden.»

Respirando hondo, asintió para convencerse. Todavía no era capaz de pensar en él sin alterarse. Sin enfadarse. Sin preguntarse por qué. Sin preocuparse. Pero nada de ello hacía que lo amara menos, lo cual solo la entristecía profundamente.

«Ya basta. Es Navidad.»

Ah, sí. Habría sido su primera Navidad juntos.

Pensar en ello hizo que se le llenaran los ojos de lágrimas.

Se obligó a concentrarse en el techo de su automóvil, obligando a las lágrimas a retroceder.

Cuando hubo recuperado la calma, agarró las bolsas llenas de regalos que había traído del asiento trasero y se dirigió a la casa de su padre.

—¡He aquí mi gusanito! —dijo su padre al verla entrar en la cocina; al oír su mote, a Makenna se le hizo un nudo en la garganta. El aroma a tortitas y beicon la rodeó: su padre había estado cocinando el mismo desayuno cada mañana de Navidad desde que ella tenía memoria.

—Hola —logró decir—. Feliz Navidad.

Patrick estaba sentado en la barra de la cocina, con un periódico abierto delante de él y una taza de café en la mano.

—Feliz Navidad —dijo, con una sonrisa llena de cariño—. Me preguntaba cuándo llegarías.

—Ya imagino —contestó, con la mala conciencia carcomiéndola por dentro. Jamás se había perdido la nochebuena con su familia, pero el ambiente navideño la había deprimido demasiado el día anterior, y Makenna había necesitado un poco de tiempo para recuperarse. Así que había llamado a su padre y había recurrido a un dolor de cabeza ficticio para justificar su ausencia, argumentando que no se veía capaz de conducir—. Siento no haber podido venir ayer.

—¿Te encuentras mejor? —preguntó su padre. Makenna asintió. Mike se secó las manos con un trapo de cocina y le quitó las bolsas—. Deja que te ayude —dijo, acarreándolas hacia la sala de estar. Makenna lo siguió; estaba a punto de hacer un comentario acerca de lo bonito que era el árbol de Navidad cuando su padre se volvió con los brazos abiertos.

Tragándose las palabras, Makenna se dejó envolver por sus brazos; hacía años que no necesitaba un abrazo de su padre como lo necesitaba ahora. Hacía años que no necesitaba así el apoyo, la protección y el amor incondicional que siempre había recibido de Mike, que había logrado proporcionar a Makenna y a sus hermanos todo lo que una familia requería, aunque todos hubieran perdido a su madre.

—Feliz Navidad, papá —dijo.

—Ahora que tengo a todos mis hijos en casa, sí que lo es —contestó. Le pasó un brazo por los hombros y la llevó hacia la cocina—. ¿Tienes hambre?

—De lobo, si te digo la verdad —dijo, y era cierto. Estar allí era bueno, la ayudaba. Le servía para derrotar el sentimiento de soledad con el que había estado peleando. Demostraba que no estaba sola, pasara lo que pasase. La distraía de sus problemas. Y le recordaba que, aunque había perdido muchas cosas, también tenía otras por las que debería sentirse agradecida.

—¿Dónde están Collin e Ian? —preguntó, empujando a Patrick con el hombro. Su hermano le dio un abrazo con un solo brazo.

—Estaban arreglándose. Bajarán en cualquier momento —dijo su padre, vertiendo cuidadosamente círculos de masa en la sartén.

—¿Cómo está Caden? ¿Dónde lo has dejado? —preguntó Patrick.

Makenna había venido preparada.

—Puesto que se tomó el Día de Acción de Gracias libre, le toca trabajar durante las Navidades.

Al menos, eso era lo que había dicho en noviembre. Makenna no estaba segura de si había vuelto al trabajo o no. No se había permitido volver a llamar al Oso, y este no se había puesto en contacto con ella.

Patrick asintió.

—Muy propio. Yo tengo guardia esta noche, pero al menos me han dejado el día libre.

El sonido de pasos les llegó desde las escaleras, y Collin e Ian pronto llegaron a la cocina. Otra ronda de abrazos y felicitaciones navideñas fue inevitable.

—¿Cómo te encuentras? —le preguntó Makenna a Collin. El pelo le había crecido y ya empezaba a cubrirle la cicatriz que tenía en un lado de la frente.

—Estoy bien. Todavía sufro dolores de cabeza de vez en cuando, pero he mejorado mucho —dijo—. Ojalá hubiera venido Caden. Me habría gustado darle las gracias por todo lo que hizo, ahora que no estoy atontado.

Makenna se cruzó de brazos y se obligó a sonreír.

—Ya le diste las gracias. Y, en cualquier caso, se limitaría a decirte que solo estaba haciendo su trabajo.

—Aun así —dijo su padre, usando la espátula de las tortitas para dar énfasis a sus palabras—. Hizo que una noche mala fuera menos mala. Él y Patrick. Nunca lo olvidaré.

A Makenna se le hizo un nudo de emociones en las tripas.

—¿Puedes ponerme arándanos en las tortitas, papá?

—¡Claro que sí! Arándanos, pedacitos de chocolate, M&Ms, o lo que queráis, muchachos —dijo su padre con una carcajada.

Aquello desencadenó una ráfaga de comentarios acerca de las tortitas que, por suerte, desvió la atención del asunto de Caden. Makenna se agachó junto al frigorífico y se dispuso a sacar los arándanos para sus tortitas y fresas para las de Collin.

El desayuno del día de Navidad fue tan divertido y alborotado como siempre. Hablaron, bromearon y rieron. Su padre les contó anécdotas de cuando eran pequeños, incluyendo algunas sobre su madre. Era parte de la tradición. Aunque su madre no estuviera allí con ellos, seguía formando parte de la familia. Su padre se aseguraba de ello.

Y ese fue el momento en el que Makenna comprendió que su hijo crecería con un solo progenitor, igual que ella.

Ofreció una excusa a toda prisa y se escabulló de la mesa, deseando que su huida no hubiera parecido tan urgente como a ella le había resultado. Se dirigió a toda prisa hacia el baño del vestíbulo y se encerró dentro. Y, naturalmente, lo primero que hizo fue recordar la ocasión en la que se había encerrado en el mismo baño con Caden para ponerle al día sobre Cameron.

Apoyó la espalda contra la puerta mientras lágrimas silenciosas se le deslizaban por las mejillas. Se resistió a dejarse llevar por el llanto, sabiendo que si abría paso a todas sus emociones, no sería capaz de frenarlas. Sus sollozos amortiguados y sus suspiros temblorosos llenaron la pequeña habitación.

Quizás el niño no tendría que crecer sin su padre. Quizás, una vez le diera la noticia a Caden, este querría formar parte de su vida.

Porque era imperativo que se lo contara a Caden. Eso lo tenía claro. Y estaba decidida a hacerlo, la única incógnita era cuándo.

Todavía no se lo había dicho porque había albergado la esperanza de que Caden comprendiera que había cometido un error y regresara junto a ella; si eso ocurría, quería que fuera por ellos. Por Makenna y Caden como pareja. No porque la hubiera dejado embarazada.

Así que, tarde o temprano, tendría que volver a hablar con él. Volver a verlo. Al menos, quería darle a Caden la oportunidad de ver al niño en la próxima ecografía. Se lo merecía. Merecía formar parte del proceso y conocer a su hijo.

Todavía faltaban seis semanas para la ecografía, pero Makenna se moría de ganas de que llegara, porque sería entonces cuando descubriría el sexo del bebé. Ya había decidido que quería saberlo. Por algún motivo, al pensar en el bebé siempre le asignaba el género masculino. ¿Se debía a su instinto maternal o no tenía significado alguno? Pronto lo descubriría.

«Recupera la compostura, Makenna.»

Eso.

Se lavó la cara, respiró hondo y salió del baño.

Y prácticamente chocó contra Patrick, que estaba de pie en el pasillo, cruzado de brazos y claramente a la espera.

—¿Me vas a contar lo que te pasa? —preguntó.

Pues claro que Patrick era el que se había percatado de que algo no iba bien.

—No es nada —contestó, dedicándole una sonrisa.

Su hermano levantó una ceja, frunciendo aún más el ceño. Makenna suspiró.

—Luego hablamos.

—¿Me lo prometes? —dijo. Makenna asintió, y su hermano le dio un abrazo—. Sea lo que sea, estoy a tu disposición.

Tras asentir brevemente contra el pecho de su hermano, Makenna se apartó.

—Venga, vamos. Es hora de abrir los regalos.

El momento llegó más rápido de lo que a Makenna le habría gustado. Desde luego, llegó antes de que estuviera preparada del todo. Aunque, la verdad sea dicha, no había forma de prepararse para lo que tenía que contarle a su familia.

Habían abierto los regalos. Habían visto *Una historia de Navidad* (porque no sería Navidad de verdad sin Ralphie codiciando un rifle de balines y disparándose en el ojo). Habían ayudado a su padre a cocinar su tradicional cena de lomo de res. Y ahora que se la habían comido y habían fregado los platos, Patrick no dejaba de mirarla con la ceja en alto.

Si no decía algo pronto, su hermano lo haría por ella.

—¿Podemos sentarnos en el salón un momento? Tengo que hablar con vosotros —dijo Makenna al fin, con el estómago lleno de nervios.

—¿Va todo bien? —preguntó su padre, rodeando la isla de la cocina para acudir junto a ella.

—Sí, pero ¿podemos ir a sentarnos? —preguntó.

Los chicos le dedicaron miradas de curiosidad, pero todos la siguieron y tomaron asiento en el salón. Patrick y su padre se sentaron cada uno a un lado de Makenna en el sofá. El árbol de Navidad se alzaba delante de la ventana principal, despidiendo brillos multicolores del centenar de lucecitas que cubrían sus ramas. Se había perdido la tradición de la decoración el día anterior; los James decoraban el árbol en Nochebuena, de toda la vida.

—¿Qué pasa, gusanito? —preguntó su padre.

El corazón de Makenna le aporreaba las costillas, y los nervios le producían un cosquilleo en la piel.

—Tengo algo que anunciar. Siento decíroslo así, a todos a la vez, pero me ha parecido lo más sencillo.

Junto a ella, Patrick respiró hondo.

Makenna lo miró a los ojos. Luego hizo lo mismo con su padre, con Collin y con Ian.

—Estoy embarazada —declaró. Prácticamente se le olvidó respirar mientras esperaba ver sus reacciones.

En un primer momento, nadie dijo nada. Entonces, su padre se acercó más a ella en el sofá.

—Esto... —empezó. Una colección de emociones se reflejó en su rostro—. Un niño es... bueno, es una noticia fantástica, Makenna. Pero ¿por qué me da la sensación de que todavía no nos lo has contado todo?

Makenna se cruzó de brazos y asintió.

—Porque...

—¿Qué opina Caden de todo esto? —preguntó Patrick, con una expresión tan seria como un ataque al corazón. La manera en la que entornó los ojos indicó a Makenna que ya había encajado las piezas del rompecabezas. Patrick era policía a tiempo completo, joder.

—No lo sabe —contestó Makenna, dedicándole una mirada que le suplicaba su apoyo.

—¿Qué? —dijo Ian.

—¿Por qué no? —preguntó Collin.

Todos empezaron a hablar a la vez, hasta que su padre los hizo callar.

—Cuéntanos lo que ha ocurrido —dijo, tomando a su hija de la mano.

—Pues... —Makenna tragó saliva a través del nudo que tenía en la garganta y reprimió las emociones que amenazaban con invadirla—. El caso es que rompimos hace unas semanas. No sé muy bien lo que pasó, si os digo la verdad. Caden estuvo enfermo y se quedó en su casa. Cuando mejoró y volvimos a vernos, algo iba mal. Dijo que estábamos yendo demasiado rápido y me dejó. Acababa de enterarme de que estaba embarazada y, entre una cosa y otra, no pude decírselo. Y entonces no quise darle la noticia, por miedo a que volviera conmigo por obligación y no por voluntad propia.

Con el rostro lleno de preocupación, su padre asintió.

—¿De cuánto estas?

—Casi doce semanas —dijo—. He ido al médico, todo va sobre ruedas.

—¿Vas a contárselo? —preguntó Collin. Los tres hermanos tenían la misma expresión: un tercio de preocupación, un tercio de rabia, y un tercio de intentar disimular las otras dos.

—Sí —contestó—. Lo invitaré a venir a la próxima ecografía, pero todavía falta más de un mes.

—¿Así que vas a seguir adelante con el embarazo? —preguntó Ian. La ternura en su voz fue lo único que evitó que Makenna le saltara al cuello.

—Pues claro que sí. También es hijo mío —replicó. La única brillante certeza que sentía en todo aquello era el conocimiento, sin dudas ni reservas, de que deseaba tener al bebé. Pasara lo que pasase después, lo habían concebido con amor. Y Makenna ya lo amaba. Si esa era la única parte de Caden con la que podía quedarse, pensaba aferrarse a ella con ambas manos—. Bueno, pues esa es... esa es mi noticia —logró añadir.

—Oh, cariño, vas a ser una madre fantástica —dijo su padre, pasándole un brazo por los hombros—. Y estaremos junto a ti en todo momento.

El apoyo incondicional de su familia hizo que surgieran las lágrimas que se había estado aguantando.

—Gracias —susurró, perdiendo la batalla contra el llanto.

—Y siento lo de Caden —dijo su padre, dándole un beso en la frente—. Sé que no es una situación fácil.

Makenna asintió brevemente.

—Yo también lo siento.

—¿Quieres que hable yo con él? —preguntó Patrick, sentándose más cerca de ella.

—¿Sobre qué? —dijo ella, escudriñando la expresión de su hermano. Patrick apoyó los codos en las rodillas.

—Es solo que hay algo que no encaja, Makenna. El tipo que me presentaste el Día de Acción de Gracias estaba enamorado de ti hasta las trancas. Y luego, dos semanas más tarde, ¿se larga sin más? —dijo Patrick, sacudiendo la cabeza—. Algo no encaja. Y me gustaría saber lo que es, puesto que, presumiblemente, Caden formará parte de tu vida durante muchos años más, lo quieras o no.

Makenna no sabía qué decir, especialmente si tenía en cuenta que el instinto de Patrick había dado en el clavo. Se había dejado cosas en el tintero. Cosas relacionadas con el pasado de Caden. Cuando este había dicho que Makenna se merecía a alguien mejor, lo había comprendido al instante.

—Deja que me lo piense —contestó ella, secándose las mejillas—. Pero gracias.

—De acuerdo —replicó Patrick, claramente decepcionado por su respuesta—. Tú dímelo, y está hecho.

—Papá tiene razón —dijo Ian—. Vas a ser una madre estupenda, Makenna.

—Sí —añadió Collin—. Y nosotros seremos los tíos más geniales del mundo.

Aquello desencadenó una ronda de bromas y planes para el niño que hizo llorar a Makenna de nuevo, aunque esta vez eran lágrimas de felicidad.

—Gracias —dijo, con las mejillas doloridas de tanto sonreír—. Gracias por apoyarme.

—Para eso está la familia —dijo su padre—. Pase lo que pase.

—Pase lo que pase —añadió Patrick, asintiendo.

—Pues claro —dijo Ian.

—Pase lo que pase, hermanita —dijo Collin—. A no ser que se trate de cambiar pañales sucios. Eso se lo dejo a Patrick.

Obviamente, sus hermanos no podían dejar pasar la oportunidad de hacer chistes sobre excrementos, cosa que hizo que estallaran en carcajadas. La tensión desapareció de los hombros de Makenna, que sacudió la cabeza y se unió a las risas. Todo iría bien, porque tenía a estos cuatro hombres increíbles de su lado.

Pero ¿a quién tenía Caden?

Capítulo 19

El año nuevo no había convertido a Caden en un hombre nuevo, pero al menos estaba comiendo más, duchándose a diario y, en general, funcionando como una persona adulta. Gracias a Joe. Y a dos sesiones a la semana con el doctor Ward durante las últimas tres semanas. Y a las maravillas de los fármacos modernos.

Básicamente, se sentía como si estuviera escalando lentamente una cuesta empinada, cargado con un pedrusco enorme a la espalda; pero al menos estaba progresando. Eso en sí ya era una victoria. Y estaba intentando acordarse de felicitarse cuando hacía algo bien. Poco a poco, joder. Se trataba de ir poco a poco.

Sentado en la cama de la habitación de invitados de Joe, Caden arrastró una caja llena de cartas sin abrir y se la puso delante. Joe las había ido a buscar a la casa adosada tras su turno el día anterior. Ahora que Caden estaba triunfando en lo que a tareas diarias se refería, era hora de intentar lidiar con otras partes clave de su vida. Como pagar la hipoteca. Y mantener el contrato con la compañía eléctrica para que no le apagaran la calefacción. Lo último que necesitaba era regresar a casa tras su estancia con los Flaherty y descubrir que las tuberías habían estallado y que el sótano estaba inundado.

Organizó los contenidos de la caja. Factura, factura, factura. Propaganda, propaganda, propaganda. Revista, revista. Una invitación a la boda de uno de los compañeros del parque de bomberos. Más facturas, algunas de ellas muy atrasadas. Toneladas de propaganda de mierda. Una postal de Navidad.

Tuvo que leer la dirección del remitente varias veces para creerlo.

Un *christmas* de Makenna.

La contempló durante un largo rato. Caden la había abandonado... ¿Y ella le mandaba un *christmas*?

El estómago le dio un vuelco. Dio la vuelta al sobre. Observó la solapa sellada. Finalmente, lo abrió.

La postal lo hizo sonreír de verdad; ni siquiera recordaba la última vez que había sonreído. Mostraba la imagen de un niño rubio con expresión abatida vestido con un disfraz de conejito rosa, con el mensaje «¡parece como un conejo de pascua!».

De *Una historia de Navidad*. Todo un clásico.

Makenna tenía que ser.

La sonrisa desapareció tan rápido como había aparecido. Podrían haber visto la película juntos, compartiendo los momentos de humor absurdo como siempre hacían. Es más, podrían haber pasado las Navidades juntos. Su primera Navidad. Si Caden no la hubiera jodido con todas las de la ley.

¿Cuántas partes más de su futuro y su presente permitiría que su pasado destruyera?

Mierda.

Respiró hondo. «Concéntrate en tu objetivo, Grayson.» Mejorar. Recuperarse. Reconstruir su vida. Arreglar las cosas que había estropeado.

Dudó un momento más, pero finalmente desdobló la postal. No había texto impreso en el interior, solo un texto escrito a mano por Makenna, en su letra sinuosa.

Hola, Caden:
Solo quería que supieras que todavía pienso en ti. Y, si me necesitas, estoy a tu disposición. No puedo decirte que entiendo lo que ocurrió entre nosotros, pero puedo prometerte que estoy dispuesta a escucharte. No me merezco

a alguien mejor, porque, para mí, no hay nadie mejor que tú.

Todavía me encanta... el ascensor.

Feliz Navidad.

Makenna.

Caden leyó el texto una y otra vez, hasta que memorizó cada palabra. Todavía recordaba claramente la voz de Makenna diciendo «me encanta... el ascensor», aquella noche en la que se habían conocido. Tras pasar horas atrapados en el cubículo y disfrutar del sexo más increíble de su vida, lo había invitado a pasar la noche en su apartamento. Cuando se acurrucó en sus brazos, había soltado «me encanta...», y entonces había disimulado añadiendo «el ascensor». A Caden le había parecido gracioso. Le había dado la esperanza de que quizás ella también sentía la misma química disparatada que él notaba entre los dos. Y en los siguientes días y semanas, había parecido ser así.

Hasta que, en algún lugar del camino, Caden había dejado de confiar en sí mismo, en la situación, en su felicidad y quizás incluso en ella. Se recostó hacia atrás, golpeando el cabecero de la cama con su cabeza hueca. En aquel momento, no le habría sorprendido si una bombilla de dibujos animados apareciera flotando sobre su cabeza. Había dejado de confiar en que Makenna no lo abandonaría. Así que la había abandonado él.

Caden había dado vida a sus peores temores.

Menudo puto genio.

Exhalando lentamente, acarició la postal con las yemas de los dedos, recorriendo las palabras. «Para mí, no hay nadie mejor que tú.» ¿Era posible que lo creyera de verdad? Y ¿sería posible que Caden se recuperara lo suficiente para creerlo él también?

Agarró el sobre y examinó el matasellos: había mandado la postal el veinte de diciembre. Casi cuatro semanas antes. Sabía que desear que Makenna lo esperara, o que esperara a que se mejorara, era demasiado pedir. No solo para ella, sino para los dos. Sobre todo cuando no tenía manera de saber que Caden estaba intentando reencontrarse a sí mismo, para ganarse la oportunidad de volver junto a ella.

Volvió a observar lo que había escrito. Una vez, dos veces. Caden tragó saliva, pese al nudo que tenía en la garganta.

—Oh, Pelirroja. A mí también me sigue encantando el ascensor —susurró.

✳ ✳ ✳

Una semana más tarde, Caden regresó al trabajo y a la casa adosada. Había pasado casi seis semanas apartado de todo, y estaba empezando a perder la cordura tras tantas horas sentado en casa de Joe, sin hacer nada. Había llegado el momento de buscarse la vida. En particular, la vida que había abandonado.

Siendo sincero, estaba nervioso de cojones cuando entró de nuevo en el parque de bomberos. No le cabía duda de que los rumores acerca de lo que le había ocurrido ya se habrían extendido, especialmente teniendo en cuenta que había estado en pésima forma durante sus últimos turnos. Y si algún compañero todavía no tenía ni idea de lo que había pasado se haría una idea solo con mirarlo: aunque había recuperado cinco kilos, seguía pesando veinte menos que a principios de diciembre.

Quizá se había convertido en una sombra de lo que había sido, pero al menos ya no era una fantasma.

Nunca más lo sería.

Pero sus nervios tendrían que aguantarse, porque Caden necesitaba trabajar. No solo por el dinero, sino porque genuinamente sentía la necesidad de ayudar a los demás. Ahora mismo estaba decidido a concentrarse en las cosas que se le daban bien, y su trabajo era lo primero de la lista. Eso, al menos, podía admitirlo.

Pronto descubrió que no tenía por qué estar nervioso.

Cada uno de sus compañeros se alegró de su retorno. Es más, el día fue una maratón de emergencias, llegando una tras otra, pero todo funcionó a la perfección. Al terminar su turno, Caden se sentía un gigante. El día le había proporcionado el subidón de autoconfianza que necesitaba.

Y también le había dado una pequeña esperanza.

Si era capaz de volver al trabajo en plena forma, eso significaba que quizá, solo quizá, sería capaz de arreglar otras facetas de su vida. Por encima de todo lo demás, quería arreglar las cosas con Makenna.

Pensar en ella lo entristecía, pero ya no le hacía sentir culpa, miedo y falta de merecimiento. No, la tristeza surgía del vacío creado por su larga separación, por la ausencia de Makenna en su vida. La echaba tanto de menos que a menudo sentía dolor en el pecho al pensar en ella, como si hubiera dejado una parte de sí mismo en sus manos. Y no le cabía duda de que así era.

Solo necesitaba un poco más de tiempo. Un poco más de tiempo para mejorar. Un poco más de tiempo para hacer las paces con su pasado. Un poco más de tiempo para convertirse en el hombre que Makenna se merecía y que Caden quería llegar a ser.

Solo un poco más de tiempo.

Unas noches más tarde, Caden estaba sentado ante la mesa de la cocina, organizando las facturas, cuando de repente se sorprendió contemplando el tatuaje del dragón que tenía en la mano derecha.

Lo veía cada día, claro. Pero, por algún motivo, hacía mucho tiempo que no se fijaba en él. Había olvidado por qué decoraba su brazo.

El tatuaje había sido una declaración y una promesa. Una declaración para sí mismo, asegurándose que había conquistado sus miedos, y una promesa para su hermano, Sean: Caden prometía ser fuerte, Caden no malgastaría el tiempo amilanado por sus miedos cuando a Sean le habían arrebatado la oportunidad de vivir.

—Se me olvidó ser el dragón, Sean. Pero no volverá a ocurrir —dijo en voz alta.

Lo cual le dio una idea.

Llamó por teléfono, tuvo suerte al pedir hora, y se largó de la casa adosada.

Caden entró en Heroic Ink veinte minutos más tarde.

—Me alegro de que hayas llamado, amigo —dijo Heath, tendiéndole la mano—. Hemos tenido un día aburrido de cojones.

Caden le estrechó la mano.

—Pues todos ganamos, porque tenía muchas ganas de venir hoy.

—Bueno, pues ven a la parte trasera y pongámonos manos a la obra —dijo Heath—. ¿Hoy vienes solo?

—Sí —respondió Caden. La referencia a la presencia de Makenna no lo entristeció ni lo hizo sentirse arrepentido por una vez, sino que aumentó su confianza en lo que estaba a punto de hacer. Porque, claramente, necesitaba un recordatorio nuevo, una declaración nueva, una promesa nueva. Y los tatuajes siempre habían formado parte de su proceso de aceptación y sanación.

—Dime qué tienes pensado —dijo Heath, indicando con la mano hacia la silla junto a su mesa de trabajo.

—Quiero un texto. En el antebrazo izquierdo, tan grande como puedas.

Mientras se sentaba, Caden le entregó la hoja de papel en la que lo había garabateado antes de bajarse del Jeep. Heath asintió.

—¿Le ponemos elementos decorativos? ¿Flores, lazos, filigranas? ¿Tienes alguna idea de la tipografía que quieres?

—Estoy abierto a sugerencias. Tú ya sabes lo que queda bien, y siempre me gustan las cosas que se te ocurren. Mientras las palabras estén claras y sean el foco de atención del tatuaje, estaré contento —respondió Caden.

—Dame diez minutos para hacerte un esbozo —dijo Heath, abriendo su ordenador portátil. No le hicieron falta diez minutos—. ¿Qué te parece algo así?

La mirada de Caden recorrió el diseño que aparecía en la pantalla. Era diferente a lo que había imaginado, así que, naturalmente, era perfecto.

—Hazlo. Exactamente así.

El primer contacto con las agujas fue como un bálsamo para su alma. Siempre le había encantado la sensación de recibir un tatuaje. Le gustaba el dolor, porque le recordaba que estaba vivo. Soportarlo siempre lo hacía sentirse más fuerte. Y con cada nuevo tatuaje le parecía haber añadido una pieza nueva a la armadura que llevaba una vida entera creando.

Esta vez no fue distinto.

Lo que Heath había diseñado era intrincado, y las letras, bien hechas, tomaban tiempo, así que Caden pasó un buen rato allí. Pero estaba satisfecho como el que más. Aunque los tatuajes en el antebrazo duelen como unos hijos de puta.

Unas dos horas y media más tarde, Heath se apartó.

—Ya hemos terminado.

Caden no había querido mirar durante el proceso, porque quería esperar para absorber el efecto completo de la obra terminada. Ahora, lo observó.

Palabras negras en una tipografía solida descansaban, en ángulo, en su antebrazo, en grupos de dos. Desde la muñeca hasta el interior del codo, aparecía el mensaje: «Una vida / Una oportunidad / Sin arrepentimientos».

Rosas rojas abiertas decoraban el principio y el final de las palabras y se extendían alrededor de su brazo, mientras que filigranas negras y rojas surgían de algunas letras y se enroscaban alrededor de las flores. El centro de la rosa de más abajo se convertía en un reloj con números romanos, y la manera en la que Heath había combinado los elementos era fenomenal.

Caden había sobrevivido al accidente catorce años antes, pero nunca había entendido por qué. Nunca había sentido que tuviera algo por lo que seguir viviendo. Conocer a Makenna lo había cambiado todo, por mucho que Caden hubiera estado demasiado anclado al pasado para comprenderlo. Pero ahora que estaba esforzándose tanto para recuperarse, lo veía con una claridad sorprendente.

Caden quería tener la oportunidad de compartir su vida con Makenna. Y aunque sabía que existía la posibilidad de que no quisiera saber nada de él después de lo que le había hecho, al menos tenía que intentarlo.

—Un trabajo fantástico como siempre, Heath. Muchas gracias —dijo Caden.

—Cuando quieras. Espero que sea lo que necesitabas —dijo Heath, inclinándose hacia él para vendarle el tatuaje.

—Yo también —respondió Caden—. Yo también.

Y, aunque todo seguía siendo incierto, Caden no pudo evitar maravillarse ante la mejora que había experimentado en las últimas seis semanas. Porque allí, sentado y con el brazo dolorido, Caden tenía una sensación de ligereza en el alma que no había sentido jamás, y todo porque había renovado su promesa a Sean.

Y, lo más importante, a sí mismo.

Capítulo 20

Tumbado en la cama en su día libre, estaba dándole vueltas a algo que su psiquiatra le había dicho durante su última visita: «Encuentra maneras de cerrarle la puerta al pasado».

Caden llevaba días pensando en ello, intentando encontrar la manera de hacer lo sugerido para poder empezar a mirar hacia delante, en vez de concentrarse en el pasado. Era lo último que necesitaba aclarar antes de sentirse preparado para perseguir lo que de verdad anhelaba.

Makenna James.

Su mirada se desvió hacia el osito de peluche que reposaba en su mesita de noche, el mismo que Makenna le había regalado para que se recuperara. Durante todas esas semanas, Caden lo había tenido cerca (bueno, no había dormido con el maldito osito porque era un hombre de veintiocho años, al fin y al cabo), pero le gustaba tener al lado algo que ella había tocado.

Y Makenna era lo que Caden más ansiaba recuperar. Si es que ella lo aceptaba de nuevo. Y ¿quién diablos sabía? Visto cómo la había dejado (la había abandonado, la verdad, quería llamar las cosas por su nombre), no la culparía si Makenna le cerraba la puerta en las narices.

El consejo del doctor Ward había surgido al discutir la revelación que había tenido Caden acerca de permitir que el pasado lo controlara, hasta el punto de que él mismo había hecho que sus miedos se hicieran realidad. La pregunta era, ¿qué cojones significaba eso de cerrarle la puerta al pasado? ¿Cómo podía lograrlo? El resto de personas involucradas en el accidente que había dejado que definiera su vida ya no estaban. Y Caden nunca había sido de los que encuentra respuestas o consuelo charlando con una lápida.

Lo único que quedaba era el lugar del accidente en sí.

Caden nunca había vuelto. Nunca se le había ocurrido. A decir verdad, le daba más que un poco de miedo.

Lo cual era, probablemente, un buen motivo para hacerlo.

Se lo pensó una última vez, y entonces se obligó a levantarse de la cama, se duchó y se vistió. En la habitación de invitados, hurgó en las cajas con las pertenencias de su padre, en busca del informe de la compañía de seguros que abarcaba la investigación del accidente. Su padre había muerto el agosto pasado, y Caden no había conservado muchas de sus posesiones: solo los papeles relacionados con las propiedades de su padre, algunos álbumes de fotos (que ni siquiera había sabido que su padre tuviera), y algunas cosas de la casa que Caden siempre había asociado con su madre. Las posesiones de Sean que había querido preservar ya estaban en sus manos desde hacía años.

Caden iba por la quinta caja cuando dio con lo que buscaba. Extrajo la gruesa carpeta de debajo de una pila de papeles y la abrió. Su mirada apenas se detuvo en los párrafos que no quería leer con atención (los detalles sobre las heridas de su madre y su hermano, principalmente), hasta que encontró la información acerca del lugar del accidente que había ocurrido en la carretera 50 del condado de Wicomico, Maryland.

Bingo. Había llegado el momento de emprender su mayor (y, con un poco de suerte, último) viaje al pasado.

El viaje de hora y media hasta la zona del accidente se le pasó volando, seguramente porque Caden no tenía muchas ganas de enfrentarse a lo que se avecinaba, pero tardó más en encontrar la parte de la autopista concreta en la que el vehículo de su familia había volcado.

El informe de la compañía de seguros mencionaba el kilómetro, lo cual era la primera pista que poseía para reducir las posibilidades, y también contenía fotografías del accidente en sí. Caden ya las había visto; ya había consultado los contenidos de la carpeta antes. Cuando tenía dieciséis años, había encontrado los papeles y los había leído de cabo a rabo, ansiando cada detalle morboso como un adicto. Había pensado que averiguar cada pormenor lo ayudaría, pero solo le proporcionó munición a su subconsciente para crear más pesadillas, culpabilidad y miedo.

Así que ahora no pasó mucho rato observando las fotografías, excepto para fijarse en que la zanja y el campo en los que había aterrizado el vehículo estaban inmediatamente después de una larga hilera de árboles, lo cual era parte del motivo por el que aquella noche nadie había visto el automóvil volcado durante tantas horas.

Caden encontró el marcador del kilómetro primero, y luego la fila de árboles. Desvió el Jeep y lo aparcó en un margen de la carretera. Sentado en el asiento del conductor, observó el paisaje, pero, más allá de lo que sabía por las fotografías, nada de lo que veía le resultaba familiar. ¿Y por qué iba a recordarlo? El accidente había tenido lugar por la noche y, para cuando salió el sol, Caden ya había perdido la cabeza.

Tras respirar hondo, Caden se bajó del automóvil y echó a andar sobre la hierba. La acequia seguía allí, creando un desnivel notable a poca distancia del margen de la carretera. Caden descendió. Se quedó allí de pie. Se agachó y apoyó una mano contra la tierra donde dos personas a las que quería habían muerto.

«No pasa ni un solo día sin que piense en vosotros, mamá y Sean. Siento haberos perdido. Os quiero. Me estoy esforzando mucho para que podáis estar orgullosos de mí.»

Cerró los ojos y agachó la cabeza.

Un camión pasó rugiendo a sus espaldas, y el sonido le resultó tan familiar que le puso los pelos de punta. Pero Caden no estaba atrapado en el automóvil. No lo estaba. Ya no.

Se puso de pie y miró a su alrededor por última vez. Allí no había fantasmas. Allí no había respuestas. Allí no era donde encontraría el pasado.

Comprenderlo le causó una mezcla de alivio y frustración. Alivio por haber llegado a aquel lugar y descubrir que era... un sitio más. Una cuneta como otra cualquiera, bajo el cielo gris invernal. Frustración porque el viaje no le había servido para descubrir cómo cerrar la puerta al pasado.

¿Qué más podría ayudarlo a dejar su pasado atrás?

De vuelta en el Jeep, Caden echó un vistazo al informe de la investigación. Un nombre le llamó la atención. David Talbot. El enfermero que había sido la primera persona a la que Caden había visto en la escena del accidente. Lo que recordaba más claramente sobre él era la bondad de su voz, las frases de consuelo que le iba ofreciendo, la manera que había tenido de explicar todo lo que estaba ocurriendo, aunque Caden no había sido capaz de entenderlo todo. Las palabras de David Talbot lo habían ayudado a volver a la realidad, tras una noche sin saber lo que era una alucinación y lo que no, y Caden siempre había estado seguro de que David Talbot había sido lo único que había evitado que se volviera loco y que nunca pudiera recuperar la cordura.

Joder, ¿cómo era posible que no hubiera pensado antes en él? ¿Seguiría trabajando de lo mismo? Era una probabilidad muy remota, pero el instinto de Caden insistía en que aquella idea podía dar sus frutos. Al fin y al cabo, ¿qué era lo peor que podía pasar?

Una búsqueda rápida en su teléfono móvil le informó de que el parque de bomberos de Talbot, en Pittsville, estaba a pocos minutos de allí. Caden se dirigió al lugar sin saber qué esperar, o si debería esperar algo siquiera.

El cuerpo de bomberos voluntarios de Pittsville se alojaba en un complejo de dos edificios; el principal tenía cinco puertas de garaje, todas ellas abiertas. Equipamiento y vehículos amarillos y blancos de los bomberos y de los servicios sanitarios de emergencia ocupaba el espacio tras cada persiana, y una hilera de camionetas estaban aparcadas a un lado del terreno. Caden aparcó el Jeep junto a estas y bajó del vehículo.

El pulso se le aceleró un poco al acercarse al parque de bomberos, y el pecho se le llenó de una extraña tensión nacida de la anticipación. Entró por una de las puertas, tras la que había una pesada unidad de rescate, y se volvió en dirección al sonido de voces, pero algo le llamó la atención. Un número siete enorme pintado en el lateral del camión.

A Caden se le puso la piel de gallina. ¿El cuerpo de bomberos de Pittsville estaba en el parque número siete? El mismo número que su parque de bomberos. El mismo número que llevaba tatuado en el bíceps. ¿Quién lo hubiera dicho?

—¿Puedo ayudarle? —preguntó una voz desde el fondo del espacio.

Caden se volvió y se encontró con un hombre algo mayor que él, con barba y bigote, de pie junto a la parte trasera del camión.

—Sí, disculpe. Me llamo Caden Grayson. Soy enfermero del cuerpo de bomberos del condado de Arlington, en Virginia —contestó, ofreciéndole la mano al otro hombre.

—¡Vaya, qué te parece! Bienvenido. Yo soy Bob Wilson —dijo el hombre, estrechándole la mano—. ¿Qué te trae por aquí? —preguntó con una sonrisa. Era una de las cosas que Caden más apreciaba de trabajar en los servicios de emergencia: la camaradería que existía entre los profesionales del campo.

—Un asunto personal, la verdad. Un accidente que ocurrió hace catorce años —empezó. La anticipación hacía que Caden se sintiera como si estuviera alcanzando el punto más alto de una montaña rusa—. ¿Por casualidad un enfermero llamado David Talbot no estará por aquí?

—¿Dave? Vaya que sí. Hemos intentado librarnos de él, pero el tipo está más agarrado que una garrapata a un perro —dijo Bob. Le sonrió y le guiñó un ojo.

—Joder, ¿en serio? —dijo Caden, incrédulo ante esta... buena suerte con la que se había topado—. No tenía demasiadas esperanzas.

—No creas, aquí somos casi todos veteranos —dijo Bob, haciéndole un gesto a Caden para que lo siguiera—. Vamos a la parte de atrás. Está ahí. Hemos tenido una emergencia hace poco, así que has tenido un golpe de suerte. Si no, tendrías que haber ido a buscarlo a su casa.

Mientras se adentraban en el enorme edificio, Caden se percató de repente del nerviosismo que le corría por las venas. La última vez que David Talbot se había cruzado en su camino, Caden había sido un auténtico despojo humano. Si había alguien en su vida que lo hubiera visto en su peor momento, cuando había caído más bajo y era más vulnerable, era Talbot. Caden no se había preparado para la posibilidad de conocer a aquel hombre, que había representado una fuerza tan positiva en su vida, y ni siquiera sabía qué le diría.

Bob lo llevó hasta el comedor del parque de bomberos, donde ocho hombres estaban sentados alrededor de una mesa, charlando y riendo, con los platos vacíos delante.

—Muchachos —dijo Bob—. Este es Caden Grayson. Es enfermero del cuerpo de bomberos del condado de Arlington, en Virginia —añadió. Un coro de saludos lo recibió, y Caden saludó a los hombres con la mano—. Ha venido a verte, Dave.

Caden repasó la mesa con la mirada rápidamente, pero no fue capaz de identificar a Talbot al momento. Entonces, un hombre sentado en el extremo derecho se volvió para mirarlo, y de repente Caden sintió que había viajado al pasado. Al momento en el que un hombre con expresión cariñosa y una voz tranquilizadora había calmado a un chaval de catorce años traumatizado y le había salvado la vida.

—¿Con que a mí, eh? —dijo Talbot, levantándose y acercándose a Caden. Le tendió la mano—. Dave Talbot. ¿Qué puedo hacer por ti?

Caden le estrechó la mano, sintiendo un *déjà vu* de lo más curioso.

—Bueno, señor Talbot, se trata de lo que ya hizo por mí. Hace catorce años, fue el primero en llegar a la escena de un accidente de tráfico. Y me salvó la vida.

Lo que Caden tenía que decir le parecía profundamente obvio, y ni siquiera se sintió incómodo por decirlo delante de otros hombres, que no estaban disimulando su curiosidad por la conversación.

—Sé que han pasado muchos años, pero necesitaba darle las gracias. Y necesitaba decirle que lo que hizo por mí ese día me llevó a querer ayudar a los demás a mí también. Por eso soy enfermero del cuerpo de bomberos. Sé que no siempre nos enteramos de lo que le pasa a alguien una vez lo hemos llevado al hospital, así que nunca llegamos a saber el impacto que hemos tenido en sus vidas. Quería que supiera que el impacto que tuvo usted en la mía fue enorme. Y me siento agradecido por ello cada día que pasa.

El poder presentar sus respetos a aquel hombre tras tanto tiempo hizo que una satisfacción intensa lo llenara hasta lo más hondo

El silencio descendió sobre el comedor.

Dave estaba visiblemente conmovido por las palabras de Caden. El hombre mayor escudriñó su rostro y miró a la cicatriz dentada que tenía en el lado de la cabeza.

—Que me aspen —dijo con tono emocionado—. ¿Una ranchera volcada? —añadió, casi como si estuviera pensando en voz alta.

—Sí —respondió Caden, sintiendo que se le hacía un nudo en la garganta.

—Ya me acuerdo de ti —dijo Dave, agarrándole el brazo—. Es un auténtico placer verte, hijo —añadió. Sacudió la cabeza y carraspeó, con la emoción en la cara—. Vaya, menuda ocasión. Caray.

—Yo también me acuerdo de ese accidente —dijo otro de los hombres, rodeando la mesa para unirse a ellos—. Hay algunos que se te quedan grabados en la memoria, sobre todo cuando hay niños involucrados, y ese es uno que jamás he olvidado. —El hombre le tendió la mano—. Frank Roberts. Siento mucho lo que te ocurrió.

—Frank —dijo Caden, estrechándole la mano—. Gracias. Significa mucho para mí.

—Yo también estuve esa noche —dijo un hombre de pelo blanco, levantándose de su silla—. Debo decir que es impresionante que hayas querido dedicarte a lo nuestro tras un accidente como el tuyo.

Mucha gente no habría sido capaz. Soy Wallace Hart, por cierto —añadió, saludándolo con la mano.

Caden asintió, absolutamente anonadado al ver que aquellos hombres no solo seguían allí tras todos esos años, sino que se acordaban de él de verdad. Recordaban lo que había ocurrido. Su padre nunca había estado dispuesto a hablar sobre el accidente. Joder, su padre apenas había estado dispuesto a hablar con Caden en general, más allá de lo estrictamente necesario para la convivencia diaria. Así que, tras catorce años, encontrar a personas que habían estado allí, que sabían lo que había ocurrido, y que se acordaban de Caden... Dave había tenido razón. Menuda ocasión.

—¿Tienes tiempo para sentarte un momento? —preguntó Dave—. Puedo prepararte un café. Y tenemos tarta.

Un poco abrumado por las emociones y la reacción de los hombres, Caden asintió.

—¿Quién es capaz de rechazar un pedazo de tarta?

—Solamente un lunático, joder —dijo Frank, provocando una ronda de carcajadas.

Algunos de los presentes se desperdigaron, dejando a Caden, Dave, Frank y Wallace en la mesa. Los otros tres hombres le sacaban unos buenos veinte años a Caden, lo cual quizás explicaba porque lo miraban con expresiones casi paternales. Le preguntaron por las repercusiones del accidente, por lo que había estudiado, por su formación, por su parque de bomberos y por su vida personal: ¿Había formado su propia familia?

—Todavía no —dijo Caden, terminando el último mordisco de su pedazo de tarta de manzana—. A decir verdad, tenía a alguien, pero metí la pata. Desde el accidente, he estado lidiando con un trastorno de estrés postraumático y un problema de ansiedad, y dejé que invadieran mi vida. He estado esforzándome por arreglarlo. O por arreglarme, más bien. Supongo que por eso he venido —explicó. No estaba seguro de por qué estaba compartiendo aquello con los tres hombres, solo sabía que ser sincero con ellos era lo correcto. Y, francamente, estaba sumido en una conversación mucho más significativa que las que podía recordar mantener con su propio padre.

Sentado a su lado, Dave clavó la mirada en Caden.

—Deja que te diga algo, Caden —empezó, pero se quedó en silencio durante un largo momento—. Seguimos hablando de ti, en este parque. Los que acudimos al lugar del accidente... Todos quedamos muy marcados por lo que encontramos aquella madrugada, y discutimos el asunto en más de una ocasión. Te lo diré sin tapujos, a cada uno de nosotros nos costaba creer que hubieras sobrevivido al accidente. Y lo mismo con tu padre, aunque la parte trasera del vehículo era la que quedó más dañada. Cierro los ojos y todavía alcanzo a ver lo aplastado que estaba. Como si lo hubieran pasado por un compactador —dijo. El resto de los hombres asintió—. Creo que es normal que hayas tenido que enfrentarte a ciertas dificultades, tras vivir algo así. Pero tienes que saber que, en mi opinión, que sobrevivieras ya fue un milagro en toda regla.

—Así es —dijo Frank—. Tuviste una suerte inmensa.

Wallacc asintió.

Suerte.

Caden había pasado tanto tiempo creyendo que en su vida no existía tal cosa. Pero estos hombres estaban de acuerdo en que había sido un afortunado. ¿Acaso lo había estado mirando desde el lado equivocado durante todos estos años?

La emoción le causó un nudo en la garganta y, por un momento, anuló su habilidad de hablar. Asintió.

—Gracias por decírmelo porque... porque a veces me he preguntado por qué sobreviví, cuando mi madre y mi hermano no lo lograron —logró decir. Sacudió la cabeza.

—Un planteamiento equivocado —dijo Dave—. Sería mejor que te preguntaras esto: ¿Cuáles han sido las consecuencias de que tú siguieras con vida? Y te voy a responder: porque seguiste con vida, pudiste convertirte en enfermero del cuerpo de bomberos. Y esto que has hecho hoy por mí, al venir y contarme lo que mi ayuda significó para ti... Hay personas en el mundo que sienten lo mismo respecto a ti. Puede que nunca las conozcas; joder, seguramente no, es la naturaleza de nuestro trabajo, pero están ahí fuera y sienten la misma gratitud hacia ti que tú sentiste hacia mí. Y quiero darte las gracias por lo que has dicho. Porque este trabajo hace que nos enfrentemos a situaciones muy duras, y nos aleja de nuestra familia en los momentos menos oportunos, y nos obliga a arriesgar el pescuezo, así que es bueno saber que lo que hago, lo que hacemos—dijo, haciendo un gesto para incluirlos a todos—, tiene significado.

—Amén, amigo —dijo Wallace, levantando su taza de café y tomando un sobro.

Cuando las palabras de Dave cundieron, Caden se sintió como si hubiera chocado contra una farola que no había visto venir, como en los dibujos animados. La idea de que Caden pudiera significar para alguien lo que Dave significó para él, la idea de que el trabajo de Caden pudiera impactar a sus pacientes igual que Dave lo había impactado a él tantos años atrás... Era una revelación, joder. Se le puso la piel de gallina y se le aceleró el pulso.

Caden había desperdiciado tantos años sintiéndose indigno y culpable, y preguntándose por qué había sobrevivido, que siempre había pensado que su trabajo era una manera de saldar una deuda con el universo. Y había algo de verdad en ello. Pero también había verdad en lo que Dave había dicho.

El trabajo de Caden importaba a muchas personas.

Lo cual significaba que él también importaba, por mucho que sintiera que no era así.

Joder. Joder.

La certeza se plantó en el pecho de Caden como un camión de treinta toneladas. No desaparecería así como así.

Fue como la luz de sol abriéndose paso entre pesados nubarrones negros, con los rayos dorados escapando y acariciando todo lo que había en su camino. Iluminando lo que había estado tanto tiempo sumido en las tinieblas. Arrojando luz sobre cosas que habían sido olvidadas. Era una ligereza que Caden no recordaba haber sentido jamás. Un alivio que le sanaba el alma se derramó tras la luz, junto a algo inimaginable: el perdón.

Y no solo para sí mismo.

¿Acaso el padre de Caden había podido hablar con alguien sobre el accidente? Porque, si Caden se había sentido culpable por sobrevivir, ¿cómo se debía de haber sentido su padre, sabiendo que él estaba al volante?

Aquella pregunta también le hizo abrir los ojos, y le permitió a su corazón descargar parte de la rabia que había arrastrado consigo durante la mitad de su vida. Más luz se derramó en su interior.

Al rato, Caden ya estaba intercambiando información de contacto con Dave y los demás y despidiéndose. Por fin sintió que había comprendido el significado de los consejos del doctor Ward. Porque una hora en compañía de los hombres que le habían salvado la vida lo había ayudado más a pasar página tras el accidente que todo lo que había hecho durante los últimos catorce años.

—Oye, Caden —dijo Dave, cuando Caden ya estaba a punto de salir.

—Dime —contestó, volviéndose.

Dave lo miró con expresión seria.

—Si hay algo que he aprendido a lo largo de la vida, es que hay pocas cosas tan importantes como la familia y el amor. Haz lo que sea para recuperar a tu chica.

—Voy a hacer todo lo que pueda —respondió Caden.

Y, tras este día, por fin se sentía preparado para cumplir con su palabra.

Capítulo 21

Al salir de la visita al médico de los cuatro meses, Makenna supo que había llegado la hora: tenía que darle la noticia a Caden. Se haría otra ecografía en dos semanas, y no había ningún motivo para seguir demorando la conversación, excepto el hecho de que se ponía nerviosísima solo con pensar en ello.

Conduciendo mientras caía la noche, Makenna se dirigió a casa de Caden. Esta no era una conversación que pudiera sostener por teléfono o correo electrónico. Tenía que decírselo cara a cara; no solo porque era lo correcto, sino también porque necesitaba tener a Caden delante. Para comprobar que estaba bien. Para verlo reaccionar a la noticia. Necesitaba verlo y punto.

Porque Caden Grayson era un dolor que tenía dentro y que no desaparecía.

Aparcó en su calle y se encontró con que la casa estaba a oscuras y el Jeep no estaba aparcado en su sitio. Recordando la excursión que había hecho más de un mes antes, se dirigió al pequeño parque de bomberos que había al otro lado de Fairlington, y esta vez encontró el Jeep.

Caden había vuelto al trabajo.

Por algún motivo, Makenna sintió que se le llenaba el pecho de emociones. Si había vuelto, significaba que se encontraba bien, lo cual la alegraba. Pero que hubiera regresado al trabajo sin decirle nada a ella debía de significar de verdad que la pequeña esperanza que había albergado para su relación era falsa.

Si Caden hubiera querido regresar junto a ella, ya lo habría hecho. Al menos, ahora lo sabía con seguridad.

En cualquier caso, comunicarle lo del embarazo no tenía nada que ver con eso. Es más, no quería que Caden retomara la relación si el bebé era su único motivo para volver a su vida. Así que nada, adelante.

Al aparcar junto a la cuneta, el reloj del salpicadero la informó de que eran casi las cinco y media. Probablemente, el turno de Caden no terminaría hasta las siete de la tarde, o las siete de la mañana siguiente, según el horario que le hubiera tocado: el parque de bomberos tenía un sistema de turnos solapados, para que siempre hubiera personal disponible y pudieran proporcionar días libres a los compañeros tras pasar veinticuatro horas de guardia. Lo cual significaba que Makenna tendría que entrar y hablar con él. O esperar.

Tras dos meses, suponía que tardar unas horas más no importaba demasiado. Pero saber que Caden estaba al otro lado de la calle, en aquel edificio, tan cerca después de tanto tiempo separados, le ponía los pelos de punta a Makenna.

Le había concedido tiempo y espacio. Tal y como le había pedido. Pero ya había tenido suficiente. El bebé estaba en camino, y al gusanito le importaba un comino si alguno de los dos no estaba listo para su llegada.

Antes de poder darle más vueltas al asunto, Makenna apagó el motor y se bajó del vehículo. Una ráfaga de viento se arremolinó a su alrededor, y tuvo que agachar la cabeza para protegerse del aire helado y subirse la cremallera del abrigo hasta el cuello.

Cuando hacía buen tiempo, los bomberos dejaban las puertas del garaje abiertas y los camiones a la vista. Pero hoy las persianas estaban bien cerradas contra el viento, así que Makenna se dirigió a la puerta de la oficina que había en un lateral del edificio. Con el estómago dándole saltos, entró en la recepción y activó un timbre automático. No había nadie tras el mostrador.

Tras unos segundos, un muchacho joven al que no conocía apareció por la puerta de atrás.

—¿Cómo puedo ayudarla?

—Hola —dijo Makenna—. ¿Está Caden Grayson?

—¿Grayson? Sí —contestó el muchacho. Le dedicó una mirada inquisidora que hizo que Makenna se sonrojara—. Voy a por él.

El joven desapareció por el pasillo.

—¡Grayson! —exclamó, cosa que hizo que las mejillas de Makenna ardieran aún más—. Tienes visita.

Makenna se metió las manos en los bolsillos y exhaló un lento suspiro.

Un intercambio de palabras pasillo abajo le llamó la atención, porque la voz de Caden le había llegado a los oídos. Oírlo era un alivio y una angustia. Se preparó para verlo entrar por la puerta.

Y entonces llegó.

«Sé fuerte, Makenna.»

—Hola —dijo ella, contemplándolo mientras podía. Estaba... espectacular. Guapísimo, como siempre, con su mandíbula definida, y su rostro masculino y sus hombros anchos. Había perdido algo de peso, pero ya casi no tenía ojeras y todo él parecía... Más tranquilo, de algún modo. Como si se hubiera puesto más recto, o como si le costara menos moverse.

—Makenna, ¿qué haces aquí? ¿Estás bien? —preguntó, rodeando el mostrador para acercarse a ella. Se detuvo a menos de un metro.

—Siento molestarte en el trabajo, pero es que...

—No, soy yo el que lo siente —dijo, pasándose una mano por la cicatriz de la cabeza—. He sonado un poco brusco. Es que me has sorprendido, nada más.

—Ya lo sé. Quería hablar contigo un momento. No tomará mucho tiempo —dijo. Bueno, de hecho, tomaría al menos los próximos dieciocho años. Pero el primer paso que estaban dando ahora terminaría enseguida.

—Esto, sí. Sí, claro —dijo—. ¿Vamos dentro?

El corazón le dio un pequeño vuelco y una voz en su cabeza susurró «iría contigo adónde hiciera falta, Caden, ¿acaso no lo sabes?». Pero, en realidad, solo dijo «claro».

Makenna rodeó el mostrador tras él, y sintió un cosquilleo ridículo en su interior cuando sus brazos se rozaron sin querer al caminar por el pasillo de ladrillos blancos.

Por algún motivo, la sensación le recordó a la primera vez que lo tocó. La noche en la que se quedaron atrapados en el ascensor. Tras unas dos horas, habían empezado a sentir hambre, así que habían compartido un par de cosas para picar y una botella de agua que, por suerte, llevaba en el bolso. Puesto que no alcanzaban a verse, para pasarse el agua se habían dedicado a deslizar la botella por el suelo hasta notar la mano del otro. Para entonces, ya había descubierto que tenían muchas cosas en común y se sentía intrigada por Caden, y aquellos pequeños momentos de contacto con un hombre con el que había hablado pero al que no veía le habían parecido muy emocionantes.

Ahora, caminando junto a Caden tras tanto tiempo sin él, aquella anoche le parecía algo remoto que había ocurrido millones de años atrás.

Risotadas y conversaciones alborotadas surgían de una sala a la izquierda. Puesto que ya había estado en el parque de bomberos, Makenna sabía que se trataba del comedor y la sala de estar del parque. Una mirada rápida al pasar por delante reveló que la mesa estaba llena, y que los muchachos estaban sentados con platos de comida delante. Cruzó una mirada con el Oso mientras Caden y ella pasaban de largo.

—Siento haber interrumpido la cena —dijo, levantando la vista hacia Caden.

—No te preocupes —dijo este en voz baja.

Al final del pasillo, doblaron la esquina a la derecha.

—Vamos a... Esto, entremos aquí —dijo Caden, abriendo una puerta y sujetándosela para que Makenna pudiera pasar. Encendió la luz, revelando dos hileras de literas a lo largo de la pared. Todas las camas estaban hechas pulcramente.

La puerta se cerró, y se quedaron juntos y a solas.

El corazón de Makenna se lanzó a palpitar en una carrera salvaje.

La mirada de Caden la recorrió entera y se detuvo en su rostro, con una intensidad en los ojos que Makenna no terminó de comprender.

—Estás guapísima, Makenna.

—Esto, gracias —dijo. El cumplido la había pillado desprevenida—. Tú también tienes buen aspecto. Se te ve mejor —añadió. «Mejor que antes», pensó, pero no quería liarse a discutir el pasado cuando lo que quería era hablar del futuro—. Bueno...

—¿Cómo han ido las Navidades? —preguntó Caden, acercándose un poco más a ella.

Makenna ladeó la cabeza, intentando adivinar qué pretendía.

—Esto..., bien. Fui a Filadelfia para estar con mi familia. Estuvo... estuvo bien.

Además de lo incómodo de la situación, una tensión extraña llenaba el espacio que tenían delante, como si fueran imanes que no supieran si deberían atraerse o repelerse.

Porque la atracción estaba ahí, sin duda; al menos, para ella. El cuerpo de Makenna era muy consciente de la presencia de Caden. De la altura que le sacaba. De lo cerca que estaba. De lo ancho que era su pecho. De cómo tenía las manos apretadas en puños y la mandíbula en tensión.

Caden alargó la mano y le rozó las puntas del pelo, pero entonces pareció pensárselo mejor y apartó la mano de nuevo.

—Te ha crecido el pelo.

Aquel contacto tan breve tenía a Makenna con el corazón desbocado. Ansia y deseo le recorrían las venas, y no sabía si debería enfadarse consigo misma por reaccionar así o treparle encima a Caden. O ambas cosas.

—Sí —logró contestar—. No he tenido tiempo de cortármelo —añadió. Entonces se encogió de hombros, porque no tenía ni idea que por qué estaban hablando sobre su pelo—. Mira, Caden —empezó, intentando tomar las riendas de la conversación—. Tengo que...

¡Uuuuuh! ¡Uuuuuh! ¡Uuuuuh!

Los aullidos del sistema de alarma del parque de bomberos resonaron a todo volumen en la pequeña habitación, y una bombilla azul y otra roja empezaron a destellar desde el techo; la combinación de colores indicaba que había una emergencia que requería asistencia médica y de los bomberos. Caden se lo había enseñado la primera vez que visitó el parque. La voz del tipo de la centralita empezó a dar los detalles de la emergencia por los altavoces.

—Mierda —dijo Caden. Su expresión se había vuelto seria, pero los ojos se le habían llenado de algo que parecía decepción—. Lo siento mucho, pero tengo que irme.

A Makenna le dio un vuelco el corazón.

—Ya lo sé —dijo—. El deber te llama.

—Preferiría quedarme y hablar contigo —dijo. Dio un paso hacia ella, y quedó tan cerca que si Makenna se hubiera inclinado hacia delante, el pecho de Caden la habría frenado—. No sé cuánto rato estaré fuera. Hoy ha sido un día algo frenético, y el aguanieve que se supone que caerá esta noche no creo que mejore la situación —añadió a toda prisa.

Makenna detectó el aroma limpio y penetrante de su loción de afeitado.

—¿Prometes que me llamarás? Cuando tengas tiempo para hablar. Lo antes posible —dijo Makenna, clavándole una mirada seria.

Los ojos marrones de Caden le devolvieron la mirada, llenos de calor; o quizás estaba proyectando lo que ella sentía y deseaba.

—Mañana estoy de guardia, pero te lo prometo.

—Hablo en serio, Caden —dijo Makenna.

Y entonces la dejó sin aliento: Caden le puso una mano en la nuca, le dio un beso en la frente y, a continuación, otro en la mejilla. Le frotó el costado de la cara con la mandíbula.

—Te lo prometo —dijo.

«Santo Dios.» Su calor, su caricia, aquel confuso momento de dicha... Terminó en un instante.

—Lo siento. ¿Te acuerdas de por dónde se sale? —preguntó Caden, que ya estaba abriendo la puerta.

Anonadada, Makenna solo fue capaz de asentir.

—Ve con cuidado —le dijo.

Pero Caden ya había desaparecido.

Y Makenna no tenía ni idea de cómo interpretar lo que acababa de ocurrir.

✹ ✹ ✹

«Mierda. Mierdamierdamierda.»

Ese era el tono general de los pensamientos de Caden, mientras su compañero y él sacaban la ambulancia del garaje y se dirigían al lugar de la emergencia. No podía creer que... no se podía creer nada de lo ocurrido. Makenna había venido a verlo. La había tenido ahí delante. Y habían sido interrumpidos antes de que tuviera ocasión de pronunciar ni siquiera una de las cosas que tenía que decirle.

Y antes de que Makenna pudiera revelar el motivo de su visita. La curiosidad lo reconcomía. ¿Por qué había venido a verlo? Tras todo este tiempo, además. Se moría de ganas de averiguarlo, pero no estaba seguro de lo que las próximas treinta y seis horas de su turno doble le regalarían, teniendo en cuenta la de mierda que el mal tiempo solía causar. No quería dejar nada al azar. Contento de no ser el conductor, por una vez, sacó el teléfono móvil y mandó un mensaje de texto rápido:

> *Ha sido fantástico verte, Pelirroja. ¿Te gustaría que quedáramos el viernes por la noche para charlar? Pienso mantener mi promesa.*

No solo la que le había hecho a ella acerca de llamarla, sino también la que se había hecho a sí mismo sobre vivir sin arrepentimientos.

Pulsó el botón de enviar y contuvo el aliento.

Makenna respondió en menos de un minuto:

*El viernes tengo una reunión en el condado de Loudoun y
no regresaré hasta tarde. ¿Te parece si quedamos el sábado
por la mañana? Yo también me alegro de haberte visto.*

La última frase lo hizo sonreír, aunque tener que esperar una noche más sería una agonía. El único motivo por el que no había ido directamente del parque de bomberos de Pittsville al apartamento de Makenna era que había querido consultar la situación con su psiquiatra. Solo para asegurarse de que estaba en el buen camino. Porque cuando Caden regresara a por Makenna, quería ofrecerse a largo plazo. Si, por algún milagro, estaba dispuesta a darle una segunda oportunidad, Caden no quería meter la pata. Nunca más.

Le contestó al mensaje:

«El sábado por la mañana me va bien. ¿En tu casa?»
«En mi casa. Ve con cuidado», respondió Makenna.
«Tú también, Pelirroja.»

Caden se moría de ganas de escribir algo más. Pero era mejor esperar. Porque ahora sabía el momento exacto en el que tendría la oportunidad de recuperar lo que más quería.

Y, esta vez, nada se interpondría en su camino.

Capítulo 22

El viernes por la noche, de vuelta a casa tras la reunión que Makenna había mantenido al oeste de Washington D. C., el tráfico en la 66 era denso, pero se circulaba. Lo cual era sorprendente teniendo en cuenta que durante todo el día había estado nevando y lloviendo a ratos. Al ser de Pensilvania, Makenna conducía por la nieve sin problemas, pero los habitantes de Washington tienden a reducir la velocidad al mínimo o a lanzarse como maníacos, creyendo que las superficies heladas o el hielo negro no los afectarán. Aunque, hasta el momento, no había habido problemas.

Sintió la anticipación en el estómago. Solo tenía que irse a dormir, y mañana por fin vería a Caden y podría darle su noticia. La noticia de ambos.

Como si no hubiera estado lo suficientemente nerviosa, verlo el miércoles por la tarde la había dejado hecha un lío. Sus cumplidos, el contacto con él, los besos. El mensaje que le había mandado, diciendo que había sido fantástico verla. ¿Qué significaba todo aquello?

¿Estaba siendo una total y absoluta idiota por querer creer que Caden todavía sentía algo por ella? Porque daría casi cualquier cosa porque fuera cierto. Incluso teniendo en cuenta todo lo ocurrido.

No parecía importar lo que le argumentara a su corazón, porque este no dejaba de querer estar con aquel dulce, atractivo y accidentado hombre al que había conocido a oscuras.

Una canción empezó a sonar en la radio, y Makenna empezó a murmurar la melodía, hasta que no pudo contenerse más y se puso a cantar a viva voz el estribillo pegadizo. Prestando atención a la carretera, su mirada saltó mientras cantaba de los automóviles que tenía delante al retrovisor.

Una sensación de nervios en el estómago.

Y otra vez.

Makenna no le dio más importancia.

Hasta que volvió ocurrir. Con más fuerza. Como si... ¡Dios mío! Como si algo se moviera en su interior.

¿Había sido el bebé? De repente, estaba segura de que sí.

—¿Has sido tú, gusanito? —preguntó en voz alta. Una sonrisa apareció en su rostro, más amplia que todas las que había sido capaz de invocar en las últimas semanas. Casi contuvo el aliento esperando a que ocurriera de nuevo, porque aquella primera sensación deliciosa de su hijo moviéndose en el vientre había sido una de las cosas más espectaculares que había sentido jamás—. Hazlo otra vez, briboncete.

La canción siguió sonando hasta terminar y el bebé no volvió a moverse, pero eso no evitó que Makenna siguiera sonriendo hasta que le dolieron las mejillas.

¡Bam!

Algo chocó contra el lateral trasero de su Prius, por el lado del conductor, y Makenna apenas alcanzó a ver la silueta de un todoterreno oscuro, que hacía piruetas fuera de control, antes de tener que esforzarse por controlar su propio vehículo. El impacto del otro automóvil había dejado su pequeño Prius haciendo un círculo y derrapando. Makenna giró el volante en dirección contraria a la que se desplazaba, intentando con todas sus fueras recuperar el control.

—No, no, no, no, no.

Sus esfuerzos habían logrado que el vehículo no saliera disparado dando vueltas, pero el choque la había empujado hacia el margen de la carretera, que había sido desatendido por las máquinas quitanieves y los camiones con sal. Los neumáticos perdieron tracción, y el

Prius se negó a responder a sus golpes de volante y a los frenos que pisó a regañadientes, mientras las luces de frenado de los otros vehículos se encendían delante de ella.

—Oh, Dios; oh, Dios; oh, Dios —soltó la letanía en voz alta, porque ya veía que no lograría detenerse. Los focos que destellaban a su espalda revelaron que no era la única que había perdido el control.

Los airbags se hincharon ante ella con un estallido, y entonces su Prius se convirtió en una pelota de *pinball*.

Chocó contra el vehículo que tenía delante y se golpeó contra el airbag. No tuvo tiempo de sentir nada ni reaccionar. ¡Bang! Los airbags laterales cobraron vida y Makenna recibió otro golpe. Una y otra vez. El Prius fue arrojado de un lado a otro. Los sonidos de neumáticos derrapando sobre el asfalto, de bocinazos impertinentes y de otros impactos la rodearon hasta que no fue capaz de distinguir de qué dirección provenían. Otro impacto, el más violento. De repente, el Prius estaba de lado y había empezado a volcarse.

Lo único que Makenna pudo hacer fue gritar.

El teléfono móvil de Caden sonó un poco después de las siete, y cuando lo atendió vio el número del parque de bomberos en la pantalla.

—Grayson al habla.

—Caden, soy Joe. Sé que acabas de salir de un turno doble, pero ha habido un accidente múltiple en la 66. Nos van a llamar en cualquier momento. He mandado a Olson a su casa hace una hora porque ha pillado la gripe, así que andamos cortos de personal, y sé que no estás lejos —dijo su capitán.

Caden ya estaba poniéndose las botas.

—Estaré ahí en cinco minutos.

Para cuando Caden aparcó el Jeep, las persianas de los garajes ya estaban subiendo. Ambos vehículos de emergencia tenían las luces encendidas mientras sus compañeros se ponían los trajes y se montaban en los camiones. Caden corrió bajó la nevada en dirección a la ambulancia y agarró su equipo.

—Vamos allá —dijo, subiéndose de un salto al asiento del copiloto.

Desde el camión de bomberos, Joe le dedicó un saludo con la mano.

—Ponme al día —le dijo Caden a Brian Larksen, que estaba al volante junto a él. Habían acudido a muchas emergencias juntos, a lo largo de los años.

—Accidente múltiple. Puede que hasta diez vehículos. Dos volcados. Uno, dos y tres ya están en la escena o en camino —dijo Larksen, refiriéndose a los otros parques de bomberos del condado—. Cuatro y cinco recibieron la llamada a la vez que nosotros.

—Dios, menudo desastre —dijo Caden—. Bueno, habrá que tomárselo de uno en uno.

—Como siempre —respondió Larksen, lanzándose a la autopista interestatal 395, detrás del camión de bomberos.

Incluso con el tráfico de un viernes por la noche y la nieve, llegaron al lugar del accidente en menos de quince minutos. No estaba nada mal para una emergencia fuera de su área habitual de operaciones.

Y, Dios santo, el lugar era un auténtico desastre.

Incluso desde cierta distancia, Caden alcanzaba a ver que el personal de emergencia estaba teniendo problemas para acceder a los vehículos que habían quedado aplastados los unos contra los otros. Un camión de reparto estaba volcado en la hierba, donde la carretera descendía hacia la salida que llevaba a Westmoreland Street.

Alcanzaron a sus compañeros del camión, que estaban esperando órdenes del jefe de bomberos a cargo de la situación. Las órdenes llegaron enseguida, y a Caden y a Larksen les encargaron atender al conductor del camión de reparto. Con el equipo a cuestas echaron a correr hacia el vehículo. El impacto había destrozado el parabrisas del todo, por lo que alcanzar el asiento del conductor fue más fácil de lo que habría sido en otras circunstancias.

—Me llamo Caden Grayson, formo parte de los servicios de emergencia de Arlington y he venido a ayudarle —dijo Caden, asomándose por los cristales rotos del parabrisas destrozado. El conductor estaba tumbado contra la puerta del copiloto, que ahora estaba contra la carretera, cosa que revelaba que no había llevado puesto el cinturón de seguridad. El hombre se volvió hacia él, y tenía media cara hecha una hamburguesa—. Usted no se mueva, ¿de acuerdo? Le vamos a sacar de ahí. ¿Cómo se llama?

—Jared —dijo el hombre con voz ronca.

—Sacarlo de ahí va a ser un percal —dijo Larksen en voz baja, entregándole una linterna. Caden asintió, planificando los detalles del proceso en la cabeza. Quizá necesitarían ayuda. Con cuidado, golpeó los cristales rotos que había a lo largo del marco del parabrisas para poder asomarse sin riesgo de cortes.

—Jared —dijo Caden, acercándose más al hombre—. Voy a tomarle las constantes vitales. ¿Podría decirme dónde se ha hecho daño?

—En la cara y el brazo —dijo el hombre—. El camión me arrastró por la carretera.

—¿Cree que tiene algo roto? —preguntó Caden. Le tomó el pulso, le midió la frecuencia cardíaca y le examinó la dilatación de los ojos.

—No, creo que no —contestó Jared.

—De acuerdo, amigo. Aguante ahí, enseguida vuelvo —dijo Caden, apartándose con cuidado del parabrisas roto. Estaba poniendo al día a Larksen y eligiendo las herramientas que iba a necesitar cuando oyó la voz de Jared a sus espaldas.

El hombre estaba intentando salir por el parabrisas roto.

—¡Calma, calma! —dijo Caden, volviéndose para sujetar los hombros de Jared mientras este se asomaba por el parabrisas. La sangre que le chorreaba por la cara empapó el uniforme de Caden.

Larksen se unió al esfuerzo y, entre los dos, lograron levantar al hombre y tumbarlo en la carretera.

—¡Grayson! —gritó una voz.

Caden miró a su alrededor, hasta que vio al Oso corriendo hacia él. No le hizo caso, puesto que era imperativo que se ocuparan de las heridas de su paciente, en particular la laceración de la cara. Caden alcanzaba a ver el hueso blanco asomando entre la sangría, y ahora Jared estaba luchando por no perder la consciencia.

—Grayson —dijo el Oso al alcanzarlo.

—Dime —contestó Caden, sin dejar de concentrarse en su paciente.

—Necesito que vengas conmigo —dijo el Oso.

Caden alzó las manos enguantadas y ensangrentadas.

—Estoy un poco liado, ahora mismo.

—Joder, Caden. ¡Necesito que vengas conmigo ya! —replicó su compañero. Algo en su tono de voz hizo que a Caden se le helara la sangre en las venas.

—Yo me ocupo de esto —dijo Larksen—. Tú ve a lidiar con lo que sea y vuelve en cuanto puedas.

Caden se levantó, quitándose los guantes y dejándolos en el suelo.

—¿De qué se trata?

El Oso lo agarró por el brazo y empezó a guiarlo. Se alejaron del camión y se adentraron en la zona de hierba que separaba la autopista de la salida que descendía en una curva colina abajo.

—Está consciente, pero está atrapada y...

—¿De qué mierda estás hablando, Oso? —preguntó Caden. Le molestaba que lo hubiera apartado de su paciente.

—Makenna —contestó el Oso, señalando colina abajo, donde un vehículo pequeño estaba volcado y apoyado de lado contra la pendiente.

El mundo desapareció a su alrededor, hasta que no fue capaz de ver nada más que el vehículo. Echó a correr al instante, lanzándose por el resbaladizo suelo a toda velocidad terraplén abajo, con el corazón en un puño, el alma en vilo, y el cerebro paralizado por el miedo.

«¡No, no, no! ¡Makenna, no!»

Los bomberos estaban peleándose con la puerta del conductor, que había quedado destrozada, para poder extraer a Makenna del automóvil. Así que Caden derrapó hasta el lado del copiloto, donde un equipo de enfermeros estaba trabajando.

—¡Makenna! —la llamó—. ¿Makenna?

—¿Caden? —gritó ella, con la voz temblorosa y frágil.

Un enfermero canoso del parque de bomberos número cuatro llamado Max Bryson se asomó como pudo por la ventanilla del copiloto.

—Caden, ha estado preguntando por ti —dijo. Caden tragó saliva mientras el hombre se arrastraba como podía para salir del asiento del copiloto, que estaba cabeza abajo y aplastado—. Está estabilizada, de momento. No sé en qué condición estará el niño, lo siento. No creo que tarden más de unos minutos en sacarla. El vehículo es estable, si quieres entrar a hacerle compañía.

—¿El niño? —preguntó. El cerebro de Caden estaba trabajando a toda velocidad para asimilar las palabras pronunciadas por aquel hombre.

—Mierda, ¿no lo sabías? —preguntó Bryson.

«¿Makenna está embarazada?» A Caden le daba vueltas la cabeza. Pero él no era lo que importaba.

Se agachó inmediatamente junto a la estrecha y retorcida abertura del lado del copiloto.

—¿Makenna?

Joder, ahí había muy poco espacio. No se permitió pensar más en ello y se lanzó a gatear por el agujero, a la mierda la claustrofobia. Nada le impediría llegar junto a ella.

No logró meter el cuerpo entero dentro del vehículo, pero se acercó lo suficiente como para ver que Makenna estaba colgada cabeza abajo, sujeta por el cinturón de seguridad. Estaba acurrucada, puesto que el techo del vehículo había quedado aplastado y tenía poco espacio.

Dios, estaba sangrando, herida y temblando. El polvo blanco de los airbags le cubría el pelo, la cara y la ropa.

Caden sintió que cada una de sus heridas le desgarraba el alma.

—Makenna, dime algo.

—Dios mío, eres t-tú de v-verdad. Caden, t-tengo m-miedo —dijo, levantando la vista hacia él. Su rostro estaba húmedo de lágrimas y de la sangre de una herida que se había hecho a un lado de la frente, y que los enfermeros ya habían limpiado y cubierto.

Caden quiso sujetarle la mano, pero la encontró vendada y entablillada.

—El niño —susurró Makenna, derramando más lágrimas—. N-no quiero perder a tu hi-hijo.

Sus palabras se le clavaron en el pecho y le estrujaron el corazón con tanta fuerza que se quedó sin aliento. Tenía tantas preguntas, pero aquel no era el momento de formularlas.

—Todo irá bien —dijo, deseando con todas sus fuerzas tener razón. El universo se lo debía, joder. Solo esto. Que Makenna y su hijo salieran de ahí sanos y salvos. La puta mierda que tenía en la cabeza ya le había arrebatado demasiado. Esto no. Esto no. Se adentró más en el vehículo para poder acariciarle el pelo—. ¿Estás embarazada, Pelirroja?

No pudo evitar maravillarse ante aquellas palabras.

—L-lo siento —lloró ella—. D-debería habértelo d-dicho antes, pero... pero... —No fue capaz de terminar la frase.

—No, no —dijo, acariciándole el pelo—. No te preocupes. No permitiré que os pase nada, ni a ti ni al niño, ¿de acuerdo? Te lo prometo. —Cielo santo, estaba embarazada. Embarazada. De él. Estaría dando saltos de alegría si supiera que ambos estaban a salvo.

Con un estruendo metálico, la puerta de Makenna se abrió repentinamente. La muchacha gritó.

—Oye, Pelirroja, mírame. Van a sacarte de aquí. Solo tienes que aguantar un momento más —dijo Caden, contemplando sus ojos preciosos. Verla soportar aquella agonía y todo aquel dolor era una tortura—. Hazme un favor y respira hondo. —Makenna lo hizo—. Venga, otra vez —dijo Caden, respirando a la vez que ella, calmándola.

—De acuerdo, Makenna —dijo Bryson, asomándose por la puerta—. Vamos a cortar el cinturón de seguridad y a sacarte poco a poco. ¿Caden? ¿Puedes sujetarle las piernas desde dentro para que pueda extraerla por los hombros?

—Sí —dijo Caden sin dudar. Aunque se vería obligado a arrastrarse entero por aquel espacio tan estrecho para poder hacer palanca. No querían que Makenna se cayera contra el techo del vehículo cuando cortaran el cinturón. Caden se posicionó correctamente, con el hombro frenándole los muslos a Makenna. Tenía la cabeza aplastada contra el techo abollado.

Fue en aquel momento cuando cayó en la cuenta de que estaba atrapado con Makenna en un vehículo accidentado y volcado. «*Déjà vu*, joder.»

Cuando Bryson cortó el cinturón, Caden pasó a ser lo único que la sujetaba. Makenna ahogó un grito al sentir que empezaba a caer.

—Te tengo, Pelirroja. Te tengo.

A juzgar por el ángulo de sus piernas, Bryson estaba moviendo el cuerpo de Makenna lentamente hacia la puerta. La muchacha gimió y se llevó ambas manos al vientre.

—Por favor, por favor, por favor, por favor... —murmuraba una y otra vez.

Y Caden estaba pensando lo mismo. «Por favor, que los dos estén bien.»

Cuando Bryson empezó a la maniobra de extracción, Caden pasó a sujetar las piernas de Makenna con los brazos, bajándolas lentamente. Entonces, otro enfermero que estaba en el exterior la agarró por las piernas, hasta que la muchacha estuvo fuera.

Caden tardó más en salir del automóvil de lo que su paciencia habría querido, pero, básicamente, tenía que arrastrarse con el estómago contra el suelo para pasar por lo que quedaba de la ventanilla del copiloto, que estaba aplastada. Una vez fuera, corrió hacia el otro lado y se arrodilló junto a la cabeza de Makenna.

Al inclinarse sobre ella, las palabras escaparon sus labios a una velocidad desesperada. No podía permitir que pasara un segundo más sin que Makenna lo supiera:

—Te quiero, Makenna. Te he amado desde el principio, desde que te echaste a reír en el ascensor e hiciste desaparecer mis miedos, desde que me contaste la historia de tu primera vez y lograste que estallara en carcajadas, desde que me aceptaste aunque yo no era capaz de aceptarme a mí mismo. Lo siento tanto, joder —dijo.

—¿Caden? —dijo Makenna, con la voz pastosa. Le temblaron los párpados y se le cerraron los ojos.

—Sí, Pelirroja, soy yo —contestó.

La cabeza de Makenna cayó hacia un lado.

—Pérdida de conciencia —dijo uno de los enfermeros—. En marcha.

Caden se puso en pie cuando el personal sanitario levantó la camilla.

—Voy con vosotros —le dijo a Bryson, desafiándolo con la mirada a contradecirlo. Bryson no protestó. Corriendo junto a la camilla, Caden y el resto de enfermeros llegaron a la ambulancia del parque de bomberos número cuatro. Miró a su alrededor en busca de su equipo, y vio al Oso en la distancia. Su compañero se volvió hacia él, asintió y se despidió con la mano. Caden no necesitaba más; si más adelante tenía que enfrentarse a las consecuencias de largarse, estaría encantado de hacerlo.

Porque todo lo que le importaba en la vida estaba a su lado, malherido y sangrando. Caden había pensado que disponía de todo el tiempo del mundo... Que tenía tiempo de arreglarse y convertirse en el hombre que Makenna se merecía. Ahora, lo único que podía hacer era cruzar los dedos para que no fuera demasiado tarde.

Capítulo 23

Caden estaba que se subía por las paredes. Una vez llegaron a urgencias, el personal lo hizo retirarse a la sala de espera mientras decidían a dónde derivarla y empezaban los tratamientos. Pero había algo más que podía hacer por ella, aparte de perder tiempo. Su familia tenía que enterarse de lo ocurrido.

El Día de Acción de Gracias, Caden y Patrick habían intercambiado información de contacto. Ahora, buscó su número en la lista de contactos y esperó mientras el teléfono sonaba.

—Patrick James al habla —respondió.

—Patrick, soy Caden Grayson, el no...

—Ya sé quién eres, Caden —lo interrumpió Patrick. La frialdad que permeaba sus palabras le dejó claro que su cuñado estaba al tanto de lo que había ocurrido entre Makenna y él—. ¿A qué viene la llamada?

—Makenna ha sufrido un accidente de tráfico. Está estable, pero ingresada. La ambulancia la ha traído hace unos quince minutos —dijo Caden. Odiaba tener que darle esa mala noticia, sabiendo la estrecha relación que tenían los dos hermanos.

—Mierda —dijo Patrick—. ¿Qué ha pasado? ¿Está herida? ¿Cómo está el niño?

Caden se alegró de saber que Makenna había revelado su embarazo a su hermano, eso significaba que no había tenido que lidiar con todo ella sola. Él debería haber estado junto a ella, pero al menos Makenna tenía a su familia.

—Estaba semiinconsciente y magullada cuando la han ingresado, pero sin heridas serias. Todavía no han determinado el estado del niño. Ha sido una colisión múltiple, diez vehículos en la interestatal 66. El Prius de Makenna ha chocado contra un guardarraíl, el impacto ha hecho que el vehículo saltara por encima y se volcara.

Caden se pasó la mano por la cicatriz, dando vueltas por la sala de espera, que estaba abarrotada.

—Voy a reunir a la familia e iremos lo antes posible. ¿Dónde estáis? —preguntó Patrick. Caden le proporcionó la dirección del hospital, pero Patrick no había terminado de hablar—: Gracias por llamar, Caden, te lo agradezco. Pero más vale que estés preparado para responder a unas cuantas preguntas una vez Makenna esté estable. ¿Me oyes?

—Ya lo estoy. Te contestaré a todo lo que quieras —dijo Caden—. La quiero, Patrick. Jodí la situación, pero la quiero.

Hubo una pausa.

—Nos vemos.

Patrick colgó.

Caden no era capaz de preocuparse por la reacción de los hombres James, porque todas sus ansiedades estaban concentradas en Makenna. Además, si estaban enfadados con él no era porque no se lo hubiera ganado a pulso. Entendía que tendría que esforzarse para recuperar la confianza que habían depositado en él. Se alegraría de hacerles la pelota durante años, si eso significaba que Makenna y el niño habían salido ilesos.

El niño. Cada vez que pensaba en el embarazo de Makenna, lo maravilloso de la situación lo impactaba de lleno. El asombro le iluminaba el pecho. También había algo de miedo en su interior, no podía negarlo. Miedo por esa pequeña vida, tan vulnerable, luchando por sobrevivir. Miedo al pensar que proteger y guiar aquella vida sería su responsabilidad. Miedo por todos los millones de incertidumbres que la vida te lanzaba en cualquier momento.

Como demostraba el día de hoy.

Pero la maravilla, el asombro, la luz y, sobre todo, el amor, eran mucho más grandes que el miedo. Más fuertes. Era el resplandor fogoso del sol contra el tenue y frío brillo de la luna.

No importaba lo que ocurriera, Caden tenía una familia. En ese mismo instante. Por primera vez en catorce años.

Y ansiaba tener esa familia más de lo que había ansiado nada en su vida.

—¿Familia de Makenna James? —preguntó una mujer rubia vestida con casaca médica desde la puerta de urgencias.

Caden se apresuró en acudir a su lado.

—Soy su novio —dijo. Menuda palabra tan espectacularmente inadecuada para definir lo que Makenna representaba para él: ella lo era todo.

La médica lo guio hacia el interior, dejando atrás a pacientes que esperaban en cubículos, en camillas y en sillas.

—Soy la doctora Ellison. Makenna está despierta y estable. Tiene algunos calambres abdominales y el pulso del niño está algo acelerado, pero, aparte de eso, todo parece en orden. Las próximas doce a veinticuatro horas nos proporcionarán más datos —dijo. Doblaron una esquina y se adentraron en un pasillo que contenía espacios separados por cortinas—. Le hace falta una radiografía y un TAC cerebral, puesto que se ha golpeado la cabeza. La hemos añadido a la cola, pero el departamento de radiología está desbordado, así que de momento estamos en patrón de espera. Esperemos que no dure mucho. —La doctora se detuvo junto a una cortina—. ¿Alguna pregunta?

Solo varios millones, pero ninguna que la médica pudiera responder.

—No, gracias.

Asintiendo, la doctora Ellison apartó la cortina a rayas y se adentró en el pequeño espacio. Y allí estaba su Makenna, vendada y amoratada, con una vía asomándole por la mano, pero viva y consciente. Y, sin duda alguna, lo más bello que Caden había visto en su vida.

Makenna se sentía como si estuviera moviéndose más lentamente que el mundo que la rodeaba, o quizás era solo que le habían administrado una montaña de analgésicos. Los sonidos le llegaban como si vinieran de muy lejos. Las paredes parecían ondularse. Sentía las extremidades como si fueran de plomo.

La cortina de su espacio se abrió de repente y la doctora entró... ¡Con Caden!

—Makenna —dijo la doctora Ellison—. Aquí tienes a Caden. Lo he puesto al día sobre tu estado. Seguimos esperando al departamento de radiología, ¿de acuerdo? —dijo la mujer, dándole unas palmaditas en el brazo.

—De acuerdo —dijo Makenna con un hilo de voz, pero con la mirada clavada en Caden. Llevaba puesto su uniforme, que tenía manchas de barro y sangre aquí y allá—. Gracias.

—Pulsad el botón si alguno de los dos necesita algo —dijo la doctora antes de irse.

Caden se quitó el abrigo y lo dejó en la silla, y entonces pareció que se hubiera quedado encallado en la esquina del habitáculo. Makenna se moría de ganas de que se acercara, pero solo logró pronunciar su nombre antes de echarse a llorar.

—Caden...

Llegó a su lado en un instante, se inclinó sobre ella y apoyó la frente sobre la suya.

—Lo siento, Makenna. Lo siento tanto, joder —dijo.

Makenna sacudió la cabeza mientras su cerebro se esforzaba por procesar las palabras.

—No ha sido culpa tuya —dijo—. Me alegro de que hayas estado ahí. Estaba rezando con todas mis fuerzas por que acudieras tú al accidente. Cuando has aparecido, no estaba segura de que fueras de verdad.

Caden alargó la mano y arrastró la silla tan cerca de la cama como pudo. Se dejó caer sobre el asiento pesadamente y se llevó la mano de Makenna al ancho pecho.

—No hablaba del accidente —dijo, con la mirada ardiente—. Hablaba de cuando te abandoné, te di la espalda. Me perdí a mí mismo, y no sabía cómo admitirlo —declaró. Tragó saliva con dificultad, y Makenna vio la nuez subir y bajar en su garganta—. Es culpa mía que estuvieras sola cuando descubriste que estabas embarazada, es culpa mía que tuvieras que preocuparte, durante tantas semanas, por si tendrías que criar a un hijo tú sola.

Caden sacudió la cabeza. Makenna nunca le había visto una expresión tan honesta.

Sintió una oleada de alivio al ver que había aceptado la idea de tener un hijo con tanta facilidad, y que parecía querer formar parte de la familia. Lo cual significaba que, al fin y al cabo, su gusanito no tendría que crecer con un solo progenitor, como le había pasado a ella.

—¿Recuerdas lo que te he dicho cuando te han sacado del Prius? —preguntó; la mirada le ardía con una intensidad que llegó a lo más fondo de su ser y, simplemente, tomó posesión de ella.

Pero Makenna no recordaba mucho más allá del susto que se había llevado cuando habían arrancado la puerta. Le habían cortado el cinturón de seguridad, y entonces... Nada, solo imágenes borrosas.

—No —susurró—. ¿Qué has dicho?

Se le aceleró el pulso, porque el momento parecía estar cargado de un significado que ella desconocía, y no quería darle demasiada importancia. No sería capaz de soportar la decepción y el dolor. No tras pasar tanto miedo aquella noche.

—He dicho... He dicho que te quiero, Makenna. He dicho...

—Por el niño —soltó, dejándose llevar por el miedo. Pero tenía que saberlo.

—Sí, por el niño.

—Caden...

—Makenna, he estado enamorado de ti desde la noche en la que nos conocimos. Estoy tan seguro de eso como lo estoy de que permití que el accidente de mi familia dictara mi vida, aunque no fuera consciente de ello... Hasta que me estrellé y caí en lo más bajo. Te quiero tanto que siento que me falta una parte de mí mismo cuando no estamos juntos. Te quiero porque eres preciosa y dulce y lista y graciosa. Porque me aceptaste cuando ni siquiera yo era capaz de aceptarme a mí mismo. Porque nunca he conocido a nadie con un corazón tan lleno de empatía y comprensión. Sin ti, no tengo razón de ser. Ya no. Porque estás en mi interior, y quiero que permanezcas ahí. Quiero que permanezcas en mi corazón para siempre. Tú y el niño. Nuestro hijo.

—¿Me... me quieres? —preguntó Makenna, probando a pronunciar las palabras mientras las emociones se hinchaban en su pecho—. Entonces... ¿por... por qué?

Intentó enjugarse las lágrimas de las mejillas incómodamente, pero las vendas de una mano y la vía en el dorso de la otra lo convertían en una tarea imposible.

Caden tomó un pañuelo de la caja que había en la mesilla con ruedas, se inclinó, y le secó la cara. Era un gesto tan ridículamente tierno que Makenna contuvo la respiración un momento.

—¿Por qué te fuiste? —preguntó de nuevo.

Con un largo suspiro, Caden se sentó y la tomó de la mano de nuevo. Le dio un beso en los nudillos, y aquellos pequeños gestos cariñosos hicieron que le resultara más fácil creer sus palabras.

—La respuesta corta es que perdí la perspectiva. Me dejé llevar por una espiral de pensamientos negativos y me sumí en una depresión.

—Oh, Caden —dijo. El saber que lo había estado pasando tan mal fue como una puñalada. Caden sacudió la cabeza.

—Ya estoy mejor, no te preocupes. He estado esforzándome por recuperarme durante estos meses. Y lo estoy logrando, Pelirroja, quiero que lo sepas. No he estado tan bien desde el accidente —declaró. Volvió a besarle los nudillos—. Permití que un montón de pequeños detalles erosionaran mi confianza en mí mismo, hasta que me convencí de que no te merecía...

—No estoy enamorada de Cameron, Caden. No lo amo. Y quiero que sepas que le he pedido que no se vuelva a poner en contacto conmigo —dijo a toda prisa.

—Sé que no lo quieres. Sé que fuiste sincera y abierta en todo lo que me dijiste. El problema es que no era capaz de oír tus palabras, o no me permití creerlas. No lo sé. Y por eso también debería disculparme —dijo, y apretó los labios—. Siento que dejara que mi falta de fe en mí mismo se tradujera en una falta de fe en ti. Joder, odio saber lo que hice. Porque no hiciste nada para merecerlo. Todo surgió de mis propios problemas de mierda. Pero si he estado esperando antes de regresar junto a ti y pedirte otra oportunidad es porque he comprendido todo esto. Quería volver de una pieza. Quería estar en plena forma. Quería asegurarme de que no repetiría los mismos errores una y otra vez. No podía hacerte eso.

—¿Y lo has logrado? —preguntó, llena de esperanza y orgullo. Porque había algo en la luz de sus ojos y en la fuerza de sus palabras que ya le había respondido a la pregunta.

—Sí —dijo. Asintió, y su mirada se clavó en la suya—. Por primera vez, sí. Tenía previsto venir a verte este fin de semana, ya lo había planeado antes de que vinieras al parque de bomberos el miércoles —añadió, y se encogió de hombros—. Tu visita me pareció una señal. Era hora. Estaba listo.

Makenna cerró los ojos y respiró hondo; todas las incertidumbres que había estado acarreando y que le habían causado tanto estrés se habían evaporado. Era un alivio glorioso, incluso mientras el cansancio de la noche se asentaba en su cuerpo. Mirándolo de nuevo, le dedicó una pequeña sonrisa.

—Estoy orgullosa de ti, Caden.

—Entonces... —dijo en voz baja—. ¿Crees que... que podrías darme una segunda oportunidad de formar parte de tu vida? ¿De quererte? ¿A ti y al niño?

—Oh, Caden, solo estaba esperando a que me lo pidieras —dijo, con un nudo en la garganta—. Te quiero en mi vida más que nada en el mundo; no ha pasado ni un solo segundo desde que nos separamos en el que no te haya amado con todo mi ser —continuó. Acarició con los nudillos su pómulo prominente, y deseó que su cuerpo estuviera en condiciones de hacer lo que de verdad quería: sentarse en su regazo, abrazarlo con todas sus fuerzas y no soltarlo jamás—. Voy a quererte para siempre. No pienso abandonarte, no importa lo que pase.

—Dios mío, Makenna, ¡tenía tanto miedo de que te hubieras hartado de mí! —dijo, inclinándose sobre la camilla para darle un abrazo.

—No hace falta que te preocupes por eso, Caden. Pero tienes que prometerme que nunca volverás a aislarte de esta manera. Tienes que dejar que te ayude, igual que tú me has ayudado esta noche, cuando las cosas se pongan feas y todo parezca irse al garete. Quiero que me dejes ayudarte. Necesito que me dejes ayudarte. Y tienes que prometerme que lo harás. Porque no puedo volver a perderte así. Me niego.

Caden entrelazó los dedos con los suyos y se llevó las manos de ambos al pecho.

—Te lo prometo —dijo, con la mirada llena de determinación feroz—. Yo también lo quiero y lo necesito. Y te lo prometo. Lo siento.

La sonrisa que le dedicó era de pura felicidad y amor.

—Entonces somos tú y yo hasta el final. En la oscuridad y a plena luz.

Aquellas palabras sanaron lugares en su interior que Caden creía que nunca mejorarían.

—Tú y yo hasta el final —repitió. Entonces retrocedió lo justo para reposar la cabeza sobre su vientre—. Tú y yo y este enanillo —añadió. Le dio un beso en la barriga.

Ver a Caden haciéndole mimos en el vientre, justo ahora que el embarazo empezaba a notársele, era algo que había temido que jamás viviría. Y el momento fue tan dulce que se quedó sin aliento. Le acarició la cabeza afeitada con cariño.

—Me alegro de que estés contento por lo del embarazo.

—Estoy exultante, joder, Makenna. Vosotros dos sois lo mejor que me ha pasado en la vida, mi mayor golpe de suerte —dijo. Se incorporó de nuevo y la tomó de la mano—. ¿De cuántas semanas estas?

—El domingo hará diecisiete —contestó. Sintió una punzada de emoción al poder compartir la noticia con él, al fin.

—Vaya —dijo, sin poder reprimir una sonrisa que mostró sus hoyuelos—. ¿Sabes ya si es un niño o una niña? ¿Cómo te encuentras?

—Todavía no sé si será niño o niña, pero la semana que viene iré a que me hagan la ecografía. Por eso fui a visitarte al parque de bomberos. Quería que supieras lo del embarazo para que pudieras involucrarte en el proceso si querías, y pretendía invitarte a venir conmigo a la ecografía, porque pensé que merecías conocer a tu hijo. Si no contamos esta noche, me he encontrado bastante bien durante el último mes. Antes de eso tenía unas náuseas matutinas horrorosas, pero se me pasaron.

Y ahora, hablando sobre cómo se encontraba, Makenna se percató de que ya no sentía calambres abdominales. Sintió que se llenaba de esperanza. Saldrían de esa noche sanos y salvos; los tres juntos, y fortalecidos por la experiencia.

—Siento no haber estado a tu lado para ayudarte, Makenna, pero eso cambiará ahora mismo —dijo Caden.

—¿Makenna James? —dijo un hombre, apartando la cortina y acercándose con una silla de ruedas—. Ha llegado tu turno para hacer las radiografías.

—Vaya, no hemos tenido que esperar demasiado, al fin y al cabo —dijo, preparada para saber cómo tenía la mano y averiguar si el golpe en la cabeza (en el que le habían puesto tres puntos de sutura) había sido grave.

—¿Puedo acompañarla? —preguntó Caden, poniéndose de pie.

—Por desgracia, no, pero puede esperarla aquí. No tardaremos mucho —dijo el camillero. Volviéndose a Makenna, preguntó—: ¿Se siente con fuerzas de levantarse y sentarse en la silla de ruedas?

—Creo que sí —dijo Makenna, bajando los pies de la camilla. Caden se plantó a su lado y la ayudó a incorporarse.

Entonces la envolvió en sus brazos y, sencillamente, la abrazó. ¡La abrazó con tanta fuerza! Era un gesto de amor, de vida, y Makenna sintió que encajaban; aquello alivió gran parte del dolor que había estado guardando en su interior.

—Lo siento, no he podido resistirme —dijo Caden, soltándola finalmente y ayudándola a acomodarse en la silla de ruedas.

—Nunca te disculpes por algo así —contestó Makenna con una sonrisa, mientras el camillero se la llevaba del habitáculo.

El camillero había tenido razón: las radiografías de la mano y el TAC cerebral fueron procesos cortos. Y lo mejor fue que, pocas horas más tarde, le comunicaron que todo estaba en orden y que solo tenía los dos primeros dedos de la mano derecha rotos (los médicos se habían temido fracturas por toda la mano, pero al parecer solo se había hecho un esguince). Los airbags habían hecho su trabajo, claramente, porque todos los que conocían los detalles del accidente le habían repetido una y otra vez lo afortunada que había sido.

Y cada vez que miraba a Caden, Makenna estaba de acuerdo.

Makenna estuvo dormitando, y cada vez que despertaba encontraba a Caden a su lado; unas veces despierto y otras dormido, con la cabeza en la camilla, junto a su cadera, y la mano sujetando la de Makenna. No le parecía estar imaginándose la expresión de paz que veía en su atractivo rostro. Caden nunca había tenido mucha paz cuando dormía, así que verlo reposar con tanta tranquilidad era otra prueba de la veracidad de sus palabras.

Cuando volvió a despertarse, Makenna se encontró a su padre sentado en la silla junto a su camilla.

—Papá —susurró.

—Oh, Makenna. Estaba intentando no despertarte —dijo este, acercándose a su lado—. Pero me moría de ganas de verte abrir los ojos para comprobar que de verdad estás bien —añadió, con los ojos llenos de emoción. Dios, ¡Makenna se alegraba tanto de verlo!

—Estoy bien. O, al menos, lo estaré —contestó ella, antes de contarle todo lo que habían dicho los médicos.

Su padre respiró hondo y le dio un beso en la mejilla.

—Odio verte pasarlo mal.

—No te preocupes —dijo ella. La inquietud de su padre le hizo un nudo en la garganta.

—¡Ja! —replicó su padre, guiñándole un ojo—. Cuando llegue el pequeñín, ya me dirás cómo te va eso de no preocuparte.

Makenna sonrió.

—Supongo que tienes razón.

La mirada de su padre cayó sobre Caden, que seguía dormido.

—Bueno, ¿cómo van las cosas con...?

—Van bien, papá. Muy bien. Tenemos mucho de lo que hablar, pero entiendo lo que pasó, y sé que nos queremos. De momento, no me hace falta más. El resto lo aclararemos juntos —dijo. Makenna necesitaba el apoyo de su padre.

Mike le apartó un mechón de pelo de la cara.

—A veces me recuerdas tanto a tu madre. Estaría orgullosa de la mujer en la que te has convertido —dijo, y a Makenna se le llenaron los ojos de lágrimas—. Tienes un corazón enorme y más bondad que nadie. No cambies nunca.

—Oh, papá —dijo, llorando otra vez.

Justo entonces, Caden se incorporó de golpe.

—Lo siento —dijo. Entonces vio a su padre y se levantó al instante—. Mike. Esto, señor James.

—Puedes llamarme Mike, hijo —dijo su padre, perforándolo con una mirada de lo más seria—. ¿Mi niña puede contar contigo?

Caden asintió. Una parte de ella se compadecía de él, pero una parte más grande se sentía orgullosa de la confianza que exultaba bajo la mirada seria de su padre.

—Sí, señor. Al cien por cien.

Su padre rodeó la camilla y se plantó delante de Caden, que parecía más alto de lo habitual.

—Entonces, felicidades por el pequeño y bienvenido a la familia —declaró, tendiéndole la mano. Cuando Caden se la estrechó, Makenna sintió que jamás podría dejar de sonreír.

—Gracias, Mike. Eso significa mucho para mí —dijo Caden. ¿Eran imaginaciones de Makenna, o tenía las mejillas más sonrosadas que antes? ¿Podía ser más adorable?

—Escucha, Patrick debe de estar subiéndose por las paredes —dijo su padre—. Voy a ir a darle al relevo. Solo permiten las visitas de dos en dos.

—Puedo irme yo, así puedes quedarte —dijo Caden, haciendo un gesto hacia la puerta.

Su padre sacudió la cabeza.

—Tu lugar está aquí —contestó. Le dio una palmada a Caden en la espalda y se volvió hacia Makenna—. Intenta dormir. Te veré pronto.

—Gracias, papá.

Cuando se fue, Caden se inclinó sobre la barandilla de su cama y le dio un beso en la frente.

—Tu padre es un tipo magnífico.

Makenna sonrió con descaro.

—Es verdad. Y tú también lo eres —dijo. Makenna solo deseaba que las cosas fueran igual de bien con su hermano mayor.

El pensar en él debió invocarlo porque, al momento, Patrick entró en la habitación y fue directo junto a la camilla, plantándose en el lado opuesto de Caden.

—Makenna, Dios mío. Nos has dado un buen susto —dijo. Le dio un beso en la frente—. ¿Estás bien?

—Sí, me recuperaré. Muchas gracias por venir hasta aquí —dijo.

—No quisiera estar en ningún otro sitio. Igual que el resto de la familia. Ya lo sabes —añadió, sin prestar atención alguna a Caden. Makenna se apenó un poco, pero sabía que tendrían que arreglarlo entre ellos.

Un silencio incómodo cayó sobre la habitación, y Makenna estaba sopesando cómo solucionarlo cuando un cosquilleo ligero en el vientre la distrajo. Y otro.

—¡Otra vez! —exclamó, agarrando la mano de Caden. La puso plana contra su estómago—. No sé si lo notarás, pero es la segunda vez que lo siento moverse.

El rostro de Caden era un cuadro de ilusión anticipada cuando se inclinó sobre ella. Sacudió la cabeza, y le dedicó una sonrisa con hoyuelos.

—Maldita sea —dijo Makenna—. Supongo que tendremos que acostumbrarnos a que el niño no nos obedezca, ¿eh?

Riéndose entre dientes, Caden asintió.

—Eso parece.

—¿Así que no has desaparecido, al fin y al cabo? —dijo Patrick, por fin mirando a Caden—. ¿Sabes qué? Mejor lo discutimos en el pasillo.

Caden se irguió y sostuvo la mirada intensa de Patrick. Asintió.

—Chicos —dijo Makenna, llena de preocupación.

—No pasa nada —dijo Caden, dándole un beso en la frente—. Enseguida regresamos.

Desaparecieron por el pasillo, pero no se alejaron demasiado, porque Makenna oyó la mayor parte de la conversación.

—Voy a darlo todo —dijo Caden—. Sé que he cometido errores, pero me he esforzado por solventarlos, y no volveré a repetirlos.

Hubo una pausa, y Makenna se imaginaba perfectamente la expresión de seriedad asesina que debía de haber adoptado Patrick. La «cara de poli», como Makenna solía llamarla.

—Se lo merece todo, Caden —contestó este. A Makenna se le deshizo el corazón ante el instinto protector de su hermano.

—Estoy de acuerdo. Y me aseguraré de proporcionárselo. A ella y al niño —dijo Caden. Pocas horas antes, Makenna había estado sufriendo, pensando que jamás oiría a Caden decir algo así. Y ahí estaba ahora, disculpándose ante su familia y admitiendo sus errores. Más pruebas de su evolución.

Hubo otra pausa en la que Makenna no fue capaz de oír lo que decían.

—Ya, bueno, si eso ocurre, yo mismo me pegaré una paliza —dijo Caden. Carcajadas.

—Trato hecho, joder —contestó Patrick.

Tras un momento, regresaron a la habitación.

—¿Va todo bien? —preguntó Makenna.

Caden y Patrick intercambiaron una mirada y asintieron, y Caden le dedicó una sonrisa.

—Estoy a tu lado, Pelirroja. Todo va viento en popa, por fin.

Capítulo 24

—Creo que este es el mejor San Valentín de mi vida —dijo Makenna, sentada en una mecedora mientras Caden apretaba el último tornillo de la cuna del bebé. ¿Acaso había algo más romántico que ver al padre de su hijo dedicándose en cuerpo y alma a la decoración de la habitación del niño? Llevaban horas poniéndola a punto, y ambos estaban más que satisfechos de pasar aquel día, que existía para celebrar el amor, juntos en casa.

Habían decidido decorar la habitación en tonos rojos, amarillos y azules, con detalles de bomberos y perros dálmata. Los instintos de Makenna no se habían equivocado: era un niño. A Caden se le habían llenado los ojos de lágrimas al ver la ecografía y recibir la noticia, lo cual había sido una de las cosas más tiernas que Makenna había visto jamás.

La sonrisa de Caden sacó a relucir sus hoyuelos.

—¿Ah, sí? Creo que para mí también.

Makenna tomó un bombón de la enorme caja que Caden le había regalado, se lo metió en la boca y observó lo que antes había sido la habitación de invitados. Se había mudado a la casa adosada una semana después de que le dieran el alta. Caden había insistido, y la había estado mimando tanto que Makenna se había enamorado aún más de él.

—Bueno —dijo Caden—. Ya está lista.

Se levantó, puso la cuna contra la pared y colocó el colchón en su interior.

—Está quedando fantástica —dijo Makenna, levantando la vista hacia el móvil del bebé, del que colgaban un casco de bombero, un dálmata, una boca de incendio y un camión de bomberos—. Es una habitación monísima.

—Tengo una idea —dijo Caden. Salió de la habitación y regresó al cabo de un momento con el osito de peluche que Makenna le había regalado meses atrás—. Creo que este muchacho debería quedarse aquí. El primer osito del niño. Cortesía de su mamá y su papá.

—¿Te he dicho ya lo tierno que eres? —le preguntó Makenna mientras Caden ponía el peluche en la cuna.

Caden le dedicó una sonrisa algo avergonzada y se arrodilló ante Makenna.

—Nuestro hijo se lo merece todo —dijo. Le plantó un beso en la tripa. Makenna todavía no tenía la barriga muy grande, pero el embarazo era obvio—. Y tú también.

Makenna le pasó una mano por el pelo corto.

—Los tres nos lo merecemos —dijo—. Y ya lo tenemos.

Inclinándose hacia ella, Caden le puso una mano en la mejilla y la besó, en una mezcla lenta de labios y lenguas suaves.

—Eres deliciosa, joder —dijo.

—¿Ah, sí? —susurró Makenna, rodeándole el cuello con los brazos.

Caden asintió y la besó con más fervor. Entonces trazó un camino de besos por la mejilla y la mandíbula hasta su oreja.

—Verte hacer de «manitas» por la casa es muy atractivo —dijo Makenna, sonriendo.

Caden sofocó una risa contra su cuello.

—Te gusta, ¿eh?

—Me encanta —contestó ella, asintiendo.

—Pues cuando quieras que clave un clavo, solo hace falta que me lo digas —dijo Caden.

Makenna se echó a reír.

—Eso lo quiero siempre, Caden, ¿no lo sabías?

Con una sonrisa pícara, Caden se levantó y la puso en pie. Besándola de nuevo, la guio por la puerta de la habitación del niño y hacia la suya. Había una montaña de cajas de mudanza apiladas contra una pared: estaban colocando las cosas de Makenna sin prisa, pero sin pausa.

—Dime lo que quieres —dijo Caden, con una mirada ardiente en los ojos oscuros.

—Te quiero a ti —contestó Makenna, quitándose la camiseta—. Solo a ti.

Caden le besó el hombro, la curva del pecho y el pezón a través del sujetador.

—Ya me tienes —dijo—. Soy tuyo desde el principio.

Le desabrochó el sujetador y le lamió un pezón y luego el otro.

No tardaron mucho en estar los dos desnudos en la cama, con Caden empujándola contra el colchón. Se arrodilló y la agarró por los muslos para que se abriera de piernas. La expresión que tenía en la cara al inclinarse era de pura glotonería masculina. Le besó los muslos, la cadera y la piel justo por encima del vello del pubis, volviéndola loca y haciendo que lo deseara aún más. Entonces le plantó un beso firme sobre el clítoris, y Makenna no pudo reprimir una sacudida de caderas.

—¿Quieres que ponga la boca aquí? —preguntó, acariciándola con el aliento en su lugar más sensible.

—Dios sí —dijo ella, clavando la mirada en él. Joder, pero qué atractivo era; sus hombros anchos llenaban el espacio entre sus muslos, y su rostro decidido la observaba con una intensidad increíble.

—Dilo —contestó Caden—. Dime lo que quieres.

—Quiero que me hagas correrme con la boca —gimió Makenna.

—Joder, sí —dijo, y se lanzó sobre ella. Lamiendo y chupando sin piedad, volviéndola loca. La penetró con un dedo grueso, y luego con otro, moviéndolos en su interior mientras le devoraba el clítoris y lo estimulaba con la lengua. Los *piercings* que tenía en el labio se clavaban contra su carne, una sensación que siempre la llevaba al límite.

Makenna gritó y le agarró la cabeza, sujetándolo contra ella, presionándolo.

—Dios, voy a correrme ya.

Caden gruñó para expresar su satisfacción, lamiéndola más rápido, con más furia.

Makenna contuvo el aliento mientras el orgasmo estallaba en su interior, recorriéndola en oleadas.

—Joder —dijo con la voz ronca.

—Otra vez —dijo Caden, con una mirada traviesa y la ceja con el *piercing* arqueada. Dobló los dedos que seguían en su interior y acarició un punto que hizo que a Makenna le pareciera estar volando.

—Dios —gimió—. Me encanta eso que estás haciendo.

Caden siguió trabajando con los dedos en lo más hondo de su ser, mientras le pasaba la lengua por el clítoris, rápido y decidido. Alargó la otra mano y la puso sobre su pecho, y con los dedos se dedicó a acariciar y pellizcar sus pezones sensibles. El cuerpo de Makenna volvió a estar listo en un momento, y una mezcla de amor, excitación y deseo por aquel hombre la recorrió entera. Aquel hombre tan guapo, tierno y atormentado. Su Caden.

—Sí, sí, sí —dijo, moviendo las caderas, con el pulso desbocado.

—Córrete en mi lengua, Makenna —dijo Caden entre dientes—. Quiero que te corras.

El deseo y la excitación que oyó en su voz la llevaron al límite. Y entonces dobló los dedos para acariciar aquel punto tan sensible una y otra vez.

Makenna se corrió con un grito; el cuerpo le temblaba y la habitación daba vueltas a su alrededor. Resultó que el sexo durante el embarazo tenía sus beneficios: le resultaba más fácil disfrutar de múltiples orgasmos, que parecían mucho más intensos. Makenna alargó las manos hacia Caden.

Este gateó sobre ella y la recostó contra los cojines, hasta que pudo reposar entre sus piernas abiertas.

—Te quiero tanto, joder —dijo Caden, agarrándose el miembro con la mano. Se inclinó y la besó, un gesto urgente, lleno de calor, amor y deseo. En un instante, la estaba penetrando profundamente.

—Yo también te quiero —suspiró Makenna, arqueándose bajo su peso. Nunca se cansaría de oírlo pronunciar esas palabras. Encontrarlo en el ascensor había sido un regalo del cielo.

Con los brazos apoyados a ambos lados de la cabeza de Makenna, Caden estaba moviendo las caderas en un ritmo lento e intenso. Bajó la mirada hacia donde su cuerpo desaparecía en el de ella.

—Cómo me pone mirarte —dijo con la voz ronca—. Me encanta estar dentro de ti.

Makenna recorrió sus costados musculados con las manos hasta que le alcanzó el trasero, que tenía en tensión.

—Más fuerte —susurró. Necesitaba más, lo necesitaba entero.

—No quiero hacerte daño —contestó Caden.

—No me harás daño —dijo ella—. Te necesito.

—Joder —replicó Caden, dejando que su peso quedara sobre ella. Deslizó las manos bajo las nalgas de Makenna, cambiando el ángulo de sus caderas, y se entregó a la tarea: rápido, duro, delicioso. Con cada impacto frotaba contra el clítoris de Makenna, hasta que esta estuvo jadeando y clavándole las uñas en los hombros.

—Soy tuyo, Pelirroja, ¿lo sabes? —le susurró al oído—. No hay ninguna parte de mí que no sea tuya.

Las palabras le llenaron el corazón e hicieron que su alma volara.

—Yo siento lo mismo, Caden. Lo eres todo para mí.

—Mierda —gruñó, moviendo las caderas más rápido—. Es demasiado bueno.

Makenna cruzó las piernas alrededor de sus caderas y le clavó los talones en el trasero.

—Córrete dentro de mí. Quiero sentirlo.

Caden empezó a mover las caderas en un círculo, y la nueva sensación la empujó al borde del orgasmo.

—Dios.

—¿Sí?

—No pares —susurró Makenna—. No pares.

—¿Vas a correrte para mí de nuevo? —preguntó, besándole la oreja.

No pudo hacer más que gemir de satisfacción mientras una sensación deliciosa se aceleraba en su vientre.

—Dios, que estrecha estás —dijo Caden con voz ronca.

Y entonces Makenna estaba gritando y corriéndose, aferrándolo con todo su cuerpo.

—¡Sí, Makenna, sí! Me corro, joder—dijo, con la voz grave. Su rabo palpitaba en su interior mientras el movimiento de sus caderas aflojaba el ritmo y daba una última sacudida

Cuando sus cuerpos volvieron a relajarse, Caden salió de su interior y se tumbó en la cama, agarrando a Makenna para que esta quedara casi sobre de él. Le pasó un brazo alrededor del hombro y la sujetó contra sí.

—Nunca pensé que algún día tendría todo esto, Makenna —dijo, dándole un beso en la frente—. Es más de lo que habría podido desear —añadió. La tomó por la barbilla y la hizo levantar la cara para poder mirarla a los ojos, y Makenna nunca había visto su mirada tan brillante y relajada. Desde que se habían mudado juntos, le había contado todo lo que había hecho para mejorar su salud mental mientras habían estado separados. Makenna estaba de lo más orgullosa de él, estaba orgullosa de que hubiera tenido el coraje de enfrentarse a tanta oscuridad y, aun así, encontrar la luz—. Tú eres más de lo que podría haber deseado.

Makenna le acarició la cicatriz de la cabeza, con el pecho tan lleno de amor por ese hombre que no estaba segura de cómo lograba contenerlo en su interior.

—Voy a dedicar el resto de mi vida a hacerte feliz.

Caden la tomó de la mano y le dio un beso en la palma.

—¿No te has dado cuenta, Pelirroja? Ya me haces feliz.

Capítulo 25

5 meses más tarde.

—Oh, Makenna. Está sano y es guapísimo y perfecto —dijo la doctora Lyons, cuando su hijo llegó al mundo. El niño se puso a llorar, y el sonido se adentró en el corazón de Caden y lo llenó como nada lo había hecho en su vida. ¿Cómo era posible que tuviera tanta suerte?

—Buen trabajo, Makenna —dijo Caden, dándole un beso en la mejilla húmeda—. Lo has logrado. Estoy orgulloso de ti.

—Ya lo tenemos aquí —contestó Makenna, agarrándole la mano con fuerza—. Lo tenemos aquí de verdad.

La doctora tumbó al bebé sobre el vientre de Makenna y le pinzó el cordón umbilical, mientras una enfermera lo secaba y le colocaba un gorro a rayas en la cabecita. Dios santo, que pequeñín era. Pequeñín, precioso e increíble.

—¿Te gustaría hacer los honores? —le preguntó la doctora a Caden, tendiéndole las tijeras.

—¿Sí? —preguntó Caden, sonriendo. Makenna le devolvió la sonrisa y asintió, y Caden cortó el cordón umbilical.

Cuando terminó de secarlo, la enfermera envolvió al recién nacido en una manta y lo levantó para que Makenna pudiera sostenerlo entre sus brazos. Ver a Makenna acunando a su hijo por primera vez era una experiencia que jamás olvidaría. Caden sacudió la cabeza al contemplarlos a los dos, rebosante de asombro. Aquí estaba... su familia. Inclinándose, le acarició el pelo a Makenna.

—Es hermoso.

—Sí que lo es —contestó Makenna, con la voz temblorosa—. Hola, Sean. Me alegro de conocerte por fin.

Caden acunó la cabeza del pequeño Sean con la mano. Sean David James Grayson. Era un nombre grande para un enanillo como él, pero a los dos les había encantado la idea de tomárselo como un homenaje a las personas más importantes de sus vidas: su hermano, el enfermero que había salvado a Caden, y la familia de Makenna. Estuvieran dónde estuvieran, Caden esperaba que su madre y su hermano se sintieran orgullosos.

La enfermera les colocó pulseras a los tres y le tomó las huellas del pie a Sean.

—¿Te gustaría intentar amamantarlo, Makenna? —preguntó entonces la enfermera.

—Sí —respondió ella, y se le iluminó la cara. Hicieron falta un par de intentos, pero Sean aprendió bastante rápido. La expresión maravillada de Makenna era tan tierna que logró que a Caden le doliera el pecho.

Caden tomó la diminuta mano de su hijo, y sus deditos se aferraron a uno de los de su padre. Y aquello le dio la mejor idea del mundo. Porque hoy era el día en el que convertiría su familia en algo oficial. Ya tenía el anillo y el apoyo del padre y los hermanos de Makenna (incluso el de Ian, que finalmente parecía haber aceptado que su hermana estaba con Caden), era el momento perfecto.

Tras un ratito, el niño se apartó y empezó a protestar, y Makenna se puso a hacerle carantoñas, hablándole con ternura hasta que Sean se tranquilizó. Durante un largo momento, madre e hijo se contemplaron mutuamente, mientras Makenna le susurraba con dulzura. Observándolos, Caden comprendió que nunca se había sentido más feliz y agradecido en toda su vida.

—Ahora te toca a ti —dijo Makenna, sonriéndole.

A Caden se le aceleró el pulso. Al cuerpecito de Sean le sobraba espacio en los brazos de Caden. Era tan pequeño, tan vulnerable y tan hermoso; tenía una mata de pelo sedoso y castaño que asomaba por debajo del gorrito, y los ojos azules, que Caden esperaba que permanecieran de ese color. Una parte de él y una parte de ella.

Cuando empezó a llorar, Caden lo meció con cuidado y se puso a caminar lentamente en círculos junto a la cama.

—Tú y yo nos haremos amigos, enanillo. Voy a enseñarte todo lo que sé. Te quiero —dijo—. A ti y a tu madre.

El bracito del niño se escapó de entre las mantas y, aprovechando que le estaba dando la espalda a Makenna, Caden se sacó el anillo del bolsillo disimuladamente y lo puso en la palma de la mano del bebé. Sean cerró los dedos alrededor del anillo con fuerza.

—Te dejo que hagas los honores en mi lugar —le susurró, y se volvió hacia Makenna. De repente, una oleada de nervios lo recorrió—. Es perfecto, Makenna —dijo, poniendo al pequeñín en los brazos de su madre otra vez—. Creo que tiene un regalo para ti.

Ella le dedicó una sonrisa inquisitiva y tomó la mano de Sean. El diamante resplandeció y Makenna ahogó un grito, quitándoselo delicadamente de entre los deditos.

—Oh, Caden.

Con el corazón en la garganta, apoyó una rodilla en el suelo junto a la camilla y cubrió la mano izquierda de Makenna con las suyas.

—Makenna James, eres todo lo que quiero y necesito en este mundo. Te quiero con todo mi corazón, y prometo entregarme a ti, amarte, cuidarte y construir una vida maravillosa para ti y para Sean. Para los tres juntos, como familia. Eres lo mejor que me ha pasado en la vida, y me harías el hombre más feliz del mundo si accedieras a convertirte en mi esposa. Makenna, ¿quieres casarte conmigo?

—Sí —contestó ella—. Oh, Caden, sí.

Caden tomó el anillo y se lo deslizó en el dedo. Encontrar su lugar en el mundo, al lado de Makenna, era un regalo mayor y más significativo de lo que habría imaginado posible. Se levantó y la besó, lenta y tiernamente, con todo su amor.

—Soy el hombre más afortunado sobre la faz de la tierra. Gracias a ti —dijo. Volvió a besar a Makenna, y entonces plantó un beso en la cabeza de Sean—. Y a ti también.

Makenna sonrió y sus ojos azules se llenaron de lágrimas.

—Te quiero, Caden. Te quiero tantísimo.

Caden le devolvió la sonrisa, con el corazón a punto de estallar de felicidad.

—Oh, Pelirroja. Yo también te quiero. Te querré para siempre.

Agradecimientos

Al ser el primer libro que publiqué, *Corazones en la oscuridad* siempre me parecerá especial, por lo que la publicación de *Amor a plena luz* también es especial para mí. Cuando terminé *Corazones en la oscuridad* en el 2010, no tenía planeado escribir más acerca de Caden y Makenna. La historia se me ocurrió con su final feliz-de-momento, que dejaba en manos de la imaginación del lector lo que ocurriría con ellos tras la noche en el ascensor. Y, durante mucho tiempo, pensé que eso había sido todo. Vi trocitos de su futuro, pero no una historia. Y entonces, un día, sus futuros aparecieron ante mí. Lo vi todo. Los buenos momentos y los malos. Y lo increíblemente terribles que serían los momentos malos. Para entonces ya estaba recibiendo preguntas de los lectores: ¿Volverás a escribir sobre Caden y Makenna? De hecho, esa ha sido la pregunta que más a menudo me han hecho los lectores a lo largo de mi carrera de escritora.

Y así nació *Amor a plena luz*.

Caden y Makenna son dos de mis creaciones favoritas, y espero que todos disfruten del camino que recorren en esta novela. Porque este libro ha sido escrito para ustedes, los lectores, y quiero darles las gracias desde el fondo de mi corazón por querer a estos personajes tanto como yo.

También debo darle las gracias a mi mejor amiga y colega escritora, Lea Nolan, por apoyarme, hacer tormentas de ideas conmigo, y leer el libro con tanta atención. Christi Barth, Jillian Stein y Liz

349

Berry también merecen mi agradecimiento, por haber leído la novela y haberme dado sus opiniones. Entre todas, me disteis el valor necesario para publicar esta obra. ¡Gracias!

También debo darle las gracias a mi familia, por hacer posible que encontrara el tiempo de terminar. ¡Os quiero muchísimo!

L.K.